Ein Mörder tötet aus niedrigen Beweggründen. Auch wenn ich die Beweggründe für seine Tat psychologisch nachvollziehen kann, ist er damit noch lange nicht psychisch krank.

Dr. Mark Seifert, Psychiater und forensischer Gutachter

Der Psychothriller spielt in Hannover.
Personen und Handlung sind frei erfunden, eventuelle Ähnlichkeiten mit realen Personen oder Geschehnissen wären rein zufällig.

Im Verlag CW Niemeyer sind bereits folgende Bücher des Autors erschienen:

Toter Lehrer, guter Lehrer
Die Tote und der Psychiater
Schöne Frau, tote Frau
Hannover sehen und sterben

FSC www.fsc.org
MIX
Papier aus verantwortungsvollen Quellen
FSC® C104608

Der CO_2-Ausstoß dieses Druckproduktes wurde mit ClimateCalc berechnet und kompensiert:
www.climatecalc.eu
Cert. no. CC-000094/DK

Bibliografische Information der Deutschen Nationalbibliothek
Die Deutsche Nationalbibliothek verzeichnet diese Publikation in der Deutschen Nationalbibliografie; detaillierte bibliografische Daten sind im Internet abrufbar über http://dnb.ddb.de

www.niemeyer-buch.de

Umschlaggestaltung: C. Riethmüller
Der Umschlag verwendet Motiv(e) von 123rf.com
Druck und Bindung: Nørhaven, Viborg
Printed in Denmark
ISBN 978-3-8271-9384-1

Thorsten Sueße

Atemlos in Hannover

Psychothriller

CW Niemeyer

Prolog

Schweiß strömte seinen Rücken herunter, schon seit einigen Minuten, unaufhörlich. Er spürte die Angst im ganzen Körper.

Ich muss mich verstecken. Sonst ist alles aus.

Die Substanz, die er absonderte, brannte fürchterlich auf der Haut. Sein schwarzes T-Shirt war völlig durchnässt, klebte am Oberkörper wie eine mit Kleister bestrichene Tapete.

Wir dürfen uns auf keinen Fall begegnen. Ich kann nicht hierbleiben.

Sein Herz vollführte einen lauten Trommelwirbel. Der erbärmliche Zustand, in dem er sich befand, war ihm nur zu gut vertraut. Er durchlebte derartige Situationen nicht zum ersten Mal. Den Park, in dem er sich aufhielt, kannte er in- und auswendig.

Vor sich auf einer Rasenfläche sah er eine Gruppe von Menschen, die sich unterhielten und lachten. Noch hatten sie ihn nicht bemerkt.

Wenn einer mich dabei beobachtet, wie ich es tue, ist mein Leben vorbei.

Er verkroch sich ins Gebüsch, welches den Park von der Zufahrtsstraße abgrenzte. Von hier aus sah er das Haus, welches unmittelbar an den Park grenzte. Es war weiß gestrichen und hatte vier Stockwerke. Es wirkte freundlich von außen, anders als das fünfstöckige Haus, in dem der Tod lauerte.

Das Stechen an den Armen und Beinen wurde unerträglich. Das Gebüsch war voller Stechfliegen, die ihn gnadenlos zu quälen begannen.

Ich muss in das weiße Haus, ohne dass mich jemand bemerkt. Vielleicht habe ich Glück, und heute passiert nichts Schlimmes.

Er duckte sich und rannte los. Der Eingang des Hauses lag vor ihm.

Ich bin viel zu langsam. Meine Kraft ist am Ende. Ich bewege mich wie in Zeitlupe.

Nach einer Ewigkeit erreichte er den Hauseingang. Keiner der lachenden Typen hatte zu ihm herübergeschaut. Die Erleichterung, das sichere Versteck erreicht zu haben, währte nicht lange. Hier im Erdgeschoss nahm er zunehmend einen beißenden Geruch wahr, der sein Atmen erschwerte. Unter diesen Bedingungen konnte er unmöglich die Treppe benutzen, um nach oben zu gelangen. Er blickte sich um, sah die Tür zum Fahrstuhl.

In welchem Stockwerk bin ich am sichersten? Ganz oben, im vierten Stock.

Plötzlich hörte er eine weibliche Stimme.

Oh nein! Ist sie es?

Die Fahrstuhltür öffnete sich. Er sprang in die Kabine und drückte auf den Knopf für die oberste Etage.

Hat sie mich doch gefunden? Es darf nicht sein!

Der Fahrstuhl war erstaunlich schnell. Mit einem Ruck kam er zum Stehen. Die Tür ging auf, er huschte hinaus, und die Tür schloss sich sofort hinter ihm. Er drehte sich um und sah auf das Schild: 5. Etage.

Das ist unmöglich. Das Haus hat nur vier Etagen. Ich bin im falschen Gebäude. Im bin im Todeshaus!

Er wollte zurück in den Fahrstuhl. Aber der war bereits wieder auf dem Weg nach unten.

Die Treppe!

Im Treppenhaus war dieser fürchterliche Geruch.

Steigt da Gas nach oben?

Der Weg über die Treppe war ihm ebenfalls verstellt. Er hatte nichts mehr zu verlieren. Hastig rannte er den Flur der fünften Etage entlang. Die Appartements waren verschlossen, aber am Ende des Ganges erkannte er eine geöffnete Tür. Der Geruch verfolgte ihn, Umdrehen war nicht mehr möglich.

Er betrat das Appartement, drückte mit beiden Händen die Tür hinter sich zu.

Zum Glück ist niemand da. Sie darf hier nicht rein.

Er zog sich einen Stuhl heran, mit dessen Lehne er die Türklinke blockieren wollte. Aber die Lehne war zu kurz. Er legte das Ohr an die Appartementtür, vernahm jedoch keinerlei Schritte.

Da hörte er hinter sich ein leises Lachen. Er sprang herum, sein Blick suchte jeden Winkel der Wohnung ab.

Kein Mensch zu sehen. Habe ich mich getäuscht?!

Ein Wechselbad von Erleichterung und Angst erfasste ihn. Der Schrank, die Regale, der Tisch und die Stühle … alles war ihm sofort vertraut. Und das versetzte ihn in Panik.

Wieder dieses Lachen. Diesmal lauter als vorhin. Er ahnte, wer sich in unmittelbarer Nähe aufhielt. Das Lachen kam von draußen. Um jeden Preis musste er verhindern, dass sie ihn erwischte. Trotzdem schaffte er es nicht, das Appartement zu verlassen.

Das Lachen breitete sich in seinem Gehirn aus. Er wollte flüchten, aber es zog ihn an wie eine Motte das todbringende Licht.

Schritt für Schritt näherte er sich dem Balkon. Er erkannte ihre Silhouette. Natürlich gehörte das Lachen ihr. Keine andere Person als sie hatte er an diesem Ort erwartet.

Sie saß auf der Brüstung des Balkons, drehte ihm den Rücken zu und schaute in den Park. Zwischendurch lachte sie wieder.

Hoffentlich schaut keiner zu uns herauf!

Er konnte nicht anders. Von hinten trat er an sie heran. Ahnte sie wirklich nichts? Er stieß seine Hände mit aller Kraft nach vorn. Sie konnte sich nicht halten, stürzte mit einem gellenden Schrei in den Abgrund. Im gleichen Moment ließ er sich auf den Boden fallen, um nicht von einem Zeugen erkannt zu werden. Ein vernichtender Schmerz durchfuhr seinen Körper, und er schrie sich die Seele aus dem Hals.

Der Ort um ihn herum veränderte sich nach und nach. Es war dunkel, mitten in der Nacht. Das konnte nicht mehr der Balkon im Todeshaus sein. Er hörte auf zu schreien, fing an zu japsen.

Wo bin ich? Ich krieg kaum Luft.

Sein Körper zitterte, die Kleidung war durchgeschwitzt, er atmete rasch und tief.

Ist das wirklich passiert?

Die Zimmertür wurde aufgerissen, Licht flutete in den Raum. In diesem Moment wusste er, wo er war. Sein Zimmer im Haus seiner Eltern.

„Alles gut, ich bin bei dir", sagte eine tiefe Stimme. Sein Vater stand im Türrahmen. Mit schnellen Schritten trat er an das Bett seines Sohnes.

„Hattest du wieder diesen Albtraum?!", hörte er seinen Vater sagen, der sich zu ihm auf die Bettkante setzte und seine Hand ergriff. Vaters Worte waren keine Frage, sondern eine Feststellung. Es war immer sein Vater, der zu ihm kam, wenn er diesen Traum hatte und im Schlaf zu schreien begann. Mutter hielt sich zurück, als bemerke sie nichts.

„Hast du wieder diese schreckliche Szene gesehen?", fragte sein Vater als Nächstes.

„Ja."

„Ich kann verstehen, dass dich das alles belastet." Vater versuchte beruhigend zu klingen. „Du hast schlimme Dinge gesehen. Die Gespräche mit dem Psychologen werden dir helfen, dass dich das Ganze nicht mehr so belastet. Du hast doch keine Schuld. Wichtig ist, dass du etwas Geduld hast."

„Ich weiß", antwortete er rasch. „Ich habe nichts Böses gemacht."

Sein Vater sorgte dafür, dass er seinen Schlafanzug wechselte, und blieb noch eine Weile bei ihm.

Er meint es gut mit mir und will mir helfen.

„Geht es wieder?", sagte sein Vater schließlich. „Willst du das Licht anlassen?"

„Alles klar, du kannst wieder gehen. Und das Licht muss nicht an sein."

Vater drückte fest seine Hand und verließ langsam das Zimmer.

Wenn ich schlafe, hilft mir auch das Licht nicht.

Er wälzte sich im Bett hin und her.

Papa kennt einige meiner Probleme, aber von den meisten hat er überhaupt keine Ahnung.

Sofort waren die Bilder wieder da.

Doch, ich habe etwas Schlimmes getan. Einen Mord habe ich nicht begangen. Aber ich habe einen Menschen getötet. Das darf niemals jemand erfahren. Nie im Leben.

Die Gedanken schossen ihm weiterhin durch den Kopf. An Schlafen war nicht zu denken. Er wusste aber, dass er irgendwann vor Erschöpfung einschlafen würde. Dabei hatte er in den vergangenen Wochen die Erfahrung gemacht, dass sich meistens, wenn ihn sein Vater in der Nacht getröstet hatte, sein Albtraum in derselben Nacht nicht wiederholte.

Wenn ich erwachsen bin, muss ich auf jeden Fall Polizist werden, um wiedergutzumachen, was ich getan habe. Ich sorge mit aller Kraft für Gerechtigkeit. Böse Menschen, die andere unterdrücken und ausbeuten, werden meine Macht zu spüren bekommen.

Kurze Zeit später war er eingeschlafen.

Kapitel 1

Viele Jahre später ...
Mittwoch, 2. Mai

Der zweite Schreibtisch im Raum war komplett leergeräumt.

Die sportlich wirkende Frau mit den langen braunen Haaren lehnte allein am Fensterbrett ihres Büros und starrte auf den Drehstuhl, an dem ihr über Jahre Kriminalhauptkommissar Thomas Stelter gegenübergesessen hatte. Ab heute würde dort jemand anderes sitzen. Wie oft hatten sie in diesem Raum gemeinsam über einem komplizierten Fall gebrütet, dabei ganz unterschiedliche Ansätze verfolgt und sich dennoch ohne viele Worte gut aufeinander abgestimmt.

Fast wie ein altes Ehepaar. ... Wobei: ich und Ehe, wohl eher nicht.

Kriminaloberkommissarin Andrea Renner arbeitete wie ihr Kollege Thomas in der Polizeidirektion Hannover, speziell im 1. Kommissariat der Kriminalfachinspektion 1: *Straftaten gegen das Leben.* Thomas, um einiges älter als sie, war verwitwet und inzwischen wieder fest liiert. Bei Andrea hatte es nie mit einer wirklich festen Partnerschaft geklappt.

Wie werde ich die Tage gemeinsam in einem Büro mit diesem nüchternen, brummigen und wortkargen Typen vermissen!

Andrea schüttelte den Kopf. In was für eine idiotische selbstmitleidige Stimmung manövrierte sie sich gerade?

Thomas war weder tot noch im Ruhestand noch in München tätig. Er war lediglich in ein Büro am anderen Ende des Flurs umgezogen.

Scheiße, ich bin ein Gewohnheitstier. Außerhalb der Arbeit läuft bei mir momentan nicht viel.

Ein neuer Kollege würde heute seinen Dienst in ihrem Kommissariat 1 beginnen. Er kam aus Hamburg, hatte quasi seinen Arbeitsplatz getauscht mit Markus, der zeitgleich von Hannover nach Hamburg wechselte.

Aus diesem Anlass hatte Thomas Stelter dafür gesorgt, die Belegung einiger Abteilungsbüros zu verändern. Er hatte Andrea mit der Aufgabe betraut, den neuen Hamburger Kollegen „an die Hand zu nehmen" und in die Gepflogenheiten der hannoverschen Dienststelle einzuarbeiten. Andrea ging davon aus, später nicht wieder in ein gemeinsames Büro mit Thomas zurückzukehren. Thomas war weiterhin in der Nähe, aber die Zusammenarbeit würde vermutlich nie mehr so eng sein wie früher.

Die letzten Tage hatte sich Andrea viel mit Schreibarbeiten beschäftigt und fast keinen Gedanken an den heutigen Tag verloren.

Mit dem Neuen würde sie die nächsten Wochen und Monate zwangsläufig eng kooperieren. Für die Arbeitszufriedenheit war es schon entscheidend, ob der Kollege ein sympathischer Kumpel oder ein arrogantes Arschloch war.

Kollegen fühlten sich an wie Familie. Man konnte sie sich nicht aussuchen und verbrachte viel Zeit miteinander, ob man wollte oder nicht.

Bisher wusste sie nichts über ihn, außer seinem Namen. Und der rief gleich klischeehafte Assoziationen hervor: Norden, Küste, blonder Hüne mit Bart …

Nach einem angedeuteten Klopfen wurde die Bürotür geöffnet. Hauptkommissar Hayo Baumann, braune Haare, Mitte vierzig, betrat das Zimmer.

„Ist dein neuer Partner noch nicht eingetroffen?“, sagte Hayo mit einem Grinsen. Dabei konnte sie sich mit seiner etwas spöttisch klingenden Betonung des Wortes *Partner* nicht wirklich anfreunden.

„Siehst du ihn hier etwa?!“, antwortete sie schroff.

„Du wirkst angespannt“, entgegnete er ruhig. „Du wirst schon klarkommen mit dem Neuen.“

Auf dem Flur waren Schritte zu hören. Und die Stimme von Thomas, die sagte: „Und das hier ist Ihr Büro.“

Ein zur Korpulenz neigender Mann mit schütteren grauen Haaren kam herein – Thomas Stelter.

Andrea und Hayo blickten an ihm vorbei auf den Mann neben ihm, der im Türrahmen stehen geblieben war und etwas verlegen wirkte. Er war kein Hüne, eher von durchschnittlicher Größe, dabei weder bärtig noch blond. Stattdessen schaute ein glatt rasierter Mann mit lockigen schwarzen Haaren in die Runde und verkündete: „Mein Name ist Störtebecker."

„Ach, wie der Klaus?", entfuhr es Hayo.

Der Angesprochene schüttelte den Kopf: „Nein, mit c."

„Ach, Claus mit C …"

„Nein, Störtebecker mit ck."

Die Sätze gingen ihm flott über die Lippen. Offenbar hatte er sie nicht zum ersten Mal zum Besten gegeben. Andrea fiel sofort auf, dass er das *St* nicht wie einen Sch-Laut sondern wie *S-t* aussprach.

Ein angedeutetes, fast spitzbübisches Lächeln war auf seinem Gesicht erkennbar, bevor er erklärte: „Mit dem Piraten oder dem Stralsunder Bier, ohne c, bin ich nach dem jetzigen Stand der Familienforschung weder verwandt noch verschwägert. Ich heiße Raffael Störtebecker."

Kapitel 2

Dienstag, 8. Mai

Es wurde langsam Abend. Der Himmel bewölkte sich zunehmend, es mochten draußen noch ungefähr fünfzehn Grad sein. Mit dem Rad fuhr er durch Kirchrode, einen Stadtteil von Hannover im Südosten der Landeshauptstadt, vorbei an einzeln stehenden, gepflegten Häusern mit großen Grundstücken.

Er war unauffällig gekleidet … Sommerjacke, lange Hose, schwarz-weißer Schutzhelm. Ohne besondere Eile steuerte er auf dem Radweg seinem Ziel entgegen. Sein Blick schweifte von links nach rechts. Alles um ihn herum hinterließ sofort den Eindruck eines gehobenen bürgerlichen Stadtteils.

Herauszufinden, wo sie wohnte, war überraschend einfach. Ihre Adresse stand schlichtweg im Telefonbuch. Für ihn ein Ausdruck weltfremder Gutgläubigkeit … oder nachlässiger Gewohnheit.

Er hatte sich die nähere Umgebung ihres Hauses im Internet bei *Street View* angesehen, wobei das Haus selbst unkenntlich gemacht worden war. Sein Smartphone hatte er zu Hause gelassen.

Einige ihrer Vorlieben waren ihm bestens bekannt. Sie fuhr regelmäßig mit dem Rad zur Arbeit, immerhin von Kirchrode bis in die Innenstadt. Außerdem nutzte sie das Rad für ihr Hobby Geocaching.

Früher hatte er sich ebenfalls für einige Zeit mit Geocaching beschäftigt. Es ging darum, einen kleinen versteckten wasserdichten Behälter aufzuspüren, der ein Logbuch enthielt, in das sich der Finder mit seinem Nickname eintragen konnte. Derartige Geocaches waren inzwischen auf der ganzen Welt mit unterschiedlichen Schweregraden versteckt. Hinweise, wo sich ein Geocache befand, erhielt der Sucher, der sogenannte Geocacher, über entsprechende Internetseiten, auf denen sich Hinweise wie GPS-Koordinaten befanden. Um einen Geocache zu finden, benötigte man zumindest ein GPS-Handgerät oder ein Smartphone mit GPS-Empfänger.

Endlich tauchte ihr Haus vor ihm auf. Es handelte sich um ein Eckgrundstück an zwei kleinen Nebenstraßen in einem Wohngebiet. Das Einfamilienhaus stand in einem Garten, der sich durch hochgewachsene Büsche und Bäume zur Straße abgrenzte. Die niedrig geschnittene Buchsbaumhecke im Vorgarten gewährte eine ungehinderte Sicht auf den Eingangsbereich des Hauses.

Er bremste, stieg ab und schob das Fahrrad bis zu der Laterne, die sich auf dem Gehweg neben dem seitlichen Teil des Gartens befand. Ihm war bekannt, dass hier ganz in der Nähe ein Geocache versteckt sein musste.

Um sie zu töten, brauche ich den richtigen Moment und den richtigen Ort. Geht das auf dem Grundstück? In den nächsten Tagen?

Kein Mensch war momentan in der Nähe. Während er einige Schritte am Doppelstabmattenzaun des Gartens entlangschlenderte, versuchte er sich einen möglichst genauen Überblick vom seitlichen und hinteren Teil des Hauses zu machen, wobei die dichten Büsche nur eine eingeschränkte Sicht auf diesen Bereich zuließen.

Ich darf mich hier nicht zu lange aufhalten. Sonst erinnert sich später ein Zeuge daran und kann mich beschreiben.

Er hörte die Stimmen von zwei Frauen, die wahrscheinlich über die Terrasse in den Garten gingen. Dann erkannte er Nadine Odem, dunkelblonde Kurzhaarfrisur, Mitte vierzig. Die andere Frau, vermutlich gleichaltrig, konnte ihre Ehepartnerin sein.

Die beiden haben mich sicher noch nicht bemerkt. Aber das ist ganz schön brenzlig und womöglich eine Nummer zu groß für mich.

Er stieg auf sein Rad und fuhr los, bewusst nicht in die Richtung, aus der er gekommen war.

Soll ich meinen Plan canceln?

Kapitel 3

Mittwoch, 9. Mai

Die Versetzung von Kriminaloberkommissar Raffael Störtebecker von Hamburg nach Hannover lag jetzt gut eine Woche zurück. Andrea Renner wusste, dass er in Hamburg ebenfalls mit der Aufklärung von Tötungsdelikten zu tun gehabt hatte. Ansonsten waren sie über sein Privatleben noch nicht groß ins Gespräch gekommen. Das würde sich heute Abend vielleicht ändern.

Andreas junge Kollegin Emma Falkenberg hatte ihr kürzlich im Vertrauen zugeraunt: „Wenn ich nicht gerade einen festen Freund hätte, wäre dieser unverschämt gut aussehende Kerl auch etwas für mich gewesen. Ich beneide dich um die enge Zusammenarbeit mit ihm."

Raffael und Andrea verließen gemeinsam den großen Gebäudekomplex der Polizeidirektion an der Waterloostraße 9 im zentralen hannoverschen Stadtteil Calenberger Neustadt. Im vierten Stockwerk eines weißen fünfstöckigen Gebäudes befanden sich die Diensträume ihres Kommissariates. Von hier aus waren es nur ein paar Minuten zu Fuß bis zum Biergarten am Maschsee. Andrea hatte Raffael dort zum Feierabendbier eingeladen, um „ein wenig das Eis zu brechen".

Raffael war freundlich und sympathisch. Gerne würde Andrea das eine oder andere mehr über ihn erfahren.

Sie schlenderten nebeneinander die Waterloostraße entlang, eine Allee, an deren Ende sie die HDI-Arena sehen konnten.

Inzwischen waren sie, wie im Kommissariat üblich, beim „Du" gelandet. Besonders beschäftigt hatte Andrea Raffaels merklich hörbarer hanseatischer Akzent. Anstelle der inzwischen allgemein üblichen süddeutschen Aussprache *Sch-t* und *Sch-p* sagte er konsequent *S-t* und *S-p*. Alt-Bundeskanzler Helmut Schmidt, die Schauspielerin Heidi Kabel oder *Käpt'n Blaubär* aus dem Kinderfernsehen hatten so gesprochen. Aber bei Andreas letzten Besuchen in Hamburg hatte sie niemanden mehr so reden hören, außer vielleicht sehr alte Leute. Und Raffael war erst Mitte dreißig, also ähnlich alt wie sie.

Sehr behutsam sprach sie ihn darauf an.

„Ich hoffe, du nimmst es mir nicht übel", begann sie vorsichtig, „aber woher kommt deine markante hanseatische Aussprache? Ich kenne niemanden mehr, der so spricht."

Er blickte im Gehen kurz zu ihr herüber, dann antwortete er: „Ich war als Kind häufig bei meiner Oma, zu der ich eine enge Bindung hatte. Und ich habe früher viele Jahre bei meiner Tante verbracht. Beide haben so gesprochen, und ich habe es geliebt."

„Und deine Eltern?"

„Meine Mutter ist Hamburgerin, Jahrgang 1962. Sie hat den Akzent gehasst. Und mein Vater, zwei Jahre älter, ist Italiener."

„Störtebecker ist demnach nicht der Name deines Vaters?", setzte Andrea nach.

„Nein."

„Folglich heißt du wie deine Mutter …"

„Meine Eltern waren nicht verheiratet, wenn du das wissen willst", sagte er forsch. „Ist doch nicht schlimm, oder?"

Seine Stimmung schien zu kippen.

„Ist absolut okay", äußerte Andrea beschwichtigend.

„Meine Eltern haben aber viele Jahre zusammengewohnt", brummelte er.

Andrea verkniff sich eine weitere persönliche Frage.

Zwischen ihnen trat eine merkwürdige Stille ein, die Raffael unvermittelt unterbrach: „Hattest du das auch schon mal? Du rufst im Beerdigungsinstitut an – sind alle Leitungen tot." Er lachte.

„Wie …?", murmelte Andrea erstaunt. „Was soll das denn?"

„Kleiner Scherz", strahlte ihr Gegenüber.

Der Kollege hat eine merkwürdige Art von Humor.

Sie erreichten die Robert-Enke-Straße und die HDI-Arena. Raffael wollte einiges zu Hannover 96 wissen.

Am Nordwestufer des Maschsees setzten sie sich in der Nähe des *Courtyard Hotels* in einen Biergarten, der schon gut besucht war. Andrea hatte für sie zwei Gläser Bier besorgt. Sie saßen sich gegenüber, die Gäste auf der Bank neben ihnen waren in ihre eigenen Gespräche vertieft.

„*Störtebeker* zapfen sie hier leider nicht“, grinste Andrea, und Raffael lächelte zurück.

„Ist eh nicht meine Marke.“

Andrea hatte einige Sätze zu ihrer eigenen privaten Situation erzählt. Sie lebte allein in einer Mietwohnung eines Mehrfamilienhauses, hatte noch zwei Geschwister und Eltern, die alle in der Region Hannover wohnten. Das Verhältnis zu ihnen war weitgehend „okay“, wobei sich der Kontakt in Grenzen hielt.

Sie lenkte das Gespräch mit einem unverfänglichen Thema wieder in Raffaels Richtung: „Du kommst aus einer tollen Stadt wie Hamburg. Was reizt dich an Hannover, dass du dich hast hierher versetzen lassen?“

„Niemand aus meiner Familie lebt mehr in Hamburg.“ Er machte eine kurze Pause. „Hamburg ist mir auch zu groß und unübersichtlich. Und nennenswerte Kontakte, die mich halten würden, hatte ich dort nie.“

„Deine Familie ist auch aus Hamburg weggezogen?“

„Mein Vater ist nach Italien zurückgekehrt, seine Heimat Südtirol. Meine Tante ist nach Lüneburg umgezogen. Großeltern habe ich nicht mehr.“

„Und deine Mutter?“

„Die hat Hamburg ebenfalls vor Jahren verlassen.“ Er schaute betrübt. „Sie lebt in der Schweiz.“

„Bist du nie verheiratet gewesen?“

„Doch, früher." Er umfasste mit beiden Händen sein Bierglas und wechselte freudestrahlend das Thema: „Ich finde es toll, wie ich hier in Hannover aufgenommen worden bin. Die Arbeitsatmosphäre ist super, und du hast die letzte Woche viel dazu beigetragen. Die Kollegen sind sehr nett. Ich bin total zufrieden."

Andrea war überrascht von diesem positiven Statement. Nach ihrer Einschätzung hatte es noch gar nicht so viele persönliche Berührungspunkte zwischen Raffael und den anderen Kolleginnen und Kollegen gegeben.

Aber ist ja prima, wenn er sich bei uns wohlfühlt.

„Und warum hast du dich ausgerechnet nach Hannover versetzen lassen?"

„Ich habe mich ganz bewusst dafür entschieden, in Hannover zu wohnen und zu arbeiten", erklärte er mit fester Stimme. „Ein Cousin von mir lebt schon seit Langem in der Region Hannover und hat oft davon geschwärmt, was Hannover alles landschaftlich und kulturell zu bieten hat."

Andrea grinste erneut: „So, so, und du hast die Schwärmereien deines Cousins für bare Münze genommen …? Hoffentlich bist du hinterher nicht enttäuscht."

„Du wirst es nicht glauben", sagte Raffael freundlich lächelnd, „aber ich habe mich bereits seit Längerem intensiv mit der Region Hannover beschäftigt. Vereinzelt hab ich in Hamburg sogar schon die *Hannoverschen Nachrichten* gelesen. Ihr habt hier viel zu bieten, was ich sehr schätze."

„Finde ich klasse, wenn sich ‚Auswärtige' für Hannover begeistern. Das sind wir hier gar nicht gewohnt. Aber du hast recht. Was interessiert dich denn besonders?"

Er musste kurz überlegen, dann erklärte er: „Burg Dankwarderode. Davon habe ich zum Beispiel gelesen."

Andrea musste schlucken: „Burg Dankwarderode liegt nicht in der Region Hannover, sondern in Braunschweig."

„Sorry, ich hab mich versprochen", meinte er kopfschüttelnd. „Ich meinte natürlich die andere Burg bei Hannover."

„Schloss Marienburg …?"

„Genau."

„Davor kann ich dich nur warnen", meinte Andrea mit gespielter Ernsthaftigkeit. „Du solltest hier nie Hannover mit Braunschweig verwechseln."

„Schon klar, war nur ein Versehen." Er lachte. „Und mit deiner Hilfe werde ich hier schon schnell Fuß fassen."

Kapitel 4

Freitag, 11. Mai

Die letzten Tage waren ihm die Bilder nicht aus dem Kopf gegangen: Nadine Odem, und was er mit ihr anstellen wollte. Sollte er es tun? Und wenn ja – wo und wann?

An diesem Abend wich er von seinem üblichen Tagesprogramm ab und fuhr mit dem Rad erneut nach Kirchrode. Jetzt kannte er bereits die Strecke und die wichtigsten Details im Umfeld des Hauses.

Es war mäßig warm und sollte am Wochenende so bleiben. Fürs Radfahren günstige Temperaturen. Er konnte problemlos eine Sommerjacke tragen, die seine Körperkonturen verdeckte.

Auf der Straße, die an ihrem Haus vorbeiführte, aber in einiger Entfernung, spielten zwei jüngere Kinder mit einem Ball.

Er stellte sein Fahrrad in der Nähe von Nadines Haus ab, behielt den Schutzhelm auf, als er zur seitlichen Umzäunung ihres Hauses ging. Eine ältere Frau, einen Hund an der Leine, entfernte sich mit dem Rücken zu ihm auf dem Gehweg. Als er zwischen den Büschen in den Garten spähte, durchfuhr ihn plötzlich ein eisiger

Schreck. Nadine Odem stand mit einer kleinen Schaufel auf dem Rasen und schaute ihm fast direkt ins Gesicht.

Er spürte den Adrenalinschub, der durch seinen Körper schoss. *Abhauen, bloß weg hier!*, war sein erster Gedanke. Und dann: *Zu spät!*

Wenn er sich jetzt übermäßig auffällig verhielt, war sein Plan endgültig undurchführbar. Unter gewaltiger innerer Anspannung blieb er wie angewurzelt stehen.

Nadine kam langsam auf ihn zu.

Wahrscheinlich habe ich es gleich verkackt!

*

Nadine Odem liebte die Abwechslung. Bei einer verantwortungsvollen Arbeit wie ihrer, die viel mit Sitzen in Räumlichkeiten zu tun hatte, war ein entsprechender Ausgleich unverzichtbar. Sie fuhr beinahe jeden Tag Rad, werkelte möglichst oft im Garten und suchte nach Geocaches, wobei sie dieses Hobby noch nicht lange betrieb.

Jetzt war endlich Wochenende für sie.

An diesem Freitagabend entdeckte sie zwischen den Büschen an ihrem Gartenzaun einen Mann, offensichtlich Fahrradfahrer, der sich suchend umblickte.

Vor einem Jahr hätte sie das vielleicht noch irritiert, aber als Geocacherin waren ihr inzwischen derartige „Besucher" vertraut. Sie ging auf den Mann zu und merkte sofort, dass ihm das unangenehm war. Das bestätigte ihre Vermutung.

Er war bestimmt ebenfalls Geocacher. In unmittelbarer Nähe vor ihrem Zaun war ein Cache versteckt, der schwierig zu finden war. Die GPS-Angaben waren beim Geocaching nicht auf den Meter genau, sondern beschränkten sich auf ein Areal von einigen Metern Durchmesser, in dem nach dem „Schatz" gesucht werden musste. Nadine hatte schon öfters Geocacher vor ihrem Zaun angetroffen, die intensiv die Gegend absuchten und nicht fündig wurden, zumal, wenn es sich um noch unerfahrene „Schatzsucher" handelte. Nicht in das Spiel eingeweihte Passanten wurden von den Geocachern als „Muggles" bezeichnet, denen gegenüber man geheim halten musste, was man dort tat.

In diesem Fall passte alles zusammen. Der Mann an ihrem Zaun gehörte dazu!

„Suchen Sie möglicherweise einen kleinen Behälter?", fragte sie freundlich und signalisierte damit, dass sie gleichfalls Geocacherin war. Untereinander war es üblich, sich zu erkennen zu geben und bei der Suche Tipps auszutauschen.

Er antwortete nicht, überlegte offenbar, wie er ihren Satz auffassen sollte.

War er doch kein Geocacher?

In diesem Moment nickte er und sagte leise: „Ja … natürlich. Hab ihn bisher nicht gefunden."

Na also!

„Wir haben das gleiche Hobby", outete sie sich. „Möchten Sie, dass ich Ihnen einen kleinen Tipp gebe?"

Er wirkte erleichtert, nickte erneut.

„Es ist rund und führt in die Unterwelt", meinte sie scherzhaft. „Ich hoffe, das reicht … Ich bin übrigens Miraculine."

Das war ihr Nickname beim Geocaching, eine Anspielung auf ihre Lieblingscomicfigur Miraculix.

Der gesuchte Cache befand sich in einem winzigen Nano-Behälter, der als Schraube getarnt im runden Gullydeckel neben dem Gehweg versteckt war.

„Danke", murmelte ihr Gegenüber und wandte sich ab. Seinen Nickname verriet er ihr nicht. Er machte einen recht unerfahrenen Eindruck. Sicherlich ein Anfänger! Aber mehr würde sie ihm nicht verraten. Sie drehte sich um. Ihre Ehefrau Mareike kam auf sie zu.

„Ich hatte recht", verkündete Nadine zufrieden und zeigte mit dem rechten Daumen über ihre Schulter hinter sich. „Er gehört dazu."

„Du und dein Geocaching!", lachte Mareike und steuerte auf die Terrasse zu.

„Na, wie wär's?", rief Nadine ihr hinterher. „Sonntagmittag eine Cacher-Tour mit dem Rad durch den Misburger Wald? Natürlich nach einem gemütlichen Frühstück."

Mareike drehte sich zu ihr um: „Ohne mich! Radfahren ja, aber nicht immer wieder anhalten und zwischen irgendwelchen Zeckengräsern nach Plastikröhrchen suchen!"

„Na gut, dann fahr ich allein."

*

Ihm war ein Stein vom Herzen gefallen. Als Nadine ihn ansprach, hatte er schnell begriffen, worum es ging. Sie stufte ihn als Geocacher ein.

Insofern hielt er sich während des Gespräches zwischen den beiden Frauen weiterhin am Zaum auf. Nadine musste davon ausgehen, dass er über ihren Hinweis erst nachdenken musste. So schnappte er noch die paar Sätze auf, die Nadine und ihre Lebenspartnerin miteinander gewechselt hatten.

Schlagartig konkretisierte sich der Plan in seinem Kopf.

Die Infos sind Gold wert. So könnte es klappen. Hasta la vista, Baby!

Kapitel 5

Sonntag, 13. Mai

Rechtzeitig vor zwölf Uhr hielt er sich wieder in der Nähe ihres Hauses auf. Dieses Mal merklich weiter entfernt, im Schatten eines Baumes, der am Straßenrand stand. Er hatte den Fahrradhelm gewechselt, trug heute ein graues Modell. Sein Fahrrad sowie einen Rucksack hatte er an den Baum gelehnt. Er achtete darauf, möglichst nicht von Passanten gesehen zu werden. Zum Glück war sonntags um diese Zeit nicht viel los auf der Straße.

In der linken Hand hielt er ein Smartphone, welchem er vermeintlich seine Aufmerksamkeit schenkte. Mit der rechten Hand wischte er gelegentlich über das Display, mittlerweile eine der unauffälligsten Verhaltensweisen von Menschen in Warteposition. Wobei das Smartphone nur ein Fake war. Es handelte sich bei dem Gerät um ein ausrangiertes Modell, welches gar keine SIM-Karte mehr enthielt. Er führte es lediglich als Requisite zur Tarnung offen mit sich herum.

Als ein Auto die Straße entlangfuhr, drehte er den Kopf weg, um nicht unnötig sein Gesicht zu präsentieren.

Er hatte sich ein kleines Zeitfenster gesetzt, in dem er im Umkreis ihres Hauses warten wollte. Wenn sie sich in diesem Zeitraum nicht auf den Weg machte, würde er wieder verschwinden und sein Vorhaben vertagen. Auf keinen Fall durfte er sich durch ein zu langes Verweilen an einem Ort verdächtig machen.

Die Chance war groß, dass Nadine Odem um diese Zeit zu ihrer Geocaching-Tour in den Misburger Wald aufbrechen würde.

Was sprach dagegen? Dass sie es sich kurzfristig anders überlegt hatte. Oder dass sie unter „Sonntagmittag" dreizehn Uhr oder später verstand. Und sollte sich Nadines Ehefrau doch dazu durchringen, sie zu begleiten, ließ sich sein Plan ebenfalls nicht durchführen.

Das Schicksal meinte es gut mit ihm. Bereits kurze Zeit nach seiner Ankunft kam Nadine aus dem Haus. In der Eingangstür stand ihre Ehepartnerin und rief ihr etwas zu.

Nadine war mit einer dunkelroten Windjacke und einer langen Blue Jeans bekleidet. Einen Rucksack hatte sie ebenfalls dabei. Aus der Garage, welche unmittelbar ans Haus grenzte, holte sie ihr Fahrrad. Zuvor hatte sie ihren schwarz-weißen Schutzhelm aufgesetzt.

Die Partnerin winkte ihr kurz und schloss die Eingangstür.

Ein Abschied für immer!

Nadine trat in die Pedale und fuhr los. Er ließ ihr einen kleinen Vorsprung, dann fuhr er in ausreichendem Sicherheitsabstand hinter ihr her.

Ihren Fahrstil hatte er richtig eingeschätzt. Sie war eine geübte Radfahrerin, fuhr durchschnittlich schnell, ohne Ambitionen zu rasen. Es war kein Problem für ihn, ihr zu folgen. Er konnte sich ruhig etwas zurückfallen lassen, da er wusste, wohin die Fahrt gehen würde. Rechtzeitig vorm Wald würde er den Abstand wieder verkürzen. Er würde sie nicht entkommen lassen.

Im Wald bist du dran!

*

Nadine Odem freute sich auf die nächsten Stunden. Ungefähr zwanzig Minuten veranschlagte sie mit dem Fahrrad von ihrem Haus zum Misburger Wald, der sich in einem nordöstlichen Stadtteil von Hannover befand.

Zu Hause hatte sie eine Route ausgearbeitet, die sie in einem Rundweg durch den Wald von einem Geocache zum nächsten führen würde. In einigen Fällen hatte sie zuvor am PC einige Rätsel lösen müssen, um die Koordinaten der versteckten Behälter zu erhalten. Dabei handelte es sich um sogenannte *Mystery-Caches.* Bei den anderen Caches, die sie heute finden wollte, war der Fundort frei zugänglich auf einer digitalen Karte für Geocacher verzeichnet.

Sie radelte durch Wohngebiete, passierte den Hermann-Löns-Park und später einen Kleingartenverein.

Schade, dass Mareike keine Lust zum Geocaching hat. Aber sie nervt die ständige Unterbrechung eines Spaziergangs oder einer Fahrradtour, ‚nur um im Dreck nach diesem Schnickschnack zu suchen', wie sie sich ausdrückt.

Nadine erreichte den Misburger Wald, der Teil eines größeren Landschaftsschutzgebietes war, zu dem auch das Altwarmbüchener Moor gehörte. Der Wald bestand aus Laub- und Nadelbäumen. Irgendwo gab es hier einen idyllischen See und mehrere Hundert Jahre alte Bäume, die als Naturdenkmal galten.

Zunächst fuhr sie einen breiten geraden Weg entlang und überholte zwei Spaziergänger. An ihren Lenker hatte sie eine Halterung für ihr Smartphone montiert, auf dem sie mithilfe einer Geocaching-App ihre Ziele anvisierte. Neben den breiten Wegen, ideal für Radfahrer und Spaziergänger, führten seitlich immer wieder Pfade durch das üppig grüne Walddickicht. Die Caches lagen in der Regel etwas abseits, um die Gefahr, dass sie zufällig von *Muggles* entdeckt wurden, zu verringern.

Ein Rennradfahrer, bekleidet mit einem blau-gelben Trikot, starrer Blick nach vorne, kam ihr zügig entgegen und schoss an ihr vorbei. Ein Radtrikot mit kurzen Hosen, wie er es trug, wäre für sie völlig unpassend. Als Geocacherin musste sie einplanen, dass der Weg zum Schatz durch Dornengestrüpp und Brennnesseln führte.

Behälter und Logbuch konnten unterschiedliche Größen aufweisen. Es gab Minibehälter, meistens magnetisch, die beispielsweise an der Hinterseite eines metallischen Hinweisschildes angebracht waren. Das Logbuch bestand in diesem Fall aus einer winzigen Papierrolle. Bei den meisten Behältern handelte es sich um *PETlinge*, eine Art Reagenzglas aus Kunststoff mit Schraubverschluss, oder um Filmdosen. Die dazugehörigen Logbücher waren in der Regel zusammengeheftete Papierstreifen im Längsformat.

Hier im Wald und seiner Umgebung musste Nadine damit rechnen, dass die Caches in Astlöchern, in Baumstümpfen, unter Steinen im Gebüsch oder im Hohlraum eines Pfostens versteckt sein konnten. Die entsprechende Geocaching-Ausrüstung – Teleskopmagnet, Inspektionsspiegel, Pinzette, Draht, Einmalhandschuhe – führte sie im Rucksack mit sich. Zusätzlich hatte sie in der Jackentasche ein Notizbuch mit Kugelschreiber.

Sie stoppte ihre Fahrt.

Hier in der Nähe muss der erste Cache sein.

Sie blickte sich nach eventuellen *Muggles* um. Kein Mensch zu sehen bis auf einen Radfahrer, der weit entfernt hinter ihr haltgemacht hatte und vom Rad gestiegen war.

Jetzt kann ich es wagen.

Sie stellte ihr Rad am Wegesrand ab und schlug sich ins Gebüsch. Einen Hinweis, wo sich der Behälter befand, gab es nicht. Immer wenn es darum ging, mit den Händen in der Erde zu graben oder in dunkle Öffnungen zu greifen, in denen sie unmittelbare Bekanntschaft mit Käfern und Spinnen machen konnte, war sie froh, sich ihre Einmalhandschuhe anziehen zu können. Auch bei diesem Cache kamen die Handschuhe zum Einsatz.

Nadine brauchte eine Weile, bis sie die kleine Dose in einem vermoderten Baumstumpf entdeckt hatte. Der Eintrag ins Logbuch mit Nickname und Datum diente dazu, den Erfolg ihrer Suche zu belegen. Der Fund wurde zusätzlich in der Geocaching-App geloggt.

Als sie wieder den größeren Weg betrat, registrierte sie, dass der Radfahrer hinter ihr seinen Standort nicht verlassen hatte.

Sie fuhr weiter. Die Handschuhe hatte sie wieder abgestreift. Der nächste Cache war einfacher zu finden. Er lag unter Ästen versteckt hinter einem Baum. Ein Spaziergänger tauchte in der Nähe auf, vor dem sie sich verborgen hielt. Ein uneingeweihter Passant sollte nicht sehen, wie sie im Wald mit einem vermeintlichen Reagenzglas hantierte.

Beim nächsten Halt waren ihre langen Hosen wieder von Vorteil. Links vom Weg ging ein sehr schmaler Trampelpfad durch ein Feld von hohen Brennnesseln, umrahmt von Buchen, Ahornbäumen und Kiefern. Der Trampelpfad machte einen Schwenk nach links und verschwand hinter dem dichten Grün der Bäume.

Ein ideales Versteck für einen Cache. Kein Muggle latscht freiwillig durch die Brennnesseln. Und hinter den Bäumen kann ein Geocacher von niemandem auf dem Waldweg gesehen werden.

Die Koordinaten dieses traditionellen Geocaches waren im Internet für jeden Interessierten frei zugänglich.

Sie lehnte das Fahrrad an eine Buche neben dem Trampelpfad. Das permanente Rauschen fahrender Autos war im Hintergrund zu hören. Die A37 war nicht weit entfernt.

Gerade als sie die ersten Meter durch die Brennnesseln zurückgelegt hatte, sah sie im Augenwinkel einen Radfahrer ankommen. Genau aus ihrer Richtung. Sie überlegte, ob sie einfach weitergehen, stehen bleiben oder auf den Waldweg zurückgehen sollte.

Sie entschied sich dafür, in den Brennnesseln zu verharren, zumal sie plötzlich die Eingebung hatte, den Mann zu kennen. Er hatte einen grauen Schutzhelm auf, trug eine Jacke zur langen Cargohose, zudem auf dem Rücken einen Rucksack.

Als er näher kam, war sie sich sicher: *Der Geocacher, mit dem ich vorgestern vor meinem Haus gesprochen habe.*

Er nickte freundlich, als er mit seinem Rad vor ihr auf dem Waldweg zum Stehen kam.

„Haben Sie ihn gefunden, vorgestern?“, fragte sie.

Er lächelte, guckte leicht nach unten: „Oh ja, durch Ihren Tipp haben Sie es mir einfach gemacht. Ich war vorgestern bei Ihnen noch erfolgreich.“

Sie zeigte auf das Smartphone in seiner Hand: „Sind Sie auch auf Cacher-Tour?“

„Ja“, bestätigte er. „Ich gehe davon aus, dass wir an dieser Stelle nach derselben Sache suchen. Geht wohl dort den Trampelpfad entlang …?“

„Das war meine Vermutung.“ Sie blieb stehen und machte keine Anstalten, sich in Bewegung zu setzen.

„Ich bin noch nicht lange dabei“, bekundete er. „Aber Geocaching ist ein tolles Hobby. Ich habe dadurch schon etliche freundliche Leute kennengelernt. Man ist sofort auf einer Wellenlänge.“

Nadine fasste Vertrauen zu dem Mann. Mit Geocachern, egal ob Mann oder Frau, hatte sie in vergleichbaren Situationen im Wald oder auf Feldwegen bisher ebenfalls nur gute Erfahrungen gemacht.

„Ich hab ja schon vorgestern gesagt, dass ich Miraculine bin“, äußerte sie und blickte ihn auffordernd an: „Und mit wem habe ich es zu tun?“

„Spirou 13.“

„Spirou – wie der Comic-Held …?“

„Genau.“

Der Hinweis, dass er sich womöglich für eine francobelgische Comic-Reihe wie „Spirou und Fantasio“ interessierte, machte ihn gleich für sie sympathischer. Nadine hatte schon immer eine Vorliebe für die francobelgischen Asterix-Comics gehabt.

„Und warum 13?“, fragte sie nach.

„Das ist meine Glückszahl.“

„Wir können ja zusammen nach dem Cache gucken“, meinte sie schließlich. „Vier Augen sehen mehr als zwei.“

„Ich bin dabei“, strahlte er und lehnte sein Fahrrad an das ihre.

*

Seine Einschätzung aus der räumlichen Entfernung hatte sich als richtig erwiesen. Der Ort, an dem er sein Vorhaben umsetzen konnte, durfte nicht vom Waldweg aus einsehbar sein. Hier schien alles perfekt. Der Lärm von der Autobahn konnte Geräusche übertönen. Momentan war außer Nadine niemand zu sehen. Was sich natürlich von einer Minute zur nächsten verändern konnte. Er brauchte für sein Vorhaben etwas Zeit, sodass es dringend notwendig war, dass er mit ihr hinter den Bäumen verschwand. Und an dem bewussten Ort zielte sein Plan darauf ab, dass sie ihm den Rücken zuwandte.

Er hatte sich die letzten beiden Tage gut präpariert. Natürlich musste er davon ausgehen, dass sie sich im Wald einem fremden Mann gegenüber misstrauisch verhalten würde. Insofern setzte er voll und ganz auf den Geocacher-Bonus. Nadine hatte ihn schon in Kirchrode für ein Mitglied der Cacher-Community gehalten. Im Misburger Wald war sie auf Cacher-Tour, sein Rucksack mit Werkzeugen, die für Geocacher typische Cargohose und seine Einmalhandschuhe müssten ihr eigentlich vertraut vorkommen. Ihren Cacher-Namen hatte er sich gemerkt. „Miraculine“ hatte sofort die Assoziationen Miraculix und Asterix bei ihm ausgelöst. Er setzte darauf, mit dem Namen „Spirou“ eine Gemeinsamkeit zu schaffen, um bei ihr zu punkten. Den Versuch war es wert. Und wenn er ihr einen Cacher-Namen präsentierte, trat an die Stelle seiner Anonymität eine vermeintliche Vertrauenswürdigkeit.

Selbstverständlich war der Name „Spirou 13" nirgendwo auf den Geocaching-Seiten im Internet registriert. Aber da er angeblich neu dabei war, würde es Nadine nicht verwundern, dass sie seinen Namen noch nie gelesen hatte.

Da sie in Sachen Geocaching eindeutig über mehr Erfahrung verfügte als er, übernahm sie selbstverständlich die Führung und ging als Erstes den Trampelpfad entlang. Er spürte gleich, dass sie es auch in anderen Zusammenhängen gewohnt war, selbstbewusst voranzugehen. Mit zwei Meter Abstand folgte er ihr. Wie sie hatte er sich seinen Rucksack auf den Rücken geschnallt. Permanent schielte sie auf das Smartphone in ihrer Hand, um sich an der angezeigten Karte zu orientieren. Die App gab Auskunft, wie viele Meter ungefähr sie noch vom Cache entfernt war. Er hatte die ganze Zeit darauf geachtet, dass sie nicht sehen konnte, dass sich auf dem Display seines Smartphones gar keine Geocaching-App befand. Die für ihn tatsächlich wichtigen Gegenstände befanden sich in den seitlich aufgesetzten Taschen seiner Hosenbeine.

Der Trampelpfad endete auf einer kleinen Lichtung. Nadine stoppte und blickte konzentriert auf die Baumstämme und den Waldboden davor.

Sie hat nur noch Augen für die Suche nach dem Cache!

Eine Notwendigkeit, dass sich eine zweite Person daran beteiligte, bestand nicht. Nadine hatte den Cache sofort unter einigen Rindenstücken vor einem Baumstamm gefunden.

Dabei bemerkte sie nicht, dass sich ihr Begleiter hinter ihrem Rücken ein Paar Einmalhandschuhe übergestreift hatte. Dieses Mal handelte es sich bei dem Behälter um eine Art Tupperdose, in der sich außer dem Logbuch eine kleine Figur und mehrere Aufkleber befanden.

Während sie damit beschäftigt war, sich mit einem Kugelschreiber in das Logbuch einzutragen, hatte er mit der rechten Hand sein Springmesser aus der Beintasche gezogen. Die zweischneidig geschliffene Klinge sprang aus dem Messerheft. Blitzschnell trat er von hinten an Nadine heran, ließ seinen rechten Arm um sie herumschnellen und durchschnitt kraftvoll mit der scharfen Klinge von links nach rechts ihren Hals.

Blut floss in großem Schwall sofort aus der Wunde und durchtränkte die Windjacke der Frau. Nadine röchelte, machte einige ruckartige Bewegungen. Zum Schreien war sie nicht mehr in der Lage. Dann kippte sie nach vorne, dabei zeigte sie noch eine Schnappatmung.

Gleich ist es zu Ende.

Sie verlor kurz darauf das Bewusstsein und lag regungslos auf dem Waldboden. Der starke Blutverlust führte innerhalb kürzester Zeit zum Tod.

Er nahm sich Zeit und betrachtete sein Opfer eine Weile.

Der Plan ist aufgegangen!

Dann holte er die Fotokamera aus seinem Rucksack.

Kapitel 6

Sonntag, 13. Mai

Der Tatort im Misburger Wald war weiträumig mit rot-weißen Bändern abgesperrt.

Kriminaloberkommissarin Andrea Renner war für diesen Sonntag zusammen mit einem Kollegen vom Kommissariat 3, zuständig für Sexualdelikte, zur sogenannten „Mordbereitschaft" eingeteilt. Mit Raffael Störtebecker hatte sie die Tage zuvor abgesprochen, dass sie ihn – zwecks Einarbeitung – hinzurief, falls es zu einem Einsatz kommen sollte.

Es war kurz nach sechzehn Uhr. Andrea und Raffael standen auf einem Waldweg am Absperrband, wo sie von Max Quast, einem Kollegen vom Kriminaldauerdienst im weißen Ganzkörperoverall, mit den wichtigsten bereits bekannten Informationen vertraut gemacht wurden. Hinter dem Absperrband beschäftigten sich zahlreiche weitere Kolleginnen und Kollegen in Overalls mit der Spurensicherung. Dr. Ulrich Lindhoff, der Rechtsmediziner von der Medizinischen Hochschule Hannover, hatte ebenfalls schon seine Arbeit am Tatort aufgenommen.

„Zwei Männer, die hier im Wald mit dem Fahrrad unterwegs waren, haben die Leiche gefunden und sofort die

Polizei angerufen", erklärte Max und zeigte Andrea und Raffael gleichzeitig ein Foto auf seinem Smartphone, welches er von der Toten gemacht hatte. „Wir haben bei der Frau ihren Personalausweis gefunden. Sie heißt Doktor Nadine Odem, ist fünfundvierzig und wohnt in Hannover-Kirchrode. Sie liegt dort hinter den Bäumen an einer Stelle, die vom Waldweg nicht eingesehen werden kann."

„Was hat denn die beiden Männer zu diesem abgelegenen Fundort geführt?", fragte Andrea erstaunt.

„Die beiden sind Geocacher, falls ihr wisst, was das ist …?"

„Nicht genau." Andrea runzelte die Stirn.

Aber Raffael konnte damit etwas anfangen: „Das ist eine Art GPS-Schnitzeljagd. Ein Kollege aus Hamburg hat sich damit beschäftigt." Mit einigen Sätzen erläuterte er Andrea, worum es beim Geocaching grundsätzlich ging.

„Die beiden Männer wollten genau an dem Punkt, wo jetzt die tote Frau liegt, nach einem versteckten Geocache suchen." Max führte aus, dass die Geocacher als Erstes das einzelne Fahrrad, welches an einem Baum lehnte, bemerkt hätten. Dann wären sie über einen kleinen Trampelpfad zum mutmaßlichen Versteck des Geocaches gegangen.

„Ich vermute mal, dass die Geocacher so einige Spuren zertrampelt haben …?", äußerte Raffael.

„Ja." Max zog die Mundwinkel nach unten. „Und in ihrer Aufregung noch mehr, als eh unvermeidbar gewesen wäre."

Der Tatort mit seinen Büschen und Bäumen war ein schwer überschaubares Areal, welches für die Spurensicherung eine überdurchschnittliche Herausforderung bedeutete, der sich der Kriminaldauerdienst in routinierter Kleinarbeit stellte.

Dr. Ulrich Lindhoff gesellte sich zu ihnen.

„Der Frau wurden mit einem scharfen Gegenstand die Halsgefäße durchtrennt“, begann er. „Welche Organe durch den Schnitt beschädigt worden sind, kann ich euch im Detail nach der Obduktion sagen. Auf jeden Fall ist der Schnitt für den Tod des Opfers verantwortlich.“

„Ist die Frau an *der* Stelle getötet worden, wo sie gefunden wurde?“, wollte Andrea wissen.

„Davon ist auszugehen.“

„Kannst du schon etwas zum ungefähren Todeszeitpunkt sagen, Ulrich?“

„Die beginnende Totenstarre verweist darauf, dass der Tod vermutlich vor zwei, drei Stunden eingetreten ist. Weitere Auskünfte gibt uns die Smartwatch, die die Frau am rechten Handgelenk trägt.“

Das war das Stichwort für Max Quast: „Die digitale Armbanduhr hat kontinuierlich ihre Herzfrequenz gemessen und die Daten per Bluetooth auf ihr iPhone übertragen. Ich hab bereits das iPhone mit dem Daumenabdruck der Toten entsperrt und einen Blick auf die Daten geworfen. Demnach hat ihr Herz gegen 12:45 Uhr aufgehört zu schlagen.“

„Das ist doch schon einmal was“, meinte Andrea Renner anerkennend und wandte sich wieder an den

Rechtsmediziner: „Hast du Abwehrverletzungen gesehen?“

„Nein. Kein Anhalt dafür, dass sie sich gewehrt hat.“

„Und Anzeichen, dass sie vergewaltigt worden ist?“

„Bisher kein Hinweis darauf.“

Max mischte sich erneut ein: „Das Opfer hatte außer dem iPhone ein Portemonnaie mit Geldscheinen bei sich. ... Also kein Raubmord.“

„Auf dem Foto von der Toten habe ich einen Rucksack gesehen ...“, fiel Andrea ein.

„Die Sachen im Rucksack scheinen Geocaching-Utensilien zu sein“, entgegnete Max. „In ihrem iPhone war eine Karte fürs Geocaching, die den Misburger Wald zeigt, geöffnet.“

Max schloss daraus, dass Nadine Odem vor ihrer Tötung hier selbst nach Geocaches gesucht hatte.

„Spuren vom Täter?“, meldete sich Raffael zu Wort.

Max schüttelte den Kopf: „Bisher nicht. Der Ort wird offenbar häufig von Geocachern betreten. Viele kommen vermutlich mit dem Fahrrad hierher, wie das Opfer. Den beiden Männern, die die Tote entdeckt haben, ist ansonsten nichts Verdächtiges aufgefallen. Aber ihr könnt ja gleich noch selbst mit ihnen sprechen.“

„Wir werden später überprüfen lassen, wessen Handy sich im Tatzeitfenster hier in der nächsten Funkzelle eingeloggt hat“, ging Andrea spontan durch den Kopf. „Und wenn auch der Täter nicht mit einem eingeschalteten Handy unterwegs war, so finden wir vielleicht einen Zeugen, der uns einen hilfreichen Hinweis geben kann.“

„Da muss ich dich enttäuschen“, antwortete Max. „Hörst du, was ich höre? ... Wir befinden uns in unmittelbarer Nähe der Autobahn. Die Funkzelle, die dieses Waldstück abdeckt, ist auf jeden Fall auch für die A37 zuständig. Die Datenmenge lässt sich kaum bearbeiten. Es wird die Aktivität jeglicher SIM-Karten erfasst. Allein in den heutigen modernen Autos sind das mitunter zehn und mehr SIM-Karten, die ständig Daten senden und empfangen.“

„Schade eigentlich ...“, murmelte Andrea.

Kapitel 7

Sonntag, 13. Mai

In ihrem Dienstwagen, einem grauen VW Passat, waren Andrea Renner und Raffael Störtebecker gegen 17:30 Uhr auf dem Weg nach Hannover-Kirchrode. Andrea saß am Steuer, Raffael auf dem Beifahrersitz. Wenn sie in den vergangenen Jahren mit Thomas Stelter unterwegs gewesen war, hatte er es sich nie nehmen lassen, den Dienstwagen zu steuern. An dieser Stelle merkte sie wieder, dass die alten Zeiten mit Thomas vorbei waren.

Raffael las ihr Passagen aus einem Zeitungsartikel der *Hannoverschen Nachrichten* vor, der knapp zwei Wochen alt war. Kollegen hatten den Artikel im Internet entdeckt und ihn Andrea und Raffael als PDF-Datei aufs Smartphone geschickt.

Der Artikel enthielt interessante Informationen über die getötete Frau.

Dr. Nadine Odem war seit Kurzem Vorstandssprecherin des hannoverschen Bankhauses Berlinger, einer vor hundert Jahren gegründeten und immer noch im Familienbesitz befindlichen Privatbank mit derzeit hundert Mitarbeitenden. Der Aufsichtsrat der Bank hatte Nadine Odem wegen „kontinuierlich überdurchschnittlich guter Leistungen" auf diesen Posten berufen, wie es hieß. Die Frau war zwanzig Jahre im Bankhaus Berlinger beschäftigt gewesen und hatte berufsbegleitend Betriebs- und Volkswirtschaft in Hannover studiert.

Der Zeitungsartikel ging in der zweiten Hälfte auf Nadine Odems Privatleben ein. Sie war mit einer Berufsschullehrerin verheiratet, hatte keine Kinder. Außerdem wurde erwähnt, dass sie regelmäßig mit dem Fahrrad zur Arbeit kam, gerne im Garten arbeitete und am Wochenende seit einem Dreivierteljahr mit großer Begeisterung ihr Hobby Geocaching ausübte. „Ich bin aufs Geocaching aufmerksam geworden durch Menschen, die alle an meinem Gartenzaun auffällig unauffällig nach etwas suchten", wurde sie in dem Artikel zitiert.

*

Mareike Keppler saß zusammengesunken in einem Sessel ihres Wohnzimmers und wischte sich zwischendurch immer wieder eine Träne aus dem Gesicht. Die Nachricht von der gewaltsamen Tötung ihrer Ehefrau hatte sie sehr mitgenommen.

Andrea Renner und Raffael Störtebecker hatten auf einem Sofa ihr gegenüber Platz genommen. Der geflieste Raum wirkte modern und freundlich eingerichtet, mit liebevollen kleinen Details, was die Dekoration in der Schrankwand und auf dem Fensterbrett im Erker anging.

Alles sieht so harmonisch aus, ging Andrea durch den Kopf. *Und jetzt kommen wir mit unserer Todesbotschaft und machen alles kaputt.*

Mareike trug eine modische beigefarbene Bluse mit Kelchkragen zur schwarzen Jeans.

Sie ist eher die Elegante, Nadine die Sportliche.

Mittlerweile hatte sich Mareike so weit gefangen, dass sie sich in der Lage sah, Andreas Fragen zu beantworten. Raffael nahm die Rolle des stillen Beobachters ein. Mit Mareikes Einverständnis hatte er ein kleines Aufzeichnungsgerät auf dem Wohnzimmertisch postiert, um das Gespräch, wie bei Zeugenbefragungen üblich, mitzuschneiden.

Seit fünf Jahren lebten Nadine Odem und Mareike Keppler zusammen, seit einem Jahr waren sie verheiratet.

„Ich hatte auf sie gewartet und mir Sorgen gemacht, obwohl es schon manchmal später geworden ist, wenn sie ihre Geocaches gesucht hat", äußerte Mareike und fuhr sich mit beiden Händen durch ihre mittellangen braunen Haare. „Ich hatte heute Nachmittag bereits versucht, sie auf dem Handy anzurufen, aber sie ging nicht dran."

Nach Mitteilung von Mareike hatte sich Nadine nicht mit einem anderen Geocacher zu ihrer letzten Tour verabredet.

Andrea erkundigte sich, wann genau Nadine das Haus verlassen und was sie zu dem Zeitpunkt bei sich gehabt hatte.

Anscheinend hat der Täter seinem Opfer tatsächlich nichts entwendet.

„Ich mache mir solche Vorwürfe“, stieß Mareike hervor. „Sie hat mich gefragt, ob ich mitkomme. Und ich habe abgelehnt.“

Andrea versuchte vergeblich, Mareike zu beschwichtigen. Mit großer Wahrscheinlichkeit wäre Nadine nicht ermordet worden, wenn ihre Frau sie begleitet hätte. Aber woher hätte Mareike das ahnen sollen …?!

Ihre Ehe bezeichnete Mareike als glücklich und insgesamt konfliktfrei.

Andrea stellte die klassische Frage: „Hatte Ihre Frau Feinde?“

„Nadine war immer ein freundlich zugewandter Mensch. Ich weiß nichts von Feinden.“

„Verärgerte Bankkunden …?“

„Dass wir keine Feinde haben, können Sie schon daran ablesen, dass Nadine nie einen Grund dafür gesehen hat, unsere Adresse aus dem Telefonbuch löschen zu lassen. Die Verpixelung unseres Hauses bei *Street View* haben noch die Vorbesitzer veranlasst.“

Ich in Nadines Position hätte das anders gehandhabt. Aber ich beschäftige mich auch täglich mit den bösen Seiten des Lebens.

Andrea fragte weiter in diese Richtung: „Hat Ihre Frau nie Konflikte am Arbeitsplatz erwähnt? Schließlich war sie Vorstandssprecherin einer Bank. Gab's da keine Neider?"

„Na ja, es hatten sich wohl noch andere Hoffnungen auf diesen Posten gemacht. Aber von einem ernsthaften Konflikt ist mir nichts bekannt."

„Stress mit Nachbarn, Bekannten oder Verwandten?"

Mareike schüttelte den Kopf.

„Und die Tatsache, dass Sie beide als ...", Andrea zögerte kurz, „... als gleichgeschlechtliches Paar zusammenleben, hatte nie zu problematischen Reaktionen Ihrer Umwelt geführt...?"

„Zugegeben, wir haben immer wieder mit Menschen zu tun, die eine lesbische Beziehung für eine psychopathische Fehlentwicklung halten." Mareikes Stimme gewann an Kraft und Lautstärke. „Aber die Phase, wo wir uns verstecken mussten, haben wir lange hinter uns gelassen. Nadines Bankhaus und die Berufsschule, an der ich arbeite, haben auf jeden Fall mit unserer Lebensweise keine Probleme." Sie lachte bitter. „Die sehen uns eher als Aushängeschild für ihr modernes Diversity-Konzept."

„Sie waren als lesbisches Paar" – Andrea griff auf Mareikes Wortwahl zurück – „also keinen erkennbaren Anfeindungen ausgesetzt?"

„Nein."

Keine Konflikte, scheinbar alles in bester Ordnung? Dennoch ist Nadine Odem Opfer eines Gewaltverbrechens geworden. Zufällig?

Andrea kam noch einmal auf Nadines Hobby zurück: „Gibt es zwischen Geocachern so etwas wie Konkurrenzkämpfe?"

„Bestimmt keine, wo der eine den anderen umbringt. Nadine hat immer davon gesprochen, wie freundlich und zugewandt Geocacher miteinander umgehen. Vor ein paar Tagen war zuletzt einer an unserem Gartenzaun, und Nadine hat ihm Tipps zu dem Geocache in der Nähe unseres Grundstücks gegeben."

„Kannten Sie den Mann?"

„Nein. Nadine hatte die Vermutung, er wäre schon zwei Tage zuvor da gewesen. Jedes Mal hat er in unseren Garten geschaut. Beim ersten Mal war er schon weg, bevor Nadine ihn ansprechen konnte."

Andrea fiel sofort der Zeitungsartikel wieder ein. So etwas war in der Vergangenheit offenbar schon öfters vorgekommen und nicht unbedingt etwas Besonderes. Trotzdem ließ sie sich von Mareike genau schildern, was sie wann beobachtet hatte.

„Eigentlich habe ich von dem Mann nur den schwarz-weißen Fahrradhelm erkannt", bekundete Mareike. „Gesicht, Größe und Alter konnte ich durch die Büsche von meiner Position aus nicht erkennen. Nur Nadine ist an den Zaun gegangen und hat kurz mit ihm gesprochen."

„Können Sie etwas zu seiner Stimme sagen?"

„Er hat nur wenig und leise gesprochen. Da kann ich Ihnen nicht weiterhelfen. Denken Sie denn, der Mann könnte mit dem Mord etwas zu tun haben?"

„Es geht mir zunächst nur um die Sammlung von Fakten."

„Mir fällt ein, dass der Mann gerade zu dem Zeitpunkt am Zaun stand, als Nadine mich auf ihre geplante Fahrradtour heute ansprach."

„Könnte er verstanden haben, worum es in Ihrer Unterhaltung ging?"

„Weiß nicht … schon möglich."

Leider hatte Nadine gegenüber ihrer Frau keine weiteren Angaben zu dem Mann gemacht. Es war auch unklar, ob der Mann nach dem kurzen Gespräch mit Nadine den Geocache in der Nähe des Hauses gefunden und sich in das Logbuch eingetragen hatte.

Auch wenn nachher nichts dabei herauskommt, dachte Andrea, *wir werden das Logbuch des Geocaches überprüfen lassen.*

Andrea und Raffael ließen sich im Anschluss an die Befragung das häusliche Arbeitszimmer von Nadine zeigen, um dadurch einen weiteren persönlichen Eindruck von der Toten zu bekommen. Das ganze Zimmer inklusive Schreibtisch wirkte penibel aufgeräumt.

Mareike Keppler war sofort damit einverstanden, dass Andrea Nadines Notebook im Rahmen ihrer Ermittlungstätigkeit mitnahm. Die Datenauswertung des Notebooks oder PCs eines Mordopfers konnte bei der Erforschung des Tatmotivs hilfreiche Hinweise geben.

Nicht, dass wir noch übersehen, dass die Ermordete Erpressermails erhalten und aus Rücksicht auf ihre Ehepartnerin verschwiegen hat …

Kapitel 8

Montag, 14. Mai

Kriminalhauptkommissar Thomas Stelter leitete als Ermittlungsführer die neu gebildete *Mordkommission Dr. Odem*. Am frühen Morgen hatte er das zusammengestellte Ermittlerteam, das aus einer größeren Anzahl von Mitarbeiterinnen und Mitarbeitern bestand, in den Konferenzraum des Kommissariats 1 im vierten Stockwerk ihres Dienstgebäudes gebeten.

Die bisher vorliegenden Ergebnisse im Mordfall Nadine Odem wurden vorgestellt.

Der Leichnam der Frau war kurz vor fünfzehn Uhr von den beiden Geocachern gefunden worden. Die Route, die die Frau ab kurz nach zwölf Uhr zwischen Kirchrode und ihrem Tötungsort zurückgelegt hatte, war rekonstruierbar mithilfe der Auswertung der Funkverbindung ihres Smartphones, ihrer digitalen Einträge in die Logdatei der Geocaching-App und ihrer handschriftlichen Vermerke in den Logbüchern der gefundenen Geocaches. Die Daten der Smartwatch, nach denen der Tod gegen 12:45 Uhr eingetreten war, passten vom Zeitverlauf her genau zu der von Nadine Odem bis dahin zurückgelegten Strecke.

Bei der Tötungsart zogen die Ermittler vorrangig einen männlichen Täter in Betracht, aber eine Frau konnte nicht sicher ausgeschlossen werden.

Spuren, die eindeutig dem Täter zugeordnet werden konnten, gab es bisher nicht.

Das Motiv der Tat war völlig unklar.

War Nadine Odem im Wald zufällig auf einen psychopathischen Killer gestoßen? Gab es vorher keine persönliche Verbindung zwischen Täter und Opfer, und die Frau war tragischerweise zum falschen Zeitpunkt am falschen Ort gewesen? Oder hatte ihr jemand gezielt aufgelauert oder war ihr gefolgt, mit der Absicht, sie zu töten? Und wer kam dafür infrage? Eine Person aus ihrem privaten oder beruflichen Kontext? Ein Auftragskiller?

„Wir müssen auf jeden Fall in alle Richtungen ermitteln", bekräftigte Thomas Stelter.

*

Andrea Renner ließ ihren Blick langsam durch den weiträumigen und imposanten Empfangsbereich schweifen. Zwei Kunden saßen auf einem der bequem aussehenden Sessel im Wartebereich und guckten zu ihr herüber. Zusammen mit Raffael Störtebecker stand sie am zentralen Empfangstresen im Erdgeschoss des Bankhauses Berlinger.

Bei der Nennung seines Familienamens hatte Raffael den Nachsatz hinterhergeschoben: „Nicht wie der Pirat oder das Bier, sondern ein -becker mit ck." Was wirklich niemanden interessierte, wie Andrea im Stillen vermutete. Zumindest der Mitarbeiter am Empfang hatte lediglich ohne Kommentar die Stirn gerunzelt.

Die Privatbank befand sich direkt in der hannoverschen City, in unmittelbarer Nähe vom Kröpcke.

Andrea und Raffael warteten darauf, zu einem Mitglied des Vorstandes gebracht zu werden, nachdem der zuvorkommende Mitarbeiter hinter dem Tresen mit dem Vorstandssekretariat telefoniert hatte.

Eine Frau Mitte dreißig in einem dunkelblauen Kostüm kam auf sie zu, begrüßte die beiden und geleitete sie ins erste Stockwerk. Die Frau hieß Simone Bechtel und gehörte zum Sekretärinnen-Pool der Vorstandsetage. Ihr Gesichtsausdruck, der eine tiefe Betroffenheit ausdrückte, ließ vermuten, dass sie bereits durch die Medien über den Mord an der Vorstandssprecherin ihrer Bank informiert war.

Simone führte die Besucher durch einen breiten langen Flur, an dessen Wand die Bilder eines modernen Künstlers hingen. Das Bankhaus war für die Kunstausstellungen in seinen Räumlichkeiten bekannt. Vor Jahren hatte der Sohn von Thomas Stelter hier seine Gemälde aushängen dürfen.

Die letzte Tür auf dem Flur gehörte zum Büro von Lothar Pannier, der Andrea und Raffael mit einem kräftigen Händedruck empfing und dann an den Besprechungstisch seines großzügigen Arbeitszimmers bat, nachdem Andrea den Grund ihres Kommens genannt hatte. Simone blieb stumm auf dem Flur stehen und zog die Tür hinter sich zu.

„Schrecklich, einfach schrecklich", äußerte Lothar Pannier. „Ich hab es in der Zeitung gelesen und im Radio gehört. Wer tut so etwas?" Sein Gesichtsausdruck deutete an, dass er darauf zum jetzigen Zeitpunkt noch keine Antwort erwartete.

Er mochte Ende vierzig sein, hatte volles braunes Haar mit grauen Strähnen und trug zur blauen Krawatte einen grauen Anzug, der seine schlanke Figur vorteilhaft betonte.

Bei der Befragung durch die beiden Mitglieder der Mordkommission hatte sein Ton durchgängig eine ernste und sachliche, aber zugewandte Note.

„Der jeweils für fünf Jahre berufene Vorstand besteht immer aus drei Mitgliedern. Ich bin für die Bereiche Recht und Risiko zuständig, wirke also nach innen, während Frau Doktor Odem als Vorstandssprecherin die Bereiche Markt und Strategie zugeordnet sind. Sie ist somit das Aushängeschild der Bank."

Auf Raffaels Frage, wer denn vor Nadine Odem diesen Posten bekleidet hatte, nannte Pannier den Namen des Mannes und dass dieser aus Altersgründen nicht mehr dafür zur Verfügung gestanden habe.

„Hätte Sie der Posten des Vorstandssprechers nicht auch gereizt?", setzte Raffael nach.

Der Befragte runzelte die Stirn, dann schüttelte er den Kopf.

„Die Aufgaben eines Vorstandssprechers unseres Bankhauses sind eine reizvolle Herausforderung. Aber Frau Doktor Odem war aufgrund ihrer konstanten Verdienste für die Bank die erste Wahl für diesen Posten. Das hat der Aufsichtsrat zu Recht so entschieden. Ich bin mit meinem Aufgabenbereich sehr zufrieden."

Ich glaube, er wäre auch gern das Aushängeschild der Bank, mutmaßte Andrea. *Aber dass er deswegen seine Kollegin ermordet, kann ich mir nicht vorstellen.*

„Und wer ist das dritte Vorstandsmitglied?"

„Herr Rosenberger, der genau wie ich schon zum Vorstand davor gehörte, kümmert sich um die Bereiche Personal und IT. Er ist seit zwei Wochen in Kanada … im Urlaub. Aber wegen der Ermordung von Frau Doktor Odem wird er seinen Urlaub vorzeitig abbrechen und nach Hannover kommen."

Womit Herr Rosenberger ein bombensicheres Alibi hat.

„Was waren denn das für Verdienste, mit denen sich Frau Doktor Odem für den Posten als Vorstandssprecherin empfohlen hat?", erkundigte sich Andrea Renner.

„Die erfolgreiche Leitung der Kreditabteilung für einige Jahre, eine Tätigkeit als Führungskraft auf der zweiten Ebene unter dem Vorstand."

„War sie beliebt?"

„Allemal.“ Er überlegte kurz. „Sie hatte eine sympathische und authentische Ausstrahlung, das kam bei Mitarbeitern und Kunden gut an.“

Andreas Frage nach nennenswerten Konflikten in der Vergangenheit, beispielsweise gravierendem Ärger mit unzufriedenen Kunden der Kreditabteilung, verneinte Pannier.

Dann erkundigte sie sich, mit welchem Personenkreis die Ermordete zuletzt beruflich zu tun hatte.

„Mehr als die Hälfte ihrer Arbeitszeit hat sie außerhalb der Bank verbracht. Um neue Geschäfte zu vermitteln, hat sie sich mit Vertretern mittelständischer und größerer Betriebe getroffen, wie *Mäntelhaus Kaiser*, *I.G. von der Linde*, *Bahlsen* oder *Conti*.“

„Welche Bedeutung hatte es für die Bank und deren Kunden, dass Nadine Odem in einer lesbischen Beziehung lebte?“, mischte sich Raffael ein.

„Dass das Bankhaus für Kontinuität und traditionelle Werte steht, heißt nicht, dass wir uns gegenüber bestimmten Formen sexueller Orientierung unserer Mitarbeitenden intolerant zeigen – im Gegenteil“, betonte Pannier mit kräftiger Stimme. „Und unsere Kunden wussten selbstverständlich nichts über das Privatleben von Frau Doktor Odem.“

„Bis vor zwei Wochen“, ergänzte Raffael, „als es in der Zeitung stand.“

*

Am Ende ihres Gesprächs erkundigte sich Raffael Störtebecker bei Lothar Pannier, wo sich dieser gestern im Tatzeitraum aufgehalten hatte.

„Zählen Sie mich ernsthaft zum Kreis der Tatverdächtigen?", äußerte das Vorstandsmitglied.

„Nein, verstehen Sie das bitte nicht falsch", lächelte Andrea. „Das ist eine reine Routinefrage."

Bereitwillig führte Pannier aus, zu dieser Zeit einen Bekannten im Stadtteil Zoo besucht und anschließend mit diesem einen Spaziergang durch den Stadtwald Eilenriede gemacht zu haben.

Danach führte er Andrea und Raffael auf deren Wunsch durch Nadine Odems Büro, welches auf demselben Flur zwei Türen entfernt lag.

Wirkt genauso aufgeräumt wie ihr Arbeitszimmer in Kirchrode, dachte Andrea.

Das Büro zwischen Nadine Odem und Lothar Pannier war das Vorstandssekretariat. Hier sprachen die beiden, nachdem sie sich von Pannier verabschiedet hatten, mit der Sekretärin Simone Bechtel.

„Frau Doktor Odem war eine selbstbewusste und zielstrebige Frau", bekundete Simone Bechtel, „aber auf keinen Fall ein Ellbogentyp. Ich mochte sie sehr. Auf der ersten Führungsetage von Bankhäusern ist es absolut unüblich, dass eine Frau einen solchen Posten bekleidet."

„Hatte sie Neider?", wollte Andrea wissen.

„Das ist mir nicht aufgefallen."

Und wenn doch, würden Sie es mir nicht sagen, vermutete Andrea und fragte: „Haben Sie eine Idee, wer nach dem Tod von Frau Odem zum Vorstandssprecher berufen wird?“

„Dafür ist es noch zu früh. Ich habe keine Vorstellung, wie der Aufsichtsrat auf diese schreckliche neue Situation reagieren wird.“

„Wissen Sie, wie Externe, also Geschäftspartner und Kunden, darauf reagiert haben, dass auf einmal eine Frau das Aushängeschild der Bank war?“

„Schwer zu sagen.“ Die Sekretärin zuckte mit den Schultern. Nach einigen Sekunden Pause erzählte sie: „Eine Frau Jordan von den *Hannoverschen Nachrichten* hatte angerufen, um gleich einen Interview-Termin für einen längeren Zeitungsartikel zu vereinbaren. Kurze Zeit später hatte sich der Chefredakteur der *Ihme News* … Namen habe ich vergessen … gemeldet und wollte ebenfalls ein Interview mit Frau Doktor Odem führen.“

Bei den *Ihme News* handelte es sich um eine reine Online-Zeitung für Hannover.

„Den Artikel in den *Hannoverschen Nachrichten* kennen wir“, erklärte Andrea.

„Ja, wertschätzend geschrieben. Frau Doktor Odem war zufrieden damit. Sie hat lange Zeit hier im Büro mit der Journalistin über alles gesprochen. Wobei ich keine Einzelheiten kenne. Ich habe den beiden lediglich einmal eine Tasse Kaffee ins Büro gebracht.“

„Und ist das Interview mit den *Ihme News* zustande gekommen?“

„Ich glaube nicht.“

Kapitel 9

Dienstag, 15. Mai

Seit ungefähr zwei Tagen lief jetzt die Ermittlungstätigkeit der *Mordkommission Dr. Odem* auf vollen Touren. Der Mord an der Vorstandssprecherin des hannoverschen Bankhauses Berlinger stieß erwartungsgemäß auf großes Interesse bei den Medien, was Ansporn und vor allem Erfolgsdruck für Hauptkommissar Thomas Stelter und sein Team bedeutete.

Seit gestern lag der endgültige Obduktionsbefund aus der Rechtsmedizin der Medizinischen Hochschule vor. Der Schnitt am Hals verlief fast horizontal, hatte neben den großen Arterien und Venen beidseits auch gleichzeitig die Luft- und Speiseröhre mit durchtrennt. Das Opfer war an den Folgen des massiven Blutverlustes und einer Luftembolie schnell verstorben. Ulrich Lindhoff war sich sicher, dass das Opfer nicht mehr in der Lage gewesen war zu schreien. Es hatte definitiv keine Vergewaltigung und keinen Abwehrkampf gegeben. Der Mörder (das Wort „Mörderin" verwendete in diesem Fall momentan niemand im Team) musste sein ahnungsloses Opfer von hinten überrascht haben. So wie es aussah, war die Frau gerade mit dem Eintrag in das Logbuch des gefundenen Geocaches beschäftigt gewesen.

Das rekonstruierte Szenario implizierte die folgenden Überlegungen: Hatte Nadine Odem den Täter für einen harmlosen Geocacher gehalten? War der Täter einfach zufällig vor Ort, oder hatte sie ihn womöglich auf dem Waldweg getroffen und war mit ihm ein Stück gemeinsam zum späteren Tatort gefahren? Kannte das Opfer seinen Mörder?

Auf der Route von Kirchrode zum Misburger Wald gab es keine polizeilichen Überwachungskameras, die die Frau und einen eventuellen Verfolger aufgezeichnet haben könnten.

Die Polizei hatte die Medien für einen Aufruf an die Bevölkerung genutzt. Gesucht wurden Zeugen, die Nadine Odem am Sonntag auf dem Weg zum Tatort gesehen hatten. Für die Mordkommission konnten Hinweise auf eine zweite Person, die Nadine beispielsweise mit dem Fahrrad begleitet hatte oder direkt hinter ihr hergefahren war, möglicherweise richtungsweisend sein. Tatsächlich hatte ein Spaziergänger Nadine Odem auf ihrem Fahrrad gesehen, wobei die Frau allein gewesen wäre. Der Mann konnte sich an weitere einzelne Radfahrer mit Schutzhelm und Trikot auf Rennrädern erinnern, denen er später begegnet war, ohne Angaben zum Gesicht oder zum Alter der Personen machen zu können.

Den Hinweisen von Mareike Keppler über den vermeintlichen Geocacher an ihrem Gartenzaun waren die polizeilichen Ermittler recht zügig nachgegangen. Ihre Recherchen ergaben, dass der Cache im Gullydeckel tatsächlich an dem Freitag, an dem Nadine dem Mann den Tipp gegeben hatte, noch im Internet geloggt worden war – von einem Geocacher aus Hannover mit dem Nickname *Hahn Solo 6*. Mit dem Namen hatte sich der Geocacher auch auf der winzigen Papierrolle dieses *Nano-Caches* am 11. Mai handschriftlich eingetragen. Davor war der Cache zuletzt am 8. Mai von einer Frau gefunden und geloggt worden.

Im wahren Leben hieß *Hahn Solo 6* Ingo Hauser und arbeitete als Angestellter in einer IT-Firma. Er hatte sein Smartphone fürs Geocaching in Kirchrode verwendet, war seit zwei Jahren registriertes Premium-Mitglied der offiziellen Geocache-Datenbank im Internet und hatte dort als Kommentar zu seinem Log geschrieben: „Nach einer gründlichen Inspektion des mugglefreien Umfeldes konnte der Cache recht schnell gehoben werden." Für die Mordkommission war es nicht sonderlich schwierig, den Mann ausfindig zu machen. Bei seiner Befragung berichtete er, am 11. Mai mit dem Auto zum Geocaching gefahren zu sein. Er habe niemanden im Garten von Nadine Odem gesehen und mit niemandem gesprochen. Zur Tatzeit wäre er mit seiner Freundin am Maschsee gewesen, was diese bestätigt hatte.

Aber wer war der Mann, der am 11. Mai kurz mit Nadine Odem an ihrem Grundstück geredet und womöglich ihre Planung für den Sonntag mitbekommen hatte? In das Logbuch des Geocaches im Gullydeckel hatte er sich nicht eingetragen, folglich auch nicht in der Online-Datenbank von *Geocaching.com*. Entweder hatte er den Nano-Cache trotz Nadines Hilfestellung nicht gefunden (angesichts des Schweregrades nicht völlig unwahrscheinlich), oder der Cache hatte ihn überhaupt nicht interessiert. Zumindest ließ sich ihm bisher kein eingeschaltetes Smartphone zuordnen, wobei Geocacher natürlich auch GPS-Handgeräte verwendeten, die nicht aktiv Signale senden und deshalb an Dritte keine Informationen über den eigenen Standort verraten.

Bei der Befragung der Nachbarschaft von Nadine Odem kam heraus, dass eine ältere Frau, die einige Häuser weiter wohnte, den Mann mit dem Fahrradhelm neben dem Gartenzaun der Ermordeten gesehen hatte. Die Zeugin war dort am frühen Abend mit ihrem kleinen Hund spazieren gegangen und hatte bereits eine größere Entfernung vom besagten Eckgrundstück zurückgelegt, als der angeleinte Hund in die entgegengesetzte Richtung wollte. Die Frau hatte sich für einen kurzen Moment umgedreht und einen Mann wahrgenommen, der in den Garten von Nadine Odem schaute. Nach ihrer Beschreibung hatte der Mann – neben dem schwarz-weißen Schutzhelm – eine helle Jacke und Blue Jeans getragen. Die Angaben der Zeugin resultierten aus einer Beobachtung, die ein paar Sekunden angedauert hatte und aus größerem räumlichem Abstand erfolgt war. Die Frau war sich dennoch sicher, dass der Mann keinen Bart und keine Brille hatte. Der

Fahrradhelm habe sämtliche Haare verdeckt. Insofern konnte es sich um eine Kurzhaarfrisur oder eine Glatze handeln. An weitere Details zum Gesicht des Mannes konnte sie sich nicht erinnern. Das Alter des fraglichen Geocachers grenzte die Zeugin mit „jung bis mittleres Alter" ein. Den Mann hatte sie zuvor noch nie gesehen.

Thomas Stelter war inzwischen darüber informiert, dass es in der jüngeren Vergangenheit keinen ähnlich gelagerten und bisher ungeklärten Mordfall wie diesen in anderen Städten und Bundesländern gegeben hatte.

Die Auswertung der Handydaten des Opfers unterstrich die Einschätzung ihrer Ehepartnerin, dass Nadine Odem wenig mit Freunden, Bekannten und Familie kommuniziert und stattdessen für ihre Arbeit und ihre Hobbys gelebt hatte.

Thomas Stelter konnte sich mit dem bisherigen Bild über das Opfer, dass es in Nadines Privat- und Berufsleben keine nennenswerten Konflikte gab, immer noch nicht anfreunden. Andrea Renner hatte gestern die Interviewanfragen der *Hannoverschen Nachrichten* und der *Ihme News* erwähnt. Thomas beauftragte Hauptkommissar Hayo Baumann, diesbezüglich mit beiden Zeitungen Kontakt aufzunehmen. Hayo sollte insbesondere die Journalistin, die vor ungefähr drei Wochen für die *Hannoverschen Nachrichten* in der Bank dieses längere Interview mit der Vorstandssprecherin geführt hatte, über Nadine Odem befragen. Solveig Jordan war bekannt als erfahrene Journalistin. Es war immerhin möglich, dass sie über interessantes Insiderwissen bezüglich der Vorstandsetage des Bankhauses verfügte oder im Interview Konflikte herausgehört oder gespürt hatte.

Hayos Bericht über sein persönliches Gespräch mit Solveig Jordan bestätigte ansatzweise die Vermutung von Thomas Stelter. Die Journalistin war sehr angetan von ihrer toughen Interviewpartnerin und wollte herausgehört haben, dass ein anderer Kollege in der Bank durchaus scharf auf den Posten des Vorstandssprechers gewesen wäre. Allerdings würde er sich seine eventuelle Enttäuschung nicht anmerken lassen.

Daraufhin hatte Hayo Baumann noch den Chefredakteur der *Ihme News* angerufen, aber der hatte ihm mitgeteilt, dass Nadine Odem keine Zeit für ein weiteres Interview mit ihm gehabt hätte, sodass ein persönliches Gespräch mit ihr nicht zustande gekommen wäre.

„Ich glaube", murmelte Thomas Stelter allein an seinem Schreibtisch vor sich hin, „die Aufklärung des Falles entwickelt sich zu einer harten Nuss."

Kapitel 10

Mittwoch, 16. Mai

„Was ist denn das für eine Scheiße?!“, rutschte es Hauptkommissar Thomas Stelter heraus.

Er betrachtete das bedruckte weiße Blatt Papier auf seinem Schreibtisch, das er gerade mit Einmalhandschuhen aus dem ebenfalls weißen fensterlosen Umschlag im Format C5 gezogen hatte.

Außer Andrea Renner und Raffael Störtebecker standen die Oberkommissare Arif Kimil und Jan Schuster um ihn herum, die ebenfalls der *Mordkommission Dr. Odem* angehörten.

„Ach, jetzt wird's aber irre“, kommentierte der dunkelhaarige Arif, ein mittelgroßer Mann um die vierzig mit türkischen Wurzeln, der schon jahrelang zum Kommissariat 1 gehörte.

„Das sieht nach einer Nachricht des tatsächlichen Täters aus“, kommentierte Jan, ein drahtiger Typ Mitte dreißig. „Die Formulierung auf dem Umschlag war ja schon ein kleiner Hinweis auf einen außergewöhnlichen Inhalt.“

Der verschlossene Umschlag war ganz regulär mit der Post verschickt worden und heute angekommen.

Die aufgedruckte Adresse, vermutlich von einem Tintenstrahldrucker, lautete:

An die Mordkommission,
die sich mit Nadine Odem beschäftigt
Waterloostr. 9
30169 Hannover

Rechts oberhalb der Anschrift befand sich eine Automatenbriefmarke, die gestern mit einem Stempel des Briefzentrums Hannover entwertet worden war.

Ein Absender war nicht auf dem Umschlag vermerkt.

Thomas hatte das Kuvert vorsichtig geöffnet, das genau dieses eine in der Mitte gefaltete Blatt enthielt.

Auf die obere Blatthälfte war mit großen fetten Buchstaben ein Satz in der Schriftart Arial gedruckt worden: „Ich habe ihr den Atem genommen".

Auf der unteren Blatthälfte dokumentierte der Verfasser unmissverständlich, um wen es ihm ging. Thomas und alle Anwesenden starrten gleichermaßen auf das gedruckte Farbfoto, welches die auf dem Bauch liegende Nadine Odem zeigte. Das Gesicht der Frau war im Profil erkennbar, wobei der Kragen der weinroten Windjacke ihren Hals verdeckte. Die Frau lag im Wald, neben ihr waren ein Kugelschreiber, ein Smartphone und eine Tupperdose mit einer kleinen Spielzeugfigur zu sehen.

„Das kann keine makabre Fotomontage sein", äußerte Andrea mit gedämpfter Stimme. „Das ist direkt am Tatort fotografiert worden, wahrscheinlich kurz nachdem das Opfer getötet worden ist."

„Dass jemand den Leichnam noch vor den beiden Geocachern gefunden hat und sich jetzt mit dieser geschmacklosen Nummer wichtigmachen will, kann man natürlich nicht ausschließen", warf Arif ein.

„Das stimmt", erklärte Raffael und hob etwas oberlehrerhaft den rechten Zeigefinger. „Aber die Chance, dass wir es hier mit einer Botschaft des Täters zu tun haben, erscheint mir sehr groß. Schließlich haben wir solche Tatortfotos nicht an die Öffentlichkeit gegeben."

„Und was ist die Botschaft?", grunzte Thomas.

„Der Verfasser hat Humor …", äußerte Raffael spontan, der angesichts des irritierten Gesichtsausdruckes seiner Kollegen ergänzte: „Ich meine, er hat offenbar eine spezielle Art von schwarzem Humor. Er verknüpft in einem Wortspiel den Namen des Mordopfers, also die alte dichterische Bezeichnung für Atem, mit der vollzogenen Tötung, die Nadine Odem schließlich den Atem nimmt."

Thomas und Arif guckten weiterhin irritiert.

„Ich bin gespannt", meinte Andrea, „ob er dieses dürftige ‚Bekennerschreiben' auch an andere Stellen schickt, wie beispielsweise die Presse."

„Wenn uns der Täter schon ein Bekennerschreiben zukommen lässt", sagte Jan in einem gespielt klagenden Tonfall, „hätte er sich wenigstens noch die Zeit nehmen sollen, es ordnungsgemäß mit seinem Absender zu versehen."

„Da er das aber nicht getan hat", warf Andrea ein, „untersuchen wir eben Umschlag und Blatt auf die typischen Druckerspuren, mögliche Fingerabdrücke oder Hautpartikel.“ Ihre Stimme bekam einen optimistischen Tonfall. „Vielleicht wissen wir bald mehr über den Absender, weil der Typ der irrigen Auffassung war, dass man auf Papier keine verräterischen Spuren hinterlässt.“

Thomas zuckte mit den Schultern.

„Ich frage mich, aus welcher Motivation heraus er das Foto mit dem Einzeiler an die zuständige Mordkommission versendet“, brummte er. „Um sich aufzuspielen in dem Glauben, ihr kriegt mich doch nicht …? Ich denke, jetzt ist der richtige Moment, Mark Seifert anzurufen.“

Dr. Mark Seifert leitete als Facharzt für Psychiatrie und Psychotherapie mit forensischer Erfahrung den Sozialpsychiatrischen Dienst der Region Hannover. Thomas Stelter hatte den Psychiater aufgrund seines kriminalistischen Spürsinns in den vergangenen Jahren öfters bei Mordermittlungen zur Erstellung eines psychologischen Täterprofils erfolgreich hinzugezogen.

Kapitel 11

Freitag, 18. Mai

Lara Klein las dieselben Textpassagen auf dem Computerbildschirm jetzt bereits zum dritten Mal.

Verdammt, ich muss mich endlich konzentrieren, sonst baue ich wieder Mist. Es sind diese blöden Gedanken, die mich immer wieder rausbringen.

Sie saß am Schreibtisch eines Doppelbüros ihrer zwanzig Jahre jüngeren Kollegin Romy Dudek gegenüber, die nach Beendigung eines Telefonats nahtlos wieder flüssig auf der Tastatur zu tippen begann.

Lara und Romy arbeiteten als Sachbearbeiterinnen für Eingliederungshilfe bei der Region Hannover, einem Kommunalverband besonderer Art, der neben der niedersächsischen Landeshauptstadt noch zwanzig weitere Gemeinden umfasste. Der Arbeitsplatz der beiden Frauen befand sich im sechsstöckigen *Haus der Region* am Rand der Südstadt von Hannover. Es gehörte zu ihren Aufgaben, die Anspruchsvoraussetzungen von Menschen mit Behinderung auf Eingliederungshilfe sozialhilferechtlich zu prüfen. Dabei ging es insbesondere um die Einkommens- und Vermögensprüfung sowie die Prüfung der örtlichen Zuständigkeit. Lara und Romy forderten fachärztliche Stellungnahmen an, arbeiteten regelmäßig mit Ämtern und Einrichtungen zusammen und verfassten am Ende Bescheide mit eigenem Ermessensspielraum.

So viele Vorgänge, die täglich über meinen Schreibtisch gehen. Ich kenne nicht die Menschen, nur ihre Akten. Lara tauchte schon wieder in ihre Gedankenwelt ein. *Eine Behinderung ist für manche bestimmt ein schweres Schicksal. Schon verrückt, dass ich jeden Tag Behinderte unterstütze und selbst eine schlimme Behinderung hab, die ich verschweige.*

Sie versuchte sich wieder auf das Schriftstück zu konzentrieren, das ihr ein rechtlicher Betreuer per E-Mail zugeschickt hatte.

Laras Behinderung hieß Alkohol. Und der hatte sie schon vor über zehn Jahren zunehmend aus der Bahn geworfen. Alle Höhen und Tiefen dieser Abhängigkeit hatte sie bereits durchlebt.

Am Anfang war das Zeug eine willkommene Abwechslung, um den Schmerz zu betäuben. Da entschied sie noch selbst, wann sie sich zuschüttete. Belastende Themen gab es genug.

Aber nach und nach verspürte sie den Zwang, ihren Körper den ganzen Tag über mit einem Alkoholpegel zufriedenzustellen. Sie konnte das Trinken nicht mehr kontrollieren und steigerte ihren Konsum immer mehr, um quälenden Entzugserscheinungen entgegenzuwirken.

Im betrunkenen Zustand kam es zu fürchterlichen Streitereien mit ihrem Mann und ihrem Sohn. Auf einmal ließ sie ihre Wut raus und beschimpfte die beiden. In dieser Phase riss der Alkohol wie eine unheilvolle Lawine sämtliche Hemmungen mit sich fort. Heute war sie froh, sich nicht mehr an alle grauenhaften Auseinandersetzungen erinnern zu können.

Damals hatte sie wiederholt versprochen, mit dem Trinken aufzuhören. Aber sie schaffte es nicht, ihre Versprechen einzuhalten, und schämte sich, wenn sie in der Wohnung und am Arbeitsplatz heimlich kleine Schnapsflaschen versteckte. Ihr ganzes Streben zielte darauf ab, so bald wie möglich den nächsten Schluck zu nehmen.

Die Behauptungen ihres Mannes, sie sei Alkoholikerin, wies sie wütend zurück. Sie leugnete jegliche Notwendigkeit, sich entgiften und suchttherapeutisch behandeln zu lassen.

Natürlich bekam ihr Arbeitgeber zuletzt mit, was mit ihr los war. Als Verwaltungsangestellte hatte sie unentschuldigt gefehlt und war wiederholt mit einer Alkoholfahne am Arbeitsplatz aufgefallen. Mehrfache Aufforderungen des Arbeitgebers, sich in Behandlung zu begeben, hatte sie in den Wind geschlagen.

Alles brach über ihr zusammen. Sie verlor ihre Arbeit, und ihr Mann ließ sich von ihr scheiden. Ihr Sohn, damals vierzehn, wollte nichts mehr mit ihr zu tun haben und blieb beim Vater, dem das alleinige Sorgerecht zugesprochen wurde. Und das war nur der Anfang ihrer Talfahrt.

Lara kam allein nicht klar, übernahm zwischendurch verschiedene Tätigkeiten, trank weiter und brach mehrfach mit Filmriss in ihrer neuen Wohnung zusammen. Schließlich wurde sie mit einem Unterbringungsbeschluss zur stationären Entgiftung in die Psychiatrische Klinik der Medizinischen Hochschule eingewiesen. Es blieb nicht bei dem einen Krankenhausaufenthalt. Lara wurde über Jahre immer wieder rückfällig und landete noch mehrmals, psychisch und körperlich in schlechtem Zustand, in der MHH-Psychiatrie. Dort lernte sie Petra kennen, eine langjährige trockene Alkoholikerin, die regelmäßig auf die Station kam, um ihre Selbsthilfegruppe vorzustellen. Mit großer Überwindung schaffte es Lara, sich einzugestehen, Alkoholikerin zu sein. Sie nahm sich ein Beispiel an Petra, einer zehn Jahre älteren Frau, die nach einer katastrophalen Phase des Leugnens konsequent zu ihrer Alkoholabhängigkeit stand und durch regelmäßige Teilnahme an der Selbsthilfegruppe abstinent geblieben war.

Lara rang sich mit Petras Unterstützung dazu durch, eine stationäre Entwöhnungstherapie für Abhängige zu machen, die im Anschluss im ambulanten Rahmen in Hannover weitergeführt wurde. Während sie an den ambulanten Einzel- und Gruppengesprächen teilnahm, ging es langsam wieder bergauf.

Sie bekam letztes Jahr ihre jetzige Stelle bei der Region Hannover. Im Bewerbungsgespräch konnte sie sich als stabile und Zuverlässigkeit ausstrahlende Frau präsentieren. Dabei gestand sie ein, „lange zurückliegende und überwundene depressive Phasen“ gehabt zu haben. Die Alkoholabhängigkeit wurde in ihren Arbeitszeugnissen nie erwähnt. Lara konnte damals fast körperlich spüren, wie uneins sich das Auswahlgremium war, diese Frau mittleren Alters mit einer psychischen Störung in der Vorgeschichte einzustellen. Umso dankbarer war sie, als die Region Hannover bereit war, dieses Risiko mit ihr einzugehen und ihr eine neue berufliche Chance zu geben. Und wenn Lara in der halbjährigen Probezeit keine vernünftigen Leistungen zeigte und häufig fehlte, war sie ihre Stelle schnell wieder los. Auf keinen Fall wollte sie ihren neuen Arbeitgeber enttäuschen, der großes Vertrauen in sie gesetzt hatte. Ihre Probleme mit Alkohol hielt sie am Arbeitsplatz geheim.

Ich muss diese Gedankenketten unterbrechen und nicht ständig in die Vergangenheit abdriften, rief sich Lara im Stillen zur Ordnung, als sie merkte, dass Romy mit fragender Miene zu ihr herübersah.

„Ist was mit dir?“, fragte ihre Kollegin fürsorglich. „Ich hab schon die ganze Woche den Eindruck, dass dich etwas belastet. Geht's um Timo …?“

„Nein, privat gibt's keine Probleme“, schwindelte Lara. „Ich hab manchmal so Hitzewallungen, wahrscheinlich die Hormone.“

Die Andeutung, ihr könnten die ersten Auswirkungen der Wechseljahre zu schaffen machen, klang im Fall von Lara, die übernächsten Monat fünfundvierzig wurde, durchaus plausibel. Aber die hormonellen Beschwerden waren nur ausgedacht.

„Du Ärmste“, murmelte ihre Kollegin und gab sich damit zufrieden.

Romy war eine nette und lebenslustige junge Frau. Ihr hatte Lara anvertraut, dass sie dabei war, den Kontakt zu ihrem inzwischen 22-jährigen Sohn Timo wiederherzustellen. Vor ein paar Wochen hatte sich Lara von ihr überreden lassen, abends gemeinsam durch Hannover zu ziehen. Ein Abend, der Lara eine bittere und lebenswichtige Erfahrung bescherte. Völlig unbekümmert hatte Romy in einer Bar zwei Cocktails für sie beide bestellt. Lara war nach so langer Trockenheit der Meinung gewesen, es bei dem einen Glas Alkohol bewenden zu lassen. Aber auf das erste folgte das zweite und dritte, und sie stürzte ab wie früher.

Nach diesem Abend saß Lara der Schreck in allen Gliedern. Ihr war deutlich geworden, wie zerbrechlich ihre aktuelle Stabilität war. Seitdem hielt sie zu Romy Distanz und ging nicht wieder mit ihr auf Tour.

Heute ist mein Tag X. Wenn mein Plan funktioniert, ist es der erste persönliche Kontakt seit Jahren. Es hängt so viel davon ab. Mein ganzes Leben …

Sie tippte fast mechanisch einige der üblichen Formulierungen in die Tastatur. Ihre Arbeit durfte sie nicht vernachlässigen!

Für eine Mutter ist es das Schlimmste, wenn der eigene Sohn nichts mehr mit ihr zu tun haben will. Ich liebe ihn doch.

Lara schaffte es nur vorübergehend, die volle Aufmerksamkeit ihrer Arbeit zu widmen. Zum Glück war heute Freitag und um 12:30 Uhr Dienstschluss.

Mit Timo und ihrem Ex-Mann Sven hatte sie sich seit Jahren nicht mehr persönlich getroffen. Zu massiv war die Ablehnung insbesondere von Timo, der seine Mutter seit der Scheidung um keinen Preis besuchen wollte. Lara wusste, dass Timo noch mit seinem Vater zusammenwohnte und inzwischen in Hannover studierte. Wenn sie versuchte, ihren Sohn anzurufen, beendete der sofort das Gespräch. Bei Sven hatte sie es immerhin vor ein paar Wochen geschafft, mit ihm ein kurzes Telefonat zu führen. Er war ablehnend, aber in den darauffolgenden Wochen hatte er sich dennoch auf weitere Anrufe von ihr eingelassen.

Ich kann Svens abweisende Haltung verstehen, nach allem, was er mit mir durchgemacht hat. Ich war damals zuletzt total ekelhaft zu ihm. Aber nach meinem schrecklichen Absturz weiß ich zu schätzen, was ich früher an ihm hatte. Ich glaube, ich würde alles dafür geben, ihm und Timo wieder näherzukommen. Wenn ich Sven zurückgewinne, schaffe ich es vielleicht auch bei Timo.

Sie brauchte einen kurzen Ortswechsel, verließ das Büro, um die Damentoilette aufzusuchen.

Über dem Waschbecken betrachtete sie kritisch das eigene Spiegelbild. Dabei strich sie mit beiden Händen ihre mittellangen rotblonden Haare zur Seite.

Wenn ich mich gut zurechtmache, wird ihm das gefallen. Vor unserer Scheidung hab ich mich zuletzt völlig gehen lassen. Die ersten Jahre nach unserer Hochzeit, als wir eine kleine Familie wurden, waren wir total glücklich miteinander. Er ist auf meine Wünsche einge-

gangen, war selbst so weich. Ich mochte seine anfängliche Schüchternheit, als wir uns kennenlernten. Nach unserer Trennung hatte ich mit einem Mann keine ernsthafte Beziehung mehr. Und wenn es stimmt, was Sven am Telefon erzählt hat, hat er ebenfalls momentan keine Partnerin.

Zurück im Büro brachte sie den allernotwendigsten Schriftkram zu Ende. Dann machte sie pünktlich Feierabend.

Im Supermarkt gegenüber kaufte sie noch einige Lebensmittel und Getränke ein. Eine besondere Herausforderung war der Gang mit den alkoholischen Getränken. Sie musste sich jedes Mal aktiv dagegen wehren, um nicht wie früher einfach zuzugreifen. *Das Böse ist immer und überall*, ging ihr spontan die Textzeile eines Schlagers ihrer Kindheit durch den Kopf.

„Mordkommission erhält Brief von Nadine Odems Mörder", verkündete das *TAGESBLATT Hannover* auf seiner ersten Seite. Lara griff nach der Zeitung und las schnell die ersten Sätze des Artikels.

Der Täter schreibt der Polizei?! Unfassbar. Was geht da im Gehirn eines Menschen ab, der sinnlos einen anderen Menschen ermordet …?

Über den Inhalt des Schreibens stand nichts in dem Artikel.

Wahrscheinlich hält die Kripo das geheim.

Mit großem Interesse hatte sie jeden Tag die Berichterstattung der Presse über den Mord an der Bankerin verfolgt.

In ihrer Wohnung, die im nördlichen Teil von Hannover lag, fiel ihr Blick im Flur als Erstes auf die leeren Pappkartons, die sich schon wieder angesammelt hatten. Lauter Verpackungen ihrer Bestellungen bei diversen Online-Shops.

Alles Frustkäufe, weil ich seit Ewigkeiten ziemlich isoliert bin und fast immer alleine in meiner Bude hocke. Und als Highlight meiner Kaufwut bekomme ich zusätzlich diese sinnlosen Prämiengeschenke zugesandt.

Die einzige regelmäßige Besucherin ihrer Wohnung war Petra, die jeden Sonntagvormittag zum Frühstück kam. Für Lara ein willkommener Anreiz, ihre Wohnung nicht wie früher komplett vermüllen zu lassen. Die beiden Frauen hatten vereinbart, dass Petra immer Laras Wohnungsschlüssel mitnahm, damit sie im Zweifelsfall die Tür aufschließen konnte, wenn Lara wegen eines Alkoholrückfalls dazu nicht mehr in der Lage sein sollte. Darüber hinaus hielt Lara regelmäßigen Kontakt zur Selbsthilfegruppe.

Sven wollte sich am Telefon nicht auf ein Treffen mit mir einlassen. Es funktioniert nur, wenn ich ihn vor vollendete Tatsachen stelle. Ich hoffe, dass er mir persönlich nichts abschlagen wird. Um sechzehn Uhr ist er freitags immer zu Hause, hat er erzählt. Ich hab ihn geschickt ausgehorcht. Er ahnt nicht, dass ich heute vor seiner Tür stehe.

Laras Anspannung wuchs.

Hoffentlich krieg ich vor Aufregung keinen Durchfall. Ich tu unschuldig und sage, ich war zufällig in der Nähe und hab mir gedacht, einfach mal zu klingeln.

Sie zog sich im Badezimmer um, entschied sich für ein sportliches Outfit mit Pulli, Jacke und Sneakers. Danach nahm sie sich ausreichend Zeit für ihr Make-up.

Richtig geschminkt hab ich mich zuletzt bei meiner unsäglichen Sause mit Romy.

Mit ihrem Hyundai i10 fuhr sie zurück in die Südstadt, wo Sven mit Timo in einer Mietwohnung lebte.

Ich genieße es, mir wieder einen Kleinwagen leisten zu können und nicht mit den vollgestopften Öffis fahren zu müssen.

Sie arbeitete seit Monaten im selben Stadtteil, hatte aber dort weder ihren Mann noch ihren Sohn getroffen. Was zum einen sicherlich daran lag, dass die Südstadt eine große Fläche mit zahlreichen Wohnhäusern umfasste. Zum anderen hatte sie sich bis heute nicht getraut, sich Sven und Timo persönlich zu nähern.

Es war 16:30 Uhr.

Die Wohnung ihres Ex-Mannes befand sich im zweiten Stock eines dieser vierstöckigen Häuser, die sich zu beiden Seiten der Straße aneinanderreihten, immerhin mit Balkon und kleinem Vorgarten. Eine Grünanlage mit Spielplatz war nicht weit entfernt.

Dem Hauseingang schräg gegenüber fand sie einen Parkplatz. Svens Auto, ein schwarzer Rover Mini, stand direkt vor der Tür. Sie hatte plötzlich das Gefühl, schlecht Luft zu bekommen, klammerte sich am Lenkrad ihres stehenden Fahrzeugs fest.

Was ist los mit mir? Wenn ich es jetzt nicht wage, mache ich es nie. Timo wird nicht mit mir sprechen, aber

Sven. Ich werd ihn bitten, dass wir gemeinsam einen Spaziergang machen.

Ganz bewusst atmete sie langsam tief ein und aus.

Mir ist flau im Magen. Ich hätte vorher was Vernünftiges essen sollen.

Aber insgeheim hatte sie gehofft, mit Sven gemeinsam in einem der Bistros eine Kleinigkeit zu sich zu nehmen.

Sie stieg aus und überquerte die Straße. Auf dem Gehweg vorm Eingang blieb sie stehen und ließ den Blick an der Hauswand nach oben bis zum zweiten Stock schweifen. In einem der Fenster hatte sich für eine Sekunde die Gardine bewegt, die Konturen einer Person waren kurz sichtbar.

Ist das Timo gewesen? Oder Sven?

Bilder überfluteten sie, verbunden mit Herzklopfen und der Panik, in diesem Moment etwas Fürchterliches loszutreten. Vor ihrem geistigen Auge erschien ihr Mann, dann ihr Sohn. Beide hatten den Mund weit aufgerissen, als würden sie schreien.

Soll ich umkehren?

Die Bilder verschwanden von einer Sekunde zur anderen.

War ja klar, dass ich Muffensausen bekomme. Aber ich ziehe es durch.

Sie ging zum Hauseingang und klingelte bei „Klein". Als nach einer halben Minute keine Reaktion erfolgte, drückte sie den Klingelknopf zweimal hintereinander erneut.

Hat mich einer von ihnen am Fenster gesehen? Und jetzt tun sie so, als ob keiner zu Hause wäre?

Nach einem weiteren Versuch ging sie zu ihrem Wagen und fuhr weg.

*

Sven Klein mochte die Drei-Zimmer-Wohnung, in der er seit Jahren mit seinem Sohn Timo zusammenlebte. Die Südstadt bot ihm alles, was er schätzte: den Maschsee, die Eilenriede, Museen, Fitnessstudios, Biergärten und jede Menge Einkaufsmöglichkeiten.

Auf seinen Wagen, einen über zwanzig Jahre alten Rover Mini, ein britisches Exportfahrzeug mit Steuerrad links, war er als Liebhaber dieses Kult-Autos besonders stolz. Auch Timo durfte gelegentlich damit fahren, wobei diesem ein Auto mit moderner technischer Ausstattung lieber gewesen wäre.

Sven arbeitete im Fachbereich Gebäudemanagement der Stadt Hannover, war dort Teamleiter für das Sachgebiet Finanzen, Rechnungswesen und Controlling.

Die belastenden familiären Konflikte hatten Vater und Sohn fest zusammengeschweißt. Ihre gute Beziehung hatte selbst Timos Pubertät problemlos überstanden. Darin sah Sven die Erklärung, dass Timo bisher keine Anstalten machte auszuziehen. Aber spätestens, wenn er sein Studium abgeschlossen hatte, würde es so weit sein.

Das letzte längere Treffen mit Lara lag Jahre zurück. Ein paar Mal waren sie sich danach in einiger Entfernung kurz über den Weg gelaufen, in einer Stadt wie Hannover unvermeidlich.

Jetzt rief ihn Lara seit Wochen in gewissen Abständen auf dem Festnetz an. Die Telefonate wurden immer länger. Sven wollte sich auf keinen Fall mit ihr verabreden. Das hatte er Timo versprochen.

Und plötzlich kreuzte sie vor seinem Haus auf! Durch Zufall hatte er sie vom Fenster aus gerade noch rechtzeitig auf der Straße erkannt. Timo war noch in der Uni. Sven hatte gerade seine Sporttasche gepackt und wäre ihr beinahe unten in die Arme gelaufen.

Als es mehrfach klingelte, reagierte er nicht. Sie sollte glauben, dass er ausnahmsweise noch nicht zu Hause war. In ausreichendem Abstand von der Gardine konnte er beobachten, wie Lara in ihren Wagen stieg.

Sie haut ab. Schwein gehabt!

Er wartete noch eine Viertelstunde, dann verließ er die Wohnung.

Sven, sechsundvierzig, kurze dunkelblonde Haare, leicht angegraut, war schlank und wirkte körperlich fit. Er hatte sich etwas vorgenommen und wollte nicht zu spät kommen. Im Treppenhaus hörte er, wie unten die Haustür aufgeschlossen wurde. Gleich darauf kam ihm Annika Brennecke entgegen, eine ungefähr gleichaltrige Frau mit langen braunen Haaren, die im ersten Stock wohnte.

Sie blickte auf die Sporttasche in seiner Hand und fragte ihn mit spöttischem Unterton: „Na, noch was für den Körper tun, Sven?"

„Deinem scharfen Blick entgeht einfach nichts", antwortete er ironisch. Dann sah er zu, dass er ohne ein weiteres Wort schnell an ihr vorbeihuschte.

Wenn ich ein Gespräch zulasse, verhakeln wir uns nur.

Vor vier Wochen hatten sie sich einmal hier in der Südstadt „auf ein nachbarschaftliches Getränk" in einer Kneipe verabredet, waren anschließend im angeheiterten Zustand in ihrer Wohnung miteinander im Bett gelandet. Wobei er noch in derselben Nacht wieder gegangen war und die restlichen Stunden bis zum Morgen in seinen eigenen vier Wänden geschlafen hatte. Am nächsten Tag hatte er sich ihr gegenüber so benommen, als wäre nichts gewesen. Seitdem herrschte eine merkwürdige unausgesprochene Beziehung zwischen den beiden. Sven versuchte, ihr möglichst wenig über den Weg zu laufen. Was innerhalb desselben Hauses nicht wirklich funktionierte.

Er verließ das Haus und war erleichtert, die Begegnung mit Annika schnell hinter sich gebracht zu haben. Erfreulicherweise parkte sein Auto heute einmal direkt vorm Hauseingang. Das klappte nicht immer in der Südstadt. Schwungvoll verstaute er die Sporttasche im Kofferraum und setzte sich ans Steuer.

Bevor er losfahren konnte, öffnete jemand die Beifahrertür. Völlig überrascht drehte er den Kopf nach rechts und zuckte unwillkürlich zusammen.

Ach, du Scheiße! Heute ist wirklich nicht mein Tag.

Da stand Lara auf dem Gehweg neben dem Auto. Bevor er protestieren konnte, nahm sie bereits auf dem Beifahrersitz Platz und schloss die Tür. Sven fühlte sich ausgetrickst, hatte sofort die Vermutung, dass Lara nur ein kleines Stück mit dem Wagen weitergefahren war und sich dann vermutlich vorm Eingang des Nebenhauses versteckt hatte, um auf ihn zu warten.

Ich hatte nur meinen Wagen im Blick, hab sie gar nicht bemerkt.

„Hallo Sven", meinte Lara mit einem verlegenen Lächeln, „ich freu mich, dich zu sehen."

„Wo kommst du denn her?", brummte er. „Hast du mir aufgelauert?"

„Nein, ich bin ganz zufällig hier ... und da war auf einmal der Wunsch, dich persönlich zu sehen." Sie hatte etwas Flehendes in den Augen. „Vorhin hatte ich schon mal geklingelt, aber da warst du noch nicht zu Hause. Ich bin kurz weggefahren, hab was erledigt und mir dann überlegt, noch mal wieder zurückzugehen und mein Glück erneut zu probieren. Toll, dass es geklappt hat."

Zufällig ... ich glaub dir kein Wort, schoss es ihm durch den Kopf. *Wenn ich dich nicht gleich rausschmeiße, sülzt du mich wieder voll. Wehret den Anfängen!*

„Unsere Telefonate haben mich in den letzten Wochen aufgebaut und mir wieder Lebensmut gegeben", sagte sie mit anscheinend echter Begeisterung. „Danke, dass du die Gespräche nicht gleich abgebrochen und mir zugehört hast."

Sven wollte ihr verärgert mitteilen, dass er am Telefon klar gesagt hätte, dass weder er noch Timo sie persönlich treffen möchten. Aber ihre freundlichen Worte machten es ihm jetzt unmöglich, seine Ablehnung zu formulieren.

Stattdessen murmelte er: „Ist ja schön, dass du das so siehst."

Wenn sie gefeixt hätte, ihn überlistet zu haben, wäre es ihm leichtgefallen, ihr kontra zu geben. Aber das tat sie nicht.

„Hättest du heute Zeit für einen kleinen Spaziergang?", fragte sie mit gesenktem Blick.

„Geht leider nicht. Ich muss zum Sport."

„Fußball – wie früher?"

Sven hatte vor Jahren ein wenig im Verein gekickt. Es gab harmonische Zeiten, da hatten Lara und er im Fußballtrikot gemeinsam beim Public Viewing die Spiele der deutschen Fußballnationalmannschaft verfolgt. Mit dem Wort Fußball löste Lara bei ihm schlagartig positive Erinnerungen aus, wenn auch nur für Sekunden.

„Nein, Fitnessstudio", antwortete er laut, und unterbrach selbst die sentimentalen Bilder.

„Merkt man gleich. Gut siehst du aus", lobte sie. „Zu welchem Fitnessstudio fährst du denn?"

„*Fitness for all* in der Südstadt."

„Trainiert Timo da auch?"

„Nein, der macht Hochschulsport."

„Und du fährst jeden Tag nach Dienst ins Fitnessstudio …?"

„Ach was, meistens nur dienstags und freitags."

Sie wickelt mich ein, ich muss sehen, dass ich hier wegkomme – ohne sie.

„Ich muss jetzt los", sagte er mit Nachdruck. „Nach dem Training fahre ich direkt zum Stammtisch mit Arbeitskollegen."

Er legte die rechte Hand symbolisch auf den Schalthebel. Noch machte sie keine Anstalten, den Wagen zu verlassen.

Stattdessen meinte sie: „Ich bin jetzt stabil, habe seit Jahren keinen Tropfen Alkohol mehr getrunken."

„Das mit dem Alkohol hast du mir schon am Telefon erzählt."

„Es gab mal eine Zeit, da haben wir uns sehr geliebt …"

Er bemerkte, wie sich ihre linke Hand seiner rechten näherte, und zog die Hand rechtzeitig zurück.

„Und dann kam die Zeit", konterte er, „da hast du mir ins Gesicht geschrien, dass du mich hasst, mich und Timo."

„Das war nicht ich, das war der Alkohol", beteuerte sie. „Durch unseren gemeinsamen Sohn sind wir immer miteinander verbunden."

„Ich verspäte mich", äußerte er unwillig, „ich würde jetzt gerne fahren."

„Ja natürlich, entschuldige. Können wir statt heute am kommenden Wochenende spazieren gehen?"

„Am Samstag und Sonntag bin ich schon verplant."

„Dann am Tag darauf …? Das ist Pfingstmontag."

„Na gut, okay. Pfingstmontag. Aber nicht hier in unmittelbarer Nähe. Wegen Timo."

Sie strahlte und schlug einen Treffpunkt am Montagnachmittag im Tiergarten in Hannover-Kirchrode vor.

Sven willigte ein und war froh, dass Lara endlich ausstieg. Mit einem gequälten Lächeln erwiderte er ihr freudiges Winken zum Abschied.

Ach, du meine Güte, dachte er sich. *Wie wird das enden?!*

*

Als Sven abends den Flur seiner Wohnung betrat, hörte er Geräusche aus Timos Zimmer. Sein Sohn war also zu Hause. Für Sven nicht selbstverständlich. Timo war oft bis spät in die Nacht unterwegs, mit Kommilitonen – wie er immer sagte –, „die du eh nicht kennst, Papa". Seit Neuestem engagierte er sich für Tierrechte, obwohl er früher ein Riesenfan von Steaks und Schinkengrillern gewesen war.

Sven klopfte an die geschlossene Zimmertür. Zwar hatte Timo schon seit Längerem keine junge Frau mehr zu Besuch gehabt, aber das konnte sich womöglich schlagartig ändern. Momentan war Sven sich unsicher, ob sein Sohn momentan überhaupt eine Freundin hatte. In solchen Angelegenheiten hielt sich Timo gerne bedeckt.

Ein kurzes „Ja“ war die Reaktion auf Svens Klopfen.

Timo saß auf einem Drehstuhl am Schreibtisch, hatte einen Controller in beiden Händen und versuchte die virtuelle Autojagd auf dem Monitor für sich zu entscheiden. Auf dem Drucker neben dem Schreibtisch türmte sich ein Stapel Unterlagen, die Sven mit Timos Studium Bau- und Umweltingenieurwesen in Verbindung brachte. Das Zimmer war ansonsten praktisch eingerichtet mit einer relativ neuen Ausziehcouch, Timos altem Kleiderschrank aus der Schulzeit, einem breiten Regal mit Flachbildfernseher sowie Tisch und Stuhl.

Timo unterbrach das Videospiel, fuhr sich mit der linken Hand über die kurzen blonden Haare. Während er sich umdrehte, begrüßte er seinen Vater mit der obligatorischen Floskel: „Und, was geht ab?“

„Alles okay“, behauptete Sven.

Timo, der inzwischen ungefähr Svens Körpergröße hatte, presste skeptisch die Lippen aufeinander.

Seine Gesichtszüge erinnern mich an Lara, ging Sven durch den Kopf. *Aber das mag er nicht hören.*

„Wenn du so guckst, ist irgendetwas mit dir?!“, bohrte Timo.

„Nein, alles okay.“

„Ich kenn dich doch!“, ließ Timo nicht locker.

Sven rang einige Sekunden mit sich, dann sagte er: „Ich treffe mich mit ihr.“

„Mit wem?“ Timo musste nicht lange überlegen: „Etwa mit Lara?!“

„Ja, mit deiner Mutter."

In Timos Mimik spiegelten sich Fassungslosigkeit, Entsetzen und Ärger wider.

„Du hast mir versprochen, sie nie wieder in unser Leben zu lassen! Aber als du sie am Telefon nicht gleich abgewimmelt hast, war schon klar, worauf das hinausläuft!"

„Ich will eigentlich auch keinen Kontakt mit ihr", versuchte Sven seinen Sohn zu beschwichtigen. „Aber es fällt mir schwer, sie ganz abzuweisen. Und sie ist deine Mutter."

„Ja, sie hat mich mal zur Welt gebracht." Timo lachte spöttisch, warf den Controller zur Seite und ballte die Fäuste. „Aber meine Mutter ist sie schon lange nicht mehr! Du darfst dich auf keinen Fall mit ihr treffen!"

Seit der Trennung bezeichnete Timo sie nur noch als „Lara", wenn er über seine Mutter sprach, was selten genug passierte.

„Sie hat mir heute vorm Haus aufgelauert. Ich hab zugesagt, dass wir am Montag im Tiergarten spazieren gehen."

„Sag das ab!"

„Das geht nicht mehr", sagte Sven ohne großen Nachdruck. „Sie hat mein Versprechen. Das wäre unfair."

„Weißt du noch, wie oft Lara ihre Versprechen, nicht mehr zu saufen, gebrochen hat?!", fuhr Timo aus der Haut. „Mir ist sehr genau in Erinnerung, was sie uns jahrelang angetan hat! Wie sie dich aufs Übelste beleidigt und mehrfach auf dich eingeschlagen hat. Und alle möglichen Sachen, die wir beide geliebt haben, sind ihrer blinden Zerstörungswut zum Opfer gefallen."

„Ich weiß …"

„Die Zeit war einfach nur grauenhaft." Timo redete sich in Rage. „Damals dachte ich, es würde nie aufhören. Und wenn du einkaufen warst, weil Lara mit ihrem besoffenen Kopf dazu nicht mehr in der Lage war, hat sie ihre Wut an mir ausgelassen."

„Ich kann auch die Gründe verstehen, warum sie zu trinken angefangen hat."

Timo ließ den Satz seines Vaters unkommentiert und forderte ihn auf: „Beende das mit Lara, bevor alles wieder von vorne anfängt!"

Kapitel 12

Samstag, 19. Mai

Die Vorstellung, sein getötetes Opfer nicht nur zu fotografieren, sondern den Tötungsakt und die letzten Sekunden davor per Video aufzuzeichnen, erfüllte ihn mit Vorfreude.

Bereits im normalen Internet gab es ein reichhaltiges Angebot an Spionagebrillen. Er hatte sich im Darknet eine derartige Brille bestellt und auf dem Postweg zuschicken lassen – von einem Händler, der angesichts seiner Angebotspalette sicher keine Anfragen der Polizei nach einem möglichen Käufer aus Hannover beantworten würde. Wenn er sich im Internet bewegte, war er sich stets bewusst, dass er sich vor einer späteren Nachverfolgung durch die Polizei schützen musste.

Gleich am Vormittag begann er, sich mit den Funktionen der ausgepackten Brille vertraut zu machen. In der schwarzen Kunststofffassung, die nur Brillengläser aus Fensterglas umschloss, war vorne links eine Mini-Kamera eingebaut. Mit nur einem einzigen Knopfdruck ließ sich die Videoaufzeichnung starten. Eine besondere Funktion hatte der linke Brillenbügel. Hier befand sich vorne auf der Innenseite, mit dem

Daumen gut erreichbar, der unauffällige Knopf zum Ein- und Ausschalten, im unteren Bereich die USB- und Speicherkartenschnittstelle. Auf der eingelegten Micro-SD-Speicherkarte konnten die Videoaufnahmen gespeichert werden. Über den USB-Anschluss wurde die Spionagebrille mit dem PC verbunden, um Daten überspielen und anschließend bearbeiten zu können. Laut Beschreibung erreichten die Aufnahmen HD-Qualität.

Genau so will ich es haben. Genial. Ich hoffe, dass später im Einsatz alles so abläuft wie versprochen.

Er hatte gelesen, dass es selbstverständlich nicht erlaubt war, Menschen ohne deren Genehmigung heimlich zu filmen.

In meinem Fall sind die gefilmten Personen eh nicht mehr in der Lage, dagegen zu protestieren.

Spionagebrillen wie seine konnten selbst bei *Amazon* oder *eBay* in großer Auswahl legal erworben werden. Gesetzlich verboten waren lediglich Spionagekameras, die nicht nur Bilder und Videos aufzeichnen, sondern diese gleichzeitig an andere Empfänger kabellos senden konnten.

Das passende Etui hatte der Hersteller gleich mitgeliefert.

Er ging ins Badezimmer, setzte die Brille auf und betrachtete sich im Spiegel.

Sieht aus wie eine x-beliebige moderne Brille. Völlig unauffällig, wenn ich mich damit in der Öffentlichkeit bewege. So bald wie möglich probier ich das aus. Da hätt ich schon früher drauf kommen können. Schade, dass ich das Teil bei der Schächtung von Nadine Odem noch nicht hatte.

Manche Ideen kamen ihm erst nach und nach. Auch das gelungene Wortspiel mit Atem und Odem in der Botschaft an die Polizei war ihm erst kurz vorher eingefallen.

Das ganze Projekt war eine Versuchung, die er zunehmend als angenehm empfand. Aber es hatte auch eine Zeit lang gedauert, bis er sich endgültig dazu hatte durchringen können.

Die Erstellung und das Absenden der Nachricht für die Mordkommission hatten ihn beträchtliche Mühe gekostet.

Zunächst ging es darum, sich darüber zu informieren, welche Informationen die Polizei einem gedruckten Blatt Papier entnehmen konnte. Farblaserdrucker zum Beispiel versahen ihre Ausdrucke automatisch mit einem fast unsichtbaren gelben Code aus Pünktchen, der Aufschluss über die eindeutige Seriennummer des Druckers sowie Datum und Uhrzeit gab. Außerdem fanden sich beim Laserdrucker auf dem Papier alle Schäden und Abnutzungsspuren der Belichtungstrommel wieder.

Ein Thermodrucker hinterließ charakteristische vertikale Streifen auf dem Blatt, da die Heizelemente nie perfekt gleich waren.

Er hatte sich für die Verwendung eines bestimmten Tintenstrahldruckers entschieden, der es den Ermittlern sehr schwierig machte. Das Fehlerbild durch verstopfte Düsen veränderte sich nach Einsatz des Reinigungsprogrammes ständig. Die Positionierung des in die Tintenpatrone integrierten Druckkopfes war nach dem Patronenaustausch ebenfalls völlig anders. Was allerdings gleich blieb, selbst nach Auswechselung von Verschleißteilen, waren die typischen Spuren, die der Einzelblatteinzug hinterließ.

Aber um ihm darüber auf die Schliche zu kommen, musste die Polizei über vergleichbare von ihm gedruckte Schriftstücke verfügen oder den Drucker in seinem Raum ausfindig machen.

Der größte Arbeitsaufwand bestand für ihn darin, keine Fingerabdrücke, Schweißtropfen oder Speichel auf dem Blatt, der Briefmarke oder dem Umschlag zu hinterlassen. Es durften auch keine Hautpartikel oder Textilfasern im Kuvert landen. Dazu fuhr er das volle Programm, ging absolut auf Nummer sicher.

Er arbeitete auf Einmalunterlagen durchgängig mit Mund-Nasen-Schutz, Einmalhandschuhen, -haube, -schutzkittel und -plastiktüten, ließ Umschlag und Druckerpapier bis zum Gebrauch in der Verpackung. Seinen Oberkörper hielt er beim Verschließen des Umschlags immer leicht nach hinten gebeugt. Besonders wichtig war es, diese Arbeit ohne Störung von außen durchziehen zu können. Aber das Ganze ging schneller als gedacht.

In dieser Situation fühlte er sich wie ein Wissenschaftler in einem Forschungslabor, der sich mit sämtlichen Vorsichtsmaßnahmen vor einem unsichtbaren, aber lebensgefährlichen Virus schützen musste. Eine größere Menge Briefmarken hatte er sich irgendwann spätabends aus einem Automaten vor einem Postamt besorgt und dabei Handschuhe getragen. Zwischenzeitlich war ihm der Gedanke gekommen, mit seinen Sicherheitsmaßnahmen zu übertreiben. Auf der anderen Seite hatte er gewaltigen Respekt vor den heutigen Möglichkeiten der kriminaltechnischen Untersuchung. Außerdem fand er zunehmend Gefallen an diesem Tun.

Als ihm die Szene, wie er den Brief abgeschickt hatte, wieder einfiel, musste er unwillkürlich lachen. Im Dunkeln hatte er den Umschlag in einen abgelegenen Briefkasten eingeworfen. Das Irrwitzige war der Weg dorthin. Den Umschlag hatte er, verpackt in einem Gefrierbeutel, in einer Konferenzmappe mit Schultergurt transportiert. Seine Hände steckten in Einmalhandschuhen, die er in seinen Jackentaschen verborgen hielt.

Wirklich abgefahren! Dieser Brief an die Mordkommission … einfach ein geiles Retro-Feeling … wie bei J. Adam.

Die Bestellung der Spionagebrille war gleichzeitig die Entscheidung fürs Weitermachen.

Ich weiß jetzt, wer die nächste Frau ist.

Kapitel 13

Samstag, 19. Mai

Lara Kleins Stimmung befand sich seit gestern in einem Höhenflug, wie sie ihn zuletzt am Tag der Stellenzusage bei der Region Hannover erlebt hatte. Und die Ursache dieses Glücksgefühls stand eindeutig fest. Zum ersten Mal nach der selbstzerstörerischen Trennung hatte Sven ihr versprochen, wieder etwas gemeinsam mit ihr zu unternehmen.

Das, was sich Lara in den letzten Wochen erträumt hatte, war Wirklichkeit geworden. Ihre Hoffnung, dass sich Sven im direkten Kontakt zugänglicher als am Telefon zeigte, hatte das kurze Gespräch im Auto tatsächlich bestätigt. Jetzt würde sie am Ball bleiben und sich richtig ins Zeug legen, um Sven zurückzugewinnen … und durch ihn Timo.

Dabei kalkulierte sie ein, dass sich der Prozess der Wiederannäherung über viele Monate hinziehen konnte. Aber die Zeit würde sie sich und ihrer Familie geben.

Lara steckte voller Tatendrang und hatte zunächst keine Vorstellung, wie sie ihn produktiv nutzen konnte. Spontan kam ihr der Einfall, online eine Jahresmitgliedschaft bei *Fitness for all* in der Südstadt zu buchen.

Auf der Stelle setzte sie den Gedanken um. Damit war gewährleistet, dass ihr persönliches Band nicht gleich wieder abriss.

Wir können zusammen sein, aber jeder macht sein eigenes Training, ohne uns zu sehr auf die Pelle zu rücken.

Immer noch ganz euphorisch besuchte sie gleich am Vormittag das Fitnessstudio, um sich mit den Abläufen vertraut zu machen.

Ihre Entscheidung erwies sich als goldrichtig. Eine Mitarbeiterin begrüßte sie freundlich, fragte nach ihren individuellen Wünschen und führte sie durch die Räumlichkeiten auf zwei Etagen.

Aber das Highlight des Tages kam erst noch. Lara wurde auf ihre positive Ausstrahlung angesprochen. Ein leitender Angestellter fragte, ob sie Lust hätte, sich „derart begeistert" fotografieren zu lassen. Ihr strahlendes Gesicht würde sich „fantastisch" für die geplante Onlinewerbung des Fitnessstudios, unter anderem in den *Ihme News,* machen. Lara verkörpere vom Alter her eine der Zielgruppen, die bewusst angesprochen werden sollten. Außer ihr hätte sich schon ein Mann für die Werbekampagne fotografieren lassen.

Lara war Feuer und Flamme. Was für eine Wertschätzung! Noch nie hatte ihr jemand eine derartige Frage gestellt. Natürlich sagte sie zu. Damit wurde sie zu einem der Gesichter von Svens Fitnessstudio. Der Umstand, dass sie noch keine langjährige Kundin war, spielte offenbar keine Rolle.

Mehrere Fotos zur Auswahl waren schnell gemacht. Neben ihrem Porträt sollten später ihr Vorname und ein Satz stehen, der ihr in den Mund gelegt wurde: „Als Frau fühle ich mich hier wohl!"

Dafür erhielt sie für ein halbes Jahr kostenlos die VIP-Mitgliedschaft.

Ein toller Tag!

Kapitel 14

Samstag, 19. Mai

Auf einmal trat eine weitere Frau in sein Leben …

Er kümmerte sich heute, am Samstag vor Pfingsten, um die Rückgabe des Leerguts.

Im vorderen Bereich des Supermarktes, außerhalb der Einkaufszone, befanden sich nebeneinander zwei Automaten zur Leergutannahme. Ausgerechnet heute war der rechte Automat defekt. Ein Techniker hantierte an dem Gerät herum. Dementsprechend hatte sich eine kleine Schlange von Kunden vor dem linken Automaten gebildet.

Mist, warum streikt das blöde Teil gerade heute?

Er stand mit seinem Einkaufswagen, darin Kisten mit leeren Bier- und Wasserflaschen, auf Platz drei der Schlange. Direkt hinter ihm wartete eine Blondine, in deren Wagen sich das Leergut stapelte. Zwei Kistentürme mit leeren Plastikflaschen ragten nebeneinander in die Höhe.

Meine Güte, was für 'ne Sammlung. Wahrscheinlich ist Blondie zu faul, häufiger ihr Leergut wegzubringen.

Zum ersten Mal trug er die Brille außerhalb seiner vier Wände, um sie für den Einsatz zu testen.

Gute Entscheidung von mir, den Zeitstempel für alle Aufnahmen auszuschalten. Der verunziert nur die Äs-

thetik des Bildes. Ich will die Videos später in ihrer zeitlosen Schönheit betrachten.

Unauffällig betätigte er den Aufnahmeknopf, dann blickte er in die Runde, wie zufällig auch zu Blondie, gab sich bewusst geistesabwesend.

Ein Mann hatte seine gesammelten Werke dem Automaten anvertraut. Den Leergutbon in der Hand, räumte er mit seinem Einkaufswagen das Feld.

Platz zwei. Die Alte vor mir ist auch nicht die Schnellste. Das kann dauern.

Er filmte die Frau um die siebzig, wie sie einzelne kleine Plastikflaschen in die Maschine einführte.

Dadurch bekam er nicht rechtzeitig mit, dass der Techniker seine Arbeit beendet und den rechten Rückgabeautomaten wieder freigegeben hatte. Aus dem Augenwinkel sah er, wie die Blondine mit ihrem Einkaufswagen neben ihm auftauchte und auf den rechten Automaten zustrebte.

He, erst bin ich dran!

Er packte den Griff seines Wagens und versuchte mit einer blitzschnellen Bewegung noch vor der Frau am rechten Leergutautomaten zu sein.

Oh, Scheiße!

Die Frau war bereits an ihm vorbei, und sein Wagen rammte ihren von der Seite mit voller Wucht. Der Schwung brachte die Zwillingstürme ins Kippen. Zwei ihrer Kisten wurden aus dem Wagen geschleudert und fielen zu Boden.

Blondie verzog ärgerlich das Gesicht: „Kannste nicht aufpassen?!“

Ihre Formulierung ermunterte ihn, bei seiner Antwort das „Sie“ zu überspringen und sie ebenfalls zu duzen: „Du kannst dich nicht einfach vordrängeln! Ich warte schon länger.“

Nach dem Zusammenstoß standen die beiden für alle anderen Kunden sofort im Mittelpunkt des Interesses.

„Da du keine Anstalten gemacht hast, dachte ich, du lässt mir den Vortritt.“ Ihr ärgerlicher Gesichtsausdruck verschwand. „Tut mir leid, ich wollte dich nicht ärgern.“

„Ich bin nicht ärgerlich“, brummte er, schob seinen Wagen zur Seite und half ihr dabei, die Kisten aufzuheben und die verstreuten Plastikflaschen einzusortieren. „Gehen Sie bitte vor“, sagte er Richtung Warteschlange, wo sich bisher niemand getraut hatte, auf die rechte Spur zu wechseln.

Plötzlich kam ihm seine Hauruck-Aktion von eben kindisch vor. In einem versöhnlichen Tonfall sagte er: „Entschuldige, dass ich dich angerempelt hab.“

Die Blondine machte einem nachrückenden Kunden Platz und lächelte ihren „Unfallgegner“ freundlich an: „Schon vergessen. Bist du immer so forsch?“

„Liegt in meinem Naturell“, antwortete er mit dem Anflug eines Lächelns.

Blondie machte keine Anstalten, sich wieder in die Warteschlange einzufädeln.

Die ist verdammt sympathisch, schoss es ihm durch den Kopf. *Kein Ring am Finger.* Und zu seinem eigenen Erstaunen fragte er: „Verrätst du mir deinen Namen? Vielleicht hat unser Zusammenstoß ja Folgen.“

Mann, was red ich fürn Scheiß. Peinlich! Aber auf die Schnelle fällt mir nichts ein.

Er befürchtete schon, die unerwünschte Quittung für seine wenig geistreiche Anmache zu bekommen.

Vielleicht ist sie liiert und droht mir den Besuch ihres Freundes an.

Aber sie grinste nur und sagte: „Ich heiße Elena – und du?"

Elena, dieser Name! Das passt perfekt!

Etwas ließ ihn zögern, dann antwortete er aus einer plötzlichen Laune heraus: „Ich bin Zorro."

Sie lachte laut: „Der maskierte Kinoheld?"

„Ja. Aber verrat's nicht weiter."

„Von dir hat man ja schon Jahre nichts mehr gesehen", meinte sie mit gespieltem Erstaunen.

„Glaub mir, das ändert sich wieder."

„Na, da bin ich mal gespannt."

Gleich wird sich unser Wortgefecht erschöpfen. Ich will, dass wir uns wiedersehen. Wie krieg ich das hin?

„Ich hab was wiedergutzumachen", behauptete er und zeigte auf ihre Flaschenkisten. „Kann ich dich zum Getränk einladen?"

Ihr Lachen schwächte sich ab.

„Ist total nett", erklärte sie. „Aber momentan hab ich echt viel zu tun. Vielleicht später."

„Was heißt später? Ich weiß ja nicht, wo du wohnst."

Sie legte den Kopf zur Seite: „Da du Zorro bist, warte ich ab, bis du dich wieder in der Öffentlichkeit zeigst. Und dann entscheide ich, ob ich mich bei dir melde."

Dämliches Gequatsche. Erst flirtet sie mit mir, dann lässt sie mich auflaufen.

Sie lachte wieder: „Also, mach's gut, Zorro!"

Du willst mich verarschen, du blödes Miststück. Nur weil du gut aussiehst, musst du nicht glauben, dass du so mit mir umspringen kannst! Wenn du wüsstest, ich kann auch ganz anders. Vielleicht wirst du Nummer drei oder vier auf meiner Todesliste.

Inzwischen hatten sich die Warteschlangen vor den Leergutautomaten nahezu aufgelöst. Gleichzeitig schoben die beiden nebeneinander ihre Flaschenkisten in die Maschinen.

Elena winkte ihm zu und entschwand danach in den Einkaufsbereich.

Elena, die Geliebte des Zorro. Ein Wink des Schicksals! Ich muss sie unbedingt im Blick behalten.

Er verfolgte sie im Sicherheitsabstand mit seinem Einkaufswagen durch die Gänge des Supermarktes. Offensichtlich hatte sie eine längere Einkaufsliste dabei, kaufte unter anderem Lebensmittel ein, die schnell wieder zu Hause in den Kühlschrank mussten.

Dann fährt sie bestimmt vom Supermarkt direkt nach Hause. Ich muss herausfinden, wo sie wohnt. Wenn sie vor mir an der Kasse ist, könnte sie mir entwischen.

Er überlegte kurz, dann stoppte er seine Verfolgung und lud im Eiltempo die wichtigsten Einkäufe in seinen Wagen, die er zwingend benötigte. Danach ging er zum Kassenbereich und schaute sich um. Elena war noch nicht zu sehen.

Geschafft!

Als er bezahlt hatte, entdeckte er Elena mit vollem Einkaufswagen in der Warteschlange der letzten Kasse vorm Ausgang.

Das dauert, bis sie da rauskommt.

Er packte die Einkäufe in sein Auto, brachte den leeren Einkaufswagen zurück und beobachtete dabei den Ausgang.

Da ist sie!

Er hielt sich im Hintergrund. Sie sollte nicht mitbekommen, dass er ihr nachspionierte.

Ihr Auto ist der dunkelblaue Ford Fiesta. Kennzeichen hab ich mir gemerkt.

In seinem eigenen Wagen wartete er so lange, bis sie mit ihrem Ford vom Parkplatz fuhr. Dann folgte er ihr.

Fühlt sich geil an. Wie im Film. Aber das hier ist real. Bin ich der Held oder der Terminator?

Nach fünf Minuten Fahrt hatten sie ihr Ziel erreicht. Ein Wohngebiet mit vierstöckigen Mietshäusern, ein Kiosk an der Ecke, am Straßenrand einzelne Bäume, die Gehwege mit Autos zugeparkt. Sie hatte Glück, erwischte gerade noch eine Lücke, in der sie ihren Wagen abstellen konnte. Er parkte in einiger Entfernung in zweiter Reihe und konnte erkennen, in welches der Gebäude sie die Taschen mit ihren Einkäufen brachte.

Jetzt weiß ich, wo ich dich finde. Führt dein Weg zu mir oder in die Hölle?

Kapitel 15

Pfingstmontag, 21. Mai

Auf den Höhenflug der letzten Tage folgte der brutale Absturz.

Das kann doch nicht sein! Da ist was schiefgelaufen! Bis eben war ich so glücklich wie lange nicht mehr, das kann unmöglich ein fataler Irrtum gewesen sein!

Lara war um 14:50 Uhr überpünktlich am vereinbarten Treffpunkt gewesen, dem Haupteingang zum Tiergarten. Aber Sven war einfach nicht aufgetaucht.

Ist ihm auf dem Weg hierher etwas passiert? Hat er das falsche Datum im Kopf? Glaubt er, wir treffen uns an einem der Nebeneingänge? Diese Fragen waren ihr als Erstes durch den Kopf gegangen.

Der Tiergarten, ein umzäuntes Park- und Waldgelände mit freilaufenden Damhirschen, hatte eine Größe von mehr als einem Quadratkilometer.

Dann übermannten sie Verzweiflung und Wut.

Hat er den Termin vergessen? Hat er's sich anders überlegt? Oder wollte er von Anfang an nicht kommen?

Sie kannte weder seine Handynummer noch seine Mailadresse. Natürlich war sie auch zu dem anderen

Eingang, der ebenfalls an der Tiergartenstraße lag, gelaufen. Aber Sven war nirgendwo zu sehen.

Sie wählte mehrfach seine Festnetznummer, niemand ging an den Apparat. Tränen liefen ihr die Wangen herunter. Sie bekam auf einmal schwer Luft.

Ist er nicht zu Hause, oder geht er nicht dran?

Sie verspürte einen enormen Bewegungsdrang, hetzte mit starrem Blick planlos über die Wege, ignorierte dabei das Wildschweingehege ebenso wie entgegenkommende Besucher. Zuletzt setzte sie sich auf eine Bank.

Soll ich zu ihm in die Südstadt fahren? Falls er da ist, lässt er mich eh nicht rein. Wie am Freitag. ... Und Timo wäre das überhaupt nicht recht. Der Spaziergang heute hat sich so oder so erledigt.

Sie wischte sich mit beiden Händen die Tränen aus dem Gesicht.

Vielleicht gibt es für alles eine harmlose Erklärung. Nicht gleich den Kopf verlieren und alles hinschmeißen.

Sie schüttelte den Kopf.

Soll ich jetzt hoffen, dass er einen Unfall hatte und deswegen nicht aufgekreuzt ist?! Egal, ich gebe uns noch eine Chance.

Wahrscheinlich taucht er morgen zwischen siebzehn und achtzehn Uhr im Fitnessstudio auf. Ich kann da unmöglich entspannt meine Übungen neben ihm machen. Also fahre ich zu einer Zeit dorthin, wenn er schon mit großer Wahrscheinlichkeit beim Training ist. Ich will einfach nur mit ihm reden. Diesmal muss ich mich be-

herrschen und ruhig bleiben. Nicht wieder ausrasten! Verdammt, ich weiß, dass ich schnell in alte aggressive Muster verfalle.

Auf einmal verspürte sie den starken Wunsch, ihren Frust mit Alkohol zu betäuben.

Nur das nicht! Soll ich Petra anrufen?

*

Genau um 15:17 Uhr klingelte das Festnetztelefon zum ersten Mal. Sven zuckte leicht zusammen, obwohl er jede Minute mit dem Anruf gerechnet hatte.

Eine ihm nicht bekannte Handynummer! Heute am Pfingstmontag um diese Uhrzeit konnte das nur Lara sein. Er blieb standhaft und nahm das Gespräch nicht an. Timo war nicht zu Hause.

Ein Treffen mit Lara, wenn sie denn mehr als nur gelegentliche Telefonate und einen Spaziergang wollte, passte nicht in seine Zukunftspläne.

Seit ihrem Gespräch im Auto war einiges passiert. Seinen Termin gestern Abend konnte er schon nicht genießen, weil ihm die Sache mit Lara immer im Kopf herumspukte.

Timo setzt mich massiv unter Druck. Ich verstehe ihn. Er hat auch Angst um mich, dass sich die schlimmen Szenen wiederholen. Ich habe vor seinen Augen Schläge eingesteckt, mich immer bewusst zurückgehalten. Als Kind hatte ich es auch nicht einfach und konnte Lara teilweise verstehen. Nur einmal hab ich ihren körperlichen Angriff mit Gegengewalt abgewehrt und heftig zugeschlagen. Schrecklich, dass Timo das live miterlebt hat. Aber er hat das nur seiner Mutter vorgeworfen.

Paradoxerweise klammerte sich Sven an das Fünkchen Hoffnung, Lara hätte sich im Griff und könnte wieder ein halbwegs normales Verhältnis zu ihrem Sohn aufbauen.

Aber bei der Vorgeschichte ist das wahrscheinlich unmöglich. Ich muss die Entscheidung vor allem für Timo treffen. Ich beende das kurze Intermezzo mit Lara. Besser ein Ende mit Schrecken …

Natürlich wäre es korrekt gewesen, Lara am Vormittag anzurufen, um den Spaziergang und alles andere abzusagen.

Aber ich kenn mich. Dann lasse ich mich bequatschen. Und ich werde mich hüten, ihr eine Mail zu schicken und damit meine Adresse zu verraten.

In Gedanken hatte er Laras Reaktion mehrfach durchgespielt.

Das abrupte Ende wird ihr sehr wehtun, sodass sie die Lust an weiteren Kontakten mit uns verliert. Dann haben wir Ruhe. Oder flippt sie total aus und will sich rächen?

Das Telefon klingelte erneut siebenmal hintereinander.

Durchhalten! Nicht schwach werden!

Für zehn Minuten war Ruhe. Dann setzte das Klingeln wieder ein. Schon nach dem fünften Mal war Schluss.

Ich hoffe, sie gibt damit auf. Jetzt muss ich konsequent bleiben.

Sven rang sich dazu durch, Laras Festnetz- und Handynummer zu sperren.

Durch unsere wöchentlichen Telefonate habe ich sie nur angelockt.

Da er befürchtete, sie könnte sich mit unterdrückter Nummer melden, erweiterte er die Sperrung auf anonyme Anrufer.

Da war kein Triumph, er fühlte sich einfach nur schlecht.

Diesmal bin ich das Schwein.

Er verließ das Haus, stieg in seinen Rover Mini und fuhr los, irgendwohin …

Kapitel 16

Dienstag, 22. Mai

Ben Hartwig betrachtete im Spiegel der Herrenumkleide zufrieden seinen muskulösen Oberköper.

Das regelmäßige Training tut mir gut. In einem gesunden Körper steckt ein gesunder Geist. Aber ich könnte mehr aus mir machen.

Mit seinen neunundzwanzig Jahren hatte er es in Hannover zu einem geschätzten Kundenberater im Postbank-Finanzcenter in der Südstadt gebracht. Er lebte in einer Mietwohnung, gar nicht weit von seinem Arbeitsplatz entfernt.

Im Privaten ist noch Luft nach oben. Da genieße ich hier das Quatschen mit meinen Bekannten, Sven … Fabian … eventuell Raimund.

Für heute hatte er sein Training im *Fitness for all* beendet und bereits geduscht. Seine kurzen hellbraunen Haare waren schnell trockengeföhnt.

Er verließ die Umkleide, blieb im Flur stehen und ließ seinen Blick durch den großen, gut besuchten Raum mit den Trainingsgeräten schweifen.

Ben sog genussvoll die Atmosphäre in sich ein. Männer und Frauen, die meisten zwischen zwanzig und vierzig plus, nutzten schwitzend und schnaufend den aufgebauten Gerätepark, vereinzelt unter Anleitung der Fitnesstrainer. Laufbänder, Crosstrainer, Fahrrad-Ergometer, daneben verschiedenste Geräte wie Adduktorenmaschinen, Beinpressen, Butterfly-Maschinen, Hyperextensionsbänke, Brustpressmaschinen ... alles da. In der oberen Etage gab es den Freihantelbereich und einen Kletterparcour, außerdem wurden dort Fitness-Kurse angeboten, speziell für Frauen beispielsweise Lady-Fitness und Zumba.

Eine Frau mit rotblonden Haaren in den Vierzigern stand im Flur und schaute ebenfalls in den Trainingsraum.

Die hab ich hier noch nie gesehen. Guckt verbissen. Wirkt nicht so, dass sie angequatscht werden möchte.

Die meisten Gesichter waren ihm vertraut. Viele Besucher hatten einen festen Rhythmus, was Tag und Uhrzeit betraf.

Der Flur mit dem Empfangstresen führte an einem Ende zum Ausgang, am anderen zur Coffee-Lounge.

Würd gern noch'n bisschen mit Sven quatschen. Aber der ist heute später gekommen.

Die Coffee-Lounge war mit gemütlichen Sesseln, Zweisitzern und Tischen ausgestattet. Es gab Besucher, die unmittelbar nach dem Training nach Hause fuhren. Für Ben gehörten der Cappuccino und ein paar nette Gespräche in der Coffee-Lounge einfach dazu. Ein Mann und eine Frau, die auf zwei Sesseln nebeneinander hockten, kannte er nur flüchtig. Sie nickten kurz zu ihm herüber, setzten dann ihr intensives Gespräch fort.

Ben bestellte heute einen Smoothie und wartete auf jemanden, mit dem er sich unterhalten konnte. Endlich tauchte Fabian Dreyer auf, ein blonder 21-jähriger schlanker Typ, von dem Ben wusste, dass er auf einen Studienplatz wartete und bis dahin zu Hause als Callcenter-Agent arbeitete, wobei er zusätzlich von seinen Eltern finanziell unterstützt wurde. Fabians Lebensverhältnisse interessierten ihn nur am Rande, aber dieser hatte ihm vor Wochen von einer bevorstehenden Prüfung erzählt, um fürs Studium zugelassen zu werden.

Ben nahm das als Einstieg, um mit Fabian ins Gespräch zu kommen: „Na, hast du inzwischen deine Prüfung fürs Studium bestanden?"

Fabian setzte sich ihm gegenüber und verzog das Gesicht: „Nein, ich bin durchgefallen."

Mist, falsche Frage, falsche Antwort.

„Wie blöd." Ben wechselte das Thema: „Und wie ist das Pfingstwochenende gelaufen?"

„Am Sonntag war ich bei meinen Eltern, am Montag mit einem Kumpel unterwegs. Und bei dir?"

Das war die Steilvorlage: „Hab am Freitag in der Disco 'ne hübsche Frau kennengelernt. Am Sonntagabend haben wir uns wiedergetroffen und in der Nacht zu Montag sind wir uns richtig nahegekommen." Er lächelte vielsagend.

„Wie schaffst du das so schnell?"

„Reine Psychologie. Man muss mit Frauen umgehen, nicht wie sie es sagen, sondern wie sie es sich insgeheim wünschen."

„Das heißt?"

„Frauen wollen aufmerksam behandelt und erobert werden. Sag ihnen, wie toll sie aussehen, mach kleine Geschenke und präsentiere dich als Beschützer." Er machte eine Spannungspause. „Je gekonnter du das hinkriegst, desto schneller lassen sie dich in ihr Bett."

Fabian legte den Kopf zur Seite: „Und das klappt immer?"

„Na gut, bei Dominas und Emanzen wahrscheinlich nicht." Ein spöttisches Pusten. „Frauen, die sich wie Männer aufführen, kannst du vergessen. Ich halte nichts von Gleichmacherei. Gerade der Unterschied macht den Reiz aus."

„Du bist ein echter Frauenversteher", bekundete Fabian mit einem undefinierbaren Grinsen. „Wie kommt's, dass du noch nicht die richtige Partnerin gefunden hast?"

„Ich liebe die Abwechslung. Wie beim Obst … mal runde Äpfelchen, dann große Melonen, aber immer frisch und knackig." Er untermalte seinen Vergleich mit entsprechenden Handbewegungen, als ob Fabians Vorstellungsvermögen Unterstützung bedurfte. „Ich lege mich nicht gleich auf eine fest. Und wenn doch, sollte es die perfekte Frau sein: attraktives Aussehen, körperliche Fitness, guter Charakter. Und gegen Intelligenz ist grundsätzlich auch nichts einzuwenden." Er zuckte mit den Schultern. „Trotz großer Auswahl war nichts wirklich Längerfristiges dabei.“

Ben konnte Fabians Gesichtsausdruck nicht richtig einschätzen und fragte: „Glaubst du mir nicht?“

„Doch, klar.“ Fabian schüttelte lachend den Kopf. „Ich würde nie an dir zweifeln.“

Plötzlich wurde ihr Gespräch von Stimmen unterbrochen, die vom Eingang kamen. Ben und Fabian drehten unwillkürlich den Kopf in die Richtung.

Da stand Sven Klein, umgezogen mit Sporttasche in der Hand, neben ihm die rotblonde Frau, die Ben vorhin bereits im Flur aufgefallen war.

„Ich möchte nicht mit dir reden, Lara“, sagte Sven im gedämpften Tonfall, „sondern mich gemütlich mit Freunden unterhalten, die hier schon auf mich warten.“

„Ich habe extra so lange gewartet, bis du mit dem Training fertig bist.“ Sie hielt ihn von der Seite am linken Arm fest, ebenfalls bemüht um eine geringe Lautstärke. „Ich habe ein Recht zu erfahren, warum du gestern nicht gekommen bist. Hast du's vergessen?“

Sven ließ sich von der Frau aufhalten.

„Ich konnte nicht kommen“, meinte er kurz angebunden.

„Du hättest vorher Bescheid sagen können. Meine Festnetznummer kennst du.“

„Ja, natürlich“, antwortete er leise. Die Szene war ihm offensichtlich vor den anderen Besuchern peinlich. „Jetzt lass mich bitte.“

„Ich war absolut enttäuscht, das kannst du dir doch denken", setzte die Frau nach. „Du kannst mich nicht einfach wegschicken und fertig."

„Das ist hier nicht der richtige Ort, um persönliche Sachen zu diskutieren."

„Du wolltest doch in die Lounge." Ihre Stimme wurde lauter. „Ich würde mich auch lieber woanders unterhalten."

„Es hatte mit Timo zu tun, ich kann dir das jetzt nicht erklären."

Sven wand sich wie ein Aal, schaffte es nicht, einen Schlussstrich zu ziehen und sich von der Frau loszueisen. Im Gegenteil. Der dieser Frau an Körpergröße überlegene Sven neigte den Kopf, was Ben wie eine Demutsgeste vorkam.

„Bitte geh …", äußerte er ohne ernsthaften Nachdruck.

So hatte sich Sven noch nie vorführen lassen. Er war in der Defensive, versuchte durch das Neigen seines Kopfes die Lautstärke des Streites gering zu halten, während die Frau vermehrt in Fahrt kam und sich immer weniger um Diskretion bemühte.

„Ohne eine zufriedenstellende Erklärung wirst du mich nicht los", machte sie deutlich. „Und dein Telefon erzählt mir auf einmal, dass die gewählte Rufnummer nicht erreichbar ist."

Raimund Bachmann erschien im Eingang der Coffee-Lounge und betrachtete irritiert die Szene.

Ben verspürte den Impuls, die unangenehme Situation zu beenden, und fragte: „Sven, brauchst du etwas Schützenhilfe …?"

„Nein, wir kriegen das untereinander geklärt", winkte Sven ab. Er sah der Frau ins Gesicht und meinte in gütlichem Ton: „Du hast recht, Lara. Wir besprechen das in Ruhe vor der Tür."

Sie wirkte gleich entspannter und lächelte zufrieden: „Das ist nett. Tut mir leid, wenn ich zu heftig reagiert habe."

Sven winkte in die Runde und sagte: „Wir verschwinden dann jetzt. Macht's gut, wir sehen uns Freitag wieder!"

Die beiden gingen an Raimund Bachmann vorbei und verließen miteinander die Lounge.

Was war das denn?, dachte Ben. *Bin froh, dass ich mit der nichts zu tun habe.*

Kapitel 17

Freitag, 25. Mai

Auch mal ganz schön, wenn er nicht da ist, fiel Kriminaloberkommissarin Andrea Renner ein, als sie an ihrem Schreibtisch saß und auf den leeren Bürostuhl ihr gegenüber blickte. Raffael Störtebecker war zusammen mit dem Kollegen Jan Schuster in einem anderen Raum, um eine Zeugenaussage aufzunehmen. *Mit Thomas war es halt anders. An unser Nordlicht aus Hamburg werde ich mich erst gewöhnen müssen.*

Jetzt, vorübergehend allein im Büro, gingen Andrea die Ermittlungsergebnisse der letzten Tage durch den Kopf.

Der Brief des mutmaßlichen Täters war kriminaltechnisch untersucht worden. Der unbekannte Absender hatte zum Aufkleben der Automatenbriefmarke einen Klebestift verwendet. Die Transportwalze des Tintenstrahldruckers hatte individuelle Spuren auf dem Papier in Form von Abdrücken und einer minimalen Beschädigung der Kanten hinterlassen. Hinweisgebende DNA-Spuren, beispielsweise durch Speichel oder verlorene Hautpartikel, fanden sich leider nicht. Auf dem Umschlag konnten die Fingerabdrücke einer

Mitarbeiterin der Polizeidirektion und die des Postzustellers identifiziert werden. Der Absender war sehr umsichtig bei der Erstellung und dem Versand seiner Nachricht vorgegangen.

Der wusste, was zu tun ist.

Inzwischen war davon auszugehen, dass der Täter seine Botschaft nur an die Mordkommission, nicht jedoch an die Presse geschickt hatte.

Der schätzt eben die Polizei, war Raffaels dämlicher Kommentar gewesen.

Über den Täter-Brief hatte Thomas Stelter mit dem Psychiater Dr. Mark Seifert gesprochen. Seifert ging davon aus, dass es sich um einen männlichen Täter handelt, der mit der Nachricht an seine Verfolger Überlegenheit ausdrücken will, um damit möglicherweise sein angeschlagenes Ego aufzuwerten. Es sei durchaus wahrscheinlich, dass sich der Täter ein neues Opfer sucht.

Die Polizeidirektion hatte die Presse über das eingegangene Schreiben informiert, jedoch den Inhalt aus ermittlungstaktischen Gründen zurückgehalten. Dadurch gab es ein Wissen, über welches lediglich der Täter verfügte – und kein Trittbrettfahrer.

Ein kurzes Klopfen, Hayo Baumann steckte den Kopf zur Tür herein: „Ist dein neuer *Partner* nicht da?"

Er hatte sich angewöhnt, das Wort Partner zu betonen.

„Guck doch mal unterm Schreibtisch nach!", war ihre harsche Antwort.

„Was ist los mit dir, Andrea?“ Er trat ein. „Du wirkst nicht gerade glücklich. Liegt’s daran, dass dich Raffael allein im Büro zurückgelassen hat?“ Sein blödes Grienen sprach Bände.

„Ach, hör auf. Unser *Käpt’n Blaubär* ist echt gewöhnungsbedürftig“, stöhnte sie.

„Magst du seinen hanseatischen Akzent nicht? Für mich strahlt das Gemütlichkeit aus.“

„Der Bär mit der Gemütlichkeit war Balu“, meinte sie lakonisch. „Dieses durchgängige S-t und S-p zerrt zunehmend an meinen Nerven. Ich denke, wenn er will, kann er das abstellen. Aber er zieht hier eine Art Show ab.“

„Glaub ich nicht.“ Hayo schüttelte energisch den Kopf. „Das mit dem Akzent hat er vollständig verinnerlicht und kann nicht anders.“

„Aber das ist es nicht alleine. Er nutzt jede sich bietende Gelegenheit, auf die besondere Schreibweise seines Familiennamens hinzuweisen.“ Sie stöhnte erneut. „Und angeblich ist er ja so Hannover-begeistert, hat zuletzt schon in Hamburg hannoversche Zeitungen gelesen und sich Wissen über seine künftige Wahlheimat angelesen. Aber das ist alles nur Gerede. Ich werd aus ihm nicht schlau.“

„Ich finde ihn sympathisch“, erklärte Hayo. „Er ist freundlich im Kontakt, hat uns eine echt gute neue Kaffeemaschine besorgt … und die kleinen Leckereien, die er regelmäßig mitbringt, sind auch eine Bereicherung.“

„Eine Zumutung für die Figur“, schimpfte Andrea, die versöhnlich hinterherschob: „Aber du hast recht. Er bemüht sich wirklich.“

Auf dem Flur war die Stimme von Arif Kimil zu hören: „Kommt mal, es gibt was Neues im Fall Odem!“

Andrea und Hayo folgten Arif in den kleinen Besprechungsraum.

Thomas Stelter saß mit Einmalhandschuhen am Tisch, vor ihm lag ein auseinandergefaltetes weißes DIN-A4-Blatt neben einem geöffneten Briefumschlag.

„Das Arschloch kündigt einen weiteren Mord an“, brachte es Thomas drastisch auf den Punkt, wobei er sorgsam im Blick hatte, keine Speichel-Tröpfchen auf die Beweismittel zu verteilen.

Auf das weiße Blatt war lediglich ein einziger Satz in großen fetten schwarzen Buchstaben gedruckt worden: „Die nächste Frau ist am 30. Mai dran.“

Die aufgedruckte Anschrift „An die Mordkommission …“ auf dem Umschlag war komplett identisch mit der Adressierung des ersten Briefes vor neun Tagen. Keine Angaben zum Absender, das Datum des Poststempels war von gestern.

Inzwischen hatten auch Raffael Störtebecker und Jan Schuster den Raum betreten.

„Wenn der Täter nicht blufft, wird er in fünf Tagen seinem nächsten Opfer auflauern“, brummte Thomas. „Entspricht Seiferts Prognose.“

Arif wirkte skeptisch: „Könnte es nicht sein, dass der Typ mit diesen makabren Botschaften zwar den

Mord an Nadine Odem für sein kaputtes Ego restlos ausschlachtet, es aber dann dabei bewenden lässt und niemanden mehr tötet …?“

„Ich denke, der blufft nicht“, behauptete Raffael. „Fragt sich nur, ob er plant, sein Opfer auf die gleiche Art zu töten.“

„Wenn wir wenigstens den Kreis der potenziellen Opfer eingrenzen könnten“, schnaufte Andrea. „Aber wir wissen weder, ob er eine umschriebene Gruppe von Frauen oder eine bestimmte Person im Visier hat, noch an welchem Ort er zuschlagen könnte. Wird es wieder ein Wald sein? Geht es überhaupt um Hannover oder stattdessen um eine Stadt in der Region? Wovor konkret sollen wir die Bevölkerung warnen? Wir können nicht verlangen, dass sämtliche Frauen am Mittwoch, den 30. Mai das Haus nicht verlassen.“

„Wir geben über unsere Pressestelle nur eine allgemeine Warnung raus – mit dem Tenor, dass der Täter noch nicht gefasst ist und insbesondere Frauen speziell in der Landeshauptstadt in den nächsten Tagen eine besondere Vorsicht walten lassen sollten“, äußerte Thomas. „Heißt: Sie sollten sich möglichst nicht allein in unübersichtlichen Bereichen aufhalten. Wobei wir alle wissen, wie wenig so ein globaler Aufruf letztendlich bringt. Auf jeden Fall müssen wir vermeiden, eine Massenpanik auszulösen.“

„Und schon wird deutlich, welche Macht der Täter gerade ausübt“, unkte Raffael, „und wie hilflos *wir* momentan sind.“

„Der beginnt ein Katz-und-Maus-Spiel mit uns", bekräftigte Jan. „Praktisch gesehen können wir nur auf seinen nächsten Zug warten."

„Der Brief kommt jetzt erst mal in die KTU", sagte Thomas betont optimistisch, „vielleicht hat der Kerl diesmal 'nen Fehler gemacht und seine DNA-Spuren hinterlassen."

„Das glaub ich kaum", murmelte Raffael.

Kapitel 18

Samstag, 26. Mai

Sven Klein bemerkte sofort den zehn Zentimeter langen Kratzer an der Beifahrertür seines Rover Mini, als er morgens das Haus verließ, um beim Bäcker Brötchen fürs Frühstück zu besorgen.

Scheiße, was ist das denn?! Mein schöner Wagen!

Es sah danach aus, als hätte jemand mit Absicht einen Schlüssel oder so etwas Ähnliches über den Lack gezogen.

War das etwa Lara gestern Abend?

Nach der gemeinsamen Aussprache am Dienstag vor dem Fitnessstudio, in der er sich bei ihr entschuldigt und des Friedens willen einige Zugeständnisse gemacht hatte, war sie gestern wie selbstverständlich im *Fitness for all* zum Training erschienen. Im Studio selbst hatte sie sich sehr zurückgehalten, um ihn dann beim Verlassen des Gebäudes abzupassen und in ein intensives Gespräch zu verwickeln.

Am Ende hat wieder ein Wort das andere gegeben, und sie ist beleidigt abgerauscht.

Bei diesen letzten beiden Begegnungen war Lara merklich selbstbewusster und energischer aufgetreten, als er sie in den Wochen zuvor am Telefon wahrgenommen hatte – fast so, als hätte sie irgendwelche Aufputschmittel genommen.

Der Kratzer macht mich echt wütend!

Er versuchte seinen Ärger im Zaun zu halten, erwähnte beim Frühstück mit Timo die Beschädigung der Autotür lieber nicht.

Aber bereits am Nachmittag, als sein Sohn von einem Einkauf zurückkam, sprach ihn dieser darauf an: „Hast du nicht den Kratzer an unserm Wagen gesehn?!"

„Ja, hab ich."

„Ja und …?"

„Nichts *und*."

„Wie?! Dein geliebter Mini … und du sagst nichts weiter dazu?" Timo guckte seinen Vater irritiert an.

„Was soll ich sagen?", meinte Sven unleidlich. „Der Name des Verursachers stand nicht dran."

„War das Lara, die sich mal wieder wegen 'ner Kleinigkeit von dir angepisst gefühlt hat?!"

„Weiß ich nicht …" Sven kam ins Stottern. „Nein … also nein … glaub ich nicht."

„Was ist da eigentlich diese Woche zwischen euch gelaufen?"

„Ich hab vor vier Tagen mit ihr gesprochen, auf dem Parkplatz vom Fitnessstudio. Da war sie plötzlich aufgetaucht. Wir haben über unsere verkorkste Beziehung gesprochen." Sven holte tief Luft. „Und in einigen Punkten hat sie recht. Sie trifft nicht allein die Schuld an unserem jahrelang gestörten Verhältnis."

„Das war vor vier Tagen. Aber der Kratzer ist ja von gestern oder heute Morgen", hielt ihm Timo entgegen. „Außerdem hab ich gestern nachgesehen, ob Laras Telefonnummern noch gesperrt sind. Du hast die Sperrung wieder aufgehoben!"

„Das mit den Telefonnummern ist ein Kompromiss. Nimmt den Druck raus und ist besser so. Ich hab das im Griff." Sven entschloss sich zu einer Notlüge: „Gestern ist sie nicht im Fitnessstudio gewesen. Sie hält sich zurück, und unsere Gespräche beschränken sich rein aufs Telefon. Insofern wird Lara den Kratzer gestern nicht gemacht haben. Das war irgendein anderer Spinner."

„Machst du 'ne Anzeige bei der Polizei?"

„Wozu? Die finden den Täter doch nicht. Wär vertane Zeit."

„Na, wegen der Versicherung, damit die den Schaden bezahlt."

„Bei Vandalismus zahlt unsere Haftpflicht- und Teilkaskoversicherung eh keinen Cent."

„Das regt mich jetzt echt auf!", schimpfte Timo. „Du musst den ganzen Schaden selbst bezahlen und nimmst das ruhig hin?!"

„Ach, hör auf", machte Sven eine abschließende Handbewegung. „Natürlich ärgert mich das. Aber was bringt es, wenn ich hier rumschreie oder mich bei der Polizei ausheule?!"

Timo wirkte immer noch unzufrieden, wechselte demonstrativ das Thema: „Kann ich morgen den Wagen bekommen, um zu Opa nach Rinteln zu fahren? Oder wollen wir Opa zusammen besuchen?“

„Ich brauch den Wagen selbst. Heute fahr ich noch zum Gartencenter und von dort aus direkt zum Arnumer See, wo ich übernachte. Morgen hab ich dort auf dem Grundstück einiges zu tun.“

Ein Freund von Sven besaß ein kleines Ferienhaus am Arnumer See, südlich von Hannover. Für drei Monate, in denen sich dieser Freund dienstlich im Ausland aufhielt, hatte es Sven übernommen, sich um das Haus und das umliegende Grundstück zu kümmern.

„Triffst du dich in Arnum mit einer Kollegin?“, fragte Timo grinsend.

„Nein, ich hab dort kein Date. Ich muss die Hecke schneiden und den Rasen mähen.“ *Und außerdem brauche ich dringend Ruhe und Abstand von dir, Lara und überhaupt allen …* „Lass uns dafür nächstes Wochenende eine Fahrradtour machen“, schob er versöhnlich hinterher.

Die letzten Tage haben mich total geschlaucht.

Kapitel 19

Montag, 28. Mai

Er klickte sich durch die Seiten der Online-Zeitung *Ihme News* und blieb erneut an der Werbung für das *Fitness for all* hängen. Lange betrachtete er das Bild von Lara.

Du kommst auch noch auf meine Liste. Irgendwann bist du dran …

*

Am frühen Abend herrschte reger Betrieb auf der Limmerstraße in Hannovers Multi-Kulti-Stadtteil Linden-Nord. Die Läden, Kneipen, Cafés, Restaurants und Kioske zu beiden Seiten waren gut besucht, besonders begehrt bei dem sonnigen Wetter natürlich sämtliche Plätze draußen. Das Stimmengewirr, das an sein Ohr drang, war durchmischt von ganz unterschiedlichen Sprachen.

Es geht wieder los. Der Countdown hat begonnen. Noch zwei Tage.

Er hatte die Spionagebrille aufgesetzt und schlenderte, umgeben von zahlreichen Passanten, die Fußgängerzone entlang, vorbei an Deutschlands ältestem Vorstadtkino *Apollo*, dem Buchdruckmuseum und einem dieser unvermeidlichen Ein-Euro-Discounter. Sein Smartphone war ausgeschaltet.

Er erreichte die kleine Nebenstraße, in der übermorgen – am Tag des zweiten Todes – die *Operation Jeanett* beginnen würde. Im gesamten Operationsbereich gab es keine öffentliche Videoüberwachung.

In normalem Tempo passierte er das zweistöckige Gebäude mit Dacherkerfenstern, in dem Jeanett Mangold Räumlichkeiten zur Durchführung ihrer Seminare angemietet hatte.

Nicht stehen bleiben, nicht auffallen.

Von hier aus würde sie starten. Ihre Wohnung befand sich nur wenige Gehminuten entfernt, dafür benutzte sie kein Rad. Zwei Minuten später war er fast am Ziel.

Bin nicht zum ersten Mal hier, muss äußerst vorsichtig sein. Aber es ist toll, mich dort aufzuhalten, wo übermorgen etwas Bedeutsames passiert.

Bevor sie morgen ihre Wohnung erreicht, würde Jeanett Mangold sterben.

Kapitel 20

Dienstag, 29. Mai

Die Sache mit Lara gefällt mir überhaupt nicht. Ich befürchte, Papa lässt sich von ihr irgendwann völlig einwickeln und alles eskaliert wie damals. Ich will das einfach nicht mehr. Es hat mich schon gestresst, als sie letzten Monat anfing, bei uns anzurufen.

Es war kurz vor neunzehn Uhr. Timo pendelte rastlos zwischen seinem und dem Wohnzimmer hin und her. Sein Vater war wie immer um diese Zeit ins *Fitness for all* gefahren.

Papa sagt mir nicht die Wahrheit. Durch Zufall weiß ich inzwischen, dass Lara im Fitnessstudio Mitglied ist. Wenn ich ihn damit konfrontieren würde, bringt das nicht viel. Er würde ausweichen und mir irgendwelche Geschichten erzählen.

Timo setzte sich auf die Ausziehcouch in seinem Zimmer und sprang gleich wieder auf.

Ich brauche Informationen, um zu wissen, was da zwischen Papa und Lara abgeht. Aber wie bekomme ich die? Ich könnt mit dem Fahrrad zum Fitnessstudio fahren. Aber was soll's? Ich bin kein Mitglied und damit nicht zugangsberechtigt. Und vor dem Fitnessstudio per-

sönlich auf Lara zu treffen, darauf habe ich absolut null Bock.

Der Gedanke kam ganz plötzlich.

Ich könnte versuchen, nachher Fabian anzurufen. Wenn ich Glück habe, kann er mir erzählen, was ich hören will. Schließlich trainiert er dort zur gleichen Zeit wie Papa.

Timo hatte Fabian Dreyer letztes Jahr durch seinen Vater kennengelernt. Da Timo und Fabian fast gleichaltrig waren, hatten sie sich ein paarmal persönlich getroffen. Bei sich zu Hause, in der Kneipe und zum gemeinsamen Joggen um den Maschsee.

Ich würde gern noch heute was von ihm hören. Muss nur den richtigen Zeitpunkt abpassen.

Timo fasste den Plan, so lange zu warten, bis sein Vater vom Training nach Hause kam. Er wusste, dass die Männer meistens noch kurz gemeinsam zu einem Getränk zusammensaßen und quatschten.

Als Sven gegen 19:45 Uhr die Wohnung betrat, tischte Timo ihm nach zwanzig Minuten auf, dass er noch einmal nach draußen gehen würde, um einen Kommilitonen zu treffen. Timos Ziel war die Parkanlage, die sich außerhalb des Sichtbereichs ihrer Wohnung befand.

Zum Glück nichts los hier.

Er setzte sich auf eine Bank, wo er ungestört telefonieren konnte.

Fabians Handynummer war eingespeichert. Das Telefonat kam auf Anhieb zustande.

Timo druckste erst ein wenig herum, kam dann jedoch zur Sache und fragte Fabian ziemlich direkt nach Lara. Er beschrieb die Frau genau und wollte wissen, ob Fabian ihm sagen könne, wie oft sie Sven im Fitnessstudio getroffen habe und wie die Treffen abgelaufen wären.

„Es geht bei der besagten Frau um deine Mutter?", fragte Fabian nach.

„So nenne ich Lara nicht", antwortete Timo gequält, „aber biologisch gesehen hast du recht."

„Ja, ja, ich hab's kapiert. Also Lara", Fabian ließ sich auf Timos Terminologie ein, „war dreimal hintereinander hier. Zuletzt heute Abend."

„Kannst du mir erzählen, wie die beiden miteinander umgegangen sind und worüber sie gesprochen haben?"

„Warum fragst du mich das jetzt?" Fabian schien irritiert. „Du könntest doch *deinen Vater* ansprechen?"

Timo versuchte die Situation in ein paar Sätzen zu erklären.

„Ich denke, mein Vater gibt das Ganze verzerrt wieder", gestand er zu. „Die Situation mit Lara überfordert ihn womöglich."

Fabian rang sich dazu durch, Timo seine Beobachtungen mitzuteilen, wobei er offenbar nicht alles mitbekommen hatte. Einige Szenen hatten sich außerhalb des Fitnessstudios abgespielt.

Was Fabian erzählt, reicht mir schon. Meine Befürchtungen haben sich mehr als bewahrheitet. Papa lässt sich von Lara herumkommandieren und vor seinen Bekann-

ten herunterputzen. Im schlimmsten Fall bringt sie ihn so weit, dass er sie in unsere Wohnung einlädt.

Timo bedankte sich für die Infos und sagte: „Sei Kumpel und erzähl bitte meinem Vater nicht, dass wir heute dieses Telefonat geführt haben."

„Durch das regelmäßige Training sind Sven und ich auch Kumpel. Ich möchte nicht, dass er den Eindruck bekommt, ich würde hinter seinem Rücken über ihn reden."

„Das ist ein reiner Freundschaftsdienst, von dem alle Seiten profitieren", beruhigte ihn Timo. „Bitte versprich mir, unseren Informationsaustausch für dich zu behalten."

„Ja gut, ich versprech's."

Timo war zufrieden und beunruhigt zugleich, als er langsam zu ihrem Wohnhaus zurückging.

Kapitel 21

Mittwoch, 30. Mai

Der Tag des zweiten Todes. Der krönende Abschluss steht in wenigen Minuten bevor. Ich bin angespannter, als ich dachte. Schon ein Unterschied zur Operation Nadine im Misburger Wald. Aber die Anspannung ist geil, eine echte Herausforderung.

Das Abendseminar von Jeanett Mangold dauerte bis einundzwanzig Uhr. Eine halbe Stunde später würde die Sonne untergehen. Aber bis dahin war es vollbracht.

Selbst im Anschluss an den Sonnenuntergang reicht die Helligkeit aus, um die Tötung auf Video festzuhalten.

Kurz vor Ende des Seminars war er an dem Haus vorbeigegangen. Alles lief nach Plan. Die Teilnehmenden des Seminars – er ging hauptsächlich von Frauen aus – würden gleich im Pulk das Gebäude verlassen. Mit einigen Nachzüglerinnen musste er immer rechnen, besonders eifrige, die nach Abschluss der Veranstaltung noch wichtige Fragen an die Dozentin hatten. Jeanett würde ein wenig Ordnung machen und als Letzte allein das Haus verlassen. Diesen Ablauf hatte er bereits beobachtet.

Die Temperaturen waren seit gestern wieder gefallen. Aktuell mochten um die sechzehn Grad sein.

Mein Sicherheitsabstand zum Gebäude liegt im grünen Bereich.

Jeanett musste die schmale Straße bis zu Ende gehen und dann rechts abbiegen, um zu ihrer Wohnung zu gelangen. Genau am Ende der Straße hielt er sich momentan auf, mit Ausweichmöglichkeiten in die Querstraße. Aus dieser Entfernung war er immer noch in der Lage zu erkennen, ob jemand das Gebäude mit den Seminarräumen verließ.

Die Chance, dass sie direkt nach Hause geht, ist riesengroß.

Mehrere Personen verließen das Gebäude. Erwartungsgemäß strebten sie auf das andere Straßenende zu, wo sich die Limmerstraße mit der Stadtbahnverbindung befand.

Ein einzelner Mann tauchte auf, der tatsächlich in die entgegengesetzte Richtung ging und langsam auf ihn zukam.

Jetzt heißt es aufpassen. Ein potenzieller Zeuge, der später eine Personenbeschreibung von mir abgeben könnte. Das ist der Nervenkitzel, direkt vor oder bei der Tat beobachtet zu werden. Aber ich habe ein Repertoire, mich quasi unsichtbar zu machen.

Er wusste, wie man sich rechtzeitig wegdrehte, zwischen Autos die Straßenseite wechselte, in eine Gasse auswich oder in eine andere Straße einbog. Außerdem trug er eine Kappe, die seine Haare bedeckte, dazu die

Brille und einen angeklebten Oberlippenbart. Eine insgesamt stimmige Aufmachung, die in den Stadtteil passte. Gegenüber der ersten Operation hatte er damit den Sicherheitsstandard etwas erhöht.

Insofern stellte der entgegenkommende Mann kein ernst zu nehmendes Problem dar.

Die letzten Seminarteilnehmerinnen waren inzwischen aus dem Haus gekommen und verschwunden.

Jetzt läuft das Vorspiel, festgehalten auf Video. Ich mag es, wenn es sich in die Länge zieht. Später am Rechner werde ich es erneut genießen. Der Tötungsakt geht schnell, ist Höhepunkt und Ende der lustvollen Reise.

Er versuchte, alles um sich herum im Blick zu behalten und jede unnatürliche Bewegung zu vermeiden.

Es ist so weit! Sie kommt. Allein, wie vorhergesehen. Der Fußweg zu ihrer Wohnung ist kurz und vertraut, und es ist hell. Warum sollte sie Angst haben und übervorsichtig sein? Mit mir, ihrem Vollstrecker, rechnet sie nicht. Ich muss nur aufpassen, dass sie mir im entscheidenden Augenblick nicht ins Gesicht schaut.

In der Tasche seines Hoodies hatte er das vor zwei Jahren illegal erworbene Springmesser jederzeit griffbereit. Der Ort der Tötung stand fest. Die Straße war für sein Vorhaben ungeeignet, aber gleich erreichte sie den ausgewählten Ort.

Jetzt war optimales Timing gefragt. Sie brauchte ungefähr noch zwei Minuten zu ihrer Wohnung. Am Zielort musste sie einen Hausdurchgang mit einer Flügeltür passieren. Dort würde er ihr auflauern und sie töten. Die Verweildauer in diesem Bereich wollte er so kurz wie nötig halten. Daher war es wichtig gewesen, ihre präzise Ankunftszeit zu kennen.

Er setzte sich in Bewegung. Da er in eine andere Straße einbog, war er ihrem Blickfeld entzogen. Er konnte sich beeilen, ohne ihr Misstrauen zu erwecken.

Nicht viel los hier. Das ist gut! Die letzten neunzig Sekunden deines Lebens sind angebrochen.

Die Straße war beidseits flankiert von vierstöckigen Häuserreihen – die wenigen Geschäfte und die Apotheke waren um diese Zeit bereits geschlossen. Er musste noch auf die andere Straßenseite, wo sich in ein paar Metern der Hausdurchgang befand.

Beim Überqueren der Straße geschah genau das, was er um jeden Preis vermeiden wollte. Ein Mann in den Dreißigern stieg plötzlich aus einem parkenden Auto und schlenderte genau auf den Hausdurchgang zu, in dem sich der Eingang zu Jeanett Mangolds Wohnung befand.

Das kann doch nicht wahr sein! Der Arsch macht alles kaputt!

Er reagierte unverzüglich.

Ich muss in die andere Richtung gehen. Aus sicherer Entfernung beobachten, was sich da abspielt. Jeanett kreuzt gleich hier auf. Ich werd mich für sie unsichtbar machen.

Was er, verdeckt von einem abgestellten Auto, sah, milderte seine Wut. Jeanett war, wie von ihm errechnet, pünktlich am Zielort eingetroffen. Der Mann am

Hausdurchgang war nicht irgendein lästiger Passant, sondern er hatte offensichtlich auf Jeanett gewartet. Er ging auf sie zu, und die beiden begrüßten sich mit einem Kopfnicken.

Macht den Eindruck, als wollte er mehr, als sie zu geben bereit ist. Die kennen sich. Okay, das war Glück im Unglück. Wenn der Typ dort aufgetaucht wäre, wo ich gerade auf sie warte, hätte das der Supergau werden können.

Ihm war klar, dass er die Operation abbrechen musste.

Heute bist du dem Tod von der Schippe gesprungen. Aber morgen kehre ich zurück und vollende mein Werk.

Kapitel 22

Viele Jahre vorher …

Ihre ersten vier Lebensjahre hatten für Viktoria selbstverständlich prägende Bedeutung. Sie war das erste Kind ihrer glücklichen Eltern, ein ausgesprochenes Wunschkind.

Die kleine Viktoria merkte in diesen vier Jahren fast täglich, dass sie etwas Besonderes war. Nicht nur Mama und Papa, sondern auch ihre Großeltern lasen ihr fast jeden Wunsch von den Augen ab und verwöhnten sie. Alle in der Familie nannten sie „die kleine Prinzessin".

Was immer Viktoria tat, ob sie einfache Lieder sang, kurze Gedichte aufsagte oder mit Klötzen hohe Türme baute, die Augen von Mama und Papa strahlten. Sämtliche Aufmerksamkeit der Welt um sie herum gehörte ihr, ohne große Anstrengung.

Viktoria war ein körperlich gesundes und kräftiges Mädchen, etwas größer als ihre gleichaltrigen Freundinnen und Freunde in der Nachbarschaft. Das fühlte sich gut an, denn von den anderen war praktisch niemand in der Lage, ihr körperlich Grenzen zu setzen. Das machte sie zur „Bestimmerin", die den anderen

Kindern sagen konnte, was gemeinsam gespielt wurde und wer welches Spielzeug benutzen durfte.

Kurz nach ihrem vierten Geburtstag geschah etwas für sie Unfassbares, das ihr Leben grundlegend veränderte.

Mama bekam zunehmend einen dicken Bauch, und Papa erklärte der besorgten Viktoria, dass ihre Mutter nicht unter einer schlimmen Krankheit litt, sondern dass dort ihr kleiner Bruder heranwuchs.

Gleich nach seiner Geburt fühlte Viktoria, dass die Zeit ihrer Alleinherrschaft beendet war. Stolz brachte Mama aus der Klinik das schreiende Bündel mit nach Hause. Papa hatte wieder diese strahlenden Augen, aber diesmal galten sie nicht Viktoria, sondern ihrem kleinen Bruder.

„Jetzt haben wir nicht nur eine kleine Prinzessin, sondern auch einen kleinen Prinzen", verkündete Papa.

„Er ist hässlich", sagte Viktoria, als sie ihren Bruder zum ersten Mal sah.

Mama lachte und meinte: „Aber Viktoria. Babys sehen so aus. So ähnlich hast du auch ausgesehen, als du geboren wurdest."

„Nein, nein, stimmt gar nicht!", weinte Viktoria.

Mama und Papa versprachen, dass sie ihre Prinzessin genauso wie früher liebhaben würden. Den kleinen Prinzen aber eben auch.

In der Folgezeit achtete Viktoria auf jede Kleinigkeit, die ihre Eltern sagten und machten. Sie gewann den Eindruck, dass sie bei Mama immer noch die Nummer eins war. Papa jedoch schenkte dem Bruder die größere Aufmerksamkeit, sagte manchmal leise ganz schreckliche Sachen, wie: „Männer müssen doch zusammenhalten."

Schnell wurde ihr bewusst, dass sie den Ärger auf ihren Bruder nicht offen an ihm auslassen durfte, weil ihre Eltern dann sofort Partei für ihn ergriffen. Wollte sie es dem kleinen Teufel zeigen, musste sie es im Verborgenen tun. Schon als kleines Mädchen entwickelte sie dazu eine geschickte Strategie.

Ihr Bruder blieb in den nächsten Jahren schwächlich, und Viktoria fand ihn alles andere als schön. Sie konnte nicht verstehen, dass Papa ihn mehr mochte als sie, auch wenn ihr Vater bestritt, zwischen seinen Kindern einen Unterschied zu machen. Sie spürte, wie Papas Bewunderung, die früher allein ihr gehört hatte, zu ihrem Bruder umgeschwenkt war.

Ihr Ziel bestand darin, Papas ungeteilte Zuneigung wiederzuerlangen. Aber der Weg dorthin war schwer.

Kapitel 23

Donnerstag, 31. Mai

Im Anschluss an die Frühbesprechung der *Mordkommission Dr. Odem* kehrten Andrea Renner und Raffael Störtebecker in ihr Büro zurück.

„Im schlimmsten Fall liegt tatsächlich seit gestern irgendwo in der Region Hannover unentdeckt eine getötete Frau", resümierte Andrea.

Arif Kimil, der ihnen bis zum Türrahmen gefolgt war, vertrat eine andere Meinung: „Wahrscheinlich hatte ich recht, dass der Kerl mit seiner Ankündigung für den 30. Mai nur geblufft hat und gar nichts passiert ist."

„Ich glaube, wer uns so eine Botschaft schickt, wird sie auch umsetzen wollen", hielt Raffael dagegen. „Wir müssen jede Stunde mit einem neuen Opfer rechnen."

Arif verschwand brummend: „Wenn du meinst … Ich hatte bis eben noch Hoffnung."

Bei der kriminaltechnischen Untersuchung des letzten Briefes waren wieder keine DNA-Spuren des Täters gefunden worden. Andrea hatte nichts anderes erwartet.

Ihr Blick blieb an Raffael hängen.

Er sieht schon gut aus mit seinem markanten Gesicht, den blauen Augen und den lockigen schwarzen Haaren, kam Andrea in den Sinn. *Schade, dass er manchmal diese merkwürdige Art draufhat, belangloses Zeug quatscht und sich abschottet. Aber da wir eng zusammenarbeiten müssen, macht es schon Sinn, aufeinander zuzugehen.*

„Wenn du Lust hast, setzen wir uns mal wieder zu einem Feierabendbier an den Maschsee", machte sie einen entsprechenden Vorstoß. „Wie wär's mit heute Abend? Für den Fall, dass wir keine Überstunden einlegen müssen …"

„Heute treffe ich mich schon mit meinem Cousin. Aber vielleicht die nächsten Tage …"

Bin gespannt, ob du dann eine andere Ausrede hast.

Kapitel 24

Donnerstag, 31. Mai

Immer wieder kamen diese Gedanken: *Ich habe mich blamiert. Erst kündige ich groß an, wann ich sie liquidiere, und dann kann ich es nicht einhalten. Es gibt Grenzen für mich … und die anderen haben es bemerkt.*

Inzwischen war es kurz vor einundzwanzig Uhr. Er konnte von Glück sagen, dass Jeanett Mangold heute erneut um die gleiche Zeit ein Abendseminar abhielt.

War gestern nicht mein Verschulden, dass ich die Operation abbrechen musste. Die Störanfälligkeit erhöht den Thrill. Heute will ich es zu Ende bringen … um den Kopf frei zu haben für das nächste Projekt.

Im Vergleich zu gestern trug er heute einen andersfarbigen Hoodie sowie eine andere Kappe. Er wartete am Ende der Straße mit Blick auf das Gebäude, in dem die letzten Minuten des Seminars liefen.

Da kommen die ersten Teilnehmerinnen raus. Und täglich grüßt das Murmeltier. Kommt mir alles bekannt vor.

Subjektiv lief die Zeit viel schneller als gestern. Schließlich war es so weit. Jeanett Mangold kam allein aus dem Gebäude.

Merkwürdige Silhouette. Irgendetwas hat sie in der rechten Hand, außerdem überm linken Arm 'ne Jacke oder so was. In zwei Minuten ist sie am Hausdurchgang. Bei meinem Vorsprung reicht das massig.

Wie gestern ging er zügig voraus. Seine Brille hielt das Geschehen komplett fest. Er sah zwei Passanten in einiger Entfernung, nutzte die geparkten Autos als Sichtschutz, überquerte die Straße und erreichte den Hausdurchgang. Wie immer war die linke Hälfte der Flügeltür geschlossen, die rechte halb geöffnet. Der Durchgang führte in den Hinterhof, an dessen Ende ein weiteres zweistöckiges Gebäude stand. Der Eingang des Vorderhauses befand sich auf dessen Rückseite und war ebenfalls über den Hinterhof erreichbar.

Mit einem Blick erkannte er, dass sich momentan niemand im Gang oder Hinterhof aufhielt.

Er huschte in den Hausdurchgang und stellte sich links hinter die geschlossene Flügeltürhälfte. Sein leichtes Schuhwerk hatte er wegen der Geräuscharmut ausgesucht.

Noch ist es hell.

Zur Straße hin war der Hausdurchgang weitgehend durch die Flügeltür vor Blicken geschützt. Um diese Zeit war es selten, dass Bewohner das Haus verließen, trotzdem war es jederzeit möglich – und das würde *Game over* für ihn bedeuten. Sein Plan fußte darauf, dass gerade in den Minuten seines Handelns kein ungebetener Besucher im Gang auftauchte.

Wie zuvor zigmal geübt, streifte er sich rasch die Einmalhandschuhe über. Mit dem nächsten Griff zog er das Springmesser aus der Tasche seines Hoodies, ließ dabei die scharfe Klinge aus dem Messerheft nach vorne schnellen.

Sprungbereit hockte er sich in die linke Ecke zwischen Hauswand und linker Flügeltürhälfte. Beim Betreten des Hausdurchgangs durfte ihn Jeanett Mangold auf keinen Fall im Augenwinkel entdecken.

Er merkte, dass sein Herz bedeutend schneller schlug. Es kribbelte im ganzen Körper, die Anspannung wuchs.

Wie kurz vorm Orgasmus.

Er hörte Schritte.

Das ist sie! Der entscheidende Moment. Sie muss mich übersehen!

Jeanett Mangold, gekleidet mit Jeans und einem langärmeligen Sweatshirt, passierte in Normaltempo die Flügeltür und bewegte sich im Gang Richtung Hinterhof. Über den linken Unterarm hatte sie eine Jacke gehängt. Sie stockte, ließ eine Aktenmappe von der rechten in die linke Hand wechseln und holte aus ihrer rechten Hosentasche einen Schlüssel, vermutlich für die Haustür.

Die Position ist günstig.

Er schnellte hoch und eilte hinter ihr her, das Messer in der Rechten einsatzbereit. Die Frau blieb abrupt stehen, hatte offenbar etwas bemerkt.

In diesem Augenblick war er bereits direkt hinter ihr. Er packte mit der linken Hand ihre Schulter, führte den rechten Arm blitzschnell um sie herum und durchtrennte mit einem tiefen Schnitt von links nach rechts Halsgefäße, Luft- und Speiseröhre. Mappe und Schlüssel fielen auf die Erde, reflektorisch verkrallte sich ihre rechte Hand in seinen Unterarm, mit dem er die Klinge geführt hatte. Schreien war durch den Luftröhrenschnitt unmöglich, lediglich ein leises Röcheln war zu hören. Sie verlor innerhalb von Sekunden große Mengen Blut, welches sich auf ihr Sweatshirt, ihre Jeans, die Jacke und den Boden ergoss. Ihr ganzer Körper begann zu zucken.

Der Mann bekam mit einem gewaltigen Ruck seinen rechten Unterarm frei, trat einen Schritt zurück. Die Frau machte noch einen Schritt nach vorn, fiel auf die Knie und brach dann kraftlos zusammen. Mit seiner Brille zeichnete er ihren Todeskampf auf, bis sie reglos auf dem Boden des Hausdurchgangs liegen blieb.

Eine Kleinigkeit ist noch zu tun. Dann bin ich hier fertig.

Kapitel 25

Freitag, 1. Juni

Der Leichnam von Jeanett Mangold war gestern gegen 21:45 Uhr von einem Mitbewohner des Hauses entdeckt worden. Der Mann hatte sofort die Polizei verständigt. Er war von einem späten Einkauf in der Limmerstraße zurückgekehrt.

Kurz darauf war die übliche Maschinerie angelaufen: Tatortabsperrung, Spurensicherung, Feststellung der vorläufigen Todesursache, erste Zeugenbefragungen.

Die Untersuchung der Leiche am Tatort legte den Verdacht nahe, dass es sich bei dem Täter um dieselbe Person handeln könnte, die vor achtzehn Tagen Nadine Odem getötet hatte. Insofern fiel die Aufklärung dieses Tötungsdeliktes in die Zuständigkeit der bereits eingerichteten Mordkommission.

Kriminalhauptkommissar Thomas Stelter ließ in der heutigen Frühbesprechung im Konferenzraum des Kommissariats 1 die bisher bekannten Fakten zusammentragen. Die meisten Ermittler der Mordkommission waren an diesem Morgen anwesend.

„Der Täter hat seine Vorhersage nicht ganz eingehalten und erst einen Tag später zugeschlagen“, stellte

Thomas fest – und dann, mehr zu sich selbst: „Aber warum …?"

„Es wird ihm etwas Wichtiges dazwischengekommen sein", vermutete Raffael Störtebecker, was Andrea Renner mit einem Kopfschütteln quittierte.

„Das Opfer hat bis einundzwanzig Uhr ein Seminar gegeben, ist auf der Rückkehr in dem überdachten Gang getötet worden, wo es gefunden wurde. Sie hat offenbar nicht mehr um Hilfe schreien können", erklärte Max Quast. „Von den Bewohnern, die wir bisher befragen konnten, hat an dem Abend niemand etwas Verdächtiges bemerkt. Es gibt zwei Häuser, die an den Hinterhof grenzen. Alle Bewohner müssen den Gang durchqueren, um jeweils ihr Haus betreten und verlassen zu können."

„Auffälligkeiten am Tatort?", fragte Thomas nüchtern.

„Beim Leichnam haben wir eine Mappe mit Seminarunterlagen, verschiedene Schlüssel und ihr Handy gefunden. Das Handy ist ein eher älteres Modell", führte Max leicht hektisch aus. „Keine weiteren Schnittverletzungen des Opfers. Der Täter wird die Frau von hinten überrascht haben. Kein Anhalt, dass sich der Täter sexuell an ihr vergangen hat. … Aber jetzt kommt's: Die Jacke des Opfers lag in der halb geöffneten rechten Flügeltürhälfte. Das ist insofern erstaunlich, weil sich daran Blut befindet, wahrscheinlich vom Opfer. Das Ergebnis liegt uns demnächst vor. Das Opfer wird also die Jacke nicht schon an der Flügeltür verloren haben.

Das Blut deutet darauf hin, dass der Täter erst nach der Tötung die blutige Jacke aufgenommen und an der Flügeltür wieder abgelegt hat."

„Vielleicht wollte er sie mitnehmen, aber als Passanten in der Nähe auftauchten, hat er sie fallen gelassen und ist ohne sie geflüchtet", meinte Arif.

„Schon möglich", stimmte Thomas zu. „Aber vielleicht steckt mehr dahinter."

Danach folgten Informationen von Jan Schuster über die getötete Frau.

Jeanett Mangold, fünfunddreißig, ledig, geboren in Wolfsburg, war vor fünf Jahren nach Hannover gezogen und wohnte seitdem in dieser Zwei-Zimmer-Wohnung in Linden-Nord, immer allein. Allerdings hatte sie – da waren sich mehrere der bereits befragten Nachbarn einig – bis vor einem halben Jahr gelegentlich über Nacht Besuch von einem Mann ungefähr gleichen Alters gehabt. Erst vor einigen Tagen war dieser Mann nach längerer Zeit wieder vorm Haus der Getöteten gesehen worden. Die Zeugen konnten den Mann beschreiben, wussten aber nicht seinen Namen.

„Wir müssen herausbekommen, um wen es sich bei diesem Bekannten handelt", betonte Stelter. „Er kann uns zumindest sicherlich einiges zu den Lebensumständen und Gewohnheiten des Opfers erzählen."

„Wir wissen inzwischen, dass Jeanett Mangold selbstständig war, offenbar als Heilpraktikerin arbeitete und zusätzlich so etwas wie Selbstfindungskurse anbot", fuhr Jan fort. „Dazu hatte sie entsprechende

Räumlichkeiten angemietet.“ Jan nannte die Adresse, die nur wenige Gehminuten vom Tatort entfernt lag.

„Ihre Wohnung ist, was Wandbilder und Dekoration angeht, irgendwie esoterisch eingerichtet“, gab er seine Meinung mit verkniffenem Gesichtsausdruck wieder. „In einem der Zimmer befinden sich Monitor, Tastatur und Maus, aber nirgendwo ein PC. Wir haben einen Reparaturannahmeschein von *Media Markt* gefunden. Offenbar hat sie ihren PC vor drei Tagen dahin zur Reparatur gebracht. Die Wohnung war ansonsten weitgehend aufgeräumt, ohne Einbruchspuren. Keine Fotos, die auf eine Partnerschaft mit einem Mann oder einer Frau hinweisen.“

„Das mit dem PC müssen wir im Blick haben“, brummte Stelter. „Was ist mit den Nachbarn?“

„Unsere ersten Befragungen haben ergeben, dass der Kontakt zwischen dem Opfer und den anderen Mietern sehr oberflächlich gewesen sein könnte. In den beiden Häusern wohnt wohl ein Mix aus Einzelpersonen, älteren Paaren und jungen Familien unterschiedlichster Herkunft. Mehrfach sind bei der Beschreibung der getöteten Frau Begriffe gefallen wie merkwürdig, eigensinnig, aber auch selbstbewusst. Ein Nachbar hat erzählt, dass die Schwester seiner Frau seit zwei Jahren die Seminarräume von Jeanett Mangold putzt. Diese Putzfrau soll sehr redselig und gut informiert über ihre Arbeitgeberin sein. Sie heißt Liliana Nowak, wohnt ebenfalls in Linden-Nord.“

„Die Befragung der gesamten Nachbarschaft wird heute fortgesetzt“, bestimmte Thomas. „Wir müssen außerdem Zeugen ausfindig machen, denen gestern im Tatzeitraum auf der Straße eine verdächtige Person aufgefallen ist. Dafür nutzen wir die obligatorische Funkzellenauswertung. … Andrea und Raffael, ihr nehmt euch speziell der gut informierten Putzfrau an. Möglicherweise kann sie uns verraten, wer der Mann ist, mit dem man das Opfer kürzlich vorm Haus gesehen hat. Und dann kümmert ihr euch gleich um den.“

*

Die Befragung von Liliana Nowak, einer Frau Mitte fünfzig mit mittellangen blonden, offensichtlich gefärbten Haaren, fand in deren Wohnung in Linden-Nord statt.

Andrea Renner und Raffael Störtebecker saßen mit ihr im Wohnzimmer zusammen, welches nicht ganz modern, aber geschmackvoll eingerichtet war. Liliana Nowak war verheiratet und hatte einen erwachsenen Sohn, der in einem anderen Stadtteil von Hannover wohnte. Ihr Mann war momentan an seinem Arbeitsplatz bei der *Conti*.

Die Nachricht vom gewaltsamen Tod ihrer Arbeitgeberin löste großes Erschrecken bei der Befragten aus. Sie weinte, fasste sich dann jedoch und begann, selbst einige Fragen zu den Todesumständen an Andrea und Raffael zu richten.

Scheint eine Angewohnheit von ihr zu sein, gleich ihr Gegenüber auszufragen, ging Andrea durch den Kopf.

Sie bremste Liliane aus und erklärte ihr, dass die Polizei über Ermittlungsdetails Stillschweigen zu bewahren hätte.

Liliane nickte verständnisvoll, ihr unzufriedener Gesichtsausdruck ließ jedoch darauf schließen, dass sie liebend gerne mehr erfahren hätte.

„Frau Mangold war eine nette Frau", beantwortete sie Andreas entsprechende Frage. „Aber sie machte manchmal einen unzufriedenen Eindruck, als wollte sie sich mit ihren ulkigen Ideen selbst helfen. Sie war ziemlich verhuscht. Hat ganz merkwürdige Sätze von sich gegeben."

„Nämlich?"

„Sie hat mehrmals zu mir gesagt: Die Beziehung der Menschen wird von ihren Energiefeldern beeinflusst. Es geht um … ähem … energetische Ausstrahlung oder so ähnlich. Wir müssen zur positiven Energie unseres Körpers stehen und dürfen uns nicht abhängig machen."

„Und damit hat Frau Mangold ihr Geld verdient?", fragte Raffael ungläubig.

„Ja, mit ihren Ideen hat sie Beratungen mit einzelnen Personen, Paaren und Familien durchgeführt, wohl auch Menschen mit psychischen Problemen behandelt. Außerdem hat sie häufig Seminare für Gruppen veranstaltet. Alles in ihren Praxisräumen, die ich regelmäßig saubergehalten habe. … Sie hat mir erzählt, dass sie mit der Energielehre ihren Klienten helfen kann. … Dann hat sie noch Kurse an der VHS gegeben."

„Eine bemerkenswerte Frau", meinte Raffael mit ironischem Unterton.

„Und wie sind Klienten auf die Angebote von Frau Mangold aufmerksam geworden?", wollte Andrea wissen.

„Sie hat dafür geworben, zum Beispiel in den *Hallo*-Wochenblättern, im *Lindenspiegel* oder im *magaScene*. Die aktuellen *magaScene*-Ausgaben von Mai und Juni hab ich hier zu Hause."

Liliane verließ kurz das Wohnzimmer und kam mit zwei handlichen Broschüren im DIN-A5-Format zurück. Das Stadt- und Veranstaltungsmagazin lag kostenlos in Bibliotheken, Kinos, Kneipen, Cafés und Restaurants aus.

Im hinteren Teil des Magazins sprang tatsächlich eine Anzeige ins Auge, die – neben einem farbigen Porträtfoto der braunhaarigen Jeanett Mangold – auf die Seminare mit Datum, Uhrzeit und Ort hinwies, mit Titeln wie *Die Reise zu sich selbst*, *Die eigene Energie spüren und nutzen* und *Ich bin wichtig, du bist wichtig*. Ein Link verwies auf ihre Website mit weiteren Angeboten.

Andrea überlegte: *Der Täter müsste also aufgrund von Anzeigen wie dieser nicht einmal das Internet benutzen, um sich über den abendlichen Tagesablauf von Jeanett Mangold zu informieren.*

„Wissen Sie etwas von einem Mann, zu dem Frau Mangold bis vor einem halben Jahr eine Beziehung hatte?“, fragte Raffael.

„Oh ja“, antwortete Liliana, ohne überlegen zu müssen.

„Kennen Sie seinen Namen?“

„Cedrick Weyand.“

„Woher wissen Sie das so genau?“

„Herr Weyand ist mehrfach in der Praxis gewesen. Er ist der Inhaber von *PC-Profi Linden*. Er hat mir in der Praxis seine Visitenkarte gegeben mit dem Hinweis, dass er für Angestellte seiner Freundin besondere Preise machen würde. Ich bin einmal in seinem Geschäft gewesen, um meinen PC reparieren zu lassen.“

Lilianes Personenbeschreibung stimmte mit den Angaben überein, die Jeanett Mangolds Nachbarn von dem Mann gemacht hatten.

„Und gab's mal Streitigkeiten zwischen den beiden?“, hakte Raffael nach.

„Bestimmt. Frau Mangold und Männer. Das war so ein Thema für sich. Sie hat oft über Männer geschimpft, aber sich wohl doch nach einer Partnerschaft gesehnt. Zumindest habe ich das als Frau gespürt.“

„Gab es irgendwelche Beschimpfungen, Bedrohungen, Gewalthandlungen?“

„Davon weiß ich nichts. Herr Weyand ist gutmütig und hilfsbereit. Der tut bestimmt keiner Frau etwas.“

„Und warum haben sich die beiden getrennt?“

„Keine Ahnung. Aber hat wahrscheinlich an ihr gelegen.“

„Sind die beiden in den letzten Tagen wieder zusammengekommen?"

Liliane zuckte mit den Schultern. Das war ihr nicht bekannt.

Nachdem Andrea und Raffael ihre Befragung beendet und sich von Liliane Nowak verabschiedet hatten, stiegen sie in ihren Dienstwagen ein.

Andrea setzte sich auf die Fahrerseite und registrierte, dass ihr Kollege auf dem Display seines Smartphones das Bild der ermordeten Jeanett Mangold betrachtete.

„Ich kenne dich!", stieß er plötzlich hervor.

„Du kennst die getötete Frau?", fragte sie überrascht. „Woher denn?"

Raffael wirkte, als wäre er aus einer Trance erwacht, und lächelte verlegen: „Nein, nicht wirklich. Ich meinte damit nur, ich habe sie irgendwo schon gesehen. Aber ich weiß nicht wo."

„Schade …"

Unvermittelt verzog er wütend sein Gesicht und polterte: „Das ist doch diese esoterische Psychoscheiße, mit der Leute abgezockt und ins Unglück gestoßen werden! Und damit hat die Mangold ihr Geld verdient."

„Sag mal, hast du irgendwelche Probleme oder was?!", entgegnete Andrea perplex. „Was regst du dich auf einmal auf?"

Raffael machte eine beschwichtigende Geste und sagte versöhnlich: „Entschuldige meinen Ausraster. Ich hatte gerade so eine esoterische Sekte im Kopf, die in der Lüneburger Heide mit ihrem Psycholyse-Seminar zahlreiche Menschen in Lebensgefahr gebracht hat."

„Esoterische Sekte?" Andrea verstand überhaupt nichts mehr. „Was hast du damit zu tun?"

„Ich selbst natürlich überhaupt nichts." Er lachte gequält. „Eine Bekannte aus Hamburg ist dieser Sekte vor Jahren verfallen. Aber das ist eine alte Geschichte, die nicht hierhergehört."

Beide schwiegen einen Moment.

„An dem Tag, für den der Täter die Tötung eigentlich angekündigt hatte", unterbrach Andrea die Stille, „hat Jeanett Mangold ebenfalls ein Abendseminar angeboten. Es lagen also zeitlich die gleichen Ausgangsbedingungen wie einen Tag später vor."

„Und?"

„Warum tötet er sie nicht an dem Tag, wo er es ursprünglich wollte? Was hat ihn an dem Tag davon abgehalten?"

„Könnte ja sein, dass er an dem angekündigten Tag eine ganz andere Person töten wollte. Und da das nicht klappte, hat er sich zufällig Jeanett Mangold ausgesucht."

*

Wenn er etwas mit dem Mord an der Frau zu tun hat, kann er es zumindest gut verbergen, waren Andrea Renners

Überlegungen, als Raffael Störtebecker und sie Cedrick Weyand in seinem kleinen Computerladen befragten.

Während sich ein Angestellter weiterhin ums Geschäft kümmerte, fand das Gespräch in einem Raum im hinteren Teil des Ladens statt, wo diverse Computer und entsprechendes Zubehör gelagert wurden.

Cedrick Weyand, ein mittelgroßer hagerer Mann Ende dreißig mit dunklen Haaren bei leichter Stirnglatze, hatte drei Stühle im Kreis aufgestellt, auf denen sie Platz genommen hatten.

„Ich habe sie vor gut einem Jahr bei einem VHS-Kurs kennengelernt", sagte Weyand und wischte sich einige Tränen von den Wangen. „Ich wollte mal etwas anderes ausprobieren als diese verkopften IT-Sachen. Mir hat das sehr gefallen, was sie über natürliche menschliche Kraftfelder und den Weg zu mehr Selbstbewusstsein erzählt hat."

Raffael verzog angewidert das Gesicht, hörte Weyand jedoch weiterhin zu, als dieser erzählte: „Wir sind dann eine Beziehung eingegangen. Anfangs hat sie gelacht und gemeint *Gefühl trifft Gehirn*. Über ein halbes Jahr haben wir uns regelmäßig getroffen, immer für eine Nacht und meistens bei ihr."

„War das für Sie okay, dass Sie sich jeweils nur für eine Nacht getroffen haben?", fragte Andrea.

„Eigentlich hätte ich mir mehr gewünscht. Dass wir zusammenziehen und jeden Tag zusammen sind."

„Sie sind noch nie verheiratet gewesen …?", erkundigte sich Raffael.

„Nein."

„Haben Sie Ihre Wünsche gegenüber Frau Mangold angesprochen?", setzte er nach.

„Ja, aber sie sagte, dass es für unsere Energiefelder besser wäre, wenn sie nicht täglich aufeinandertreffen würden. Sie wollte, dass jeder von uns seine eigene Wohnung behält."

„Warum haben Sie an der Beziehung festgehalten, wenn die Vorstellungen von Frau Mangold so anders waren als Ihre?", ließ Raffael nicht locker.

Weyand zögerte etwas. Andrea hatte den Eindruck, dass er leicht errötete.

„Sie war in den Nächten, in denen wir zusammen waren, sehr leidenschaftlich."

„Sie hatten also richtig guten Sex miteinander?!", stellte Raffael fest.

„So kann man sagen. Sie war in der Lage, einen Mann richtig glücklich zu machen. Zumindest für eine kurze Zeit, immer wieder …"

„Und wann ist Ihre Beziehung zu Ende gegangen?", blieb Raffael am Ball. „Und warum?"

„Nach gut einem halben Jahr hat sie es abrupt beendet. Sie sagte, unsere Energiekurve sei abgeflacht."

„Und haben Sie das so hingenommen?"

„Was hätte ich machen sollen …"

„Aber vor einigen Tagen sind Sie doch wieder zusammen gewesen."

„Da war ihr privater PC kaputt. Sie hat mich angerufen und um Hilfe gebeten, dass ich mir den PC in ihrer

Wohnung mal anschaue. Ich hab mich gefreut, sie wiederzusehen, und bin gleich zu ihr gefahren."

„Wann war das?"

„Vor vier Tagen."

„Und wie ist das Treffen abgelaufen?"

„Ich hab mir ihren PC angeguckt. Direkt vor Ort konnte ich das nicht reparieren und habe ihr vorgeschlagen, dass ich den PC mit in meinen Laden nehme. Das wollte sie aber nicht und hat gesagt, dass sie es dann bei *Media Markt* reparieren lassen würde."

„Waren Sie da nicht enttäuscht?"

„Doch, schon."

„Wann haben Sie Frau Mangold zuletzt gesehen?"

„Vorgestern Abend, so kurz vor halb zehn. Ich habe vor ihrem Haus auf sie gewartet, weil ich wusste, dass sie um diese Zeit dort eintreffen muss."

„Was wollten Sie um diese Zeit von ihr?"

„Ich dachte, dass sie mich überhaupt angerufen und um Hilfe gebeten hat, könnte ein Signal sein, dass sie wieder Interesse an einer Beziehung mit mir hat. Früher hatte sie mich auch kurzfristig angerufen, und wir haben bei ihr die Nacht verbracht. Natürlich bin ich früher auch spontan zu ihr gefahren, und sie hat sich gefreut."

„Sie haben gehofft, dass Frau Mangold an dem Abend nicht abgeneigt ist, sich auf eine Runde Sex mit Ihnen einzulassen?!", brachte es Raffael auf den Punkt. Und als Weyand zustimmend nickte, fuhr er fort: „Und hat sie Sie in ihre Wohnung gelassen?"

„Nein. Sie sagte, das wäre endgültig vorbei."

„Welche Gefühle hat das bei Ihnen ausgelöst?"

„Ich war sehr enttäuscht."

„Kann es sein, dass da noch mehr Gefühle im Spiel waren? Wut vielleicht? Wenn Sie wegen ihres PCs springen, sind Sie gut genug, aber wenn sie sich ein wenig erkenntlich zeigen kann, lässt sie Sie abrupt auflaufen ..."

„Moment ..." Weyand schien zu ahnen, worauf Raffael hinauswollte. „Ich war ein wenig sauer. Aber ich habe ihr nichts getan."

„Wo waren Sie gestern zwischen 21:00 und 21:45 Uhr?"

„Da war ich zu Hause, in meiner Wohnung, zumindest teilweise."

„Was heißt teilweise? Kann das jemand bezeugen?"

Er dachte kurz nach. „Ich habe von zirka 21:15 Uhr bis gegen 21:30 Uhr mit einem Bekannten telefoniert. Am Ende des Gespräches habe ich auf die Uhr geschaut, weil ich noch rüber zum Kiosk gehen wollte. Da war es 21:31 Uhr. Ich bin dann tatsächlich beim Kiosk gewesen und habe mir eine Schachtel Zigaretten gekauft."

„Wenn das stimmt, wäre das ein gutes Alibi", nickte Raffael. Wir überprüfen das."

Zum Zeitpunkt der Tötung von Nadine Odem hatte sich Weyand angeblich mit einem Freund getroffen, wie die weitere Befragung ergab.

„Haben sich Frau Mangold oder Sie mit Geocaching beschäftigt?", wollte Andrea wissen.

„Ich? … Nein". Weyands Mimik drückte Befremden aus: „Und Jeanett hätte sich auf ein Spiel mit GPS-Geräten oder Smartphone-Apps nie einlassen können."

Kapitel 26

Montag, 4. Juni

Die Ermittlungen der Mordkommission hatten in den letzten Tagen zu wichtigen Ergebnissen geführt.

Die Obduktion von Jeanett Mangold in der MHH-Rechtsmedizin ergab, dass der vom Täter nicht ganz horizontal gesetzte Schnitt unterschiedlich tief in die linke und rechte Seite des Halses eingedrungen war. Zusätzlich zu Luft- und Speiseröhre waren links die Halsvene und die -arterien durchtrennt worden, rechts ausschließlich die Vene. Wie schon das erste Opfer, war Jeanett Mangold an Sauerstoffmangel im Gehirn, verursacht durch den massiven Blutverlust und die Lungenembolie, rasch verstorben.

Unter den Fingernägeln der rechten Hand hatten die Rechtsmediziner dunkelblaue Stofffasern entdeckt, die mit großer Sicherheit zur Kleidung des Täters gehörten. Das Blut an der einige Meter entfernt aufgefundenen Jacke war erwartungsgemäß das der getöteten Frau.

Ein Zeuge, der sich im Tatzeitraum weit entfernt auf der gegenüberliegenden Straßenseite aufgehalten hatte, konnte sich an einen Mann erinnern, der auf Höhe des Hausdurchgangs die Straße überquert hatte und mit schnellen Schritten verschwunden war. Die besagte Person wäre bekleidet gewesen mit Blue Jeans und dunkelblauem Hoodie, auf dem Kopf eine Art Baseball-Kappe.

Ein weiterer Zeuge hatte die Straße fast zeitgleich mit dem mutmaßlichen Täter überquert, ungefähr in fünfundzwanzig Metern Entfernung. Für eine Sekunde hatte sich der Zeuge zur Seite umgeblickt und das Gesicht des Mannes gesehen. Der Zeuge beschrieb den Mann als Brillenträger mit einem Schnurrbart. Hoodie und Kappe waren ihm ebenfalls in Erinnerung.

Bezüglich des Alters des Mannes waren sich die Zeugen uneins, aber auf beide hatte er „normal groß" und sportlich gewirkt. Danach war der mutmaßliche Täter abgetaucht, ohne dass bisher ein weiterer Zeuge Angaben zu seinem Verbleib machen konnte.

Für ein aussagekräftiges Phantombild reichten die Angaben der Zeugen leider nicht aus.

Die Auswertung von Jeanett Mangolds Handy-Bewegungsprofil und ihrer Anrufliste hatten sich als wenig aussagekräftig herausgestellt.

„Wie erwartet bestätigen die Zeugenaussagen, dass wir es mit großer Wahrscheinlichkeit mit einem männlichen Täter zu tun haben", resümierte Thomas Stelter in der täglichen Frühbesprechung im Kommissariat 1. „Und nach dem jetzigen Stand der Ermittlungen ist davon auszugehen, dass derselbe Täter sowohl Nadine Odem als auch Jeanett Mangold getötet hat. Aber aus welchem Grund hat sich der Täter gerade diese beiden

Opfer ausgesucht? Wo ist der rote Faden, der beide Taten miteinander verbindet?“

„Das fragen wir uns natürlich alle“, ging Raffael Störtebecker ungefragt dazwischen. „Vielleicht tötet der Mann nach einem Zufallsprinzip, wo's sich gerade günstig ergibt. Jeanett Mangolds Ex-Freund wäre für ein Motiv gut gewesen. Er hätte die Tötung ankündigen können, um es sich dann vorübergehend anders zu überlegen. Aber für beide Taten hat er ein bestätigtes Alibi.“

„Das letzte abendliche Treffen zwischen Weyand und Mangold hat vielleicht die Tötung der Frau um einen Tag verschoben“, ergänzte Andrea Renner.

„Wie auch immer“, nahm Thomas den Faden wieder auf. „Beide Opfer haben anscheinend keine Gemeinsamkeiten. Beide sehen vom Typ her anders aus, haben verschiedene Haarfarben, bewegen sich beruflich und privat in ganz unterschiedlichen Kreisen. Die eine ist offenbar glücklich mit einer Frau verheiratet, die andere ist Single und hat zeitlich begrenzte Kontakte zu einem Mann. Die eine gilt als freundlich und zugewandt, die andere als verhuscht und eigensinnig.“

Die Mordkommission hatte bisher keinen Hinweis gefunden, dass das zweite Opfer in einen schwerwiegenden Konflikt verwickelt oder von einer Person bedroht worden war, wie beispielsweise von einem verärgerten Klienten.

„Wir können noch nicht ausschließen, dass Jeanett Mangold zuletzt weitere private Kontakte zu Männern gepflegt hat", gab Hayo Baumann zu bedenken. „Die Putzfrau wusste möglicherweise nicht alles. Hat das Opfer vielleicht Männer außerhalb ihrer Wohnung getroffen? Vermittelt über eine Partneragentur?"

„Wir werden auch in dieser Richtung recherchieren", stimmte ihm Thomas zu. „Bemerkenswert sind zudem die Tatorte. Ganz unterschiedlich ausgewählt. Erst ein Wald in Misburg, dann ein Wohngebiet in Linden-Nord. Der zweite Ort ist für den Täter risikoreicher als der Wald. Es ist schwieriger, sich dem Opfer unbemerkt zu nähern. Die Chance, bei der Tat und der anschließenden Flucht entdeckt zu werden, ist merklich größer. Sollte es dem Täter vorrangig darum gehen, bei der Tötung von Frauen das Risiko zu steigern, hat er möglicherweise gar keine persönliche Verbindung zu den Opfern. Er sucht sich dann die Frauen einfach nach dem Zufallsprinzip aus."

„Was ich gesagt habe", betonte Raffael. „Und das erhöht seine Gefährlichkeit natürlich enorm, weil wir keine Ahnung haben, wo er sich sein nächstes Opfer schnappt."

*

Kurze Zeit später schlug eine weitere Bombe bei der Mordkommission ein.

Schon die Formulierung der gedruckten und aufgeklebten Anschrift auf dem weißen Luftpolsterumschlag ließ keinen Zweifel über den Absender offen:

An die Mordkommission,

die sich mit N. Odem und J. Mangold beschäftigt

Die Versandtasche enthielt diesmal nicht das obligatorisch bedruckte Blatt Papier, sondern lediglich einen USB-Stick. Der Poststempel war auf den 2. Juni datiert, einen Samstag.

Thomas hatte die gerade anwesenden Moko-Mitglieder, darunter Andrea, Raffael und Hayo, gebeten, sich mit ihm gemeinsam das Video anzuschauen.

Schon die erste Szene der Filmmontage war der absolute Hammer! Zu hören war nicht der Originalton, sondern ein nostalgisch klingender Rock-'n'-Roll-Titel aus den Fünfzigerjahren, der das Video als Untermalung begleitete. Aufgenommen aus einer Perspektive seitlich von unten, war Jeanett Mangold zu sehen, wie sie mit der Jacke über dem linken Arm in den Hausdurchgang trat und sich von der Kamera entfernte. Sie wurde von hinten gefilmt, wie sie stehen blieb, die Aktenmappe in die linke Hand nahm und in ihre rechte Hosentasche griff. Plötzlich kam Bewegung ins Bild, die Perspektive veränderte sich schlagartig. Die Kamera war abrupt in die Höhe geschossen und näherte sich blitzschnell der Frau.

„Dieser perverse Psychopath hat alles gefilmt!", fluchte Thomas. Auch die anderen Mitglieder der Mordkommission starrten fassungslos auf den Monitor.

Noch während Thomas seine Wut über das Gesehene herausließ, war anstelle der Filmszene nur noch eine Weißblende zu erkennen, auf die in schwarzer Schrift ein Satz eingeblendet wurde: „Der Moment des Sterbens gehört nur mir".

Dazu hauchte der Sänger des Rock-'n'-Roll-Stückes nach einem langgezogenen Stöhnen „Breathless".

Danach tauchte wieder der Hausdurchgang auf. Allerdings lag Jeanett Mangold schon in einer Blutlache unbeweglich auf dem Boden. Der Täter selbst war in keiner Einstellung zu sehen.

Am Schluss des Kurzfilms erschien erneut die Weißblende – mit dem Schlusssatz: „Unsere Begegnung war atemberaubend".

Der Schriftzug verblasste, die Musik wurde ausgeblendet, und dann endete das Video.

„Was für ein zynischer Mist", kommentierte Andrea.

„Was die Formulierung angeht, bleibt er seinem Stil treu", murmelte Raffael. „Das ist sicher nicht die letzte Botschaft. Ich vermute, auf dem USB-Stick finden sich wieder keine Fingerabdrücke oder DNA-Spuren."

*

Das Musikstück auf dem makabren Video war schnell identifiziert. Es handelte sich um eine Aufnahme aus dem Jahr 1958 mit dem Titel *Breathless*, also *Atemlos*, gesungen von Jerry Lee Lewis, der bekanntermaßen den Spitznamen „der Killer“ trug.

Die Auswertung des Videos ließ weitere Rückschlüsse zu. Besonders aussagekräftig war die Aufnahmeperspektive zu dem Zeitpunkt, als der Täter hinter Jeanett Mangold aufgesprungen war. Die Kamera musste sich weit oben in Kopfhöhe befunden haben. Eine Befestigung an einem Stirnband erschien unwahrscheinlich, sodass die Ermittler davon ausgingen, dass sich die Kamera in der – von einem Zeugen beschriebenen – Brille befunden hatte. Im Rückschluss über die Körperlänge des Opfers schätzten die Ermittler grob die ungefähre Größe des Täters ein. Ihre Einschätzung deckte sich mit den Zeugenaussagen.

„Wir suchen also einen Mann um die 1,80 m“, lachte Raffael bitter, der zusammen mit Andrea im Büro ihre nächsten Schritte plante. „Das ist die Durchschnittsgröße von Männern in Deutschland! Na ja, Riesen und Kleinwüchsige fallen schon mal weg. … Und Brillenträger sind auch nicht gerade selten. Ich kenne solche Kamerabrillen. Die sind häufig von normalen Brillen auf Anhieb nicht zu unterscheiden.“

„Wir unternehmen alles, um den Kerl zu erwischen, bevor er die nächste Frau umbringt“, bekräftigte Andrea. „Das LKA ist mit im Boot.“

„Fordert ihr von dort einen Psychologen an?“

„Nein.“ Andrea winkte ab. „Da beschreitet Thomas seine eigenen Wege. Schon seit Jahren arbeitet er mit dem Psychiater Doktor Mark Seifert zusammen. Thomas hat ihm schon eine Zusammenfassung der bisherigen Ergebnisse zugemailt. Für heute hat er noch einen Termin mit ihm vereinbart."

„Da wäre ich gern dabei, um mir einen Eindruck zu verschaffen, wie sich dieser Psycho-Doc der Denke des Täters nähert."

„Ich hab schon öfters an den Gesprächen mit Seifert teilgenommen", erklärte Andrea. „Frag Thomas, ich geh davon aus, dass er dich mitnimmt."

*

Thomas Stelter und Raffael Störtebecker fuhren die vierspurige Hildesheimer Straße entlang Richtung Süden. Vom Hauptgebäude der Polizeidirektion bis zu den Büroräumen von Dr. Mark Seifert im hannoverschen Stadtteil Döhren würden sie eine gute Viertelstunde brauchen.

„Was hat es mit diesem Doktor Seifert auf sich?", fragte Raffael, den es wieder auf den Beifahrersitz verschlagen hatte. „Was schätzt du an dem?"

„Er ist ein erfahrener forensischer Gutachter, hat ein gutes Gespür bei der Erstellung psychologischer Täterprofile." Thomas lachte auf. „Er spielt allerdings auch gern selbst Detektiv und mischt sich eigenmächtig in Mordermittlungen ein. Hat ihn schon ein paarmal fast das Leben gekostet. Braucht er wohl für sein Ego."

„Andrea hatte so einen merkwürdigen Tonfall drauf, als sie von Seifert sprach."

„Sie schätzt Seiferts Alleingänge nicht sonderlich. Und sie hat manchmal Bauchschmerzen damit, dass ich ihn in vertrauliche Ermittlungsergebnisse einweihe. Aber ich weiß, dass er die nicht in unautorisierte Hände weiterreicht."

Thomas ergänzte, dass Seifert seit vielen Jahren den Sozialpsychiatrischen Dienst leitete, der sich mit ungefähr hundert Mitarbeitenden, verteilt auf dreizehn Dienststellen, um die Versorgung psychisch schwerkranker Personen kümmerte.

Thomas parkte den Wagen gegenüber vom Timon Carré, einem riesigen sechsstöckigen Bürokomplex an der Peiner Straße in Döhren, der neben zahlreichen Arztpraxen und einigen Schulbuchverlagen die Zentrale des Sozialpsychiatrischen Dienstes beherbergte.

Thomas und Raffael betraten den mittleren Eingang mit der Hausnummer vier. Mit einem der beiden Fahrstühle fuhren sie in die vierte Etage. Die Fensterfront im Wartebereich gewährte ihnen einen imposanten Ausblick über die Dächer von Hannover. Gleich das erste Büro im Gang links vom Fahrstuhl war das Vorzimmer des Psychiaters. Die Tür stand offen.

Sonja Mock, eine Frau um die vierzig, hatte die Besucher bereits erwartet. Sie saß vor ihrem Bildschirm an einem L-förmigen Schreibtisch, auf dem sich Aktenberge türmten, und wandte sich den beiden eintretenden Polizisten zu. Die Verbindungstür zu Seiferts Büro war geschlossen.

Thomas begrüßte die Sekretärin, wollte gerade Raffael vorstellen, als dieser verkündete: „Mein Name ist Störtebecker mit c … also nicht der Zeh, sondern der Buchstabe.“ Raffael kicherte – und ergänzte, als er Sonjas verblüfften Gesichtsausdruck bemerkte: „War'n Scherz.“

„Ach so“, meinte die Sekretärin nüchtern. „Na, ich denke, Herr Doktor Seifert ist gleich so weit.“

Wie auf ein Stichwort öffnete sich die Verbindungstür, und eine Frau erschien, die sich von Seifert mit den Worten verabschiedete: „Also abgemacht. Ab diesem Monat bin ich bei der Fachgruppe Sozialpsychiatrischer Plan dabei.“

Dann ging sie mit einem Kopfnicken an den Männern vorbei und verließ mit einem „Tschüss, Frau Mock!“ das Vorzimmer.

Mark Seifert bat die Kriminalbeamten in sein Büro, wobei Raffael diesmal auf eine Erläuterung der Schreibweise seines Namens verzichtete.

Seifert war ein sportlich wirkender Mann Ende vierzig mit vollem braunem Haar, der zu einem blauen Hemd und einer Blue Jeans ein graues Sakko trug, dabei wie üblich auf eine Krawatte verzichtet hatte. Sein durch die breite Fensterfront helles Büro war praktisch eingerichtet mit einer fast bis zur Decke reichenden Bücherwand, zwei geschlossenen Aktenschränken, dem obligatorischen Schreibtisch und einem runden

Besprechungstisch mit vier Stühlen. An den Wänden hingen mehrere eingerahmte Schwarz-Weiß-Poster, die unter anderem die Beatles, Charlie Chaplin und Marilyn Monroe zeigten.

Raffaels Blick blieb an dem Poster der vier Rockmusiker aus Liverpool hängen.

„Mögen Sie die Beatles?“, fragte Seifert.

„Ja, ich habe einen besonderen Bezug zu der Musik“, äußerte er, ohne groß zu überlegen, schob dann als Erläuterung hinterher: „Meine Oma hat Anfang der Sechzigerjahre als junges Mädchen in Hamburg den Star-Club besucht, wo ja auch die Beatles aufgetreten sind.“

„Dann würde ich mich gerne mal mit Ihrer Oma über den Star-Club unterhalten“, schmunzelte der Psychiater.

„Sie ist tot“, sagte Raffaels kurz.

„Das tut mir leid“, meinte Seifert und bat seine Gäste, Platz zu nehmen. Gerade als er sich zu ihnen an den runden Tisch setzen wollte, vibrierte sein Smartphone auf dem Schreibtisch.

Seifert warf einen Blick auf das Display und erklärte schulterzuckend: „Heute scheint der Wurm drin zu sein. Entschuldigung, aber da muss ich kurz rangehen. Bleiben Sie bitte sitzen.“

Er schnappte sich im Stehen das Smartphone und nahm das Gespräch an, meldete sich mit gedämpfter Lautstärke: „Ja, hallo Anna?!“

Dann sagte er kurze Zeit nichts, verzog enttäuscht das Gesicht und verabschiedete sich mit: „Oh, sehr schade. Aber das müssen wir unbedingt nachholen.“

Dann beendete er das Telefonat. Thomas und er kannten sich viele Jahre, und es war zwischen ihnen kein Geheimnis, dass die Beziehung zwischen Seifert und der Lehrerin Anna Sonnenberg seit einiger Zeit auf Sparflamme lief. Insofern hatte der Psychiater den wichtigen privaten Anruf ganz selbstverständlich in Anwesenheit des Hauptkommissars angenommen.

Als Seifert immer noch zerknirscht guckte, fragte Thomas besorgt: „Schlechte Nachrichten?"

„Wir hatten uns heute nach langer Zeit zu einem Date im Restaurant verabredet, aber ihr ist etwas dazwischengekommen."

Raffael machte einen geistesabwesenden Gesichtsausdruck, schien sich mit irgendwelchen inneren Bildern zu beschäftigen.

Seifert legte das Smartphone zurück auf den Schreibtisch und setzte sich zu den beiden Kriminalbeamten an den Tisch: „Gut, dann kommen wir zum Grund Ihres Besuches. Ich habe die neuesten Ermittlungsergebnisse über Jeanett Mangold gelesen …"

Unvermittelt platzte Raffael heraus: „Ich weiß, wer du bist!"

Die anderen beiden schauten ihn befremdet an.

„Ich habe Jeanett Mangold in einer Fernsehsendung gesehen!" Raffael lächelte triumphierend. „Vor einigen Wochen. Bei einer Dating-Show im Privatfernsehen. Da werden Paare im Restaurant verkuppelt. Bei *Date* und *Restaurant* hat es plötzlich Klick bei mir gemacht."

„Jeanett Mangold ist in einer Dating-Show aufgetreten?!", äußerte Thomas erstaunt. „Ich fass es nicht. Die hat also neben ihrer esoterischen noch eine ganz andere Seite. Davon hat sie offenbar weder ihrer Putzfrau noch ihrem Ex-Freund was erzählt."

„Von den Teilnehmern der Dating-Show wird nur der Vorname bekanntgegeben", erläuterte Raffael. „Daher ist der Name Mangold in der Sendung nie gefallen."

„Weißt du noch, wer ihr Dating-Partner war?"

„Ein Mann mittleren Alters. Bezüglich seines Berufes hat er sich bedeckt gehalten. Sein Name? … Keine Ahnung. Aber die von der Produktion sorgen immer dafür, dass die jeweiligen Kandidaten aus benachbarten Gegenden kommen."

„Wie ist das Date im Fernsehen abgelaufen?", meldete sich der Psychiater zu Wort.

„Ich fand es richtig fies, wie die Frau den Mann hat auflaufen lassen", stieß Raffael hervor. „Er ist von ihr komplett blamiert worden."

„Inwiefern?" Seifert schaute den Polizisten erwartungsvoll an.

„Anfangs, als die beiden gemeinsam beim Essen sitzen, gibt sich die Mangold charmant, und der Mann lobt ihre Art. Am Ende sind beide zusammen in einem Nebenraum und sollen sich vor laufender Kamera über den jeweils anderen äußern. Der Mann sagt überschwänglich, dass er sich sehr von ihrer positiven Ausstrahlung angezogen fühle und gerne ein weiteres Date mit ihr hätte. Sie reagiert total arrogant, meint so was

Ähnliches wie: *Für mich ist es stimmig, dass du meine positive Ausstrahlung wahrnimmst. Aber deine Energie ist nicht das Richtige für mich. Du musst noch an deiner Männlichkeit arbeiten.*"

„Wie hat der Mann reagiert?"

„Er hat geschluckt, süß-sauer gelächelt und geäußert, dass das Date *zumindest eine besondere Erfahrung* für ihn gewesen wäre."

„Wann läuft diese Dating-Show im Fernsehen?", erkundigte sich Thomas.

„Innerhalb der Woche jeden Nachmittag", antwortete Raffael beflissen. „In jeder Sendung treffen gleich mehrere Paare aufeinander. Ich habe mir mal einige Folgen über die Mediathek des Senders angesehen. Die Sendung mit der Mangold müsste dort aber inzwischen längst raus sein."

„Wir besorgen uns die Folge direkt beim Sender", erklärte Thomas, der versuchte, die Dating-Show für sich einzusortieren: „Das scheint ja eine gleichförmig ablaufende Fließbandsendung zu sein, wo die kleine Episode mit Jeanett Mangold keinerlei Medienecho nach sich gezogen hat."

Der Psychiater machte durch ein Räuspern auf sich aufmerksam.

„Diese Infos bringen uns ein großes Stück weiter", versprach Seifert und versuchte seiner Stimme einen bedeutungsvollen Klang zu verleihen. „Ich sehe jetzt eine mögliche Verbindung zwischen beiden Opfern."

„Nadine Odem war ein völlig anderer Typ", äußerte Raffael skeptisch.

„Das schon", stimmte Seifert lächelnd zu. „Aber lesen Sie sich – das Wissen über den Ablauf der Dating-Show im Hinterkopf – den ersten Zeitungsartikel über Nadine Odem mal genau durch, in dem sie als neue Vorstandssprecherin ihrer Bank vorgestellt wird. Ihr Kollege Stelter war so freundlich, mir den Artikel im Vorfeld unseres letzten Gespräches zukommen zu lassen."

„Und?" Raffael legte den Kopf etwas zur Seite.

„Der Artikel trägt die Überschrift: *Eine Frau bringt frischen Wind in eine Männerwelt.* Die Verfasserin, Solveig Jordan, war offenbar sehr angetan von ihrer Interviewpartnerin. Sie stellt die Besonderheit der Frau in einer Männerdomäne heraus, unterstreicht lobend, dass sich Nadine Odem durchgesetzt hat, indem sie den Aufsichtsrat davon überzeugen konnte, dieses Mal keinen Mann auf den Posten des Vorstandssprechers zu setzen. Der Täter könnte es so interpretieren, als ob die Frau ihren männlichen Mitbewerbern öffentlich eine Niederlage zugefügt hat, indem sie diese aus einer Position verdrängt, die eigentlich immer einem Mann zusteht." Seifert machte eine Pause und genoss die Blicke der beiden Polizisten, die ihm interessiert zuhörten. „Der Täter macht womöglich in seiner subjektiven Sichtweise sowohl Nadine Odem als auch Jeanett Mangold für die schwere Demütigung eines Mannes verantwortlich. Trifft die Hypothese zu, sucht sich der Täter seine Opfer ganz gezielt aus."

„Wie ist der Kerl nach Ihrer Meinung gestrickt?“, fragte Raffael, während er mit der rechten Hand an seinem Kinn spielte.

„Ich gehe davon aus, dass der Täter ein gestörtes Verhältnis zu solchen Frauen hat, die er als selbstbewusst und dominant erlebt. Darin ähneln sich die beiden Opfer nämlich. Er hat vermutlich in seiner Vergangenheit entsprechende für ihn belastende Erfahrungen mit Frauen gemacht.“

„Sie meinen, der Täter hat eine frühe psychische Störung und ist in seiner Steuerungsfähigkeit eingeschränkt?“, erkundigte sich Raffael.

„Ein Mörder tötet aus niedrigen Beweggründen“, zitierte Seifert das Strafgesetzbuch. „Auch wenn ich die Beweggründe für seine Tat psychologisch nachvollziehen kann, ist er damit noch lange nicht psychisch krank.“

Thomas zog einen USB-Stick aus der Hosentasche.

„Ich habe die Videobotschaft des Täters auf diesen Stick überspielt“, erklärte der Hauptkommissar. „Wir sollten uns den kurzen Film gemeinsam anschauen.“

Mark Seifert verband den Stick mit seinem Notebook, das er zum Abspielen des Videos auf den Besprechungstisch stellte. Sehr konzentriert saugte der Psychiater jede Sequenz des Films in sich auf.

„Was können Sie aus seinen skurrilen Nachrichten – den beiden Schreiben und dem Video – herauslesen?“, wollte Thomas von Seifert wissen.

„Der Täter präsentiert sich damit als vermeintlich überlegener kreativer Kopf. Er hat die Wortspielerei mit dem Namen Odem weiterentwickelt. Möglicherweise ist er zufällig übers Internet auf den Titel *Atemlos* von Jerry Lee Lewis gestoßen." Seifert war in seinem Element. „Das ist ein uralter Song, den junge Leute in der Regel kaum kennen. Lewis ist übrigens in den Sechzigern auch im Hamburger Star-Club aufgetreten." Er schaute Raffael an, der aber keine Reaktion zeigte. „*Breathless* ist eigentlich ein Liebeslied. Das würde zu enttäuschter Liebe passen."

Um Seiferts Gedankenfluss nicht zu unterbrechen, hielt sich Thomas mit Nachfragen zurück.

„Ich sehe einige Hinweise, dass der Täter die alte Aufnahme nicht zufällig ausgesucht hat. Geschriebene Kurznachrichten und Videos mit der Post zu verschicken, anstelle sich digitaler Übertragungswege zu bedienen, erscheint mir für heutige Verhältnisse etwas unmodern und deutet nicht gerade auf einen IT-versierten jungen Mann hin. Mir fallen da ältere Kriminalthriller ein, wo die Polizei Briefe mit bedeutungsvollen Nachrichten auf dem Postweg erhält. Dazu passt dann wieder der Rock-'n'-Roll-Titel aus den Fünfzigerjahren. Ich habe also eher einen Täter zwischen fünfunddreißig und fünfzig vor Augen als einen zwischen zwanzig und dreißig. Einen Mann, der möglicherweise mit der Aufnahme von Jerry Lee Lewis etwas Persönliches verbindet. Natürlich gibt es Ausnahmen, dass sich auch jüngere Menschen für ältere Musik, Bücher oder Filme begeistern können, aber in der Regel sind Liebhaber von Jerry Lee Lewis ältere Jahrgänge."

Raffael guckte wenig begeistert.

Der Psychiater schien den Zweifel des Oberkommissars zu bemerken, setzte seinen Redefluss jedoch unbeirrt fort: „Wenn der Täter eine besondere Beziehung zu *Breathless* hat, wird er wahrscheinlich auch den gleichnamigen Kinofilm kennen, dessen Titelmusik exakt diese alte Aufnahme von Jerry Lee Lewis ist. Der Erotiktriller mit Richard Gere und Valérie Kaprisky lief 1983 in Deutschland unter dem Titel *Atemlos.* Ich erinnere mich noch genau an das Titelbild der Kinozeitschrift *Cinema*, auf dem Gere und Kaprisky nackt in leidenschaftlicher Umarmung abgebildet waren. Damals war ich fünfzehn und musste unbedingt diesen Film mit der wunderschönen französischen Hauptdarstellerin sehen. Der Film war erst ab sechzehn, aber ich konnte mich reinmogeln."

„Entschuldigen Sie, wenn ich die Erinnerung an Ihre Jugend unterbreche", ging Raffael dazwischen. „Aber was hat das mit unserem Fall zu tun?"

„Das kommt gleich", versprach Seifert. „In dem Film geht es um einen Outlaw, einen großen Fan der Musik von Jerry Lee Lewis, der auf der Flucht vor der Polizei von einer Frau, die er liebt, verraten und dadurch von der Polizei gestellt wird. Die Hauptperson macht also mit einer Frau eine äußerst enttäuschende Erfahrung, die sein Leben entscheidend negativ beeinflusst. Und *Breathless* steht für diesen Film. Der Täter könnte seine eigene Biografie in dem tragischen Plot wiedererkannt haben."

„Ich halte das für eine Überinterpretation", bekundete Raffael. „Von dem Film habe ich noch nie etwas gehört."

„Sie sind auch jünger", entgegnete der Psychiater. „Spricht womöglich für das Alter des Täters."

„Oder dass alles weit hergeholt ist."

Der Psychiater guckte nachsichtig: „Es kann natürlich sein, dass ich mit meinen Schlussfolgerungen übers Ziel hinausschieße. Aber ich habe mit dem Aussprechen spontaner Assoziationen gute Erfahrungen gemacht."

Bevor Raffael etwas erwidern konnte, pfiff ihn Thomas zurück: „Ich halte es nicht für angebracht, hier über die fachliche Vorgehensweise von Herrn Doktor Seifert zu diskutieren." Während sich Raffael betont zurücklehnte, sah der Hauptkommissar den Psychiater entschuldigend an: „Bitte, fahren Sie fort."

„Die Tötungen von Nadine Odem und Jeanett Mangold haben nichts Affektvolles, sondern wirken geplant, zumal wenn die zweite Tat bereits Tage vorher angekündigt wird", erklärte der Arzt sachlich. „Er will genau auf diese Art töten. Mit dem Durchtrennen der Luftröhre bringt er die Frauen im wahrsten Sinne des Wortes zum Schweigen. Vielleicht hat er früher mit Frauen zu tun gehabt, die ihn in Grund und Boden geredet haben. In seinen Botschaften arbeitet er mit Wortspielen."

„Aber vielleicht geht es ihm auch nur um eine erfolgversprechende Tötungsmethode, bei der das Opfer nicht mehr um Hilfe rufen kann", gab Raffael zu bedenken.

„Schon möglich“, gestand Seifert lächelnd zu. „Es gehört eine gewisse Überwindung dazu, einem anderen Menschen die Kehle durchzuschneiden. Und wahrscheinlich eine gewisse Übung, um die Tötung so ‚effektiv‘ wie der Täter auszuführen. Er tötet die Frauen von hinten, sieht ihnen dabei nicht ins Gesicht. Hat er eventuell Angst davor? Die Opfer werden nicht vergewaltigt, er sticht nicht wiederholt auf sie ein. Also liegt sein hauptsächlicher Gewinn möglicherweise darin, sich bereits im Vorfeld als der Mächtige zu fühlen. Das Video mit dem Opfer betrachtet er als seinen Schatz, wobei er den Moment des Tötens keiner weiteren Person zugänglich macht.“

„Wie bewerten Sie die unterschiedlichen Tatorte?“, wollte der Hauptkommissar wissen.

„Bei seiner ersten Tat stand er nicht unter selbst auferlegtem Zeitdruck. Ich glaube, er hat Nadine Odem vorher beobachtet. Die Zeugenaussagen über den angeblichen Geocacher am Gartenzaun deuten darauf hin. Dann hat er die günstige Gelegenheit im Wald ausgenutzt und in einem sichtgeschützten Areal quasi ‚ausprobiert‘, ob er in der Lage ist, seine Mordpläne umzusetzen. Anschließend hat er sich auch ein Tötungsszenario in einem städtischen Wohngebiet zugetraut, wobei er davon ausgehen musste, das auserwählte Opfer Jeanett Mangold an keinem günstigeren Ort töten zu können.“

„Und die blutige Jacke des Opfers, die er an der Flügeltür abgelegt hat?“, fiel Thomas ein.

„Er macht damit Passanten auf seine Tat aufmerksam“, hatte Mark Seifert eine Antwort parat. „Übrigens hat er bei der ersten Tat ebenfalls einen Hinweisgeber zurückgelassen. Das Fahrrad des Opfers am Waldweg, das er nach der Tötung nicht irgendwo im Gebüsch versteckt hat. Meistens machen diejenigen Täter mit so etwas auf sich aufmerksam, deren Handeln sonst im Alltag häufig nicht die gewünschte Beachtung findet. Typisch wäre der nach außen besonders gut Angepasste, in dem es innen gewaltig brodelt.“

„Der stille Typ, von dem man denkt, dass er nie eine Frau abbekommt …?“, lachte Raffael.

„Ja … oder derjenige, der seiner Umwelt unnahbar vorspielt, souverän und erfolgreich zu sein.“

„Wie manch einer Ihrer psychologischen Kollegen, die selbstbewusst tun, aber eigentlich selbst behandelt werden müssten?“, stichelte Raffael.

„Ja, oder wie ein Polizist, der sich als Beschützer darstellt und in Wirklichkeit gerne tötet“, konterte der Psychiater. „Nicht jedem Menschen sieht man leider auf Anhieb hinter seine Fassade.“

„Der Täter schickt seine Nachrichten offenbar nur an uns, nicht an die Presse“, sprach Thomas einen weiteren unklaren Aspekt an. „Ins Internet stellt er sie auch nicht.“

„Stimmt. Er spielt gerade mit denen, die seine gefährlichsten Gegner sind“, bestätigte Seifert mit einem Kopfnicken. „Wirft der Polizei nach und nach Brocken vor, bei denen er davon ausgeht, dass sie nicht zu seiner Ergreifung führen. Er verteilt die Infos exklusiv, will keine Trittbrettfahrer. Wenn er das Spiel bestimmt, wertet ihn das auf. Das bedeutet, dass er das auch nötig hat. Der Täter wird weitermachen, solange er diese Form der narzisstischen Aufwertung braucht. Er wird alles tun, um seine nächsten Vorhersagen präzise einzuhalten."

„Was ist eigentlich die *Fachgruppe Sozialpsychiatrischer Plan*?", fragte Raffael unvermittelt. „Und wann und wo findet sie statt?"

Die anderen beiden Männer guckten ihn erstaunt an.

„Na, ich dachte, die Erörterung des psychologischen Täterprofils wäre jetzt beendet", äußerte Raffael und machte mit den Händen eine Entschuldigungsgeste, wobei ihm Seifert mit einem Kopfnicken beipflichtete. „Interessiert mich halt, was es in Hannover so gibt. In Hamburg habe ich von einem Sozialpsychiatrischen Plan noch nie etwas gehört. ... Ging mir wegen der Frau durch den Kopf, die vorhin aus Ihrem Büro gekommen ist."

„Den Sozialpsychiatrischen Plan gibt es auch in Hamburg nicht", stimmte Seifert zu und erklärte Raffael, dass sich der jährlich herausgegebene Plan mit den spezifischen Bedarfen der sozialpsychiatrischen Versorgung in der Region Hannover beschäftigte, wobei die Fachgruppe die Redaktion darstellte, welche sich einmal im Monat im *Haus der Region* traf.

Die Männer erhoben sich, und die Kriminalbeamten verabschiedeten sich von Mark Seifert mit Händedruck.

Dabei überreichte der Arzt Raffael seine Visitenkarte mit den Worten: „Falls Sie mal wieder eine psychiatrische Auskunft benötigen."

Seifert geleitete seine Besucher bis ins Vorzimmer. Thomas dankte ihm für den kurzfristig anberaumten Termin.

„Jederzeit gerne wieder", rief ihnen der Psychiater hinterher.

Als beide Polizisten wieder in ihrem Dienstwagen saßen, meinte Raffael: „Der hört sich auch gern reden."

„Na, zum Glück", entgegnete Thomas und schaute seinen Kollegen grinsend an. „Ich hätte gar nicht gedacht, dass du dir Dating-Shows im Fernsehen ansiehst …"

Raffaels Gesicht lief rot an: „Ich bin … eben … zurzeit ungebunden. … Im Kommissariat werde ich mich gleich darum kümmern, uns beim Fernsehsender die Folge mit der Mangold zu besorgen."

„Was hältst du davon, wenn wir nach Dienstschluss in einer gemütlichen Kneipe ein Bierchen zusammen trinken?", schlug Thomas vor und startete den Wagen.

„Tut mir leid", äußerte Raffael betrübt. „Aber ich bekomme heute Abend Besuch von meinem Cousin."

Kapitel 27

In der Nacht zuvor …

Ein großer Scheinwerfer tauchte die Szene in ein gespenstisches Licht.

Das hier ist nicht Hannover!

Die weibliche Leiche lag mit dem Rücken nach oben, Arme und Beine von sich gestreckt, auf dem gepflasterten Weg neben der Rasenfläche. Ihr Blut hatte sich großflächig um sie herum verteilt. Mehrere Passanten, die den Leichnam entdeckt hatten, starrten entsetzt auf den leblosen Körper. Einer von ihnen hatte mit einem Handy die Polizei gerufen.

Gleich haben sie mich entdeckt.

Im Hintergrund ertöntes ein altes Musikstück, das ihm vertraut und fremd zugleich war.

Er beobachtete die Szene aus einem nahen Gebüsch, sah, wie sich ein Streifenwagen näherte, aus dem nach dem Anhalten zwei Polizeibeamte sprangen.

„Er muss hier ganz in der Nähe sein“, rief eine Frau und zeigte in seine Richtung. „Er hat sie getötet!“

Gleich suchen sie alles ab. Ich muss hier weg!

Er rannte in entgegengesetzter Richtung durch das Gestrüpp. Kleine Äste schlugen ihm ins Gesicht. Er hatte Angst, dass einer von ihnen sein Auge zertrümmern könnte.

Wo ist meine Brille?

Er rannte und rannte. In einiger Entfernung hörte er hinter sich ein Stimmengewirr.

„Da ist der Kerl, schnappt ihn euch! Macht ihn fertig."

Er keuchte und konnte kaum Luft kriegen, aber er musste auf jeden Fall weiterlaufen. Niemand durfte seine Person mit der Toten in Verbindung bringen.

Mit Mühe schaffte er es, das Haus zu erreichen. Es gab ein Treppenhaus. Schnaufend kämpfte er sich die Stufen nach oben, blieb im zweiten Stockwerk stehen. Vom Treppenhaus ging ein langer Flur mit zahlreichen Türen ab.

Das kommt mir hier bekannt vor. Ich muss höllisch aufpassen, dass ich in keine Falle gerate.

Auf einer Seite des Flurs sah er eine Tür nach der anderen.

Es ist unbedingt notwendig, dass ich mich vor meinen Verfolgern verstecke.

Die erste Tür ließ sich problemlos öffnen, und er huschte in den dunklen Raum. Plötzlich hörte er ein Hüsteln.

Sie haben mich entdeckt!

Das Licht ging an. Es war so hell, als würde ein Scheinwerfer auf ihn gerichtet – wie eine grelle Lampe beim Verhör.

Schützend legte er beide Hände vors Gesicht, schloss die Augen, um nicht sehen zu müssen, was unvermeidlich war.

Die Stimme kannte er genau. Sie gehörte dem Psychologen, der die Wahrheit aus ihm herausholen wollte. Mit der Frage: „Was hast du erlebt?"

Ich darf mich nicht verplappern. Möglichst wenig sagen. Mit Lügen kommt man in dieser Familie immer durch.

Er wurde aufgefordert, sich auf einen Stuhl zu setzen. Die Befragung nahm kein Ende.

Ich hasse Psychologen. Wenn er es rauskriegt, bin ich verloren.

Der Psychologe machte sich in einem kleinen Buch Notizen und war abgelenkt.

Das ist meine letzte Chance!

Er sprang auf, stürzte an dem Psychologen vorbei zur Tür, hetzte auf den Gang.

Wenn ich renne, holt er mich nicht ein.

Er spurtete los. Auf der linken Flurseite kamen mehrere Türen, die zum Teil offen standen. Rechts im Flur lagen vereinzelt Gegenstände auf dem Boden.

Im Laufen sah er für einen kurzen Moment eine kaputt getrampelte Figur mit Degen und Umhang. Dann zwei zerrissene Fotos, eines zeigte Antonio Banderas, das andere Catherine Zeta-Jones. Zum Aufheben war keine Zeit. Als Nächstes registrierte er zwei tote Tiere auf dem Fußboden. Einen Goldhamster, völlig zerquetscht, und ein Meerschweinchen in einer Blutlache.

Aus einem der Räume tönte die Stimme einer Frau: „Der Hintern muss richtig abgeputzt werden, bis er blitzt! Kapierst du das endlich?!"

Der Gang machte eine Rechtskurve. Für eine Sekunde bemerkte er im Augenwinkel seine Eltern. Als er seinen Kopf zu ihnen drehte, waren sie verschwunden.

Ab jetzt gab es in dem Gang keine Türen mehr.

Wenn ich das Ende des Flurs erreiche, bin ich frei.

Da blieb sein Blick an einer Broschüre hängen, die jemand auf dem Fußboden zurückgelassen hatte.

Das ist kein Zufall. Die Broschüre ist dort für mich deponiert worden.

Vorsichtig hob er sie auf und blätterte langsam darin herum. Das erste Bild, das er darin entdeckte, zeigte Nadine. Er schlug die Seite um, sah eine weitere Frau – Jeanett. Neugierig blätterte er weiter. Er erkannte Lara. Auf der nächsten Doppelseite war wieder eine Frau abgebildet. Aber das Foto war so unscharf, dass er die Frau darauf nicht identifizieren konnte.

Da sind noch mehr Bilder von Frauen drin.

Er spürte Wut in seinem Magen, aber gleichzeitig eine unbeschreibliche Angst weiterzugehen.

Was soll ich machen?

Er warf die Broschüre in weitem Bogen von sich, die wie ein Flugblatt durch den Gang segelte.

Es überraschte ihn, dass in diesem Moment die vier Frauen aus der Broschüre sprangen und zu Normalgröße anwuchsen. Die Frauen entfernten sich von ihm, gingen langsam hintereinanderher zum Ende des Flurs.

Ich habe diese schrecklichen Figuren erschaffen. Ich schaffe sie wieder aus der Welt.

Er zog ein Messer aus der Tasche. Die Klinge sprang aus dem Heft. Schnell folgte er den Frauen. Er erreichte Nadine, durchschnitt ihr von hinten die Kehle. Als Nächstes kam Jeanett an die Reihe. Mit dem Messer vollendete er auf die gleiche Weise sein Werk.

Ich komme nicht so schnell voran.

Als er nach unten blickte, sah er, dass sich seine Füße durch den Strom einer dunkelroten Flüssigkeit kämpfen mussten. Lara schien damit besser klarzukommen und gewann an Vorsprung.

Er wandte alle Kraft auf und durchwatete den zähflüssigen Brei.

Du kannst mir nicht entkommen.

Er packte sie von hinten und durchschnitt den vorderen Teil ihres Halses.

Jetzt töte ich die vierte Frau, egal, wer sie ist.

Unter Mobilisierung aller Energiereserven holte er die Frau ein.

Erschrocken blieb sie stehen, sie hatte keine Chance mehr zu entkommen. Als sie sich umdrehte, erkannte er sie.

Es ist Elena.

In diesem Moment erwachte er. Die Inhalte seines Traums blieben ihm im Gedächtnis.

Kapitel 28

Montag, 4. Juni

Der Traum hatte ihn den ganzen Tag bei der Arbeit beschäftigt.

Da steckt eine Botschaft drin. Ich muss mich noch heute Elena widmen. Dazu ist es notwendig, die Arbeit rechtzeitig zu beenden. Fahr ich mit dem Fahrrad zu ihrer Wohnung? Nein, ich benutze wieder das Auto.

Zweimal kurvte er kurz nach achtzehn Uhr um ihren Häuserblock. Ihren dunkelblauen Ford Fiesta konnte er nirgendwo entdecken.

Kommt sie später nach Hause? Ist sie schon wieder weg?

Er ergatterte schließlich einen Parkplatz, von dem aus er das Wohnhaus im Blick hatte.

Ich warte noch ein wenig, ob sie aufkreuzt. Aber spätestens in einer halben Stunde hau ich wieder ab. Muss ja nicht heute passieren.

Vor seinem geistigen Auge sah er Elena vor der Leergutrücknahme im Supermarkt. Eine schöne blonde Frau, die ihn einfach in der Warteschlange überholt und später seine Einladung zu einem Getränk mit einem coolen Spruch abgelehnt hatte.

In dem Moment bin ich mir ziemlich verarscht vorgekommen. Aber Elena ist eine meiner Heldinnen von früher. Sie hat Ähnlichkeit mit Catherine Zeta-Jones in Blond.

Seine Empfindungen schwankten zwischen Abneigung und Sympathie. Sein Plan, was genau er heute Abend vorhatte, stand nicht endgültig fest.

Ich lass es auf mich zukommen, je nachdem, wie sie auf mich wirkt.

Es waren noch über zwanzig Grad. Draußen vor dem Kiosk an der Ecke standen zwei Männer und unterhielten sich. Etwas weiter entfernt, im Schatten eines Baumes, der sich in der Nähe der Eingangstür von Elenas Wohnhaus befand, hielt sich ein weiterer Mann auf.

Was ist das denn für ein abgewrackter dünner Typ? Der trippelt auf der Stelle. Scheint angespannt zu sein. Bestimmt ein Junkie. Trägt ein langärmeliges Sweatshirt, damit man wohl seine zerstochenen Arme nicht sieht. Der gafft die ältere Dame an, die mit 'nem Korb aus dem Haus kommt.

Der Junkie schlug die Kapuze seines Sweatshirts über den Kopf und machte zwei Schritte in Richtung der Frau. Aber die stieg in ihren Wagen, parkte aus und fuhr los.

Die Warterei im Auto zerrte an seinen Nerven. Sein Smartphone hatte er ausgeschaltet. Er guckte auf die Armbanduhr.

18:32 Uhr.

Gerade als er überlegte, die Aktion abzubrechen, tauchte der dunkelblaue Ford Fiesta auf.

Elena kommt!

Sie setzte ihren Kleinwagen in die eben frei gewordene Parklücke vorm Hauseingang und stieg aus. Er konnte erkennen, dass sie mit Jeans und einem hellroten T-Shirt bekleidet war, über der linken Schulter eine Handtasche.

Der Junkie mit dem Kapuzenshirt hat sie im Visier.

Elena blieb auf dem Gehweg stehen und zog ihr Handy aus der Tasche. Offenbar wurde sie in diesem Moment angerufen.

Er stieg ebenfalls aus. Elena war konzentriert auf ihr Telefonat.

Da geht gleich was ab.

Für einen Moment war er sich unsicher, ob er es mit einem Traum oder der Realität zu tun hatte. In Sekundenschnelle lief eine Szene wie aus einem Film vor ihm ab.

Der Junkie stürmte auf Elena zu, riss ihr mit links die Handtasche von der Schulter und versetzte ihr gleichzeitig mit dem rechten Unterarm einen brutalen Stoß gegen den Oberkörper. Sie schrie auf, ließ ihr Handy fallen und krümmte sich vor Schmerz. Ihr erster Blick galt dem Handy, erst danach schaute sie dem Mann hinterher, der mit ihrer Handtasche flüchtete. Wie erstarrt blieb sie auf dem Gehweg stehen.

Beschaffungskriminalität. Für mich kein Problem, den Typen zu verfolgen und ihm die Beute abzunehmen.

Ohne weiter zu überlegen, rannte er hinter dem Flüchtenden her. Der Kapuzenmann hetzte um die nächste Häuserecke. Sein Verfolger blieb ihm dicht auf den Fersen.

Der Typ ist 'ne schlappe heroingeschwächte Drecksau. Bei meiner Kondition hab ich ihn gleich eingeholt.

Eine Passantin, die den beiden Männern auf dem Gehweg entgegenkam, drückte sich ängstlich an die Hauswand.

Er zog sein Lauftempo an, erreichte den Handtaschenräuber und umgriff ihn von hinten mit beiden Armen. Sie stürzten zu Boden, wobei der Kapuzenmann mit dem Gesicht auf den Gehweg aufschlug. Der Überrumpelte versuchte sich gegen seinen Angreifer zu wehren, aber der verpasste ihm einen kräftigen Faustschlag ins Gesicht. Blut floss aus der Nase des Kapuzenmannes auf dessen Sweatshirt.

Der Handtaschenräuber stellte sofort jede Gegenwehr ein, hielt im Liegen schützend die Hände vor seinen Körper und stammelte: „Nimm die Handtasche, aber bitte schlag mich nicht mehr."

„Erst großkotzig 'ne Frau überfallen und dann gleich den Schwanz einziehen, du kleiner Wichser!", herrschte er seinen besiegten Gegner an. Er schnappte sich Elenas Handtasche, stand auf und blickte auf den Kapuzenmann, der weiterhin auf dem Boden lag und damit seine bedingungslose Kapitulation verdeutlichte. Der Impuls, den Unterlegenen mit einem gewaltigen Tritt in den Unterkörper zu bestrafen, erfasste ihn für einen kurzen Moment. Dann bemerkte er die Frau an der Hauswand und einen weiteren Passanten, die beide zu ihm herübersahen.

Das macht sich jetzt nicht gut.

„Los verpiss dich! Und lass dich hier nie wieder blicken!“, brüllte er den auf dem Boden liegenden Mann an. „Sei froh, wenn ich 'nen Handtaschenräuber wie dich nicht der Polizei melde.“

Der Angesprochene schien geradezu erleichtert zu sein und ergriff, so schnell es sein Zustand erlaubte, die Flucht.

„Ich bringe jetzt dem Opfer die Handtasche zurück“, erklärte er den beiden Zuschauern.

Als er um die Häuserecke bog, kam ihm bereits Elena entgegen. Den Schreck über den unerwarteten Überfall hatte sie augenscheinlich gut überstanden.

Sie lächelte ihn freundlich an und sagte: „Was für ein gewaltiger Auftritt, Zorro! Toll! Ich bin beeindruckt. Wie ich sehe, hast du meine Handtasche zurückerobert. Danke! Hätte nicht gedacht, dass du wirklich ein Held bist.“

Tja, im Supermarkt hast du mich verkannt. Jetzt stehst du in meiner Schuld, dachte er sich.

„Hat er dich mit seinem Unterarmschlag verletzt?“ Er versuchte, seinem Tonfall eine besorgte Note zu verleihen. „Und was ist mit deinem Handy?“

„In dieser Hinsicht hat Zorro noch ein wenig Nachholbedarf“, verkündete sie mit einem Grinsen. „Denn ein echter Beschützer sorgt sich zuallererst um das

Wohlergehen der Frau und erst danach um die Wiederbeschaffung der geraubten Beute. … Allerdings, was deine Fragen angeht: Mein Zustand ist okay, und mein Handy hat 'ne Macke, aber funktioniert noch."

Dämliche undankbare Kuh. Ich reiß mir für dich den Arsch auf, und du machst dich lustig über mich.

„Wenn ich dem Scheißkerl nicht gleich hinterhergerast wäre, könntest du jetzt dein Handtäschchen abschreiben", maulte er.

Sie guckte schuldbewusst: „Tut mir leid, das war ein kleiner Scherz und überhaupt nicht böse gemeint. Ich find echt klasse, dass du nicht weggeguckt hast und gleich engagiert hinter dem Kerl her bist."

Ich hab's missverstanden. Sie ist doch nett.

„Willst du den Typen bei der Polizei anzeigen?", erkundigte er sich.

„Nein. Ich hab meine Handtasche wieder. Das bringt doch nichts."

Ganz in meinem Sinne.

„Wieso bist du eigentlich hier?", stellte sie eine Frage, die er erwartet hatte.

„Beruflich im Außendienst. Ist aber vertraulich", erklärte er mit absoluter Selbstverständlichkeit und schob eine plausibel klingende Branche hinterher. „Ich wollte gerade wegfahren, als ich zufällig dich und diesen Junkie gesehen habe."

„Was es nicht alles für Zufälle gibt …", murmelte sie, guckte ihm ins Gesicht und stellte fest: „Du hast heute gar keine Brille auf."

Die habe er im Auto gelassen, erzählte er ihr.

„Bei unserem letzten Zusammentreffen hab ich gefragt, ob ich dich zu einem Getränk einladen darf", äußerte er vorsichtig. „Wie sieht es heute damit aus?"

Hoffentlich gibst du mir nicht wieder einen Korb. Das werde ich mir nicht gefallen lassen.

„In der Nähe kenne ich ein gemütliches Bistro, wo wir hingehen können." Sie strahlte ihn an. „Ist schon abgefahren, mit Zorro an einem Tisch zu sitzen. Und heute lade ich selbstverständlich dich ein. Als Dank für deine heldenhafte Unterstützung."

Es hat geklappt! Sie hat angebissen.

*

„Ich kann dein Alter schlecht schätzen ...", meinte Elena neugierig.

„Ich deins auch", konterte er, und beide lachten. *Es zu wissen macht womöglich nur alles kaputt.*

Dann ließen sie es einfach so stehen. Zumindest für heute.

Sie saßen draußen zu zweit an einem kleinen Tisch. Das Bistro war gut besucht mit Menschen unterschiedlichen Alters, die sich angeregt unterhielten. Beide hatten sich ein Alsterwasser und dazu einen Salat bestellt.

„Wow, Zorro isst Salat?", tat Elena erstaunt. „Aber sag mal, wie heißt du eigentlich wirklich?"

Er nannte ihr seinen richtigen Vornamen, fügte als Familiennamen *de la Vega* an. Das war natürlich Nonsens, aber ihm war auf die Schnelle nichts anderes eingefallen.

Konnte ich ahnen, dass wir schon heute zusammen im Bistro sitzen? Welchen Namen nenne ich ihr, wenn sie nachhakt? Ich mag ihr nicht meinen vollständigen Namen verraten. Wer weiß, wem sie es gleich weitererzählt.

„Was für ein toller spanischer Name", meinte sie mit Bewunderung. „Aber ich glaube, nach deiner Heldentat bleibst du Zorro für mich."

Veralbert sie mich jetzt? Spielt sie einfach mit? Oder hat sie tatsächlich nicht durchblickt, dass ‚de la Vega' der bürgerliche Name von Zorro ist?

Zumindest war er erleichtert, dass sie das Thema damit auf sich beruhen ließ. Stattdessen befragte er sie, was sie privat und beruflich machte.

Elena erzählte ihm, dass sie Single war und seit drei Jahren allein in ihrer Zwei-Zimmer-Wohnung lebte. Eine vorübergehende Beziehung zu einem Mann hatte sie vor Kurzem beendet. Einmal in der Woche ging sie zum Basketball-Training. Zu ihrer Familie – ihren Eltern und zwei Geschwistern – hatte sie regelmäßig Kontakt.

„Wir kommen gut miteinander aus und halten zusammen", betonte sie. „Meine Familie ist das Wichtigste in meinem Leben!"

Da kann ich leider nicht mithalten.

„Zofft ihr euch nie?", fragte er skeptisch nach.

„Doch, klar. Wir sagen uns schon ehrlich die Meinung und streiten uns auch. Aber jeder kann darauf vertrauen, dass der andere es wirklich gut mit ihm meint."

Zuckersüße heile Welt. Mit Ehrlichkeit kann ich leider heute nicht dienen. Oder soll ich dir erzählen, dass ich in meiner Freizeit Frauen töte?!

Er ermunterte sie weiterzuerzählen.

Sie hatte ehrenamtlich die rechtliche Betreuung einer älteren Frau übernommen, die sie jeden Montag zu Hause besuchte. Von dort war sie heute zurückgekommen, bevor sie überfallen wurde.

Dann klärte sie ihn auf, warum sie bei ihrer ersten Begegnung im Supermarkt so viele leere Getränkekisten dabeigehabt hatte. Neben ihren eigenen hätte sie noch die der betreuten Frau und einer weiteren älteren Nachbarin zurückbringen wollen.

Sie ist engagiert. Hilft alten Menschen. Sie ist die gute Elena.

„Von Beruf bin ich Sozialarbeiterin und arbeite beim Sozialpsychiatrischen Dienst."

Sie erklärte ihm, dass sie in einer Beratungsstelle in Hannover tätig war, die diejenigen psychisch Kranken versorgte, die nicht oder nicht ausreichend vom kassenärztlichen System erreicht wurden. Das machte sie in einem multiprofessionellen Team, welches zusätzlich aus einer Ärztin, einem weiteren Sozialarbeiter, einer Krankenschwester und einer medizinischen Fachangestellten bestand.

„Ich führe Gespräche mit Betroffenen und ihren Angehörigen“, sagte sie mit Begeisterung in der Stimme. „In der Beratungsstelle und bei Hausbesuchen. Dabei habe ich gelernt, wie wichtig es ist, dass sich Eltern und Kinder in jedem Fall trotz aller Konflikte gegenseitig wertschätzen. Unser Dienst kümmert sich außerdem um die allgemeine Versorgungsplanung.“

„Ist dein Chef dieser Seifert, von dem man manchmal in der Zeitung liest?“

„Ja, richtig.“ Sie nickte eifrig. „Der unterstützt die Polizei regelmäßig bei der Aufklärung von Mordfällen. Aber ich sehe ihn im Alltag nur selten.“

Im Gegenzug wollte Elena mehr über ihren Gesprächspartner und seine Herkunft wissen.

Familie hat einen hohen Stellenwert für sie. Ich muss höllisch aufpassen, was ich ihr erzähle. Sonst bin ich bei ihr gleich unten durch.

Mit einem scherzhaften Tonfall ließ er durchblicken, dass er „momentan unverheiratet“ und damit „noch zu haben“ sei.

Anschließend gab er einige alte Geschichten über seinen Vater zum Besten. „Ich erinnere mich gern daran. Wir haben uns über dieselbe Musik und dieselben Filme unterhalten.“

„Hast du Geschwister?“

„Früher eine vier Jahre ältere Schwester. Aber die ist mit fünfzehn bei einem Unfall ums Leben gekommen.“

„Du sprichst richtig begeistert von deinem Vater. Was ist mit deiner Mutter?“

„Die ist ein ganz anderer Typ. Ist nicht über den Unfalltod meiner Schwester hinweggekommen."

„Oh ja. Das muss schwer für Eltern sein, ein Kind abrupt zu verlieren", sagte sie mitfühlend. „Dein Vater hat den Verlust besser verkraftet ...?"

„Ja."

„Und du?"

„Mich hat das als Kind sehr mitgenommen. Nichts, worüber ich gerne rede."

„Kann ich gut akzeptieren." Das klang ganz nach der Sozialarbeiterin aus diesem Psychodienst. Sie blieb weiterhin auf der Familienschiene: „Siehst du deine Mutter und deinen Vater regelmäßig?"

Er überlegte nicht lange: „Natürlich."

Auf ihre Frage, wo er wohne, nannte er ihr einen hannoverschen Stadtteil.

„Die Mietwohnung wird gerade von mir komplett renoviert, da sieht es etwas ungemütlich aus", schwindelte er. *Zu mir in die Wohnung kann ich sie momentan nicht lassen.*

Er lenkte das Gespräch auf unverfängliche Themen, und Elena ging humorvoll darauf ein, schaffte es mehrfach, ihn zum Lachen zu bringen.

Geile Frau! Ich muss sie auf jeden Fall wiedersehen. So wie heut Abend hab ich mich schon lange nicht mehr gefühlt.

„Was machst du so am Wochenende?", fragte er sie.

Dass sie für Samstagnachmittag gemeinsam mit ihrem Bruder und ihrer Schwägerin den Besuch eines

Basketballturniers plante, war für ihn weniger interessant, als der Freitagabend, wo sie mit einer Freundin „zum Abtanzen ins Brauhaus“ wollte.

Du wirst überrascht sein. Am Freitag bin ich dabei.

Kapitel 29

Dienstag, 5. Juni

Andrea Renner war heute früher als sonst im Büro. Nachdem ihr Thomas Stelter gestern Nachmittag von seinem Treffen mit Dr. Mark Seifert berichtet hatte, war ihr der Film *Atemlos* nicht aus dem Kopf gegangen. Ließ der Kinostreifen tatsächlich Rückschlüsse auf das Motiv des Täters zu?

Abends bei sich zu Hause hatte sie sich den US-amerikanischen Spielfilm bei *Amazon Prime* ausgeliehen und gleich angesehen.

Der junge Richard Gere spielte Jesse Lujack, einen kriminellen Außenseiter, der Brieftaschen und Autos klaut, um sich über Wasser zu halten. Für ihn ist das Leben Rock 'n' Roll, insbesondere „der Killer" Jerry Lee Lewis hat es ihm angetan. Ungewollt tötet er einen Polizisten, was sein Leben rasant verändert. Er verliebt sich in die französische Studentin Monica Poiccard, dargestellt von Valérie Kaprisky, die nicht weiß, dass er einen Menschen getötet hat. Vorübergehend erwidert sie seine Zuneigung und begleitet ihn auf seiner Flucht vor der Polizei. Allerdings gewinnt sie zunehmend den Eindruck, dass sie nicht zusammenpassen. Da Jesse sie nicht loslassen will, verrät sie ihn schließlich bei der Polizei. In der Schlussszene tauchen seine Verfolger auf, die ihn mit Waffen im Anschlag stellen. Er hat keine Chance mehr zu entkommen. Provokant beginnt er *Breathless* zu singen, greift dann nach seiner auf dem Boden liegenden Pistole und richtet sie auf die Polizeibeamten, um von diesen erschossen zu werden („Suicide by cop"). Wobei das Bild mitten in Jesses Drehbewegung einfriert und das Ende des Films offenbleibt.

Auf jeden Fall provoziert unser Täter mit seinen geschmacklosen Botschaften ebenfalls die Polizei, ging Andrea morgens im Büro durch den Kopf.

Im Zusammenhang mit der Tötung von Jeanett Mangold berichteten die Medien seit gestern Abend darüber, dass der Täter ein Video an die hannoversche Mordkommission geschickt hatte, welches vermutlich mit einer Brillenkamera aufgezeichnet worden war. Erwähnt wurde zudem die musikalische Untermalung durch *Breathless* von Jerry Lee Lewis. Die genauen Formulierungen der Botschaft hatten sie nicht an die Presse weitergegeben.

Andrea hatte im Internet zusätzliche Recherchen über den Film *Atemlos* angestellt. Von den meisten Kritikern war der Film damals nicht sonderlich gut bewertet worden. Heutzutage mehrten sich wieder positive Stimmen. *Atemlos* war ein Remake des als Meisterwerk gefeierten französischen Gangsterfilms *Außer Atem* von Jean-Luc Godard aus dem Jahr 1960, mit Jean-Paul Belmondo und Jean Seberg in den Hauptrollen. Mit der Musik von Jerry Lee Lewis hatte das Original nichts zu tun.

Die Bürotür stand offen, und plötzlich war Kriminalkommissarin Emma Falkenberg im Raum – eine Frau mit dunkelblonder Kurzhaarfrisur, einige Jahre jünger als Andrea.

Was will die jetzt hier? Emma ist manchmal echt nervig.

Andrea sollte mit ihrem Argwohn recht behalten.

„Raffael und du … trefft ihr euch eigentlich auch nach Dienstschluss?“, erkundigte sich Emma mit einem anzüglichen Lächeln.

„Nein, *Käpt'n Blaubär* trifft sich meistens mit seinem Cousin“, fauchte Andrea. „Sonst noch eine Frage? Ansonsten hab ich zu tun!“

Ihre junge Kollegin rauschte davon.

In der Frühbesprechung, an der auch ein Kriminalbeamter des LKA teilnahm, wurden wichtige Details des von Mark Seifert erstellten psychologischen Täterprofils erörtert.

„Ich hab jetzt die Visitenkarte unseres Psycho-Docs für den Notfall immer im Portemonnaie dabei“, raunte Raffael Störtebecker Andrea zu, wobei sein ironischer Tonfall Skepsis signalisierte.

Zudem wurde berichtet, dass der private PC von Jeanett Mangold, den die Frau zur Reparatur bei *Media Markt* abgegeben hatte, gerade bei der Polizei zur Datenauswertung eingetroffen war.

Raffael hatte es geschafft, die besagte Folge der Dating-Show von dem Privatsender zu besorgen. Sie war am 19. April dieses Jahres ausgestrahlt worden. Der Ablauf der Episode entsprach ungefähr seiner geäußerten Erinnerung von gestern. Auffällig war, dass der Dating-Partner von Jeanett Mangold bei Fragen zu seiner Berufsausübung „herumeierte“ und dadurch unsicher wirkte.

„Beim Wiederangucken der Szene, wo die Frau seine Männlichkeit kritisiert, frag ich mich wirklich, warum sich da nicht irgendjemand in der Zeitung oder im Internet drüber ausgelassen hat“, wunderte sich Raffael.

„Das kann ich dir sagen“, behauptete Emma. „Solche abwertenden Äußerungen fallen permanent in derartigen Sendungen, die Tag für Tag, eine nach der anderen laufen. Ob bei Hochzeits-Shows, Hotel-Testungen oder Dating-Veranstaltungen, überall putzen sich Kandidaten gegenseitig herunter. Da geht ein einzelner fieser Spruch einfach in der Masse unter, zumal wenn ihn kein Promi von sich gegeben hat.“

Bei dem Kandidaten, der vor ein paar Wochen auf Jeanett Mangold getroffen war, handelte es sich um einen Mann Anfang vierzig mit Vornamen Konrad.

Hayo Baumann hatte ihn auf Anhieb wiedererkannt. Nach der Tötung von Nadine Odem hatte sich Hayo um die Kontaktaufnahme mit dem Chefredakteur der *Ihme News* gekümmert, um diesen nach einem eventuell stattgefundenen Interview mit der Bankerin zu befragen. Bei der Suche nach den Kontaktdaten im Internet war Hayo auf ein Bild des Chefredakteurs gestoßen. Dabei handelte es sich, wie Hayo jetzt gemerkt hatte, um jenen Mann aus der Dating-Show. Er hieß jedoch nicht Konrad, sondern Raimund Bachmann.

„Ich habe damals mit Bachmann nur telefoniert“, erläuterte Hayo. „Er hat mir mitgeteilt, dass sein Wunsch nach einem Interview von Nadine Odem abgewiesen worden war.“

„Eine interessante Spur“, äußerte Thomas Stelter. „Bachmann hatte also Verbindungen zu beiden Opfern. Und von beiden hat er offenbar eine Kränkung einstecken müssen. … Das ist ein Job für Andrea und Raffael. Ihr nehmt euch diesen Herrn gleich einmal vor.“

Während sie in ihrem Büro die Kontaktaufnahme zu Raimund Bachmann vorbereiteten, meinte Andrea zu Raffael: „Bin gespannt, ob sich im Laufe unserer Ermittlungen Parallelen zu dem *Atemlos*-Film finden. Ich hab mir die deutschsprachige Version bei *Amazon Prime* reingezogen. Da sind schon bemerkenswerte Szenen dabei …“

„Kenn ich“, würgte er ihre Ausführung ab.

„Hast du den Film schon mal gesehen?“

„Ja, wenigstens zum Teil.“ Er zögerte. „Gestern im Internet.“

„Zusammen mit deinem Cousin?“ Von Thomas wusste sie, dass Raffael gestern Abend entsprechenden Besuch erwartet hatte.

„Nein, der hat kurzfristig abgesagt.“

„Ach so.“

Andrea hatte erneut die kurze Szene der Dating-Show vor Augen, in der das spätere Mordopfer Raimund

Bachmanns Wunsch nach einem weiteren Treffen eine klare Absage erteilt.

„Ihr Männer wart alle so empört über die Wortwahl der Mangold, weil Bachmanns *Männlichkeit* infrage gestellt wird“, meinte die Oberkommissarin. „Was glaubst du, wie oft Frauen von männlicher Seite abwertende Kritik an ihrer *Weiblichkeit* einstecken müssen. Ich fand die Szene jetzt nicht so heftig, dass da gleich ein Mordmotiv bei rausspringt.“

„Vielleicht können das wirklich nur Männer verstehen“, brummte Raffael.

Kapitel 30

Dienstag, 5. Juni

Die Wohnung des Chefredakteurs der *Ihme News* in der Südstadt von Hannover im zweiten Stock eines Miethauses war gleichzeitig sein Büro.

Raimund Bachmann, zweiundvierzig, kurze braune Haare mit deutlichen Geheimratsecken, machte auf Andrea Renner und Raffael Störtebecker sofort einen gut durchtrainierten Eindruck. Leger gekleidet mit Jeans und T-Shirt, öffnete er den beiden Kriminalbeamten die Wohnungstür.

Zuerst stellte sich Andrea, dann Raffael vor: „Störtebecker."

„Piratenblut?", fragte Bachmann salopp.

Raffael zuckte mit den Schultern: „Ich bin der mit c."

„Besser als der ohne Kopf", meinte der Chefredakteur lachend und führte die Besucher durch einen schlauchartigen Flur in einen ungefähr fünfzehn Quadratmeter großen Raum, den er als „das Herzstück der *Ihme News*" bezeichnete. Neben einem riesigen Schreibtisch mit zwei großen Monitoren plus diverser Hardware hatte der Raum auch eine Regalwand, ein kleines Sofa sowie einen Tisch mit mehreren Stühlen zu bieten.

Bachmann bat Andrea und Raffael, am Tisch Platz zu nehmen, er selbst setzte sich auf den Schreibtischstuhl. Für ihn war es selbstverständlich, dass ihr Gespräch mit einem mobilen Aufzeichnungsgerät mitgeschnitten wurde.

Bei den *Ihme News* handelte es sich um eine reine Online-Zeitung, die sich ausschließlich über Werbung finanzierte.

„Ein echter Ein-Mann-Betrieb", erklärte Bachmann. „Ich bin Chefredakteur, Reporter und Anzeigenvertreter in einer Person. Dadurch immer unterwegs, um mich um Reportagen zu kümmern. Mittags, abends oder zwischendurch bin ich am Schreiben. Gelegentlich arbeitet noch eine Studentin für mich, der ich das Benzingeld bezahle."

„Sie kommen also viel rum und sind gut über Menschen und örtliche Begebenheiten informiert", stellte Andrea fest.

„Klar, dadurch zeichnet sich mein Alltag aus. Wenn Sie mich nicht vorher angerufen hätten, wäre ich jetzt bereits wieder auf Tour", meinte er gut gelaunt. „Ich hatte übrigens schon damit gerechnet, dass sich die Polizei bei mir meldet. Beruhigend, dass es einige Tage gedauert hat. Spricht ja dafür, dass die Fernsehsendung nicht überall präsent ist."

„Sie haben demnach eine Vorstellung, was wir von Ihnen wissen möchten …?", äußerte Raffael.

„Natürlich. Sie wollen sich ein möglichst genaues Bild über die ermordete Frau und ihr Privatleben machen."

„Stimmt.“ Raffael zog die Stirn kraus. „Warum haben Sie bei dieser Dating-Show mitgemacht?“

„Ich bin seit Jahren geschieden, habe keine Kinder und lebe allein. Bei meinem Fulltime-Job komme ich oft nicht dazu, mich um eine neue Beziehung zu kümmern. Meine Studentin hat mir von dieser Fernsehsendung erzählt, ich kannte die gar nicht. Ist wohl auch nichts, was sich in der Regel Männer angucken.“ Er lachte polternd, während Raffael ein betretenes Gesicht machte. „Mich hat es gereizt, das mal auszuprobieren.“

„Sie haben in der Sendung Fragen nach Ihrer beruflichen Tätigkeit nur sehr ausweichend beantwortet und sind dort nicht unter Ihrem richtigen Namen aufgetreten …“, teilte Raffael seine Beobachtungen mit.

„Es war mir etwas unangenehm, öffentlich in einer Verkupplungsshow aufzutreten. Und Konrad ist schon mein richtiger Name. Ich heiße Raimund Konrad Bachmann, wobei mein zweiter Vorname sonst immer unter den Tisch fällt.“

„Wie haben Sie damals das Zusammentreffen mit Frau Mangold erlebt?“, kam Raffael zu einem wesentlichen Punkt ihrer Befragung.

„Beim gemeinsamen Essen fand ich die Frau mit ihren exotisch anmutenden Äußerungen durchaus originell, sie hatte eine spezielle erotische Ausstrahlung. Mir war sofort klar, dass sie keine Partnerin fürs ganze Leben ist. Aber die Aussicht auf ein weiteres Treffen mit ihr erschien mir äußerst attraktiv.“

„Wirkte die Frau wie jemand, mit dem Sie erfüllenden Sex haben könnten?“, platzte Raffael heraus.

Bachmann stockte, dann lachte er wieder: „Stimmt genau. Sie treffen den Nagel auf den Kopf.“

Die Frau hatte offenbar Raimund Bachmann wie schon zuvor Cedrick Weyand auf Anhieb zu faszinieren vermocht.

„Die Art und Weise, wie sie mich nach dem Essen abgefertigt hat, war ein echter Tiefschlag“, stöhnte der Chefredakteur. „Völlig rücksichtslos. Vor laufender Kamera hab ich versucht, mich zu beherrschen. Aber direkt nach der Sendung hab ich ihr gesagt, dass ihr Spruch zu meiner Männlichkeit zu weit ging.“

„Hätten Sie die Ausstrahlung untersagen können?“

„Nein, das war alles mit der Produktionsfirma vertraglich geregelt.“ Bachmann winkte ab. „Aber warum auch? Die Frau hat sich mit ihrer Äußerung selbst diskreditiert.“

„Wie würden Sie Ihr Gefühl damals beschreiben?“

„Ärger, Wut.“

Raffael nickte Andrea triumphierend zu und bestätigte: „Ich wäre an Ihrer Stelle auch wütend auf die Frau gewesen.“

„Aber nach kurzer Zeit war die Wut auch wieder vorbei. Was soll’s?! Dumm gelaufen.“

„Vielleicht hat die Wut im Innern weiterhin Ihr Ego angenagt“, mutmaßte Raffael. „Das wäre dann ein mögliches Motiv für ein Tötungsdelikt.“

„Würde ich Ihnen freimütig meine vorübergehende Wut auf die Frau gestehen, wenn ich ein schlechtes Gewissen hätte?“ Er schnalzte mit der Zunge. „Herr Kommissar, wenn ich jeden umbringen würde, mit dem ich als Zeitungsmensch im Alltag Ärger habe, könnte ich einen eigenen Friedhof eröffnen. … Ich hab die Frau nach der Fernsehsendung nie wiedergesehen oder gesprochen. Die Erwägung, ihr etwas anzutun, hatte ich nicht einmal im Ansatz.“

Nach Mitteilung von Bachmann hatten zwischen Aufzeichnung und Ausstrahlung der Sendung vier Wochen gelegen.

„Hat sich Ihr Fernsehauftritt in Ihrem Bekanntenkreis herumgesprochen?“, ging Andrea dazwischen.

„Das denke ich nicht. Ich hab schon vor der Sendung niemandem davon erzählt. Und im Nachhinein war es gut so, dass ich daraus ein absolutes Geheimnis gemacht habe. Ist ja keine gute Werbung für mich.“

„Aber dass niemand in Hannover oder Umgebung mitbekommen hat, dass Sie in dieser Dating-Show aufgetreten sind, kann ich nicht glauben“, hielt die Oberkommissarin dagegen. „Das wusste ja sogar mein Kollege aus Hamburg.“

Raffael verdrehte die Augen.

„Natürlich wusste meine Studentin davon, die hat mir das ja vermittelt“, gestand Bachmann zu. „Eine Kundin, die Werbungsanzeigen bei mir in Auftrag gibt, hat mich ebenfalls kurz nach Ausstrahlung der Sendung darauf angesprochen. Sie fand die Äußerungen von Jeanett Mangold *unmöglich*. Meine ruhige Art hätte ihr dagegen gefallen. … Ansonsten hat keine weitere

Person aus meinem Umfeld zu erkennen gegeben, dass sie mich in der Dating-Show gesehen hat."

„Sie hatten Kontakt zu Nadine Odem", wechselte Andrea den Fokus.

„Kontakt kann man kaum sagen", meinte Bachmann mit einer abwehrenden Handbewegung. „Ich habe einmal kurz mit ihr telefoniert. Persönlich getroffen haben wir uns nie."

„Wie ist das Telefonat abgelaufen?"

„Ich habe im Bankhaus angerufen und mich zu Frau Odem durchstellen lassen, um mit ihr einen Termin für ein Interview zu vereinbaren."

„Und was haben Sie im Detail geredet?"

„Sie fragte mich, von welcher Zeitung ich wäre. Ich meinte *Ihme News*, und sie antwortete: ‚Kenne ich nicht.' – ‚Ist eine neue Online-Zeitung', hab ich ihr erklärt. Und sie sagte so was wie: ‚Tut mir wirklich sehr leid, aber im Moment passt es gar nicht.' Dann hab ich mich verabschiedet, und das war's."

„Was haben Sie anschließend empfunden?", wollte Andrea wissen.

„Empfunden?" Bachmann guckte verständnislos. „Gar nichts."

Raffael setzte sofort nach: „Ich meine, Sie hatten gerade von Nadine Odem eine Abfuhr erhalten, weil der Frau womöglich Ihre kleine Online-Zeitung zu unbedeutend erschienen war, während sie den *Hannoverschen Nachrichten* bereitwillig ein langes Interview gegeben hatte." Er machte eine Kunstpause. „Hat Sie das nicht gekränkt? Der Kollegin der großen Zeitung macht sie eine Zusage, Sie als Mann gucken in die Röhre!“

„Das wirkt doch sehr konstruiert, Herr Kommissar“, äußerte Bachmann lächelnd. „Dass sich jemand nicht interviewen lassen will, ist mein Alltag. Sie wollte nicht, dann eben nicht. Damit gehe ich professionell um, das regt mich nicht auf.“

„Wie sind Sie überhaupt auf die Idee gekommen, die Frau interviewen zu wollen?“, fragte die Oberkommissarin.

„Dass zum ersten Mal eine Frau auf dem Posten der Vorstandssprecherin einer hannoverschen Bank saß, war für mich im positiven Sinne ein echter Farbtupfer in Hannover. Deswegen wollte ich darüber mit einigen exklusiven O-Tönen der Frau in meiner Zeitung berichten.“

Auf Nachfrage erzählte Bachmann, über welche Themen er in seiner Zeitung schrieb und mit wem er dabei regelmäßig zu tun hatte.

Artikel über Familiendramen, Tote, Unfälle oder Feuer würden von den Lesern am häufigsten angeklickt. Unverzichtbar waren Berichte über kleine Vereine und Bezirksratssitzungen. Angehörige der Feuerwehr oder Vereinsmitglieder schickten ihm kontinuierlich ehrenamtlich Beiträge, die in den *Ihme News* veröffentlicht wurden. Er selbst besuchte gelegentlich Pressekonferenzen der Polizei. Im Schnitt kam die Zeitung auf viertausend Klicks am Tag, im besonderen Einzelfall konnten es sogar zwölftausend werden. Zur Finanzierung der Zeitung war er auf zuverlässige Werbungskunden, wie zum Beispiel ein Autohaus oder ein Fitnessstudio, angewiesen.

Er zeigte Andrea und Raffael auf seinen Monitoren einige Beispielseiten, unter anderem vom *Fitness for all* in der Südstadt.

„Warum schreiben Sie nicht für eine der größeren Zeitungen?", erkundigte sich Andrea.

„Früher war ich Reporter für die *Hannoverschen Nachrichten* und ein hiesiges Wochenblatt. Der ständige Ärger mit Vorgesetzten ist mir irgendwann so auf die Nerven gegangen, dass ich meine eigene Zeitung machen wollte. Und das tu ich seit zwei Jahren und habe es trotz aller Anstrengungen nicht bereut."

„Klingt nach Durchhaltevermögen", meinte Andrea anerkennend.

„Ohne das geht es nicht", stimmte ihr Bachmann zu. „Mein Ausgleich zum Tippen am PC sind Fahrradfahren und Fitnessstudio. Ich gehe regelmäßig ins *Fitness for all.*"

Andrea zeigte an seinem Privatleben großes Interesse und stellte entsprechende Fragen. Bachmann gestand ein, dass er „praktisch keinen wirklich echten Freund" hätte, dafür jedoch „massenhaft oberflächliche Bekanntschaften" aufgrund seiner beruflichen Tätigkeit. Beim Training im Fitnessstudio wäre er weitgehend für sich. Einige Monate hätte er dort noch engeren Kontakt zu Ben, einem anderen Besucher, gehabt.

„Das war übrigens der Typ, dessen Porträtfoto Sie eben auf der Werbung vom *Fitness for all* gesehen haben", versuchte er seine Erzählung zu veranschaulichen.

Ben wäre ihm allerdings nach und nach „zu oberflächlich" erschienen, sodass Bachmann vor vier Monaten zu ihm auf Distanz gegangen wäre.

Andrea erkundigte sich nach Familiennamen und Adresse von Ben.

Immerhin ist das einer der wenigen Männer, die Bachmann privat etwas näher kennen, dachte sich die Oberkommissarin. *Vielleicht kann der uns noch wichtige Details über unseren Chefredakteur mitteilen.*

„Auch wenn ich nicht verstehe, was Sie von Ben wollen …", murmelte Bachmann. „Er heißt Hartwig und wohnt in der Südstadt. Die genaue Adresse wird das *Fitness for all* haben. Ich weiß aber, dass er als Kundenberater im Postbank-Finanzcenter in der Südstadt arbeitet."

Andrea vergaß nicht, Bachmann nach seinen Alibis zu befragen. Bis ungefähr zwei Stunden vor der Tötung von Jeanett Mangold wäre er im Fitnessstudio gewesen, danach ziemlich erschöpft allein zu Hause vorm Fernseher. An dem Sonntagnachmittag, an dem Nadine Odem starb, hätte er sich ebenfalls in seiner Wohnung aufgehalten. Er meinte sich daran zu erinnern, an dem Nachmittag die Wohnung komplett aufgeräumt zu haben. Erst später habe er noch „einigen Kleinkram" für die Zeitung geschrieben.

Außerdem brachten Andrea und Raffael in Erfahrung, dass Bachmann schon einmal einen Artikel über

Geocaching verfasst hatte, ohne es selbst je ausprobiert zu haben. Und mit Jerry Lee Lewis konnte er nach eigener Aussage „nur wenig anfangen“.

„Wie Ihnen vielleicht aufgefallen ist, habe ich nichts zu verheimlichen“, behauptete er selbstsicher.

Auf Raffaels Bitte überließ er diesem bereitwillig ein bedrucktes Blatt Papier, welches zuvor durch seinen Tintenstrahldrucker gelaufen war.

Am Ende der Befragung geleitete Raimund Bachmann seine beiden Besucher lächelnd zur Tür.

Andrea bedankte sich beim Abschied für seine Auskünfte und meinte: „Wir werden uns bestimmt wiedersehen.“

*

Andrea und Raffael tauschten sich im Auto über das eben geführte Gespräch aus.

„Wir können nicht ausschließen, dass er die beiden Frauen getötet hat“, war das Resümee des Oberkommissars.

„Aber es gibt keine Hinweise auf einen wirklich begründeten Tatverdacht“, entgegnete Andrea. „Betrachten wir es mal andersherum: Vor knapp drei Monaten hat eine Frau seinen Wunsch nach einem Date uncharmant abgelehnt. Das passiert bei solchen Sendungen öfters. Er hat es ruhig hingenommen, ist daraufhin in keiner Weise ausgeflippt und hat ihr nie etwas angedroht. Letzten Monat hat er, weil es sein Beruf ist, eine Frau um ein Interview gebeten, und die hat ihm höflich mitgeteilt, dass es momentan nicht passt. Ist auch nichts Ungewöhnliches. Der Mann ist weder vorbestraft noch sind bei ihm gewalttätige Ausbrüche bekannt. Wir haben damit lauter Fakten zusammengetragen für ein normales regelkonformes Verhalten."

Die Oberkommissarin registrierte, dass ihr Kollege auf seinem Smartphone die Werbung vom *Fitness for all* in den *Ihme News* abgerufen hatte. Er betrachtete zunächst das Foto von Ben Hartwig, mit dem die beiden als Nächstes einen Gesprächstermin vereinbaren wollten. Danach scrollte er das Bild zur Seite, wo das Porträt einer rotblonden Frau mit Namen Lara auftauchte.

„Ich bin gespannt", brummelte Raffael, „ob Bachmanns Trainingskumpel noch andere Seiten unseres Chefredakteurs kennt."

Kapitel 31

Dienstag, 5. Juni

Ben Hartwigs Terminkalender war tagsüber – mit zum Teil auswärtigen Kundengesprächen – gut gefüllt. Andrea Renner und Raffael Störtebecker hatten sich mit dem Kundenberater der Postbank um siebzehn Uhr in seinem Büro im Finanzcenter in der Südstadt verabredet.

Andrea hatte den jungen Mann Ende zwanzig sofort aufgrund seines Fotos in den *Ihme News* wiedererkannt. Heute trug er einen dunkelblauen Anzug mit Krawatte.

Bei der namentlichen Vorstellung erfragte der Kundenberater gleich eine mögliche Beziehung des Oberkommissars zu Hartwigs Lieblingsbiersorte aus Stralsund.

„Mein Kollege schreibt sich mit ck und hat mit der Biersorte nichts am Hut", beendete Andrea von sich aus das zu erwartende Wortgeplänkel.

„Treten Sie bitte ein", sagte Hartwig mit routinierter Freundlichkeit und wies ihnen in einem kleinen, mit der üblichen Hardware ausgestatteten Büro zwei Plätze am Besprechungstisch zu.

„Wir ermitteln im Fall der beiden kürzlich in Hannover getöteten Frauen", erklärte Andrea. „Sie werden davon in der Zeitung gelesen haben ...?"

Er nickte. „Die Vorstandssprecherin vom Bankhaus Berlinger und die Heilpraktikerin ... natürlich. Aber wie kann ich Ihnen da weiterhelfen?"

Raffael erklärte ihm die üblichen Spielregeln der polizeilichen Befragung.

„Wir versuchen uns ein Bild von Bereichen zu machen, mit denen die Opfer zu Lebzeiten möglicherweise Berührung gehabt haben könnten", sagte Andrea kryptisch. „Lassen Sie sich bitte nicht davon irritieren, falls Ihnen der Sinn einiger unserer Fragen unklar bleiben sollte. Aber unsere laufende Ermittlung unterliegt einer besonderen Vertraulichkeit."

„Na gut." Er zuckte mit den Schultern. „Dann fragen Sie mal."

„Sie arbeiten in der Bankenbranche wie Frau Doktor Odem", begann Andrea. „Ist Ihnen zumindest eines der beiden Opfer persönlich bekannt?"

„Nein."

„Trainieren Sie noch gemeinsam mit Herrn Bachmann?"

„Jetzt kommt also die angekündigte Irritation", meinte er schmunzelnd. „*Gemeinsam* wäre zu viel gesagt. Wir laufen uns im Fitnessstudio immer mal über den Weg. Bis vor vier Monaten hatten wir allerdings engeren Kontakt. Da haben wir uns regelmäßig nach dem Training zusammengesetzt."

„Und wie kam es, dass Ihr Kontakt nicht mehr so eng ist?“, wollte Andrea wissen.

„Keine Ahnung. Raimund … also Herr Bachmann … hat sich immer mehr von mir zurückgezogen. Ich hab das akzeptiert und ihn nicht nach Gründen gefragt. Letztlich habe ich genug andere Bekanntschaften, Männer wie Frauen, und bin auf ihn nicht angewiesen.“

Andrea stellte auch die nächsten Fragen.

„Ist Herr Bachmann jemand, der mit Frauen gut zurechtkommt?“

„Denke schon. Obwohl ich ihn im Fitnessstudio nie mit einer zusammen gesehen habe.“

„Ist Ihnen bekannt, ob Herr Bachmann einmal im Fernsehen aufgetreten ist?“

„Ja, bei h1 zum Thema Online-Zeitung.“

„Und darüber hinaus?“

„Kann sein, dass er mal für *Hallo Niedersachsen* auf N3 interviewt worden ist.“

„Wissen Sie etwas darüber, dass er im April dieses Jahres mit einem der Opfer in einer Fernsehsendung zu sehen war?“

Hartwig überlegte kurz, dann sagte er mit fester Stimme: „Nein, das ist mir nicht bekannt.“

„Ist Ihnen in der Zeit ab März eine Veränderung bei Herrn Bachmann aufgefallen?“

„Er hat sich mit mir nach dem Training nicht mehr unterhalten. Aber dieses Verhalten hatte er schon seit Februar gezeigt.“ Bachmann sah der Oberkommissarin freundlich in die Augen. „Als Kundenberater in einem

Finanzcenter muss ich eins und eins zusammenzählen können. Ihren Fragen entnehme ich zwangsläufig, dass Sie gegen Herrn Bachmann wegen Mordverdachts ermitteln, oder?"

„Nein, nein", äußerte Andrea und versuchte, diesbezügliche Überlegungen von Hartwig zu zerstreuen: „Wir ermitteln nicht gegen ihn. Aber es wäre ja denkbar, dass jemand auf eines der späteren Opfer aufmerksam geworden ist, weil Herr Bachmann von der Frau oder der Fernsehsendung erzählt hat."

„Ach so", meinte Hartwig und lächelte verständnisvoll.

„Eine Fernsehsendung mit Herrn Bachmann war aber im Fitnessstudio nie Thema …?", vergewisserte sich Andrea.

„Nie. Da bin ich mir auch insofern sicher, weil Herr Bachmann zu den anderen Gästen fast keinen Kontakt hatte."

„Was ich bei einem Mann von der Zeitung nicht unbedingt erwartet hätte", wunderte sich Andrea.

„Er hat mir erklärt, im Fitnessstudio wolle er endlich mal abschalten und seine Ruhe haben."

Kapitel 32

Dienstag, 5. Juni

Die Befragung durch die Polizei hatte zur Folge, dass Ben Hartwig heute Abend etwas später als sonst zum Training im *Fitness for all* erschienen war.

Trotzdem beendete er seine Übungen an den Geräten zur gleichen Zeit wie Sven Klein. Raimund Bachmann hatte er in keinem der Räume gesehen, Fabian Dreyer trainierte noch an der Hantelbank.

Nach dem gemeinsamen Duschen fragte ihn Sven in der Umkleide: „Bist du heute aufgehalten worden?"

Sie standen in dem großen Raum mit den Umkleideschränken. Ben zog Sven mit sich in eine der Ecken und raunte ihm zu: „Die Mordkommission hat mich am Arbeitsplatz aufgesucht. Es ging um die beiden Frauenmorde."

Sven sah ihn überrascht an: „Was hast du damit zu tun?"

Ben blickte sich im Raum um. Auf der anderen Seite hatten sich gerade zwei Männer, die einige Sätze miteinander gewechselt hatten, fertig angezogen. Sie nickten Ben und Sven zu, während sie den Raum verließen.

„Ich? Nichts. Die Polizei hat sich hauptsächlich für Raimund interessiert. Sie wollten wissen, ob ich die Fernsehsendung kenne, in der er mit einem der Opfer aufgetreten ist."

„Die Dating-Show mit dieser Jeanett?!", brachte Sven es sofort auf den Punkt.

„Dazu kann ich nichts sagen. Ich weiß von solch einer Fernsehsendung nichts."

Sven verzog ungläubig das Gesicht: „Was?! Wenn ich mich richtig erinnere, hast du doch hier erzählt, dass Raimund in einer Dating-Show im Fernsehen aufgetreten ist, wo ihn die Frau so fertiggemacht hat."

Ben lief rot an und schüttelte den Kopf: „Nein, das hast du falsch in Erinnerung. Ich kenne die Fernsehsendung nicht."

Sven lachte ungläubig: „Komisch, dann muss ich mich sehr täuschen. Aber ist ja auch schon etliche Wochen her."

„Ich gucke keine Dating-Shows! Das hab ich nicht nötig", meinte Ben empört. „Ich habe genug reale Dates mit Frauen, da muss ich mir keine Anregungen in so einer albernen Sendung holen."

„Ist ja schon gut", beruhigte ihn Sven. „Vermutet denn die Polizei, dass Raimund die Frau wegen der heftigen Beleidigung ermordet hat?"

„Kann schon sein", stimmte Ben zu. „Allerdings ziehen die auch in Erwägung, dass jemand anderes … der allerdings die Sendung kannte … diese Jeanett ermordet haben könnte."

„Ach so", murmelte Sven leise mit fragendem Unterton. „Die Polizei hält es ernsthaft für möglich, dass das ein Freund von Raimund wegen dessen Ehrverletzung war …? Ich dachte, Morde wegen verletzter Ehre gäbe es nur in muslimischen Kreisen oder bei der italienischen Mafia."

„Ich fand die Tendenz, mit der die Polizei mich befragt hat, auch von Anfang an besorgniserregend … so von hinten herum über einen Bekannten ausgefragt zu werden."

„Und was hast du denen über Raimund erzählt?" Sven schaute Ben erwartungsvoll an. „Und zu der Fernsehsendung?"

„Dass er sich in den letzten Wochen zurückgezogen hat. Aber nichts Negatives. Ich kann mir auch überhaupt nicht vorstellen, dass er einer Frau etwas antut. Er wirkt immer sehr beherrscht", ergriff Ben Partei für den Chefredakteur. „Ich habe insofern keine Äußerung gemacht, die ihn in irgendeiner Weise fälschlich belasten könnte. Und was die Dating-Show angeht: Da habe ich ausgesagt, dass ich die nicht kannte."

„Na, wenn du meinst …", sagte Sven und beließ es dabei.

Kapitel 33

Donnerstag, 7. Juni

Das *TAGESBLATT* berichtete auf seiner Titelseite über den Fernsehauftritt der am 31. Mai getöteten Jeanett M. – das spätere Mordopfer habe die „Männlichkeit" eines Kandidaten aus Hannover öffentlich in einer im April ausgestrahlten Dating-Show infrage gestellt. In der Online-Ausgabe der Zeitung wurde der kurze Filmausschnitt mit dem Zitat der Frau gezeigt, wobei der neben ihr sitzende Mann unkenntlich gemacht worden war. Damit schützte die Zeitung das Persönlichkeitsrecht des Betroffenen, den womöglich mancher Leser gleich für den Täter gehalten hätte.

Der Verfasser des Artikels wies insofern auch darauf hin, dass die Polizei momentan nicht davon ausging, dass es sich bei dem Kandidaten aus der Dating-Show um den Täter handeln würde. Allerdings könne nicht ausgeschlossen werden, dass der Täter durch die bundesweit ausgestrahlte Fernsehsendung erst auf die Frau aufmerksam geworden sei.

„Nach meinem Kenntnisstand ist der Sender durch Raffaels Anfrage darauf gestoßen geworden, dass in einer der zahlreichen Folgen dieser Verkupplungsshow das Tötungsopfer aus Hannover aufgetreten ist", kommentierte Thomas Stelter in der Frühbesprechung der Mordkommission den Zeitungsbericht. „Irgendein Mitarbeiter des Senders muss dann dem *TAGESBLATT* diese Information und die Filmsequenz zugespielt haben."

„Falls wir es mit einem Frauenhasser zu tun haben, muss der tatsächlich keinen persönlichen Bezug zu den Opfern aufweisen", äußerte Hayo Baumann. „Er ist einfach zufällig durch den Zeitungsartikel auf Nadine Odem und durch die Fernsehsendung auf Jeanett Mangold gekommen. Damit kämen Tausende von Männern als potenzielle Täter in Betracht."

„Sie müssen zumindest die *Hannoverschen Nachrichten* lesen und Dating-Shows gucken", grenzte Andrea den Kreis ein.

„Auf der anderen Seite dürfen wir uns nicht in diese Hypothese verlieben", betonte Thomas. „Es kann genauso gut sein, dass der Täter weder den Zeitungsbericht noch die Sendung kannte und sich die Frauen aus ganz anderen Motiven ausgesucht hat. Besonders Jeanett Mangold hatte offenbar eine Art, die Männer faszinierte und kränkte."

Auf der Website der Polizeidirektion Hannover sowie deren *Facebook*-Seite war vor Tagen ein weiterer Zeugenaufruf veröffentlicht worden, um sachdienliche Hinweise im Zusammenhang mit der Tötung von Jeanett Mangold zu erhalten. Die eingehenden Zeugenaussagen wurden schwerpunktmäßig von Jan Schuster und

Arif Kimil bearbeitet. Alle brauchbaren Aussagen unterstrichen die bisher vorliegende Täterbeschreibung, unterschieden sich jedoch weiterhin in der altersmäßigen Zuordnung.

Emma Falkenberg hatte mit der Studentin gesprochen, die gelegentlich für die *Ihme News* arbeitete. Nach Einschätzung der jungen Frau war Raimund Bachmann ein „freundlicher, humorvoller" Mann, der „noch nie ausgerastet" wäre und „nicht schlecht" über seine geschiedene Frau reden würde. Die Abfuhr in der Dating-Show hätte er „gut weggesteckt".

„Aber vielleicht hat Bachmann auch einfach eine perfekte Fassade", war Raffaels Einwand, der an verschiedenen Stellen durchblicken ließ, dass er die Bloßstellung des Mannes weiterhin als ein starkes Mordmotiv „bei einem entsprechend tickenden" Täter einschätzte.

Zumindest hatte Bachmanns Tintenstrahldrucker laut KTU nichts mit der Erstellung der Botschaften des Täters an die Mordkommission zu tun.

Mittlerweile war außerdem die Festplatte von Jeanett Mangolds Privat-PC ausgewertet worden. Die Frau hatte dort zahlreiche erotische Gedichte abgespeichert, die sie offenbar selbst verfasst hatte. Darin betonte sie die „energetische Kraft" der neuen Weiblichkeit.

Außerdem fanden die Ermittler heruntergeladene Artikel über den „tantrischen Orgasmus", die „weibliche Ejakulation", die „G-Punkt-Massage" und die „sexuelle orgasmische Meditation".

„Ihr starkes Auftreten kann schon den einen oder anderen Mann mächtig irritiert haben", meinte Andrea mit einem Grinsen.

Kapitel 34

Donnerstag, 7. Juni

Der Akku seiner Spionagebrille war komplett aufgeladen. Heute würde er Filmsequenzen für ein weiteres Projekt aufnehmen.

Die Dating-Show steht jetzt für die Öffentlichkeit im Fokus der Aufmerksamkeit. Das bedeutet für mich und meine weiteren Operationen keine Gefahr.

Er hatte Lara klar vor Augen.

Ich weiß nicht, ob ich es tun soll. Aber ich will alles vorbereiten, damit ich jederzeit schnell handeln kann.

Laras Hyundai i10 stand auf dem Mitarbeiter-Parkplatz neben dem *Haus der Region*. Es gab nur eine Ausfahrt über die Maschstraße hinter dem Regionsgebäude.

Er hatte seine Tätigkeit rechtzeitig beendet und sich das Gelände um das Regionsgebäude angeschaut. Demnächst müsste Lara das Gebäude verlassen und nach Hause fahren.

Sie darf nicht merken, dass sie von mir beobachtet wird. Dann liegt die Macht bei mir.

Er wollte sich ein Bild vor Ort machen, wie sie sich gab, wenn sie sich unbeaufsichtigt fühlte.

Bei ihr ist es anders als bei den anderen beiden. Wer weiß, wie sich die Sache mit Elena entwickelt. Wie ich in den nächsten Tagen so drauf bin …

Genau um 16:34 Uhr verließ Lara Klein das *Haus der Region* über einen Nebenausgang und ging ohne Eile zu ihrem Auto. Er behielt sie aus sicherer Entfernung im Blick, ohne entdeckt zu werden.

Ich spüre diese prickelnde Atmosphäre. Aber hier auf dem Parkplatz kann ich sie später unmöglich töten.

Ihr Wagen rollte langsam auf die Ausfahrt mit der Schranke zu, die sich automatisch öffnete. Dann bog sie rechts auf die Straße ein und entfernte sich Richtung Neues Rathaus.

Sie fährt zu ihrer Wohnung in Vahrenwald. Ich brauche mich nicht zu beeilen.

Zu seinem Wagen musste er ungefähr vierzig Meter in die entgegengesetzte Richtung gehen. Er stieg ein und ließ sich jede Menge Zeit, ihr zu folgen.

Nicht, dass ihr im Rückspiegel auffällt, dass sie von ihrem Arbeitsplatz bis zu ihrer Wohnung von mir verfolgt worden ist.

Die Fahrt durch die Stadt nach Hannover-Vahrenwald fühlte sich gut an.

Das sind die Momente, in denen ich meine Macht spüre. Ich koste es ganz bewusst aus.

Lara lebte in einem typischen städtischen Wohngebiet – an einer langgezogenen Straße in einem vierstöckigen Eckhaus.

Er stellte seinen Wagen in einer Seitenstraße ab, sodass Lara ihn nicht sehen konnte. Dann schlenderte er auf dem Gehweg direkt zu ihrem Haus. Ihr Hyundai parkte schräg gegenüber auf der anderen Straßenseite. Mit seiner Brillenkamera zeichnete er den Eingang und das Klingelschild auf.

Die nächsten beiden Fenster im Erdgeschoss neben dem Eingang gehörten zu ihrer Wohnung.

Er blieb am Eingang stehen. Von dieser Position aus konnte sie ihn nicht entdecken.

Vielleicht guckt sie gerade aus dem Fenster. Ich gebe mich nicht zu erkennen. Wir sehen uns noch früh genug.

Kapitel 35

Donnerstag, 7. Juni

Timo Klein saß am späten Abend zu Hause vorm Bildschirm seines PCs, als er hörte, wie die Wohnungstür aufgeschlossen wurde.

Na endlich!

Gleich darauf klopfte es an der Zimmertür, und sein Vater betrat den Raum.

„Ich hatte darauf spekuliert, dass du heute früher kommst und noch etwas Nettes für uns kochst", begrüßte ihn Timo. „Hattest du etwa ein Date mit dieser Frau Rasmuß, oder wie heißt deine neue Arbeitskollegin?"

„Sie heißt Rasmußen", korrigierte Sven. „Und wir hatten heute kein Date. Vielleicht sehen wir uns am Wochenende. Heute war ich mit Ben Hartwig am Maschsee im Biergarten."

Sven blickte auf den Monitor. Timo hatte die *Facebook*-Seite der Polizeidirektion Hannover geöffnet, in der Zeugen im Zusammenhang mit der Tötung von Jeanett M. gesucht wurden.

„Wie ich sehe, beschäftigt dich dieser schreckliche Frauenmord auch …?", sagte er zu seinem Sohn.

„Natürlich, an der Uni ist das Gesprächsthema wie überall. Immerhin schon die zweite Tote innerhalb kürzester Zeit."

„Ben und ich haben uns ebenfalls darüber unterhalten", erklärte Sven. „Raimund aus unserem Fitnessstudio ist der Typ, den die Frau in der Fernsehsendung heruntergeputzt hat."

„Ich weiß." Timo winkte ab. „Das hast du mir schon vor Wochen erzählt."

Auf ihrer *Facebook*-Seite machte die Polizei kurze Angaben zum Sachstand der Ermittlungen und wies auf die Videobotschaft des Täters mit dem Musikstück hin.

„Schon verrückt, dass der Kerl der Polizei so 'ne Art Musikvideo schickt", meinte Sven. „Was glaubst du, warum der ausgerechnet *Breathless* von Jerry Lee Lewis ausgesucht hat?"

„Keine Ahnung, was im Kopf eines solchen Menschen vorgeht", äußerte Timo mit einem Schulterzucken. „Aber wahrscheinlich ist er zufällig drauf gekommen. Weil eine Ermordete nicht mehr atmen kann, hat er einfach nach einem passenden Song gegoogelt."

Kapitel 36

Freitag, 8. Juni

Das *Brauhaus Ernst-August,* Restaurant und Livemusik-Club in einem, lag mitten in der hannoverschen Altstadt, in der Nähe des historischen Marktplatzes. Sechs Tage in der Woche herrschte hier abends Partystimmung, wenn auf der hauseigenen Bühne DJs oder Live-Bands auftraten.

An diesem Freitagabend war eine regional bekannte Show-Band zu Gast, die Hitparadenmusik der letzten fünfzig Jahre zum Besten gab.

Er betrat den großen Raum, in dem sich bereits ein Publikum aus unterschiedlichen Altersstufen drängte. Die Lautstärke, die ihm entgegenschlug, war beachtlich.

Das ist nicht meine Welt. Ich bin nur wegen Elena hier.

Suchend blickte er sich um. Nach seiner Einschätzung waren die meisten Besucher zwischen Ende zwanzig und Mitte vierzig. Es gab verschieden lange Tische mit Sitzbänken zu beiden Seiten, zum Teil in Sitznischen, aber auch kleine Stehtische mit Barhockern. Die Band hatte noch nicht zu spielen begonnen.

Da entdeckte er Elena und eine brünette Frau ungefähr gleichen Alters an einem der hohen Zweiertische.

Beide waren mit Jeans und T-Shirt bekleidet. Auf ihrem Tisch standen zwei halbvolle Biergläser mit *Hanöversch.*

Während er direkt auf sie zusteuerte, aktivierte er die Kamerafunktion seiner Brille. Elena hatte ihn offenbar bereits erkannt und lächelte einladend in seine Richtung.

Zum Glück wirkt sie nicht abweisend. Das wäre grauenvoll gewesen.

„Hallo Zorro!“, rief sie. „Was für eine Überraschung.“

„Eine positive, hoffe ich …?“ Er sah sie mit einem charmanten Grinsen an. „Hallo Elena.“

Er traute sich nicht, sie bereits in den Arm zu nehmen.

Bloß nichts falsch machen und aufdringlich erscheinen.

Elena stellte ihn ihrer Freundin Pia vor: „Das ist der unvergleichliche Zorro, von dem ich dir erzählt habe. Mit heldenhaftem Einsatz hat er dem Handtaschenräuber die Beute abgejagt.“

„Komm, setz dich zu uns“, meinte Pia.

Die erste Hürde ist genommen.

Er entdeckte einen einzelnen freien Barhocker, den er sich ohne groß zu fragen schnappte.

Weggegangen, Platz vergangen. Jetzt muss ich bei Elena am Ball bleiben.

„Ich hab dich hier noch nie gesehen“, hatte Elena richtig erkannt.

Was soll ich jetzt sagen? Mir fällt nichts Witziges ein.

„Das Schicksal hat mich heute ins Brauhaus geführt", sagte er bewusst übertrieben. „Weißt du eigentlich, dass Elena und Zorro in ihren Filmen Seite an Seite kämpfen und ein glückliches Leben miteinander führen?"

Was rede ich für einen schwülstigen Mist?!

„Ich dachte immer, Zorros Geliebte heißt Lolita." Sie guckte ihn herausfordernd an. „Wir hatten nämlich früher die Zeichentrickserie von Zorro auf VHS."

Wow, sie kennt sich ein wenig aus.

„In den letzten beiden Kinofilmen mit Antonio Banderas und Catherine Zeta-Jones ist ihr Name Elena." Beide Filme besaß er auf DVD. „Eine Lolita ist für Zorro in Hannover schwer zu finden. Deswegen bin ich für Elena."

Die Angesprochene machte ein genervtes Gesicht.

Ich langweile sie mit der Zorro-Nummer.

„Was guckst du so?", fragte er zögerlich.

„Dahinten steht Christopher, mein Ex-Freund. Ich hab keinen Bock, dass er mich anquatscht. Das ist vorbei."

Eine Minute später kreuzte Christopher bereits an ihrem Tisch auf. Ein mittelgroßer braunhaariger Typ, der keine sportliche, sondern eine behäbige Ausstrahlung hatte.

„Schön, dich zu sehen", meinte ihr Ex. „Hast du Lust, mit rüberzukommen? Ich bin mit einem Freund da."

Denkt der Schwachkopf, ich bin ein Bekannter von Pia?

„Ich bin bereits in Gesellschaft, wie du siehst", antwortete Elena schnippisch.

„Gleich kommt die Band auf die Bühne. Wollen wir dann tanzen?“

Kriegt der überhaupt nichts mit?! Sie will nicht, du Vollidiot. Am liebsten würde ich dir eins in die Schnauze hauen. Aber das kommt hier nicht gut an. Ich halt mich zurück. Keine Aggressionen vor Elena und ihrer Freundin.

„Ich möchte weder diesen noch einen anderen Abend mit dir verbringen“, sagte Elena klar und deutlich.

Als Christopher nicht lockerließ, wollte er sich dennoch einschalten. Aber Elena verhinderte eine Eskalation, indem sie vom Barhocker rutschte und mit Pia zusammen die Damentoilette aufsuchte.

Eine klare Botschaft von Elena. Sie lässt den Kerl einfach stehen, damit er kapiert, was Sache ist.

Aber Christopher machte keinerlei Anstalten, vom Tisch zu verschwinden. Er blieb stehen und wartete offensichtlich auf die Rückkehr der beiden Frauen.

Das ist der richtige Moment, um zu handeln.

„Hast du was an den Ohren?!“, fuhr er Elenas Ex an. „Sie hat eindeutig geäußert, dass sie nichts mehr mit dir zu tun haben will.“

Für die anderen Besucher ging ihre Auseinandersetzung im lauten Stimmengewirr unter.

„Was geht dich das an?“ Christopher blieb gelassen. „Wer bist du überhaupt?“

„Ich bin dein Nachfolger bei Elena“, behauptete er. *Gut, dass sie nicht in der Nähe ist.* „Du bist abgemeldet!“

„Nachfolger? So'n Quatsch. ... Und ich glaube nicht, dass Elena jemanden benötigt, der für sie spricht. Meine Angelegenheiten kläre ich direkt – und nicht mit dir."

Es reicht!!

Er ging auf Christopher zu und packte ihn bedrohlich am Kragen, ließ ihn jedoch sofort wieder los.

„Du verpisst dich jetzt ganz schnell freiwillig!" Er spannte die Armmuskulatur an, um Elenas Ex zu beeindrucken. „Wenn nicht, nehm ich dich mit vor die Tür, um dir Manieren beizubringen. Dann schlage ich dir so auf die Fresse, dass dich mit dem zermatschten Gesicht deine eigene Mutter nicht wiedererkennt."

Christophers Gesichtsausdruck veränderte sich schlagartig.

Ich kann deine Angst sehen. Jetzt hast du begriffen, dass ich nicht spaße.

Triumphierend nahm er wahr, wie Christopher so etwas wie „Auf Gewalt steh ich überhaupt nicht" murmelte und sich wieder zu seinem Freund gesellte.

Kurz danach erschienen Elena und Pia.

„War 'ne gute Idee von dir", lächelte er Elena an. „Nachdem ihr gegangen wart, hat sich dein Ex ganz von alleine getrollt."

Erst jetzt wurde ihm bewusst, dass keine der beiden Frauen eine Handtasche dabeihatte.

In diesem Moment kam unter lautem Applaus die fünf Mann starke Party- und Show-Band auf die Bühne. Eine kurze Begrüßung durch den Sänger, dann spielte

Zorro hat seine Elena gefunden. Wow, ich bin völlig durcheinander. Was ist los mit mir? Ich glaub, ich bin total in sie verknallt.

Das nächste Stück der Band war ein langsamer Titel, ein echter Schmachtfetzen, den im Original Eros Ramazotti gesungen hatte.

Was jetzt? Bleibt sie mit mir auf der Tanzfläche? Jetzt kann ich ihr ganz nah kommen. Aber wenn sie mein Angebot ablehnt, überleb ich die Peinlichkeit nicht. … Was mach ich nur? Was mach ich nur?

Er überwand seine innere Angst und fragte: „Magst du weitertanzen … mit mir?"

Ihr Gesicht drückte Überraschung aus.

Sie will's nicht. Scheiße! Scheiße! Scheiße!

„Ja, ein schöner Titel", antwortete sie jedoch und ließ es zu, dass er seine Arme um ihren Oberkörper legte und sie sanft an sich zog. Sie begannen, sich langsam nach den Vorgaben des Schmuse-Songs auf der Tanzfläche zu bewegen. Dabei waren sie nicht das einzige Paar, das den Titel nutzte, um sich näher zu kommen. Wobei einige Gäste das Ramazotti-Cover als Anlass für eine Tanzpause nutzten. Pia hatte ebenfalls wieder auf ihrem Barhocker Platz genommen.

Ihr Körper ist ganz erhitzt und fühlt sich toll an. Ich hab's geschafft. Wir gehören zusammen, und niemand wird dich mir wegnehmen.

Als wäre es selbstverständlich, streichelte er zärtlich ihren Rücken, während er gleichzeitig im gesamten Körper eine wohlige Anspannung spürte.

die Gruppe zum Auftakt einen schnellen Mainstream-Tophit aus dem vorletzten Jahr. Die Fläche vor der Bühne füllte sich sofort mit Gästen, die sich begeistert im Rhythmus der Gitarrenmusik bewegten.

Beim zweiten Titel hielten es Elena und Pia nicht mehr auf ihren Hockern aus, und sie strebten der Bühne zu. Er schloss sich den beiden an, zumal es keine Handtasche zu bewachen gab. Wie die meisten um sie herum begannen Elena und Pia, jede für sich, auf der Stelle zu tanzen.

Er kostete ihn zunächst Überwindung, in aller Öffentlichkeit beim Tanzen mitzumachen.

Das letzte Mal ist ewig her. Diese blöde Hemmung, ich könnte ungelenk wirken und mich lächerlich machen.

Er bewegte sich erst hinter, dann neben ihr.

Der dritte schnelle Titel in Folge heizte die Stimmun weiter an. Er hatte nur noch Elena im Blick, die sich vo ihm zunehmend ausgelassener bewegte.

Mit jeder Minute wurde er mutiger. Es gelang ih immer besser, sich einfach gehen zu lassen und ihre Be wegungen synchron nachzuahmen.

Elena lachte ihn an, und er strahlte zurück. Auf ei mal tanzte er vor ihr, indem er sich in der Masse de notwendigen Platz verschaffte, und drehte sich schlie lich um seine eigene Achse.

So toll hab ich mich schon lange nicht mehr gefühlt.

Er vergaß alles um sich herum, war nur noch auf s fixiert. Die Musikgruppe setzte bei ihrer Stückauswa auf Rhythmus und Schnelligkeit.

Seine rechte Hand glitt langsam nach unten, und er fing an, ihren Po zu tätscheln.

„Nicht so forsch, Zorro", hörte er ihren zarten Protest. Auf der Stelle trat seine Rechte den Rückzug an.

Wie konnte ich nur? Ich darf sie nicht verschrecken.

Beim folgenden langsamen Stück blieben sie eng umschlungen auf der Tanzfläche. Er genoss bewusst jede Sekunde, die er ganz nah bei ihr verbringen durfte. Für einen Moment hatte er den Impuls, sie auf den Mund zu küssen. Aber sein Verstand bremste ihn gleich aus.

Das wäre zu schnell und führt zu keinem guten Ende.

Der Abend entwickelte sich zu einem Highlight in seinem Leben. Die Band spielte – mit einigen Pausen – unermüdlich ihr ganzes Repertoire an Hits herunter. Er saß zwischendurch mit Elena und Pia an dem kleinen Tisch, sie unterhielten sich zu dritt über Sport, Fernsehserien und Musik, kamen von einem unbeschwerten Thema zum nächsten und alberten fröhlich herum. Immer wieder ging es auf die Tanzfläche (auch Pia wurde von einem netten Typen aufgefordert), wo er sich hemmungslos mit Elena und etlichen der anderen Gäste lautstark am Mitsingen der Songtexte beteiligte. Mit Genugtuung sah er gelegentlich am Bartresen Christopher herumstehen, der ihm bisweilen verärgerte Blicke zuwarf.

Tja Kleiner, du bist raus. Ich habe gewonnen. Elena und ich haben sogar unsere Handynummern ausgetauscht.

Als sich die Band nach mehreren Zugaben verabschiedete, war er vom Singen und Reden sogar ein wenig heiser und richtig ausgepowert.

„Pia und ich machen uns jetzt auf den Weg nach Hause", erklärte Elena. „Wir rufen uns gemeinsam ein Taxi."

Schade, dieser super Abend geht zu Ende.

Er überlegte, ob er mit den Frauen mitfahren sollte. Aber einer Szene im Taxi, in der womöglich die peinliche Frage in der Luft hing, noch gemeinsam in ihre Wohnung zu gehen, wollte er ausweichen.

„Bis zum Taxi begleite ich euch", sagte er, „und bleib selbst noch ein bisschen in der Stadt."

Sie verließen zu dritt das *Brauhaus*, wo das Taxi bereits am Straßenrand wartete. Pia winkte ihm zum Abschied.

„Ich muss dir noch was sagen", murmelte er. Während Elena stoppte und sich zu ihm drehte, stieg Pia schon hinten in das Taxi ein.

„War toll mit dir", flüsterte er und legte seine Hände auf ihre Oberarme. „Ich muss dich unbedingt nächste Woche wiedersehen."

„Ja, lass uns telefonieren", meinte sie lächelnd.

Er nahm seinen ganzen Mut zusammen und küsste sie sacht auf den Mund, wobei sie den Kuss ebenso behutsam erwiderte. Danach drückte er sie fest an sich.

Bei der Abfahrt des Taxis schaute sie durch die Fensterscheibe und winkte ihm zu.

Ich hab bereits eine Idee, wann und wo ich dich überraschen kann. Der Abend heute kann alles verändern.

Wenn unsere Beziehung mich stark macht, muss ich vielleicht keine Frauen mehr töten.

Kapitel 37

Viele Jahre vorher …

Viktoria liebte und hasste ihren kleinen, vier Jahre jüngeren Bruder.

Manchmal passte sie fürsorglich auf ihn auf und beschützte ihn vor anderen Kindern. Dafür wurde sie von Mama und Papa gelobt.

Dann wiederum gab es Tage, da verabscheute sie ihn, weil er sie von ihrem Platz als Alleinherrscherin verdrängt hatte.

Auch als er in den Kindergarten kam und später die Grundschule besuchte, war er schwächlich und ihr körperlich unterlegen.

Wenn sie auf ihn wütend war, hatte sie anfangs auf ihn eingeschlagen. Aber bald wurde ihr bewusst, dass sie damit nur den Ärger von Mama und Papa auf sich zog. Insofern änderte sie ihr Vorgehen, indem sie ihn stattdessen mit Worten unter Druck setzte und später alles abstritt, wenn ihr Bruder es doch wagte zu petzen.

„Du wirst bald krank und ganz früh sterben“, machte sie ihm Angst, wenn sie zu zweit waren. „Deine Zähne gehen dir aus, und dein *Pippimann* fällt ab. Was ich zu dir sage, ist streng geheim. Wenn du trotzdem anderen

Menschen davon erzählst, wird deinem Goldhamster etwas Schlimmes passieren."

Die Masche mit dem Goldhamster zog einige Monate ganz gut. Ihr kleiner Bruder ließ sich damit völlig einschüchtern, wenn Viktoria von ihm verlangte, dass er ihr seine Süßigkeiten aushändigte, einen vereinbarten Filmnachmittag mit Papa absagte oder dafür stimmen sollte, den geplanten Ausflug dorthin zu machen, wohin Viktoria wollte.

Aber irgendwann wagte ihr Bruder zu widersprechen. Zwei Wochen später, ohne Viktorias Zutun, wurde der Goldhamster tatsächlich krank und lag kurz darauf tot in seinem Käfig.

„Der Hamster musste nur wegen dir sterben", redete sie ihm ein. „Besser, du hörst auf das, was ich sage."

Sie verbreitete Lügengeschichten über ihn, von denen Mama und Papa nicht alle, aber doch einige für wahr hielten.

Ein besonderer Dorn im Auge waren ihr allerdings die „Vater-und-Sohn-Momente", wie Papa sie nannte, in denen er ausschließlich Zeit mit ihrem Bruder verbrachte.

Papa hatte eine Leidenschaft, für die sich weder Mama noch Viktoria begeistern konnten. Er liebte alte Musik und alte Filme. Der Rock 'n' Roll der Fünfzigerjahre hatte es ihm angetan – besonders ein wilder Musiker mit Namen Jerry Lee Lewis, der stehend, sogar mit dem Fuß, auf sein Klavier einhämmerte. Bei den Filmen waren es Mantel-und-Degen-Abenteuer, hauptsächlich die mit Zorro, die sich Papa immer wieder anschaute. Er hatte sie im Fernsehen mit seinem VHS-Videorekorder aufgenommen. Von dem uralten Schwarz-Weiß-Film mit Tyrone Power konnte Papa alle wichtigen Dialoge auswendig. In anderen aufgezeichneten Zorro-Filmen, die in Farbe waren, spielten Schauspieler wie Sean Flynn, Pierre Brice oder Alain Delon die Titelrolle.

Viktorias Bruder gefiel Papas Musik, die er seit seiner Geburt immer wieder gehört hatte. Er mochte „den lustigen Mann, der mit dem Fuß Klavier spielt". Schon mit sechs Jahren sang er in einem Kauderwelsch-Englisch die Lieder von Jerry Lee Lewis ins Mikrofon seines Kassettenrekorders, wobei er mit dem Fuß auf sein kleines Plastikklavier tippte. Papa war hin und weg, wenn er seinem Sohn dabei zusah, wie dieser die Auftritte des Sängers von den VHS-Kassetten nachahmte.

Am Wochenende schaute sich Papa öfters die alten Zorro-Filme an, wobei Viktorias Bruder zugucken durfte. Mama meinte, dass er für solche Filme mit Sterben und Kämpfen noch zu jung wäre, aber Papa ließ sich nicht beirren, indem er meinte, dass die alten Filme harmlos wären und Kinder heutzutage „ganz andere Sachen" zu sehen bekommen würden.

Zu den „Vater-und-Sohn-Momenten" gehörte es auch, dass Viktorias Bruder sich ein Badehandtuch um die Schultern legte und mit Papa im Wohnzimmer einen Fechtkampf mit zwei Kinderdegen austrug. Papa nannte ihn in diesen Momenten „Don Diego de la Vega" oder „Zorro".

Viktoria war aufgefallen, wie glücklich Papa und ihr Bruder wirkten, wenn sie diese albernen Gesangsnummern oder Fechtszenen nachstellten.

Kapitel 38

Montag, 11. Juni

Er schaffte es, rechtzeitig am späten Nachmittag vorm Eingang der Sozialpsychiatrischen Beratungsstelle zu sein, in der Elena als Sozialarbeiterin tätig war. Sie hatte ihm vor einer Woche erzählt, wann sie dort montags immer Feierabend machte.

Ihr gemeinsamer Abend im *Brauhaus* war ihm das ganze Wochenende nicht aus dem Kopf gegangen, und er konnte es kaum erwarten, sie wiederzusehen.

Elena kennt die Zeichentrickserie mit Zorro. Dann hat sie auch durchblickt, dass mein richtiger Familienname nicht ‚de la Vega' ist. Sie scheint Spaß an unserem Zorro-Spiel zu haben. Dreimal haben wir uns getroffen, und jedes Mal ist sie darauf eingestiegen. Oder ist es ihr gleichgültig, wie ich wirklich heiße? Vielleicht ist jetzt die richtige Zeit, ihr meinen Familiennamen zu sagen.

Noch war Elena nicht aufgetaucht. Aber er rechnete jede Minute damit.

Wenn sie mich ‚Zorro' nennt, fühle ich mich in die alten Zeiten mit meinem Vater zurückversetzt. Damals habe ich für das Gute gekämpft. Inzwischen hat sich der Film- und Musikgeschmack meines Vaters total verändert. Die

Zorro-Filme hat er sich schon lange nicht mehr angeschaut, genau wie ich. Wahrscheinlich sind sie in der hintersten Ecke verschwunden, oder er hat die VHS-Kassetten weggeschmissen. In einer meiner Schubladen habe ich noch die beiden neuesten Filme von 1998 und 2005 auf DVD. Jerry Lee Lewis hört mein Vater ebenfalls nicht mehr.

„Hallo Zorro!“, riss ihn Elenas Stimme aus seinen Gedanken. „Du überraschst mich schon wieder.“

Elena kam ihm entgegen, eine Handtasche über der Schulter.

Er ging auf sie zu, aber ihr Körper signalisierte einen Wunsch nach Distanz.

Ist es ihr unangenehm, wenn man uns zusammen vor ihrer Dienststelle sieht?

Sie ließ eine kurze Umarmung mit einem flüchtigen Wangenkuss zu.

Ich hätte mir eine herzlichere Umarmung gewünscht.

„Hast du vergessen, dass ich jeden Montag um siebzehn Uhr zu Frau Küster fahre?“, fragte sie ihn fast vorwurfsvoll.

Nein, aber ich dachte, du lässt den Besuch einmal ausfallen, wenn ich dich von der Arbeit abhole. Ich bin dir doch wichtig, oder?

Er spürte leichten Ärger in sich aufkommen, verdrängte ihn jedoch sofort wieder.

Ist ja okay, wenn sie sich zuverlässig um diese alte Dame kümmert. Aber muss es unbedingt heute sein?

Als würde sie seine Enttäuschung bemerken, kam sie mit einer wunderbaren Kompromisslösung: „Ich nehme dich mit zu ihr. Frau Küster … also ich sage schon lange Margot zu ihr … freut sich immer über jeglichen Besuch, auch wenn sie die Leute gar nicht kennt. Dann bekommst du gleich einen Eindruck von einem kleinen privaten Teil meines Lebens."

Zwar riss er sich nicht unbedingt darum, diese alte Frau zu besuchen, aber es war ein wichtiges Signal von Elena, dass sie ihn mit einbezog. Folglich spielte er mit. Und zur Belohnung würde sie sich bestimmt hinterher mit ihm in das gemütliche Bistro setzen.

„Ja, tolle Idee. Ich begleite dich sehr gerne zu Frau Küster", heuchelte er Begeisterung.

Er sagte ihr, dass er mit der Stadtbahn gekommen wäre. Elenas Ford Fiesta stand in unmittelbarer Nähe der Beratungsstelle. Er stieg zu ihr in den Wagen, den Elena zielstrebig nach Süden in den Stadtteil Döhren steuerte.

Ob das jetzt der richtige Moment ist?, überlegte er sich. *Ich tu's einfach.*

Er atmete tief durch und nannte ihr dann erwartungsvoll seinen „bürgerlichen" Familiennamen, worauf sie, für ihn etwas enttäuschend, lediglich nüchtern mit einem „Soso" reagierte.

Hoffentlich hat das jetzt keinen negativen Einfluss auf den Zauber unserer Beziehung.

Sie erreichten ein Wohnviertel, in dem sich eine schmale Straße zu beiden Seiten durch eine Reihe von älteren freistehenden Einfamilien- und Doppelhäusern mit kleinen Gärten zog. Hier war er noch nie gewesen.

„In dem Haus mit dem schwarzen Dach habe ich früher mit meinen Eltern und Geschwistern gewohnt", erklärte sie im Vorbeifahren. „Da schräg gegenüber, in der rechten Doppelhaushälfte, wohnt Margot. Wir waren damals Nachbarn."

Elena parkte direkt vorm Haus. Sie erzählte ihm, dass sie bereits als kleines Mädchen bei dem Ehepaar Küster ein- und ausgegangen wäre.

„Für die beiden waren meine Geschwister und ich so etwas wie Ersatzkinder oder Ersatzenkel. Ihr einziger Sohn ist ganz jung ums Leben gekommen. Ich habe über die Jahre immer Kontakt zu den Küsters gehalten. Vor ein paar Jahren ist auch der Mann von Margot verstorben, und sie leidet mittlerweile an einer beginnenden Demenz. Da hat es sich angeboten, dass ich ihre rechtliche Betreuung übernommen habe. Als Sozialarbeiterin beim Sozialpsychiatrischen Dienst kenne ich mich mit so etwas ja aus."

„Wie alt muss man denn sein, um rechtlicher Betreuer werden zu können?", erkundigte er sich, während sie den Wagen verließen.

„Mit entsprechender Berufs- und Lebenserfahrung kann das jeder Volljährige machen, der dazu vom Gericht bestimmt wird."

Das Doppelhaus war von einem Jägerzaun umgeben. Elena öffnete die Pforte, und sie gingen über einen Weg aus Waschbetonplatten durch den kleinen Vorgarten, der aus Rasen und einigen mehr oder minder hohen Büschen bestand.

„Die Nachbarin in der anderen Doppelhaushälfte ist ebenfalls verwitwet und wohnt wie Margot schon seit Jahrzehnten hier. Aber sie ist geistig noch etwas fitter."

Elena klingelte.

„Manchmal hört sie es nicht. Aber für den Notfall habe ich immer einen Haustürschlüssel dabei."

Die Haustür hatte oben und unten einen Einsatz aus Badezimmerfensterglas. Es dauere eine Weile, bis er durch das Glas eine schemenhafte Bewegung wahrnahm.

Die Tür öffnete sich, und eine leicht korpulente weißhaarige Frau, bekleidet mit Hose, Bluse und Strickjacke, blickte ihnen freundlich lächelnd entgegen.

„Tag, Margot", sagte Elena zur Begrüßung. „Heute habe ich einen Gast mitgebracht."

„Schön, dass dein Bruder da ist. Wir haben uns lange nicht gesehen."

Elena stellte ihn Margot mit seinem Vornamen und als „einen guten Bekannten" vor.

„Kommt doch rein, ihr beiden", sagte die alte Frau und machte eine einladende Handbewegung. Ihm fiel auf, dass sie eine leise Stimme hatte.

Sie betraten einen schlauchartigen Flur, von dem gleich links eine Treppe nach oben führte. Im Hintergrund war deutlich ein Fernseher zu hören.

„Du kannst gerne die Gästetoilette benutzen. Habe ich gerade sauber gemacht. Aber du kennst dich ja aus", meinte Margot zu ihrem männlichen Besucher, den sie offenbar weiterhin für Elenas Bruder hielt.

Margot ergriff die Klinke der Tür rechts neben dem Eingang, die sich quietschend öffnete.

„Als Kinder sind wir bei ihr immer gleich aufs Gästeklo gegangen“, erläuterte Elena Margots Verhalten.

„Danke, momentan muss ich nicht“, sagte er mit einem verkniffenen Lächeln.

„Dann gucken wir mal kurz in die Küche, ob du genug zu trinken hast“, meinte Elena und ging mit Margot in den zweiten Raum rechts. Dort standen noch ausreichend Flaschen mit Mineralwasser. Der Kühlschrank war gefüllt mit Milch, Joghurt, Käse, Wurst und Marmelade.

Anschließend setzten sie sich zu dritt an einen Tisch im Wohnzimmer, das durch die dunklen Möbel aus Nussbaum sofort altmodisch wirkte. Elena hatte allen ein Glas Mineralwasser auf den Tisch gestellt. Er blickte durch das Fenster in den kleinen Garten hinter dem Haus.

Mich deprimiert das. Ich hätte nicht mitkommen sollen.

Elena schaltete den laufenden Fernseher aus.

„Einmal hatte Margot das Gerät während eines Krimis so laut eingestellt, dass die Nachbarin dachte, hier findet tatsächlich ein Überfall statt“, wisperte Elena grinsend.

Margot schaute ihn an: „Schön, dass du deine Schwester begleitest.“

Sie begreift nicht, wer ich bin. Verwirrte Alte rufen bei mir verdammt schlechte Erinnerungen wach.

„Ich hol uns noch ein paar Kekse“, verkündete Margot und ging in die Küche. „Die magst du doch so gerne.“

Von Elena erfuhr er, dass sie jeden Montag bei Margot zum Wochenanfang nach dem Rechten sah. Elena hatte weitere Hilfen für ihre Betreute organisiert. Täglich bekam sie mittags *Essen auf Rädern*. Ein ambulanter Pflegedienst kam regelmäßig zum Blutdruckmessen und achtete auf die Medikamenteneinnahme. Eine andere Frau erledigte das Sauberhalten der Wohnung und die wichtigsten Einkäufe fürs Frühstück und Abendessen. Ein Student mähte wöchentlich den Rasen. Elena selbst kümmerte sich um den Austausch der Mineralwasserkisten und die finanziellen Angelegenheiten.

„Margot vergisst das meiste schnell wieder“, erläuterte ihm Elena, während sich die alte Frau noch in der Küche aufhielt. „Sie lässt jeden kritiklos ins Haus und kann sich später nicht mehr daran erinnern, wer es war. Mich erkennt sie zum Glück aber auf Anhieb. Täglich geht sie dieselbe Strecke zu einem kleinen Lebensmittelgeschäft. Dort ist sie bestens bekannt und kauft mit einem Zettel ein, auf dem fast immer dasselbe steht: Äpfel, Marmelade, Gurken, Nudeln und so weiter. Eine Mitarbeiterin nimmt ihr den Zettel ab, verkauft ihr Obst und erzählt ihr dann, dass der Rest des Einkaufs direkt nach Hause geliefert wird. Manchmal steht Margot am Sonntag vor verschlossener Ladentür, schimpft und geht wieder nach Hause.“

Ich sehe wieder die Alten vor mir ... damals ... mein Jahr im Krankenhaus ... fürchterlich.

„Warum bringst du sie nicht in ein Heim?", fragte er Elena leise. „Das wäre doch für alle Beteiligten das Beste."

Elena guckte entsetzt: „Weil sie das nicht will. Margot möchte auf jeden Fall in ihrer vertrauten Umgebung bleiben. Und solange das funktioniert, bleibt sie hier."

Elena erwähnte, dass Margot täglich – wie früher – die Gästetoilette für mögliche Besucher putzte, ohne diese selbst zu benutzen. Außerdem erledigte die alte Frau regelmäßig Kleinigkeiten im Garten, weil „die Nachbarn sie ansonsten für unordentlich halten" könnten, wobei sich Margot nie mehr alleine auf die Terrasse setzte.

Meine Güte, wie sinnlos.

Anstelle von Keksen kam Margot mit einem weiteren Glas Wasser ins Wohnzimmer zurück.

Die Gesellschaft der Frau ist mir unangenehm. Diese Erinnerungen ... Ich muss hier raus.

Er bot an, das Quietschen der Tür von der Gästetoilette zu beheben. Elena gefiel sein Vorschlag. Er ließ sich von ihr in den Keller führen, wo Margots Mann im Raum mit dem Gas-Heizkessel sein Werkzeug deponiert hatte. Erwartungsgemäß befand sich dort ein Kännchen mit Fahrradöl. Bis zur Hälfte der Kellertreppe war ihnen die alte Frau gefolgt.

Die klebt richtig an uns.

Als er hinter Elena wieder den Flur betrat, meinte Margot ängstlich: „Ihr müsst ganz vorsichtig sein. Manchmal sind Einbrecher im Keller."

Sie zeigte auf die offen stehende Kellertür, die sich gegenüber von ihrer Küche befand.

Was redet die für einen Unsinn ...?!

Er guckte irritiert, und Elena erklärte ihm: „Die Nachbarin hat vor vielen Jahr Einbrecher in ihrem Haus überrascht. Die haben sie gefesselt und geknebelt im Keller eingesperrt. Bruchstücke dieser fürchterlichen Geschichte sind Margot im Gedächtnis geblieben."

Nachdem er den Gewindedorn gesäubert und geölt hatte, ließ sich die Tür der Gästetoilette völlig geräuschlos bewegen.

„Du kannst die Toilette gerne benutzen – alles sauber", verkündete Margot erneut. „Ich gehe immer oben ins Badezimmer."

Als er das Kännchen mit dem Öl zurück in den Keller bringen wollte, raunte er Elena zu: „Das Gästeklo scheint der einzige Raum zu sein, in den sie einen nicht verfolgt, wenn man mal ungestört sein will."

Danach unterhielt sich Elena mit Margot über Geschichten von früher (*das hat sich Elena bestimmt schon tausendmal anhören müssen*, dachte er) und machte zuletzt eine Art Kontrollgang durch das ganze Haus.

Sie nimmt ihre Funktion als rechtliche Betreuerin sehr ernst. Aber sie verschwendet damit auch Zeit, die sie für andere private Unternehmungen nutzen könnte. Mit dieser Margot ist keine vernünftige Unterhaltung möglich.

Während der Stunde, die er mit Elena in Margot Küsters Haus verbrachte, fühlte er sich fehl am Platze. Einen Draht konnte er zu der Frau, deren Gedächtnis praktisch keine neuen Informationen mehr speicherte, nicht finden.

„Schön, dass du deine Schwester begleitet hast", sagte Margot zu ihm bei der Verabschiedung.

Nicht schon wieder!

Als Elena und er das Haus verließen, winkte sie ihnen hinterher.

Sie stiegen in den Ford Fiesta ein.

Ich sollte etwas Positives über den Besuch von mir geben und Elena loben, damit sie sich freut.

„Ist schon klasse, dass es Frauen wie dich gibt, die sich um solche Menschen wie die hier kümmern." Er zeigte dabei auf Margots Haus. „Und wie viel Zeit du dafür investierst."

Das vermeintliche Lob kam bei Elena nicht gut an. Sie zog ein säuerliches Gesicht und äußerte: „Dein Ausdruck ‚solche Menschen wie die hier' gefällt mir überhaupt nicht. Das klingt total abfällig."

„Ich habe das nicht abfällig gemeint", verteidigte er sich.

„Es klingt so, als hättest du gar nicht verstanden, worum es mir mit meinem ehrenamtlichen Engagement für Margot geht."

„Natürlich hab ich das kapiert!", behauptete er. „Du meinst es gut mit ihr, weil dir solche Patientinnen von deiner Arbeit vertraut sind."

„Margot ist doch keine Patientin für mich!“ Elena schüttelte den Kopf. „Sie ist eine liebe Nachbarin, für die meine Geschwister und ich wie Familienmitglieder gewesen sind. Und da ist es selbstverständlich, dass ich ihr etwas davon zurückgebe, was wir jahrelang von ihr bekommen haben.“

Scheiße, unsere Stimmung geht in den Keller! Und Elena belehrt mich wie einen dummen Jungen. So ist Viktoria mit mir umgesprungen. Das lasse ich mir nicht gefallen.

Die alten Bilder tauchten auf. Schlagartig empfand er Angst und Wut.

Ich muss mich zusammenreißen. Das hier ist Elena und nicht Viktoria! Vielleicht fällt mir was Originelles ein, das die Stimmung rettet.

„Scheint eine gefährliche Gegend zu sein, wo Einbrecher einsame Frauen im Keller einsperren“, meinte er mit einem übertrieben theatralischen Tonfall. „Wie günstig, dass du Zorro als Beschützer an deiner Seite hast. Ich zeige dir, wie gut ich es mit dir meine.“

Er beugte sich vom Beifahrersitz zu ihr herüber und deutete an, ihr einen Kuss geben zu wollen – in der Hoffnung, dass sie es ihm gleichtat. Aber sie ging nicht darauf ein und sagte: „Ich glaube, wir fahr’n jetzt. Und mach dich bitte nicht mehr über Margots Ängste mit den Einbrechern lustig.“

Er war maßlos enttäuscht und versuchte seine Gefühle, die ihn massiv überfluteten, in den Griff zu bekommen.

Kapitel 39

Dienstag, 12. Juni

Andrea Renner und Raffael Störtebecker verließen das Bankhaus Berlinger, in dem sie gerade einen der Mitarbeiter aus der Kreditabteilung befragt hatten. Der unverheiratete Mann war vor drei Wochen mit Jeanett Mangold essen gegangen, nachdem er kurz zuvor ein Seminar von ihr zur Persönlichkeitsfindung besucht hatte („Sie hat mich angemacht, aber gelaufen ist hinterher nichts"). Die persönliche Verbindung des Mannes zu beiden Opfern war der Grund für die polizeiliche Befragung gewesen. Für den Zeitraum der Tötung von Jeanett Mangold hatte er allerdings ein sicheres Alibi, wenn seine Angaben zu dem Treffen mit seiner Volleyballmannschaft stimmten. Nebenbei erfuhren sie, dass jetzt Lothar Pannier Vorstandssprecher war.

Ungefähr dreißig Meter vom Bankhaus entfernt hatten sie ihren Dienstwagen geparkt.

Die Rückfahrt zum Hauptgebäude der Polizeidirektion Hannover versuchte Andrea dafür zu nutzen, den privaten Draht zu ihrem Kollegen Raffael zu verbessern.

Während sie den Wagen am Schauspielhaus vorbei Richtung Aegidientorplatz lenkte, fragte sie ihn: „Hast du es dir in deiner Wohnung schon gemütlich gemacht?“

Vielleicht lädt er mich mal ein, ging ihr durch den Kopf.

„Nein, da stehen noch jede Menge Umzugskartons rum“, meinte er kopfschüttelnd.

„Also ist deine Wohnung noch nicht besuchertauglich.“

„Stimmt.“ Seiner knappen Antwort folgte die überraschende Ergänzung: „Apropos Besucher. Treffen sich zwei Jäger – beide tot.“

Er kicherte leise vor sich hin.

Andrea konnte sich mit seinem Humor nur bedingt anfreunden und suchte ein neues unverfängliches Thema: „Du hast Emma erzählt, dass du gerne kochst …?“

„Eine der Vorlieben, die ich von meinem Vater übernommen habe.“

„Dein Vater ist doch aus Südtirol – also kochst du vermutlich gerne Schupfnudeln, Sauerkraut, Speck, Knödel …?“

„Nein.“

„Nein?“

„Nein. Die Familie meines Vaters kam ursprünglich aus Süditalien.“

„Also eher Pasta.“

„Ja, Pasta.“

„Mir ist das sympathischer als Sauerkraut.“

„Das ist wunderbar“, meinte er voller Begeisterung. „Irgendwann demnächst werde ich etwas typisch Italienisches für die Kollegen kochen. Das habe ich schon zu Emma gesagt."

Ja, Emma Falkenberg steht auf gut zubereitete Leckereien aus Italien, war sich Andrea sicher.

„Und wie verbringst du deine Abende?", wollte sie wissen.

„Ganz unterschiedlich. Gelegentlich Konzertbesuche … Theater."

„Richtig, du hast dich ja wegen der kulturellen Angebote nach Hannover versetzen lassen", spöttelte sie. „Und was hast du zuletzt davon genossen?"

„Ich war im Schauspielhaus am Aegi."

„Vom Theater am Aegi hat dir bestimmt dein Cousin öfters vorgeschwärmt …?"

„Nein, mein Cousin hat damit nichts zu tun."

„Und was hast du dir Spannendes angesehen?"

„Ein Drama. Name weiß ich nicht mehr." Er stockte. „Ist das gerade eine Vernehmung?"

„Nein."

„Nein?"

„Nein. Nur kollegiales Interesse."

Beide mussten über ihren etwas grotesk anmutenden Wortwechsel lachen.

Manchmal hab ich das Gefühl, er trägt unter seiner freundlichen Fassade eine undurchdringbare Rüstung.

Kapitel 40

Dienstag, 12. Juni

Lara Klein wusste, dass sie seit drei Wochen einen schlimmen Selbstbetrug beging. Im Tiergarten war der innere Schmerz fast unerträglich gewesen, als Sven sie einfach ohne Absage versetzt hatte. Früher hätte sie sofort zur Flasche gegriffen. In diesem Fall war sie auf ein Medikament umgestiegen, um den Schmerz abzumildern. Als Frau mit jahrelanger Suchtkarriere war es für sie ein Kinderspiel, sich Tilidin zu besorgen. Tilidin, ein synthetisches Opioid, hatte nicht nur eine schmerzlindernde, sondern zusätzlich auch eine euphorisierende und enthemmende Wirkung. Das Medikament konnte sie problemlos auf dem Schwarzmarkt oder über ausländische Online-Apotheken erwerben.

Immer öfter nahm sie das Medikament in Form von Tropfen ein, das es ihr erlaubte, ohne Fahne alkoholähnliche Wirkungen auszukosten. Bereits bei ihrem ersten Zusammentreffen mit Sven im *Fitness for all*, am Tag nach der Pleite im Tiergarten, hatte sie auf die enthemmende Wirkung des Medikaments gesetzt, um Druck auf ihn ausüben zu können. Sie merkte natürlich, dass sie wie damals unter Alkohol jetzt ebenfalls zu Aggressionen neigte. Daher versuchte sie, sich bestmöglich im Griff zu haben, um mit ihrem Verhalten nicht den gegenteiligen Effekt hervorzurufen. Auch musste sie verhindern, beim Autofahren unter Medikamenteneinfluss erwischt zu werden.

Genau vor einer Woche hatte sie es mit einem Trick geschafft, Sven zu bewegen, sie mit dem Auto vom Fitnessstudio nach Hause zu bringen. Nachdem Sven eine gefühlte Ewigkeit mit Ben Hartwig in der Herrenumkleide verbracht hatte, war sie auf ihn zugegangen und hatte ihm vorgeschwindelt, dass sie sich bei einer Übung leicht das Knie verdreht hätte und nicht mehr richtig laufen könnte. Zusätzlich wäre ihr Auto in der Werkstatt und der längere Fußweg zur U-Bahn-Haltestelle nicht zu schaffen. Etwas widerwillig hatte Sven sie zu ihrer Wohnung in Vahrenwald gefahren. Dort hatte Lara auf ihn eingeredet und ihn dazu gebracht, sie in die Wohnung zu begleiten. Natürlich war alles für den Abend vorbereitet gewesen: sein alkoholfreies Lieblingsbier im Kühlschrank, einige Kleinigkeiten zum Aufbacken im Herd und diverse Tüten mit Knabbersachen im Wohnzimmerschrank. Aber nachdem er aus Höflichkeit einmal durch jeden Raum gehuscht war, hatte er sich kühl verabschiedet und war gegangen.

Ich komme einfach nicht weiter, Sven entgleitet mir, ging ihr morgens beim Aufstehen durch den Kopf. *Aber am wichtigsten ist mir die Wiederannäherung an Timo. Ich muss es endlich wagen und den entscheidenden Schritt in seine Richtung machen.*

In den letzten Wochen war sie öfters auf Timos *Facebook*-Seite gewesen, um zu sehen, was ihn bewegte. Viel konnte sie daraus nicht entnehmen. Timo engagierte sich für Tierrechte, was ihn früher nicht sonderlich interessiert hatte. Für heute hatte er im Internet angekündigt, sich an einer Info-Aktion der Organisation *Animal Rights for Germany* zu beteiligen.

Am Kröpcke war die ganze Woche ein Infostand aufgebaut, wobei Timo offenbar am heutigen Nachmittag „Standdienst" hatte. Lara nahm sich vor, direkt nach Feierabend diesen Infostand aufzusuchen.

Vormittags im Büro im *Haus der Region* hatte sie Mühe, sich auf ihre Arbeit zu konzentrieren. Ihre junge Kollegin Romy Dudek traf den Nagel auf den Kopf, als sie meinte: „Du wirkst total aufgekratzt. Hast du heute ein Date?"

„Ja, ich treff zum ersten Mal nach vielen Jahren meinen Sohn Timo."

„Na, dann hoffe ich, dass alles gut läuft", meinte Romy, die um die problematische Vorgeschichte zwischen den beiden wusste.

Bevor Lara zum Dienstschluss das *Haus der Region* verließ, überprüfte sie ihr Aussehen im Spiegel der Damentoilette. Die Situation ähnelte der vor dreieinhalb Wochen, ihrer Vorbereitung auf das Treffen mit Sven.

Wenn er seine Mutter sieht, soll er sie in bester Verfassung zu Gesicht bekommen. Nicht wie das vom Alkohol gezeichnete Wrack, das ich zuletzt in der Trennungsphase gewesen bin. Von der Wirkung des Tilidin spüre ich nichts mehr. Soll ich noch was nehmen? Besser jetzt nicht.

Mit der U-Bahn war es zum Kröpcke, dem zentralen Punkt der Fußgängerzone in der City von Hannover, nur eine Haltestelle. Lara entschloss sich, den Weg dorthin zu Fuß zu gehen, um sich ohne Hektik auf das Zusammentreffen mit Timo einstimmen zu können.

In der Innenstadt war mehr los als sonst um diese Zeit. Von Montag bis Freitag fand diese Woche in der niedersächsischen Landeshauptstadt die größte Computermesse der Welt statt, erstmals im Juni mit einem musikalischen Begleitprogramm wie Auftritten von Mando Diao oder Jan Delay auf einer Festivalbühne. Neben ausländischen Besuchern lockte die Messe auch vermehrt Menschen aus anderen deutschen Städten nach Hannover.

Möglicherweise hat sich die Tierrechte-Organisation davon versprochen, diese Woche mit ihrem Infostand besonders viele Menschen zu erreichen. Aber ob sich Besucher dieser Messe gerade für Tierrechte interessieren?

Lara näherte sich über eine der großen Geschäftsstraßen ihrem Ziel, sah vor sich die Wettersäule mit der Uhr, eines der hannoverschen Wahrzeichen am Kröpcke.

Jetzt bin ich gleich da.

Sie spürte einen Kloß im Hals, konnte von einer Sekunde zur anderen nur noch schwer ein- und ausatmen. Schlagartig überflutete sie eine panische Angst, mit ihrem Vorhaben etwas Fürchterliches loszutreten.

Sie blieb stehen und versuchte, wieder normal Luft zu bekommen.

Noch kann ich umdrehen, und nichts ist passiert. Aber eine derart günstige Gelegenheit ergibt sich so schnell nicht wieder.

Langsam besserte sich ihr Zustand. Wie viel Zeit war vergangen? Eine Minute, zwei Minuten? Lara hatte einen festen Punkt fixiert und alles andere um sich herum für einen Moment ausgeblendet.

Ich schaffe es.

Sie machte die Augen weit auf und steuerte auf den Platz zu, an dem sich die vier großen Einkaufsstraßen kreuzten. Vor einem Geländer oberhalb der Niki-de-Saint-Phalle-Promenade sah sie den Infostand, der mit zahlreichen abstoßend wirkenden Fotos gegen Tierversuche und die grausame Haltung von Nutztieren Stellung bezog. Neben der Verteilung von Flyern ging es offenbar um eine Unterschriftensammlung zur Unterstützung einer entsprechenden Petition für Tierrechte. Sie waren zu dritt und jung. Ein Mann stand direkt hinter dem Infostand, Timo und eine Frau bewegten sich über den Platz und sprachen Passanten an, um sie zu einer Unterschrift zu bewegen.

Aktuell kenne ich ihn nur noch von Fotos auf Facebook. Aber in natura sieht er noch besser aus … mein Sohn.

Er hatte gerade ein Gespräch beendet und stand mit dem Rücken zu ihr.

„Hallo Timo“, sagte sie leise. „Ich würde mich gerne über Tierrechte informieren.“

Ihr war schon klar, dass er ihr nicht begeistert um den Hals fallen würde. Insofern hatte sie sich darauf eingestellt, zunächst ablehnende Worte zu hören. Bei ihren Anrufen vor Wochen hatte er sofort aufgelegt. Aber es reichte ihr schon, wenn sie zu ihm ein paar freundliche Sätze sagen konnte, ohne dass er das Gespräch gleich im Ansatz beendete. Eine erste kleine Basis für spätere Begegnungen, mehr nicht.

Sein Gesichtsausdruck, als er sich zu ihr umdrehte, übertraf dennoch ihre Befürchtungen.

Er guckt mich an, als wäre ich ein ekelerregendes Monster.

„Was willst du hier?", fuhr er sie an. „Ich habe dir am Telefon eindeutig mitgeteilt, dass ich keinerlei Kontakt zu dir wünsche."

„Ich weiß, was ich dir und deinem Vater in der Vergangenheit angetan habe. Und dafür möchte ich mich entschuldigen", versuchte sie ihn zu beschwichtigen. „Im Streit sagt man viele Sachen, die man gar nicht so meint. Das trifft sicher auf beide Seiten zu."

Ein vorübergehender Passant warf den beiden einen neugierigen Blick zu. Lara versuchte ihre Umgebung auszublenden. Es ging im Augenblick nur um sie und ihren Sohn, egal, wie andere darauf reagierten.

„Was ich zu dir gesagt habe, war ernst gemeint." Er guckte sie böse an. „Lass uns in Ruhe! Was du mit deinem Verhalten Papa und mir gegenüber zerstört hast, kannst du nie wiedergutmachen. Ich habe mir geschworen, mich nicht mehr mit dir einzulassen."

„Bitte gib mir … uns … eine Chance", sagte sie in einem beschwörenden Tonfall. „Damals war der Alkohol schuld. Ich bin jetzt seit Jahren trocken. Du bist mein Sohn, den ich liebe."

„Das ist mir egal." Seine Mimik drückte immer noch Ablehnung aus. „Aber du bist nicht mehr meine Mutter!"

„Gibt's Stress?", rief die Tieraktivistin von der Seite.

Timo winkte ab.

„Verschwinde, ich hab zu tun", kanzelte er Lara ab.

„Du setzt dich für das Wohlergehen von Tieren ein, aber wie deine Mutter damit klarkommt, dass sie sich für eine Aussprache mit ihrem Sohn erniedrigen lassen muss, ist dir offenbar völlig gleichgültig."

Lara fühlte sich miserabel. Das Tilidin und die damit verbundene Energie, noch stärker in den Angriffsmodus zu wechseln, fehlten ihr in diesem Moment.

„Deine vorwurfsvolle Art kenne ich nur zu gut von früher", hielt er ihr entgegen. „Das bestätigt mich ganz klar in meiner Haltung. Deine Fassade bröckelt schnell."

„Ich habe nicht grundlos zu trinken angefangen", erklärte sie. „Dein Vater hat das die letzten Wochen im Ansatz erkannt. Ich bin nicht allein die Böse in unserer Familie!"

„Glaub ja nicht, dass du Papa mit deiner Masche einwickeln kannst und ihn wiederbekommst", meinte er höhnisch. „Er hat längst etwas mit einer anderen Frau laufen, falls du das noch nicht mitbekommen haben solltest."

Die Atemnot setzte Lara erneut heftig zu. Sie schnappte nach Luft, war nicht in der Lage, angemessen auf das Gehörte zu reagieren.

Ich schaffe es nicht, zu Timo durchzudringen. Was er über Sven und die Frau gesagt hat, ist bestimmt gelogen, um mir eins auszuwischen. Ich werde das rausfinden. So schnell gebe ich nicht auf.

„Es hat keinen Sinn", meinte sie leise zu Timo. „Vielleicht verstehst du später, dass mir wirklich sehr viel an dir liegt. Wir sehen uns an anderer Stelle wieder. Mach's gut."

Sie drehte sich um und ging zurück zum *Haus der Region.*

Der Tag ist noch nicht zu Ende. Ich kämpfe um euch … bis zum letzten Atemzug.

*

Ben Hartwig freute sich darüber, nach dem Training im *Fitness for all* noch jemanden zu haben, der sich dafür interessierte, was er zu erzählen hatte. In der Coffee-Lounge, in der sich ansonsten zwei Frauen miteinander unterhielten, saß er mit Fabian Dreyer zusammen, der ein guter Zuhörer war.

Sven Klein und Raimund Bachmann waren heute nicht zum Training gekommen.

Bens Geschichte über sein Treffen mit „einer traumhaft schönen Frau" am Wochenende nahm Fabian wortlos lächelnd zur Kenntnis.

Ist das stille Bewunderung, oder nimmt er mich nicht ernst?, ging Ben durch den Kopf.

„Wenn du bei einer schönen Frau zum Zuge kommen willst, musst du vom körperlichen Erscheinungsbild her mithalten können", dozierte er. „Schöne fühlen sich zu Schönen hingezogen. Neben dem konsequenten Training ist gesundes Essen und Trinken wichtig, vor allem Hochprozentiges meiden – das ist der Schlüssel für den effektiven Muskelaufbau."

„Ich weiß, dass du aus diesem Grund keinen Schnaps verträgst und ihn insofern meidest", äußerte Fabian. „Im Übrigen ist gesunde Ernährung für mich als Mitglied eines Fitnessstudios absolut nichts Neues."

„Entschuldige, wenn ich dich langweile", meinte Ben betreten, dem aufgefallen war, dass er womöglich gerade Eulen nach Athen trug.

Bevor Fabian antworten konnte, erschien überraschend Lara Klein in der Coffee-Lounge. Ben hatte sie heute bisher ebenfalls noch nicht in den Räumlichkeiten des Fitnessstudios gesehen. Sie kam zielstrebig auf die beiden zu, murmelte ein „Hallo" und fragte unmittelbar danach: „Wisst ihr, wo Sven ist?"

„Keine Ahnung", entgegnete Ben. „Vielleicht macht er Überstunden oder hat einen anderen wichtigen Termin."

Wie führt die sich denn hier auf?

„Ihr seid doch seine Kumpels und wisst bestimmt mehr", ließ sie nicht locker. „Sagt schon. Ich würde gerne begreifen, woran ich bin. Schließlich habe ich mich darauf eingestellt, dass Sven und ich uns heute Abend hier sehen."

„Ruf an und frag ihn selbst", hielt Ben dagegen, dem Laras forsches Auftreten missfiel.

„Ich habe nur seine Festnetznummer … und da geht er nicht dran." Laras Stimme wurde lauter und zog die Aufmerksamkeit der Frauen am Nachbartisch auf sich. „Also: Hat er ein Treffen mit einer Frau?"

„Dazu hat er mir nichts erzählt", meinte Ben unwillig. „Und selbst wenn, dürfte er es doch, oder? Was geht dich das an?! Ihr seid schließlich nicht mehr verheiratet."

„Verheiratet oder nicht. Wir waren uns wieder nähergekommen."

„So kann man das auch nennen", war Bens sarkastisch formulierter Kommentar.

Laras Auftreten in den letzten drei Wochen im Fitnessstudio ging ihm total gegen den Strich.

„Dass Sven es wieder mal nicht für nötig befunden hat, mir zu sagen, wenn er nicht kommt, finde ich echt mies", schimpfte Lara und verschwand so schnell aus der Coffee-Lounge, wie sie gekommen war.

*

Sven Klein hatte seine Terminplanung für heute Abend umgeworfen und spontan auf das Training im *Fitness for all* verzichtet. Mit dem Fahrrad traf er gegen zwanzig Uhr vor seinem Wohnhaus in der Südstadt ein.

In Gedanken versunken schob er das Rad zum Hauseingang. Timo und er hatten ihre Räder im Keller untergestellt.

Bevor er die Tür aufschließen konnte, hörte er Laras Stimme: „Da bist du ja endlich. Ich habe gedacht, wir sehen uns im Fitnessstudio."

Wo kommt die denn her? Ich hab sie vorher wieder nicht entdeckt. Sie hat mir aufgelauert.

Lara kam mit schnellen Schritten auf ihn zu.

„Ich hab kurzfristig umdisponiert", bekundete er ausweichend.

„Du warst jetzt nicht bei einer Frau, oder?", fragte sie ihn direkt.

Woher weiß sie …? Sie mischt sich übergriffig in meine Privatangelegenheiten ein.

„Ich habe einer Arbeitskollegin einen Gefallen getan und ihr beim komplizierten Zusammenbau einer Kommode geholfen", sagte er widerwillig. Schon als er es aussprach, befürchtete er, dass seine Antwort Lara missfallen würde. Er sollte recht behalten.

„Handelte es sich um eine Schlafzimmerkommode?", hakte sie giftig nach.

„Was willst du von mir?!", hielt er ihr entgegen. „Wir sind zwei erwachsene unabhängige Menschen."

Lara trat näher an ihn heran: „Merkst du denn nicht, wie wichtig es mir ist, dass wir als Familie zusammenkommen? Ich habe dich immer so verstanden, dass du keine neue Partnerin hast. Vor einer Woche, bevor du so schnell aus meiner Wohnung wieder verschwunden bist, habe ich echt noch geglaubt, es könnte erneut wie früher zwischen uns werden. … Du weißt, ich habe mir immer eine echte heile Familie gewünscht, auch wenn ich später selbst wesentlich zu ihrer Zerstörung beigetragen habe."

„Pass mal auf", sagte er in einem gedämpften Ton. „Ich habe dich gebeten, wegen Timo hier nicht vor unserem Haus aufzukreuzen. Da waren wir uns doch einig. Bitte halte dich in Zukunft wieder daran! Sonst halte ich mich auch an keine Versprechungen mehr."

Seinem letzten Satz hatte er eine betont scharfe Note verliehen.

In diesem Moment erschien auf dem Gehweg seine Nachbarin Annika Brennecke. Sie steuerte auf den Hauseingang zu, grüßte – und musterte insbesondere Lara mit großem Interesse.

Ein Unglück kommt selten allein, dachte Sven. *Oder doch Glück im Unglück?*

Er nutzte Annikas Auftauchen und bat sie, ihm die Tür aufzuhalten, damit er das Fahrrad in den Hausflur schieben konnte.

„Dann mach's gut, Lara", verabschiedete er sich abrupt von seiner Ex-Frau und folgte Annika schnell ins Haus. „Wir sehen uns nächsten Freitag im Fitnessstudio."

Die Tür fiel hinter den beiden ins Schloss.

Zum Glück … die bin für heute Abend los.

Er setzte gerade an, das Rad die Stufen zum Keller hinunterzutragen, als Annika fragte: „Ist das deine neue Freundin?"

Jetzt die nicht auch noch …!

„Nein, das ist meine Ex-Frau", stöhnte er. „Mit ihr ist es manchmal nicht ganz einfach."

*

Lara war von Svens Intervention völlig überrumpelt worden und nicht mehr dazu in der Lage, das Zuschnappen der Haustür zu verhindern.

Er hat mich einfach wie eine unerwünschte Bettlerin vor der Tür stehen lassen. Erst das Desaster mit Timo, dann die Abfuhr von Sven. Ich weiß nicht, ob er wirklich mit einer anderen Frau rummacht und mir irgendwelche Lügen erzählt. Timo und Sven behandeln mich wie den letzten Dreck, obwohl ich mir alle erdenkliche Mühe gebe und sogar zu Kreuze krieche. Am liebsten würde ich ihnen die Scheiben einschmeißen. Wenn ich meine Wut nicht rauslasse, platze ich!

Sie suchte nach Svens schwarzem Rover Mini, der etwas entfernt vom Haus parkte. Als sie sich unbeobachtet glaubte, machte sie mit einem Schlüssel zwei Kratzer im Lack der Wagentür an der Beifahrerseite.

Auf diese Weise hatte sie schon vor zweieinhalb Wochen ihrem Ärger Luft gemacht.

Kapitel 41

Viele Jahre vorher …

Schon bei den Haustieren machte sich ihr Altersunterschied bemerkbar. Viktoria hatte von ihren Eltern ein Meerschweinchen bekommen, er als der kleine Bruder lediglich einen kurzlebigen Goldhamster.

Er fühlte sich eine Zeit lang hässlich und klein und von seiner Schwester beherrscht und herumkommandiert. Wenn er seinen Eltern vom Streit mit Viktoria erzählte, spielten diese seine Ängste herunter und sprachen untereinander von „normaler Geschwisterrivalität". Da er nicht viele Freunde hatte, blieben seine Eltern und seine Schwester zunächst seine wichtigsten Bezugspersonen, wobei er überzeugt davon war, dass Mama ihn nicht so gern hatte wie Viktoria.

Die Identifikation mit seinem Vater und dessen Vorlieben waren die Rettung. In seinen Tagträumen nahm er die Rolle von Zorro, dem maskierten Rächer, an – eine Rolle, die haargenau zu ihm passte. Tagsüber war Zorro ein unauffälliger Mensch, den seine Feinde nicht für voll nahmen. Niemand wusste, zu was er in Wirklichkeit fähig war. Erst in der Nacht verwandelte er sich in eine komplett andere Person und zahlte es erfolgreich denjenigen heim, die ihn im Alltag verlacht hatten. Zorro und die Musik von „dem lustigen Mann, der mit dem Fuß Klavier spielt“, wurden zur Überlebensstrategie.

Manchmal hatte er allerdings den Eindruck, dass sich das Verhältnis zu seiner älteren Schwester Viktoria bessern würde. Sie ging vorübergehend freundlicher mit ihm um als die Jahre zuvor und half ihm sogar bei den Hausaufgaben in der Grundschule.

Sie hat mich lieb, auch wenn sie das manchmal nicht so gezeigt hat, dachte er sich. *Und sie ist gar nicht so stark, wie sie immer tut.*

Mit neun Jahren hatte er begriffen, dass Viktoria von ihrer Größe und ihrem kräftigen Körperbau nicht nur profitierte, sondern auch darunter zu leiden hatte. Seine dreizehnjährige Schwester versuchte älteren Jungen zu gefallen, aber diese mochten sie wegen ihres Körpers nicht.

Er hatte mitbekommen, dass sie deswegen zum wiederholten Mal heimlich weinte. Einmal wollte er sie trösten und sprach sie auf ihren großen Körper an. Sie wurde sehr wütend und sagte, dass er den Mund halten solle. Er wäre ein Schwächling und „eine behinderte Memme“, die gar keine Ahnung hätte.

In den folgenden zwei Jahren kam er zunehmend besser mit ihr klar. Er hatte ihre Führungsrolle zwischen ihnen als Geschwister akzeptiert, und sie ließ ihn dafür in Ruhe. Aber wenn sie ihn streng ansah, schaffte er es nicht, ihrem Blick zu widerstehen, und er musste weggucken. Das war schon früher so gewesen. Mit ihrem Blick hatte sie Macht über ihn.

In dem Sommer, als er elf war, fuhren seine Eltern mit ihm und Viktoria nach Kärnten in Österreich. Sie wohnten in einem großen fünfstöckigen Gebäude mit Ferienappartements am Ossiacher See. Ihr Appartement befand sich im fünften Stock, hatte mehrere Zimmer und einen Balkon, von dem man auf die Parkanlage und den See guckte.

Viktoria war in diesem Urlaub sehr unzufrieden. Die gemeinsamen Wanderungen mit ihren Eltern und ihrem kleinen Bruder langweilten sie. In einer Gruppe ungefähr gleichaltriger Mädchen war sie schon am zweiten Tag angeeckt, und ein gut aussehender älterer Junge wollte von ihr nichts wissen. Insofern ließ sie des Öfteren ihre Unzufriedenheit an ihrem Buder aus und putzte ihn herunter, wenn ihre Eltern nicht dabei waren.

Gegen Ende des Urlaubs passierte die Katastrophe, die sein Leben und das seiner Familie für immer veränderte. Es war am späten Nachmittag, ihre Eltern lagen auf den Liegestühlen unter dem Sonnenschirm und schauten den Surfern und Seglern zu. Viktoria und ihr Bruder hatten zuvor im See gebadet und waren bereits mit dem Fahrstuhl nach oben in ihr Appartement gefahren. Dort waren sie allein, zogen sich um. Er merkte sofort, dass Viktoria wieder einmal schlechte Laune hatte und sich an ihm abreagieren wollte. Sie ging auf den Balkon und setzte sich übermütig auf die

Brüstung, wobei sie beide Beine nach draußen baumeln ließ.

„Na, das würdest du dich nie trauen, du kleiner Schisser, oder?“, hänselte sie ihn. Dabei drehte sie ihren Kopf nach hinten und blickte ihm abschätzig ins Gesicht. Er konnte ihrem Blick nicht standhalten und guckte ängstlich auf den Boden des Balkons.

„Komm da runter, Viktoria“, stammelte er. „Das ist gefährlich.“

„Für so 'nen Hosenscheißer wie dich bestimmt“, feixte sie und lachte ihn leise aus. „Aber ich traue mich Sachen, die wirst du dein Leben lang nicht hinbekommen, du kleiner Versager.“

Dann drehte sie ihren Kopf nach vorne, so als würde sie ihre Sitzposition mit der Aussicht über den See wie ein Privileg genießen. Demonstrativ legte sie ihre Hände flach auf das Geländer und machte keinerlei Anstalten, sich festzuhalten. In diesem Moment entlud sich der seit Jahren angestaute Zorn auf seine Schwester, die ihm stets vermittelt hatte, dass sie in jeder Hinsicht über ihm stand. Er trat hinter sie, streckte seine flachen Hände aus und gab ihr einen Schubs. Wahrscheinlich, so dachte er später, wollte er sie nur erschrecken, damit sie sich ängstlich am Geländer festkrallen musste. Aber Viktoria hatte offenbar nicht im Entferntesten mit seinem Schubs gerechnet. Sie kam aus dem Gleichgewicht und stürzte aus dem fünften Stockwerk in die Tiefe auf die Platten des Gehweges vor dem Haus.

Bevor sie unten aufschlug, hatte sie einen kurzen Schrei ausgestoßen. Er traute sich nicht, über die Brüstung nach unten zu gucken. Aber ihm war sofort klar, dass Viktoria etwas Schlimmes passiert sein musste. Vielleicht war sie für immer gelähmt oder tot. Er versteckte sich im Appartement und wartete einfach ab. Wenn Mama und Papa herausbekamen, dass er schuld an Viktorias Sturz war, würden sie ihn für alle Zeiten hassen. Mama hatte sowieso schon immer mehr zu Viktoria gehalten. Aber dann würde er auch Papa vollständig verlieren.

Sehr schnell erfuhr er, dass Viktoria bei dem Sturz vom Balkon ums Leben gekommen war. Seine Schwester hatte es ihm all die Jahre vorgelebt, dass man in ihrer Familie mit Lügengeschichten am weitesten kam. Er beschloss, jedem Menschen in seiner Umgebung zu erzählen, dass er mit Viktorias Sturz nichts zu tun gehabt hätte.

In seiner Version der Geschichte hatte seine Schwester vor seinen Augen auf der Balkonbrüstung eine Mutprobe gemacht, bei der sie von alleine abgerutscht war. Zuvor hätte er vergeblich versucht, sie zur Rückkehr auf den Balkon zu überreden. Außer ihm gab es offenbar für den Vorfall, der sich innerhalb von Sekunden abgespielt hatte, keine Augenzeugen. Die Feriengäste in der Parkanlage hatten erst nach Viktorias Schrei zum Gebäude nach oben geblickt.

Die österreichische Polizei untersuchte den Fall und kam aufgrund seiner Angaben zu dem Schluss, dass

Viktorias Tod ein tragischer Unfall war. Er brachte es danach nicht fertig, sich draußen der Stelle auf dem Gehweg neben der Rasenfläche zu nähern, an der Viktoria aufgeschlagen und verstorben war. Bis zur vorzeitigen Rückkehr nach Hause hatte er sich mehrfach in einem Gebüsch in der Parkanlage versteckt, wo ihn niemand ansprechen konnte.

Zu Hause in Deutschland war nichts mehr wie früher. Mama kannte ihren Sohn besser, als er geahnt hatte. Schon in Österreich hatte sie ihn unmittelbar nach Viktorias Tod gefragt, was er gemacht hätte, dass seine Schwester vom Balkon gestürzt war. Offenbar zog sie in Erwägung, dass er Viktoria dazu ermutigt hatte, auf die Brüstung zu klettern. Oder sie ging sogar davon aus, er hätte sie heruntergestoßen. Die Gedanken, die ihr dazu durch den Kopf gingen, sprach Mama nie offen aus. Aber intuitiv hatte sie richtig erkannt, was auf dem Balkon vorgefallen war. Unausgesprochen kühlte die Beziehung zwischen ihm und seiner Mutter ab. In ihrem Verhalten drückte sie ohne Worte aus, dass sie ihn für den Tod ihrer geliebten Tochter verantwortlich machte.

Sein Vater hingegen rückte enger als in den Jahren zuvor an ihn heran. Papa befürchtete, sein Sohn könnte seelischen Schaden genommen haben, weil er hilflos den Sturz seiner Schwester vom Balkon hatte mitansehen müssen. Insofern organisierte Papa Sitzungen bei einem Kinderpsychologen, der seinen Sohn bei der Verarbeitung des traumatischen Erlebnisses unterstützen sollte.

Mit jeder Woche, jedem Monat wurde es schwieriger, die Wahrheit einzugestehen. Mama würde sich in ihrer Ablehnung bestätigt fühlen, für Papa würde eine Welt zusammenbrechen, wenn sein Sohn nicht Opfer, sondern Täter war. Um keinen Preis durfte irgendjemand auf der Welt erfahren, was damals wirklich auf dem Balkon vorgefallen war. Daher vertraute er sich auch dem Psychologen nicht an.

In schrecklichen Albträumen durchlebte er die Situation immer wieder. Selbst im Traum schaffte er es nicht, den Vorfall mit seiner Schwester im „Todeshaus" ungeschehen zu machen. Er litt darunter, schuld an ihrem Tod zu sein. Auf der anderen Seite hasste er Viktoria dafür, dass sie ihn erst zu seiner Tat getrieben hatte. Jahrelang hatte sie ihn gequält, und jetzt musste er es ausbaden, indem er sich elend fühlte und damit ganz allein dastand.

Dabei spielte es selbst Jahre danach für ihn keine Rolle, dass er mit elf Jahren nicht strafmündig war und ihm juristisch überhaupt nichts geschehen konnte.

Sein Vater schenkte ihm als „Trostpflaster" einen neuen Goldhamster, weil er seinen ersten Hamster so gerne gemocht hatte. Aber irgendwann kam ihm in den Kopf, dass ihn der blöde Hamster damals erpressbar gemacht hatte. Heimlich zerquetschte er ihn in seiner Hand und vergrub ihn im Garten. Seinen Eltern erzählte er, das Tier wäre ihm draußen weggelaufen.

Als Nächstes kaufte ihm Papa ein Meerschweinchen. Aber in dem weiblichen Tier sah er lediglich seine

Schwester. Er tötete es mit einem Messer und entsorgte den Kadaver. Mama machte ihm große Vorwürfe, dass schon wieder ein Tier spurlos verschwunden war. Für das Verschwinden des Meerschweinchens hatte er sich erneut eine Lüge ausgedacht.

Das Verhältnis zu seiner Mutter blieb gestört. Die Beziehung seiner Eltern untereinander verschlechterte sich ebenfalls. Er war mit sich selbst unzufrieden und entwickelte in den nächsten Jahren Tötungsfantasien, die sich nicht nur auf Tiere beschränkten. Insgeheim schaute er sich mit großer Lust Filme an, in denen Menschen – in der Regel junge Frauen – grausam ermordet wurden. In Gedanken spielte er die Morde in sämtlichen Details im Kopf durch. Auf seine Umwelt wirkte er unauffällig, vielleicht ein bisschen zurückgezogen.

Seit Viktorias Tod gab es häufig Momente, in denen er glaubte, ein schlechter Mensch zu sein. Um diesem unerträglichen Gedanken zu entkommen, nahm er sich vor, als Erwachsener Polizist zu werden. Dann war er in der Lage, Gutes zu tun und das Böse ungeschehen zu machen. Diese Vorstellung wurde damals zu einer zentralen sinnstiftenden Idee in seinem Leben. Gleichzeitig wäre er als Polizist dazu legitimiert, ungerechtem Verhalten notfalls mit Gewalt entgegenzutreten.

Kapitel 42

Mittwoch, 13. Juni

Gestern war einiges passiert, was ihn unter Druck gesetzt hatte.

Außerdem erhielt er einen Anruf von Elena auf dem Smartphone. Sie wollte sich heute Abend mit ihm am Maschsee treffen.

„Ich muss unbedingt mit dir reden", war ihre kurze Begründung für die unerwartete Verabredung.

Treffpunkt war der Parkplatz vorm Strandbad am südlichen Ende des Sees.

Er war überpünktlich dort, hatte Elena noch nicht entdeckt.

Was hat es zu bedeuten, dass Elena mit mir reden will? In den Filmen, die ich kenne, wird es immer kompliziert, wenn Frauen so etwas ankündigen. Meistens wollen sie sich mit dem Mann über Beziehungsprobleme unterhalten, worauf der absolut keinen Bock hat. Haben Elena und ich Beziehungsprobleme? Überhaupt nicht. Bei unseren Treffen im Bistro und im Brauhaus hatten wir jede Menge Spaß. Nur auf der Rückfahrt von Margot war die Stimmung kacke. Ich war für einen kurzen Moment echt sauer auf Elena. Na ja, kann vorkommen, ist nicht schlimm. Zuletzt hat sie sich freundlich von mir verabschiedet.

Wenn er an Elena dachte, hatte er die letzten Tage immer die Zorro-Filme vor Augen. Das edle Paar, das gut zusammenpasst.

Heute Abend drängte sich ein ganz anderer Film in seine Gedankenwelt: ein US-amerikanischer Independent-Horrorfilm, den es nicht auf Deutsch gab.

Übers Internet hatte er sich mehrmals fasziniert die englischsprachige Originalfassung angesehen. Die Geschichte spielte in den Siebziger- und Achtzigerjahren. Die Hauptfigur trug denselben Vornamen wie die aus *Atemlos*, weswegen sich manchmal die Handlung beider Filme in seinem Kopf vermischte. Jesse Adam bezeichnete sich selbst als „den Killer".

Der Name Adam hat für mich eine besondere Bedeutung. So hieß auch der älteste Sohn des Ranchers aus der alten Westernserie, die Papa mochte.

In dem Film wird Jesse Adam als Jugendlicher von einer jungen Frau mit Namen Zoey gedemütigt. Er will mit ihr schlafen und trinkt sich mit Alkohol Mut an. Dadurch versagt er erst recht, und sie und ihre Freundinnen lachen ihn dafür aus. Zoey verhöhnt ihn, dass sie ihre Zeit lieber mit richtigen Männern verbringen wolle. Jahre später ist sie Polizistin geworden und beschäftigt sich erfolgreich mit der Aufklärung von Tötungsdelikten. Aus Rache ermordet er ihre Freundinnen, eine nach der anderen. Dabei wählt er den Ort des Verbrechens immer spektakulärer aus. Er schneidet den Opfern mit dem Messer die Kehle durch. Die Kamera hält bewusst drauf, wenn massiv Blut fließt und die Frauen zuvor vergeblich zu flüchten versuchen. Jesse schickt Zoey getippte Nachrichten, in denen er die Morde kommentiert und die Polizistin verspottet, dass sie bei der Mordermittlung eine Versagerin ist. Zuletzt plant er, Zoey zu töten. Dabei vernachlässigt Jesse seine Tarnung und wird erschossen, bevor er Zoey umbringen kann.

Eine Psychologin mutmaßt im letzten Drittel des Films, dass Jesse damit, dass er seine Morde immer mehr im Licht der Öffentlichkeit begeht, unbewusst den Wunsch ausdrückt, endlich für seine Verbrechen entlarvt und bestraft zu werden. Alle Beweise gegen ihn hat er fein säuberlich im Schreibtisch in seiner Wohnung deponiert, sodass im Nachhinein kein Zweifel an seiner Täterschaft besteht.

Zoey erkennt gegen Ende des Films, dass sie durch ihr damaliges Verhalten eine Mitschuld an den Morden trägt, worüber sie entsetzt ist. Das Schlussbild zeigt ihr betroffenes Gesicht im Spiegel.

Jesse Adam nimmt in Kauf, bei der Tötung der Frauen geschnappt zu werden. Seine Tat gewinnt durch die Risikosteigerung an Bedeutung. Das kann ich gut nachvollziehen. Ich kalkuliere immer ein, dass sie mich direkt beim Vollzug der Operation erwischen. In meinem Aktenordner habe ich alles genau dokumentiert.

Unruhig ging er hin und her. Sein Smartphone hatte er ausgeschaltet.

Ich glaube, wenn Elena irgendwann mit mir Schluss macht, könnte ich das nicht hinnehmen. Dann würde ich sie lieber tot sehen.

Über der Schulter trug er eine Jacke, in deren Tasche sich sein Springmesser befand.

Warum hab ich das Messer mitgenommen?

Er versuchte die düsteren Gedanken zu verdrängen.

Das wird heute ein toller Abend. Wir kommen uns wieder näher.

Sie kam auf ihn zu und lächelte. Er nahm sie in den Arm, sie akzeptierte einen Wangenkuss wie beim Treffen vor der Sozialpsychiatrischen Beratungsstelle.

Warum so zurückhaltend?

„Wollen wir am Westufer entlanggehen, da redet es sich am besten …?“, schlug er vor.

Sie willigte ein.

Er fing sofort an zu erzählen, war dabei leicht hektisch und ließ sie überhaupt nicht zu Wort kommen. Er erzählte ihr eine komische Geschichte aus seinem Alltag, die er sich weitgehend gerade ausgedacht hatte.

Ihr Lachen ermunterte ihn weiterzumachen.

Wenn ich sie zum Lachen bringe, sind das bestimmt Pluspunkte für mich. Sie merkt, dass sich ein Zusammensein mit mir positiv auf ihre Stimmung auswirkt.

Sie gingen nebeneinander auf einem unbefestigten Fußweg am Ufer des Sees nach Norden. Parallel dazu gab es einen asphaltierten Radweg, den auch Inline-Skater nutzten. Dieses Maschsee-Ufer zeichnete sich durch einen dichten Bewuchs mit Bäumen und

Büschen aus. Abseits vom Fußweg gab es immer wieder vereinzelt sichtgeschützte Bänke mit Blick auf den See. Regelmäßig kamen ihnen Spaziergänger entgegen, meistens zu zweit.

Die Paare sind mit sich selbst beschäftigt, wahrscheinlich könnten die wenigsten von ihnen Stunden später von mir eine brauchbare Personenbeschreibung abgeben. Anonym in der Masse.

Er hatte sich nicht getraut, beim Gehen ihre Hand zu ergreifen.

Nach einer Weile versiegte sein Wortfluss, dann begann Elena zu reden.

„Ist der Altersunterschied zwischen uns eigentlich ein Problem für dich?“, erkundigte sie sich. Mit dieser Frage hatte er nicht gerechnet.

„Ach was, die paar Jahre …“, antwortete er mit einer wegwerfenden Handbewegung.

„Du bist ein echt netter Kerl. Ich wollte schon immer mal ein Rendezvous mit Zorro, der sich heldenhaft für mich einsetzt. Und es ist wahr geworden.“

Na prima!

„Mit Christopher wollte ich nichts mehr zu tun haben, weil ich dachte, dass er nicht ehrlich zu mir ist und gleichzeitig was mit ’ner anderen laufen hat.“

„Umso besser, dass die Sache mit dem Typen vorbei ist“, freute er sich. *Und wenn dich der Wichser erneut belästigt, hau ich ihm gehörig aufs Maul.*

„Diese Woche hatte ich ein längeres Telefonat mit ihm.“

„Hat er's immer noch nicht kapiert?!" Er lachte schadenfroh. „Man sollte schließlich merken, wenn's vorbei ist. Hat er dich mit Schwachsinn zugetextet?"

„Nicht unbedingt …", meinte sie zögerlich.

Er bekam feuchte Hände, fühlte auf einmal den Schweiß, der seinen Rücken herunterlief.

„Es ist etwas kompliziert", begann sie verlegen.

„Oh."

Mehr fiel ihm nicht ein. Er vermied es, in ihr Gesicht zu sehen. Unwillkürlich ertastete seine Hand den harten Gegenstand in der Jackentasche.

„Toll, dass du jemand bist, mit dem man vernünftig reden kann", lobte sie ihn. „Ich bin momentan ganz hin- und hergerissen."

Zum Schweiß gesellte sich bei ihm die Angst, dass sie gleich etwas sagte, was er nicht hören wollte.

„Nach der Kurve kommt eine Bank, wo man sich ungestört unterhalten kann", meinte er. „Lass uns dort weiterreden."

Elena nickte. Sie setzten sich nebeneinander und blickten auf den See.

Hinter uns Büsche. Kein Spaziergänger, der uns momentan sieht. Die Segel- und Tretboote sind zu weit entfernt, um von dort mein Gesicht zu erkennen.

„Christopher hat mir glaubhaft erklärt, dass die Geschichte mit der anderen Frau nicht stimmt", äußerte Elena klar und deutlich. „Es gibt zwischen ihm und mir viele Gemeinsamkeiten, und wir hatten früher eine gute Zeit miteinander."

Sie starrte gedankenverloren aufs Wasser. Seine rechte Hand suchte in der Jackentasche nach dem Heft des Springmessers.

„Ich hab auch über uns nachgedacht", fuhr sie fort. „Besonders über unseren Besuch bei Margot. Du strahlst manchmal eine Lebenseinstellung aus, die mir fremd ist."

Sie guckt weg. Gerade niemand zu sehen. Ich hab den Ossiacher See vor Augen. Viktoria, wie sie mich verhöhnt.

Während eine unerträgliche Wut in ihm aufstieg, beschleunigte sich sein Herzschlag. Mit aller Kraft umfasste er den Griff der todbringenden Waffe.

Wenn du sagst, dass du mich verlässt, ist es vorbei.

„Was meinst du damit?", fragte er lauernd.

„Dass ich mir völlig unsicher bin, was ich will. Ich mag euch beide, jeden auf seine Art." Sie pustete erleichtert. „Mir war es wichtig, dir das ganz offen zu sagen. Das finde ich nur fair. Du sollst wissen, woran du mit mir bist."

Seine rechte Hand löste sich vom Heft des Messers.

„Wegen meiner Zweifel hab ich die letzten Male auch so distanziert gewirkt", schob sie hinterher und lächelte entschuldigend.

Erleichtert zog er die rechte Hand aus der Jackentasche.

Sie will sich nicht trennen. Sie ist nur ehrlich. Das typische Hin und Her bei Frauen. Alles ist gut!

Zwei Spaziergänger kamen um die Kurve und schauten zu ihnen herüber.

Sollen sie nur gucken. Bei uns ist alles in Ordnung! Ich schaffe es, dass sie sich für mich entscheidet – und nicht für diesen Christopher. Mit ihr bekommt mein Leben einen neuen Sinn. Das hoffe ich jedenfalls.

Kapitel 43

Donnerstag, 14. Juni

Der Georgengarten, ein idyllischer Stadtpark im Stil englischer Landschaftsgärten, befand sich in unmittelbarer Nähe vom Hauptgebäude der Universität in der Nordstadt von Hannover. Timo Klein saß dort am späten Nachmittag allein auf einer Parkbank und schaute unruhig auf sein Smartphone.

Schon wieder zwei neue Kratzer an unserm Auto. Das muss vorgestern Abend passiert sein. Papa hat von sich aus nichts dazu gesagt, aber ich hab doch gemerkt, dass er innerlich kocht.

Gestern Nachmittag war Timo der Schaden aufgefallen. Er hatte seinen Vater darauf angesprochen, und der war betont ruhig geblieben: „Wie gut, dass ich wegen des anderen Kratzers noch nicht bei der Lackreparatur gewesen bin. Das ist jetzt ein Abwasch."

„Haben die neuen Kratzer mit Lara zu tun?", hatte Timo gleich gefragt. „Bei mir ist sie Dienstagnachmittag am Infostand am Kröpcke aufgetaucht. Ich find das wirklich scheiße, wie das mit ihr läuft!"

Svens Kommentar – „Keine Angst, ich regele das mit deiner Mutter" – war für Timo nicht überzeugend.

Papa ist so weich und lässt sich alles gefallen. Das war schon früher der Fall und hat sich nicht geändert. Warum ist Papa so geworden? Ich hab ihn mal vor Jahren danach gefragt, und er hat behauptet, dass sein Vater ihm beigebracht hätte, dass man Konflikte ruhig und mit Entgegenkommen lösen soll. Aber gegen Lara hätte er sich energisch zur Wehr setzen müssen. Nicht nur das eine Mal. Damit hätte er uns einiges ersparen können.

Er öffnete das Adressbuch in seinem Smartphone.

Ich will wissen, wie Lara momentan mit Papa im Fitnessstudio umspringt. Ich bringe Fabian dazu, dass er mir erzählt, was ich wissen will.

Fabian Dreyer ging nach dreimaligem Klingeln an sein Handy. Im Hintergrund war die Kommentierung eines Fußballspiels zu hören, vermutlich das heutige WM-Eröffnungsspiel, das sich Fabian ansah. Timo fragte ihn nach einer kurzen Begrüßung direkt nach Lara.

„Vorgestern ist sie erst spät im Fitnessstudio aufgekreuzt", erklärte Fabian bereitwillig. „Dein Vater war gar nicht gekommen. Sie hat uns angesprochen, ob sich Sven mit einer anderen Frau treffen würde. Wir wussten dazu nichts. Sie war ziemlich aufgedreht und ist gleich wieder verschwunden."

Ich hab überhaupt nicht mitbekommen, dass Papa an dem Abend nicht beim Training war. Ein paar Stunden vorher hatte ich Lara das mit der anderen Frau um die Ohren gehauen. Sie ist darauf angesprungen und hat vermutlich gleich einen Zusammenhang mit Papas Fern-

bleiben vom Training hergestellt. Bestimmt ist sie wutentbrannt vom Fitnessstudio zu unserm Haus gefahren und hat die Kratzer ans Auto gemacht. Wenn man sie reizt, dreht sie durch.

Timo ließ sich von Fabian schildern, wie die anderen Abende zwischen Sven und Lara im *Fitness for all* abgelaufen waren.

Papa kann sich nicht abgrenzen, und sie hat ihn wieder mal im Griff.

KAPITEL 44

Damals …

Die ersten elf Jahre seines Lebens fühlte er sich von seiner großen Schwester Viktoria vollständig unterdrückt. Nach ihrem Tod machte er in den nächsten Jahren weitere Erfahrungen in dieser Richtung.

Im Anschluss an seine Schulzeit im Gymnasium absolvierte er ein Freiwilliges Soziales Jahr im Pflegedienst eines Krankenhauses.

In der Klinik kann ich am ehesten Gutes tun, war seine Überlegung. *Ich helfe Menschen, um damit meine alte Schuld abzubüßen. Und danach gehe ich zur Polizei.*

Aber die Zeit im Pflegedienst verlief anders als erwartet. Er kam auf einer internistischen Station zum Einsatz, auf der überwiegend ältere multimorbide Menschen behandelt wurden.

Zu seinen Aufgaben gehörte es, Betten zu machen, Blutdruck und Puls zu messen, Essen auszuteilen oder Patienten zu Untersuchungen zu begleiten und ihnen bei der Nahrungsaufnahme sowie der Körperpflege behilflich zu sein.

Anfangs kam er damit gut zurecht. Er brachte sich engagiert ein und hatte diverse Verbesserungsvorschläge, die aber beim Stationspersonal auf wenig Begeisterung stießen.

Nach und nach gewann er den Eindruck, dass zwei Krankenschwestern ihn nicht mochten. Hinter seinem Rücken betitelten sie ihn als „eingebildeten Abiturienten“, der sich „für etwas Besseres halten“ würde. Sie teilten ihn vermehrt für unangenehme Tätigkeiten ein. Nach seiner Einschätzung musste er besonders häufig alte Menschen auf eine Bettpfanne hieven und ihnen anschließend den Hintern abputzen. Oder es ging darum, Genitalien zu säubern beziehungsweise Nachthemden und Bettlaken voller Urin auszuwechseln. Öfters waren mobile Patienten leicht verwirrt und mit ihrer Körperhygiene überfordert, hatten manchmal verschmierte Fäkalien an den Händen. Dann war es seine Aufgabe, die Patienten zu waschen.

Er hasste die Krankenschwestern, die ihm diese Aufgaben zuwiesen.

Die toben sich an mir aus und machen mich total fertig. Ich komme mir vor, als wäre ich erneut Viktorias Gemeinheiten ausgesetzt. Aber wenn sie mir ins Gesicht gucken, kann ich nicht dagegenhalten.

An Demenz erkrankte Patienten machten ihm zu schaffen. Er war unsicher, wie er mit ihnen reden sollte. Jede Krankenschwester ging anders mit Verwirrten um. Auch der Geruch auf Station, ein Gemisch aus Desinfektionsmitteln und Urin, war unangenehm.

Wenn ich klein beigebe und um eine Versetzung bitte, oute ich mich als Weichei, war seine innere Devise. *Ich halte bis zuletzt durch.*

Im Krankenhaus lernte er viel über die Anatomie des Menschen, wie den Verlauf der großen Halsgefäße sowie der Luft- und Speiseröhre.

In dieser Zeit machte er die Bekanntschaft von Ronja, einer jungen Frau, in die er sich verliebte. Sie befand sich in der Ausbildung zur Krankengymnastin. Ihr tolles Aussehen imponierte ihm am meisten.

Bisher hatte er noch nie eine Freundin gehabt, war in dieser Beziehung recht zurückhaltend und ungeschickt.

Sie ist selbstbewusst, weiß um ihre Schönheit. Wenn ich sie zur Freundin bekomme, würde mein Selbstbewusstsein ins Unermessliche steigen.

Erstaunlicherweise war Ronja schnell bereit, sich mit ihm zu verabreden und sich von ihm einladen zu lassen. Er hatte ihr einige Unwahrheiten über sich erzählt, um in einem besseren Licht dazustehen. Unter anderem hatte er behauptet, die Tätigkeit im Pflegedienst lediglich zur Vorbereitung seines Medizinstudiums zu absolvieren. Seine vermögenden Eltern würden ihm jederzeit ein entsprechendes Studium im Ausland finanzieren. Allerdings beunruhigte ihn, dass Ronja irgendwann die Wahrheit erfahren könnte.

Er wollte sich am liebsten bei ihr treffen, um dort zusammen Musik zu hören und Filme zu gucken. Weil ihm jegliche Erfahrung fehlte, war er beim Küssen sehr zurückhaltend und traute sich nicht, mit Ronja zu schlafen. Sie wünschte sich, mit ihm am Wochenende in die Disco zu gehen, aber das wollte er auf keinen Fall, da er sich beim Tanzen immer als steif und ungelenk erlebt hatte. Dann rutschte ihm noch zufällig heraus, dass er nie vorgehabt hätte, Medizin zu studieren.

Ronja beendete ihr Zusammensein sehr abrupt. An einem Abend bei ihr zu Hause sagte sie ihm knallhart, dass er „total langweilig, spießig und unreif" wäre und genau das Gegenteil von dem, wie sie sich „einen echten Freund" vorstellen würde. Mit jemandem wie ihm wolle sie ihr Leben „nicht vergeuden". Ihre vernichtende Kritik kam für ihn völlig überraschend. Er fühlte sich miserabel, ungerecht behandelt, geradezu vernichtet.

Ich werde nie eine Partnerin haben, schoss ihm in diesem schrecklichen Moment durch den Kopf. *Ich werde in meinem ganzen Leben keine positive Beziehung mehr zu einer Frau aufbauen können. Frauen sind einfach scheiße.*

Er war damals kurz davor, ihr Gewalt anzutun. Es kostete ihn übermenschliche Überwindung, sich zusammenzureißen. Aber er schaffte es und verließ wortlos ihre Wohnung. Danach ging er Ronja konsequent aus dem Weg.

Was ich durchgemacht habe, ähnelt der schlimmen Erfahrung von Jesse Adam mit Zoey am Anfang des Horrorfilms.

Er begann, sich heimlich wieder vermehrt Filme mit brutalen Tötungsorgien anzusehen.

Und nach der Beendigung des Freiwilligen Sozialen Jahres erlebte er auf seinem geplanten beruflichen Weg noch eine Überraschung …

Kapitel 45

Freitag, 15. Juni

Ben Hartwig zog routiniert sein abendliches Training im *Fitness for all* durch. Gelegentlich beobachtete er Sven Klein, der im selben Raum trainierte. Das Fitnessstudio war um diese Zeit gut besucht.

Ich bin gespannt, was heute zwischen ihm und Lara abgeht. Seine Ex ist diesmal fast zeitgleich mit ihm eingetrudelt. Sie kommt mir vor wie eine nervige unerwünschte Stechmücke, die um ihr Opfer herumschwirrt und ihm immer wieder Blut abzapft.

Lara hielt sich momentan in einem der anderen Räume im Obergeschoss auf.

So wie ich Sven verstanden habe, hat Lara ihn vorgestern zu Hause angerufen. In Bezug auf seine Ex ist er in letzter Zeit etwas einsilbig. Aber ich sehe ihm an, dass er genug von ihr hat. Er ist nicht der Typ, der ihr unmissverständlich klarmacht, dass sie ihn in Ruhe lassen soll.

Ben schätzte es ungemein, nach dem Training ungestört mit Sven und Fabian zusammenzusitzen. Seit Lara sich hier breitmachte, waren die Gespräche in der Coffee-Lounge nicht mehr dasselbe. Die Frau nahm Sven in Beschlag, sodass dieser gar nicht mehr richtig zuhörte, was Ben zu sagen hatte. Teilweise verabschiedeten sich die beiden auch früher. Meistens blieb Ben nur noch Fabian als Zuhörer, selten noch Raimund oder einer der anderen Gäste.

Ben beendete heute zeitgleich mit Sven und Fabian das Training und verschwand mit ihnen in der Umkleide.

Raimund Bachmann saß bereits in der Coffee-Lounge, als die drei, frisch geduscht und umgezogen, den Raum betraten. Zwei weitere Gäste hielten sich außerdem dort auf. Ben, Sven und Fabian nahmen in der Nähe von Raimund Platz.

„Wollt ihr euch heute um zwanzig Uhr das Fußballspiel zwischen Portugal und Spanien ansehen?", eröffnete Ben den Smalltalk. Bevor er eine Antwort bekam, tauchte Lara auf und setzte sich schwungvoll neben Sven.

„Ich habe eben was von Fußball aufgeschnappt", plapperte sie gleich los. „Hast du Lust, dass wir uns das Spanien-Spiel zusammen in einem Biergarten angucken?"

„Mich interessieren eigentlich nur die Spiele mit deutscher Beteiligung", äußerte Sven halbherzig.

„Und *un*eigentlich?", hakte Lara nach. Ihre beiden Hände machten eine auffordernde Handbewegung.

Die steht wieder mal ganz schön unter Dampf, dachte sich Ben.

„Mit Rücksicht auf Timo möchte ich das lieber nicht", murmelte Sven. „Das führt nur zu Verwicklungen."

Zur Überraschung aller schlug sie ihm plötzlich mit dem flachen Handrücken gegen die Brust.

„Was bist du denn für ein Mann?!", schimpfte sie und verdrehte die Augen. „Trotz Muskeln ein Schlaffi, der sich nur auf seinen Sohn beruft. Du musst doch auch eine eigene Meinung haben!"

Die Blicke der anderen Besucher im Raum richteten sich automatisch auf Lara und Sven.

Ben ballte unmerklich die Fäuste. Er merkte, dass Sven die Situation sehr unangenehm war.

„Komm, lass uns rausgehen", bot Sven Lara an. Gleichzeitig verabschiedete er sich von den anderen.

„Endlich mal eine vernünftige Antwort", meinte sie triumphierend. „Und dann gehen wir irgendwohin und unternehmen etwas zusammen."

Sven verließ gemeinsam mit Lara die Coffee-Lounge.

Was für ein Miststück, fluchte Ben in Gedanken. *Die nutzt seine Gutmütigkeit total aus und macht ihn in aller Öffentlichkeit fertig.*

*

Draußen auf dem Parkplatz des Fitnessstudios ging Lara lächelnd neben Sven her.

„Es macht dir doch nichts aus, dass ich eben etwas forsch mit dir umgesprungen bin?", fragte sie mit einer

Unschuldsmiene. „Ich mein's ja nicht böse. Hauptsache, wir machen was zusammen."

„Als ich vorschlug, dass wir rausgehen, hatte ich nie beabsichtigt, dass wir anschließend den Abend miteinander verbringen", hielt er ihr entgegen. „Ich wollte nur vor den anderen kein Spektakel machen. Außerdem möchte ich nicht, dass du dich noch einmal so distanzlos mir gegenüber verhältst."

„Was?!" Sie starrte ihn fassungslos an. „Ich dachte …"

„Du brauchst nicht wieder bei uns anzurufen", unterbrach er sie. „Ich sperre erneut deine Nummern. Und am besten tauchst du auch im Fitnessstudio nicht mehr auf. Das bringt überhaupt nichts!"

Mit diesem Gegenwind hatte sie nicht gerechnet. Er ging zu seinem Wagen und stieg ein.

„Glaub nicht, dass ich so einfach aufgebe", rief sie ihm hinterher.

Als er vom Parkplatz fuhr, hatte sie kurz Tränen in den Augen. Dann spürte sie zunehmend Wut in sich aufsteigen.

*

Vom *Fitness for all* machte sie sich direkt auf den Weg nach Hause.

In ihrer Wohnung hielt sie es nur wenige Minuten aus. Draußen war es noch hell und angenehm warm.

Sie ging ziellos die Straße entlang und kam bald darauf an dem italienischen Restaurant vorbei, in dem sie bereits öfters gegessen hatte. Dort setzte sie sich draußen an den einzigen noch freien Tisch. Im Innern des Restaurants lief ein Fernseher, der das Fußballspiel übertrug.

Der Kellner kannte sie bereits mit Namen. Es handelte sich um einen typischen italienischen Familienbetrieb. Lara bestellte sich einen Salat und ein Glas Weißwein – zum ersten Mal nach langer Zeit ein alkoholisches Getränk, um den Frust runterzuspülen.

Die Tilidin-Tropfen hatte sie die letzten Wochen ohne Nebenwirkungen gut vertragen. Ihre Atembeschwerden waren rein psychisch bedingt und traten immer dann auf, wenn sie ängstlich und unsicher war. Natürlich wusste sie, dass wegen der gegenseitigen Wirkungsverstärkung vor dem gleichzeitigen Konsum von Tilidin und Alkohol gewarnt wurde. Aber das nahm sie in ihrer Verfassung bewusst in Kauf. Die Rückschläge bei Timo und Sven brachten ihre Lebensplanung ins Wanken. Nachdem sie durch ihre stabile Alkoholabstinenz den Wiedereinstieg in den Beruf geschafft hatte, war sie davon ausgegangen, sich ihr altes Leben und ihre Familie zurückerobern zu können, zumal sie ihren Sohn und ihren Ex-Mann aufrichtig um Verzeihung gebeten hatte.

Obwohl ich mich maximal bemüht habe, ist alles schiefgegangen. Dann kann ich auch gleich wieder trinken. Ist doch egal.

Sie leerte das Glas Weißwein in schnellen Zügen. Innerlich beschäftigte sie sich mit dem Telefonat, das sie einen Tag nach dem Zerkratzen seiner Beifahrertür mit Sven geführt hatte.

Er hat bei dem Gespräch kein Wort über die Kratzer verloren. Vielleich hätte ich zugeben sollen, dass ich es war, um dann den Schaden zu bezahlen. Aber jetzt kann ich es nicht mehr ändern.

Sie bestellte ein weiteres Glas Wein, und noch eins …

Das Leben ist ungerecht. Ich will alles gutmachen, und keiner dankt es mir. Das lasse ich mir nicht mehr gefallen!

Schon beim Gang zur Toilette im Restaurant hatte sie leicht geschwankt. Als sie ein weiteres Glas Wein bestellte, meinte der italienische Kellner Francesco freundlich: „Signora Klein, leider kann ich Ihnen kein Glas Wein mehr servieren." Er zwinkerte mit dem rechten Auge. „Das war eben von dieser Weinsorte die letzte Flasche."

In jeder anderen Situation hätte Lara vermutlich sofort begriffen, dass der Kellner ihr auf eine charmante Art mitteilen wollte, dass sie jetzt genug Alkohol getrunken hatte und er sie damit vor ansonsten zu befürchtenden Peinlichkeiten bewahren wollte. Lara ließ sich darauf jedoch nicht ein.

„Was ist das denn für ein miserables Restaurant?!", tönte sie. „Dann will ich einen anderen Weißwein!"

„Ich weiß nicht, Signora Klein, ob das eine gute Wahl ist …", merkte Francesco diskret an.

„Das musst du schon mir überlassen!", polterte sie los, wobei sie erstmals ihm gegenüber in ein plumpes „Du" verfiel. „Ich heiße vielleicht Klein, aber ich bin eine bedeutende Persönlichkeit. Ich bin das Gesicht vom *Fitness for all*, weil ich eine tolle Ausstrahlung habe. Willst du mal sehen?" Sie hantierte erfolglos an ihrem Smartphone, um Francesco ihr Foto in den *Ihme News* zu präsentieren. „Mir schlägt man nichts ab."

„Bitte bewahren Sie Ruhe, Signora", bat der Kellner.

„Ihr Typen seid alle gleich!", setzte sie lautstark ihren Wortschwall fort. „Mit verlogener Freundlichkeit werde ich schlechter als andere behandelt. Männer wie dich habe ich absolut satt!"

Ihr Verhalten rückte Lara erneut in den Mittelpunkt der Aufmerksamkeit um sich herum. Francescos Bruder Matteo gesellte sich zu den beiden.

„Ich glaube, dies ist jetzt der richtige Moment, zu bezahlen und zu gehen, Signora Klein", teilte Matteo ihr leise, aber unmissverständlich mit.

Lara erhob sich von ihrem Stuhl.

„Es gibt keinen Wein mehr ... ich weiß nicht, ob das eine gute Wahl ist", äffte sie in hoher Tonlage den Kellner nach. „Sag deine Meinung offen und versteck dich nicht wie mein Ex hinter albernen Floskeln!" Als sie ein angedeutetes Grienen in Francescos Gesicht bemerkte, packte sie ihn plötzlich am Kragen und schrie ihm ins Gesicht: „Du lächerlicher aufgeblasener italienischer Laufbursche. So schlecht wie hier hat es mir noch nie geschmeckt!"

Mit Mühe konnte sich Francesco von ihr befreien.

Matteo Gallo kündigte an, die Polizei zu verständigen, wenn sie nicht sofort ordnungsgemäß nach dem Zahlen das Restaurant verließ.

„Schon gut, ich gehe", gab sie nach. Ihre komplette Wahrnehmung bestand nur noch aus Frust und destruktiver Wut. „Mit solchen Männchen wie euch will ich nichts zu tun haben."

*

Die Brüder Gallo hatten Lara sogar angeboten, ihr vor Verlassen des Restaurants ein Taxi zu rufen. Aber das hatte sie energisch abgelehnt.

Etwas wankend erreichte sie am späten Abend zu Fuß das Eckhaus, in dem sie wohnte.

Sie erkannte den Mann um die dreißig, der ihr entgegenkam und ebenfalls auf die Haustür zusteuerte – Heiko Beck, ein Mitbewohner aus der ersten Etage, der sie lächelnd musterte und sie in Anspielung auf ihr unsicheres Gangbild ansprach: „Hallo, Frau Klein. Wie ich sehe, hatten Sie auch einen fröhlichen Abend."

Lara konnte seiner Äußerung nichts Humorvolles abgewinnen. Sie fühlte sich stattdessen angegriffen und hielt massiv dagegen: „Guck mich nicht so geringschätzig an! Ich hasse dieses arrogante Verhalten!"

Der Mann wirkte irritiert: „Wie bitte?!"

„Diesen Blick hab ich immer gehasst!“ Sie ergriff seinen Unterarm. „Ich lass mich nicht mehr herunterputzen! Das hab ich nicht nötig!“

Er entzog ihr seinen Unterarm und meinte kopfschüttelnd: „Sie sind ja total betrunken.“

Dann drehte er sich um, schloss die Tür auf und ging ins Haus.

„Verdammte Scheiße!“, rief sie ihm hinterher.

Kapitel 46

Samstag, 16. Juni

Am nächsten Morgen wachte Lara Klein in ihrem Schlafzimmer später auf als sonst. Sie war verkatert, fühlte sich rundum elend. An viele Einzelheiten des gestrigen Abends hatte sie keine Erinnerung mehr.

Aber die wesentlichen Geschehnisse rekonstruierte sie nach und nach wie ein Puzzlespiel. Die Abfuhr auf dem Parkplatz des Fitnessstudios hatte sie komplett vor Augen. Von ihrem Restaurantbesuch wusste sie, dass ihre Stimmung zunehmend in den Keller gerutscht war. Dann war es zu dem Streit mit den Inhabern gekommen.

Da ist dieses Bild, wie ich Francesco anpacke und mich offenbar komplett danebenbenehme. Eine ähnliche Szene wie damals, als ich im besoffenen Zustand Sven angegriffen habe. Und danach bin ich vermutlich noch mit meinem Nachbarn aneinandergeraten. Ich hab mich auf ganzer Linie blamiert und alles zerstört, was ich mir in den Monaten der Abstinenz mühsam aufgebaut habe.

Lara entschloss sich, Petra aus der Selbsthilfegruppe anzurufen und sie um Rat zu fragen.

Zu ihr hatte sie unbegrenztes Vertrauen. Lara erzählte ihr offen von den gestrigen Ereignissen.

Petra ließ sie im Detail berichten, hörte genau zu, stellte lediglich einige kurze Verständnisfragen.

„Was würdest du jetzt an meiner Stelle tun?“, beendete Lara ihre Geschichte.

Petra riet ihr, von Sven und Timo Abstand zu nehmen. Bei den Restaurantinhabern und dem Nachbarn sollte sie sich entschuldigen. Außerdem hielt Petra es für hilfreich, wenn Lara ihre ganze aktuelle Situation am kommenden Mittwoch in der Selbsthilfegruppe thematisierte.

Nach Ende des Telefonats fühlte sich Lara deutlich besser.

Ich werde Petras Rat beherzigen und am Dienstag nicht im Fitnessstudio aufkreuzen. Um jeden Preis muss ich vermeiden, dass ich für Sven und Timo zum Feindbild werde. Ob ich das mit meinem Nachbarn Heiko Beck geregelt kriege, weiß ich nicht. Aber dem laufe ich leider öfters über den Weg. Auf keinen Fall schaffe ich es, Francesco und Matteo wieder unter die Augen zu treten. Das ist mir zu peinlich.

Unwillkürlich suchte sie im Smartphone nach ihrem Bild in der Online-Werbung des *Fitness for all.*

Da strahle ich einen unbändigen Optimismus aus. Da war meine Welt noch in Ordnung.

Während sie auf ihr Foto blickte, erfasste sie unvermittelt eine Todesangst – eine Art Vorahnung, als ob sie nicht mehr lange zu leben hätte.

Kapitel 47

Sonntag, 17. Juni

An diesem Tag war er mehrfach mit dem Rad an ihrem Haus vorbeigefahren. Er hatte Elenas Worte bei ihrer Verabschiedung vor drei Tagen am Maschsee im Ohr: „Nächste Woche melde ich mich bei dir. Ich ruf dich an."

In den zwei Sätzen befindet sich die versteckte Botschaft an mich, dass ich sie lieber nicht anrufen sollte. Ich will bei Elena nichts verkehrt machen. Es hängt alles an einem seidenen Faden. Wenn ich einen falschen Zug mache, bricht es über mir zusammen.

Es war früher Nachmittag. Heute um siebzehn Uhr würde das WM-Fußballspiel Deutschland gegen Mexiko übertragen. Dabei handelte es sich um das erste Gruppenspiel der deutschen Mannschaft, die sich große Chancen auf den Titelgewinn ausrechnete. Er hatte sich überlegt, zum Public Viewing zu gehen, was an verschieden Orten in Hannover möglich war.

Toll wäre es, mit ihr gemeinsam dort zu sein und sich bei jedem deutschen Tor begeistert in die Arme zu fallen. Ich bin mir unschlüssig, was ich tun soll.

Das letzte Mal, als er vor Elenas Haus ausgeharrt hatte, waren sie sich einen entscheidenden Schritt nähergekommen. Er hatte Zorro gespielt und dem flüchtenden Junkie Elenas Handtasche abgejagt.

Heute hatte er sein Fahrrad an einen Baum am Gehweg gelehnt und beobachtete das Wohnhaus aus einiger Entfernung.

Ihr blauer Ford Fiesta parkt in der Nähe. Das muss nichts heißen, trotzdem kann sie unterwegs sein. Ich stehe hier rum und mache mich zum Affen. Aber sie ist die einzige Frau, die ich wirklich liebe. Sind wir Zorro und Elena oder Jesse und Zoey?

Die Entscheidung, ob er zur Haustür gehen und einfach bei ihr klingeln sollte, wurde ihm von einer Sekunde zur anderen abgenommen. Er sah einen Mann im Deutschland-Trikot, der zielstrebig auf den Hauseingang zusteuerte und auf einen der Klingelknöpfe drückte.

Das ist dieser Arsch von Christopher! Was mach ich jetzt? Ich geh zu ihm und hau ihm aufs Maul. Unsinn, das bringt überhaupt nichts. Elena wird sich wohl kaum für einen Gewalttätigen entscheiden. Ich muss abwarten. Der will sie zum Deutschlandspiel abholen.

Christopher sagte ein paar Worte in die Gegensprechanlage und blieb erwartungsvoll vor der verschlossenen Tür stehen. Er hatte irgendetwas in den Deutschlandfarben über der Schulter hängen, was aus der Entfernung nicht genau zu erkennen war.

Das ist eine geplante Verabredung. Zu mir hat Elena gesagt, dass sie sich nur mäßig für Fußball interessiert und sich unsicher ist, ob sie sich das Spiel überhaupt anschaut.

Er postierte sich so, dass er vom Hauseingang möglichst nicht entdeckt werden konnte. Andererseits wollte er um jeden Preis mitbekommen, was sich dort gleich abspielte.

Zwei Minuten später kam Elena aus dem Haus. Die beiden umarmten sich und küssten sich auf den Mund. Danach hängte ihr Christopher einen schwarz-rot-goldenen Aloha-Kranz um den Hals.

Das kann nicht sein. Bei mir hat sie sich geziert, als wäre ihr ein Kuss in der Öffentlichkeit peinlich. Sie hat mich am Maschsee nach Strich und Faden belogen.

Arm in Arm verschwanden die beiden aus seinem Blickfeld.

So eng sind wir noch nie miteinander gegangen. Ich werd sie nicht verfolgen. Es ist unerträglich für mich, wenn ich mitansehen muss, wie Elena mit diesem Drecksack Zärtlichkeiten austauscht. Sie hat mich verarscht und gedemütigt.

Er stand wie erstarrt.

Immer das Gleiche. Frauen sind hinterhältige Intrigantinnen, die sich auf Kosten von Männern nehmen, was sie wollen.

Zwei kurze Szenen spielten sich vor seinem inneren Auge ab. Die letzten Sekunden im Leben von Nadine Odem und Jeanett Mangold.

Da war ich der Herrscher und habe ihnen meine Macht demonstriert. In den nächsten Tagen töte ich eine Frau. Ich setze mir ein Datum, sonst überstehe ich die nächsten Tage nicht.

Kapitel 48

Dienstag, 19. Juni

Der weiße Umschlag mit der aufgedruckten Adresse war vor Kurzem im Hauptgebäude der Polizeidirektion Hannover eingegangen. Kriminalhauptkommissar Thomas Stelter ließ es sich nicht nehmen, den Brief ohne Absender an die „Mordkommission, die sich mit N. Odem und J. Mangold beschäftigt", wieder selbst zu öffnen.

Im Konferenzraum des Kommissariats 1, wo sich das Ganze abspielte, hatten sich die meisten der gerade anwesenden Mitglieder der *Mordkommission Dr. Odem* versammelt, darunter Andrea Renner und Raffael Störtebecker.

„Dass uns der Kerl wieder eine Botschaft zukommen lässt, kann nichts Gutes bedeuten", unkte Andrea, die angespannt beobachtete, wie Thomas langsam und vorsichtig ein gefaltetes weißes DIN-A4-Blatt aus dem Kuvert zog.

„Einen Sinn für Theatralik hat unser Täter ja", antwortete Raffael. „Das muss man ihm lassen."

„Auf diese Theatralik könnte ich gut verzichten", schimpfte Thomas. „Verdammt, es wird wieder ernst. Er kündigt an, die nächste Frau zu töten."

Auf das Blatt Papier waren zwei kurze Sätze gedruckt worden, mit einem Absatz voneinander getrennt: „Atemlos in Hannover. Mit Frau Nummer 3 ist ab 23. Juni zu rechnen."

„Bei der Festlegung des Datums lässt er sich ein Hintertürchen offen", war Raffael aufgefallen. „Eine geschickte Möglichkeit, dass sich die ‚Blamage' einer unzutreffenden Vorhersage nicht wiederholt."

„Das heißt, er ist sich unsicher, ob er seine Prophezeiung umsetzen kann", griff Thomas Raffaels Bemerkung auf. „Aber das macht es für uns umso schwieriger, irgendwelche Sicherheitsmaßnahmen zu ergreifen. ‚Ab 23. Juni' kann genauso gut 24., 25. oder 26. Juni heißen. Beim letzten Mal hat er die Frau auch einen Tag nach dem angekündigten Datum getötet."

„Und das heißt …?", erkundigte sich Andrea.

„Wir können in Hannover keine Ausgangssperre für Frauen verhängen, zumal, wenn wir nicht einmal sagen können, an welchem Tag er wirklich zuschlägt", bekundete Raffael. „Und vielleicht tötet er die nächste Frau ja auch nicht draußen, sondern in ihren vier Wänden."

„Können wir sicher davon ausgehen, dass sich Hannover nur auf die Landeshauptstadt bezieht? Oder könnte der Täter bei seiner Ankündigung auch die Region Hannover mit den anderen zwanzig Städten und Gemeinden im Sinn gehabt haben?", machte es Hayo Baumann noch komplizierter.

„Bisher hat er sich auf das Stadtgebiet von Hannover beschränkt", meinte Andrea. „Davon gehe ich weiterhin aus."

„Bisher ...", verteidigte Hayo seinen pessimistischen Einwand. „Bei der Vorhersage seiner Tat hat er ja bereits Flexibilität bewiesen. Wir wissen immer noch nicht, ob er sein Opfer gezielt oder zufällig auswählt."

„Ich schlage vor, dass wir am 23. Juni Raimund Bachmann im Auge behalten", meinte Raffael. „Für mich ist er immer noch ein Hauptverdächtiger, auch wenn ich nur eine bloße Vermutung habe. Ich denke dabei an eine Maßnahme unter vierundzwanzig Stunden, also keine genehmigungspflichtige Observation."

„Ich werde dafür sorgen, dass von unserer Seite für die Zeit ab dem 23. Juni etwas unternommen wird. Wir müssen rechtzeitig an die Öffentlichkeit herantreten", verkündete Thomas, ohne weiter ins Detail zu gehen.

Kapitel 49

Freitag, 22. Juni

Sven Klein las mit großem Interesse die Warnung in den *Hannoverschen Nachrichten.*

Demnach hatte die Polizei die Medien über eine in dieser Woche eingegangene schriftliche Nachricht informiert, die mit an Sicherheit grenzender Wahrscheinlichkeit von dem Serientäter stammte, der sich immer noch unerkannt auf freiem Fuß befand. Für die Zeit ab dem 23. Juni hatte er eine weitere Tat angekündigt.

Es wurden Sicherheitshinweise gegeben. Frauen sollten in nächster Zeit möglichst davon absehen, sich ohne Begleitung in publikumsarmen Bereichen der Stadt Hannover aufzuhalten. Als anschauliche Beispiele wurden einsame Straßen, Haltestellen, Hinterhöfe, Parkanlagen, Kiesteiche oder Wälder aufgeführt.

Sven erfuhr aus der Zeitung, dass sich zusätzliche Einsatzkräfte der Polizei am 23. Juni um die sichere An- und Abreise von Besucherinnen der zahlreichen dezentralen Public-Viewing-Angebote in Hannover kümmern würden. An diesem Tag wurde auf den großen Leinwänden unter anderem das mit Spannung erwartete Fußballspiel Deutschland gegen Schweden übertragen.

In der Stadt sollen angeblich zwischen vorher festgelegten Punkten vermehrt Streifenwagen patrouillieren. Sven schüttelte beim Lesen den Kopf. *Da versuchen uns die Verantwortlichen weiszumachen, dass diese Maßnahmen einen Täter davon abhalten können, in einer unübersichtlichen Großstadt wie Hannover eine Frau zu töten. Nach meiner Meinung wollen Polizei und Politik damit lediglich hinterher behaupten können, alles Mögliche getan zu haben. Aber was soll's?!*

Lara hatte sich seit letztem Freitag nicht mehr gemeldet. Am Dienstagabend war sie dem Fitnessstudio ferngeblieben.

Ich gehe davon aus, dass sie uns demnächst wieder behelligt.

Damit sollte er recht behalten.

*

Am Abend kam es zu einem unangenehmen Zwischenfall …

Sven registrierte mit einer Mischung aus Verwunderung und Erleichterung, dass Lara auch zum heutigen Training am Freitag nicht im *Fitness for all* erschienen war.

Kann ich mich wenigstens mit den Kumpels ungestört unterhalten.

Schon auf dem Weg zur Herrenumkleide hatte Ben Hartwig ihm und Fabian Dreyer erzählt, dass er spätabends noch ein Date mit seiner neuen Bekannten hätte.

Als Ben sich kurz zur Toilette verabschiedete, meinte Sven leise zu Fabian: „Ich frag mich, wie der Kerl das schafft. Der kriegt problemlos jede Frau rum. Und immer wieder 'ne andere."

„Soll ich dir mal die Wahrheit sagen?", grinste Fabian. „Vor zwei Monaten bin ich mit Ben in einer Kneipe versackt. Er trinkt ja selten Alkohol und verträgt nicht viel. An dem Tag war er total voll und hat mir weinerlich erzählt, dass er meistens abends alleine in seiner Bude hockt und sich die ganzen Frauengeschichten nur ausgedacht hat."

„Ehrlich?!"

„Ja."

„Aber er macht es doch weiterhin", wunderte sich Sven, „und textet dich und mich damit zu."

„Er war an dem Abend derart breit, dass er sich am nächsten Tag an nichts mehr erinnern konnte."

„Wieso hörst du dann noch zu?"

„Er tut mir leid. Wenn's ihm hilft, warum nicht?"

Jetzt kapier ich auch, warum sich Raimund Bachmann von Ben zurückgezogen hat, überlegte sich Sven. *Der hat wahrscheinlich auch mitbekommen, dass Ben nur Quatsch erzählt. Nur ich hab's nicht gemerkt.*

Wie üblich, setzten sich die drei Männer später in die Coffee-Lounge. Mit der Begründung, er hätte einige erfolgreiche Geschäftsabschlüsse zu feiern, war es Ben gelungen, auch Raimund an ihren Tisch zu lotsen. Ben kündigte an, die Getränke der Männerrunde zu übernehmen.

Jetzt zweifle ich schon an seinen beruflichen Erfolgen, dachte Sven. *Braucht er einen Aufhänger, Zuhörer um sich herum zu versammeln?*

Lara erschien im Türrahmen der Coffee-Lounge.

Meine Güte, muss das heute sein?!

„Hallo", sagte sie in die Runde und setzte sich danach wortlos neben Sven. Obwohl ihre Gesichter Unmut ausdrückten, sprach keiner der Männer die Frau an. Offenbar herrschte Unklarheit darüber, inwieweit Sven mit Laras Erscheinen einverstanden war. Zumindest vordergründig hatte Sven in den letzten Wochen die Anwesenheit seiner Ex-Frau im Fitnessstudio mehr als toleriert. Insofern lag es jetzt bei ihm zu reagieren.

Auf keinen Fall will ich vor den anderen einen Streit mit ihr auslösen. Ich halte mich zurück.

Trotz seiner vermeintlichen Gelassenheit spürte er zunehmend eine innere Anspannung.

Oder soll ich doch energisch werden? Aber in der Öffentlichkeit ziehe ich mit ihr den Kürzeren. Vielleicht merkt sie selbst, dass sie hier deplatziert ist. Ich mache erst einmal gute Miene zum bösen Spiel.

Ben kam auf das morgige Fußballspiel zu sprechen. Deutschland hatte vor fünf Tagen sein Auftaktmatch gegen Mexiko 0:1 verloren und musste jetzt auf jeden Fall gegen Schweden gewinnen, um nicht bereits in der Vorrunde aus dem Turnier zu fliegen.

„Ich schaue mir das Spiel morgen auf jeden Fall an", verkündete Ben. „Vielleicht mit meiner neuen Bekannten gemütlich bei mir zu Hause."

Heißt übersetzt: Du bist in Wirklichkeit allein in deiner Wohnung, dachte Sven sofort.

„Ich seh's mir natürlich auch an", stimmte Fabian nickend zu. „Logisch."

„Ich gehe zum Public Viewing", meinte Raimund, „um die Stimmung einzufangen und später darüber in den *Ihme News* zu berichten."

„Was ist mit dir?", fragte Lara Sven. „Bist du auch beim Public Viewing?"

„Ich gucke mit Timo bei uns."

„Wegen dieses irren Frauenmörders, vor dem gewarnt wird, bleibe ich zu Hause. Ich gehe morgen Abend allein nirgendwohin", bedauerte Lara. „Schade, dass wir nicht wie früher zusammen gucken."

„Warum bist du gekommen?", fragte er sie leise.

„Ich musste dich sehen. Telefonisch bist du ja nicht für mich erreichbar. Und ich habe eine Bitte."

„Dann lass uns an den Nebentisch gehen", schlug Sven vor. Er befürchtete, dass sich eine Unterhaltung anbahnen könnte, die die anderen Männer nicht in jedem Detail mithören mussten.

Sie setzten sich einen Tisch weiter.

„Also, Lara, was willst du?"

„Die alten Fotoalben ... so mit den Bildern der ersten sechs Jahre nach unserer Hochzeit."

„Das ist nicht dein Ernst ...?"

„Doch. Ich würde mir gerne einige Fotos davon einscannen."

„Warum?"

„Ich möchte unsere Familie wenigstens in Bildern bei mir haben – aus einer Zeit, als es noch harmonisch bei uns lief."

„Du warst es doch, die damals Fotoalben zerrissen und digitale Fotos gelöscht hat."

„Ja, aber ich weiß, du hattest die Negative der Fotos versteckt und hast später neue Abzüge davon gemacht. Ich habe es in den letzten Jahren bereut, praktisch ohne Fotos meiner Familie zu sein."

„Ich denke darüber nach", meinte er ausweichend.

„Könntest du mir die Fotoalben in den nächsten Tagen vorbeibringen?"

Statt einer Antwort begann Sven, nervös an seinem Smartphone zu hantieren.

Sie setzt mich schon wieder unter Druck.

„Was muss ich tun, dass wir normal wie am Anfang miteinander umgehen können?", meinte sie pikiert.

„Nichts, hör endlich auf." Er schaute zur Seite. *Ich will das jetzt nicht.*

„Hast du 'ne Neue?", setzte sie nach.

„Das geht dich nichts an!"

„Meine Güte, du lässt mich gegen eine Wand rennen", sagte sie in einem genervten Tonfall, „dann sag doch ehrlich, dass du mich nicht sehen willst!"

„Das hat ja vielleicht auch seinen Grund …", hielt er mit unterdrückter Vorwurfshaltung dagegen.

„Du meinst, weil ich damals meine Verzweiflung und Wut offen herausgelassen hab?!", sagte sie mit einem höhnischen Lachen, war dabei richtig laut geworden. „Manchmal glaube ich, du willst mich gezielt wütend machen."

„Das ist doch Quatsch!"

„Damit stellst du mich als die Querulantin dar", behauptete sie empört und begann, lebhaft mit den Händen zu gestikulieren. „Du tust immer so harmlos. Aber wissen deine Kumpels eigentlich, dass du ganz schön zulangen kannst, wenn du willst?! Da muss man sich in Acht nehmen!"

Erneut schaffte es Lara, im Mittelpunkt der Aufmerksamkeit zu stehen.

„Hör auf!" Er wurde ebenfalls merklich lauter.

„Ja, das willst du nicht hören!", spottete sie. Eine Mitarbeiterin des Fitnessstudios erschien im Türrahmen – offenbar um nachzusehen, was der laute Wortwechsel zu bedeuten hatte.

„Jetzt ist es genug." Er senkte seine Stimme und machte eine beschwichtigende Geste. „Lass mich in Ruhe und geh am besten."

„Ne, ne, ne, ne!", tönte sie. „So lass ich mich nicht abspeisen. Das ist nicht fair!"

Demonstrativ schaute er auf sein Smartphone, als ob er etwas anderes zu tun hätte.

„Ich rede noch mit dir!", schrie sie ihn an. Und als er nicht gleich zu ihr hochguckte, holte sie mit der Rechten aus und schlug ihm das Smartphone aus der Hand.

Das Mobilgerät flog ein Stück durch die Luft und knallte auf die Fliesen.

Da ist auf jeden Fall was kaputtgegangen. Verdammt, jetzt reicht's!

Ben war aufgesprungen, die Mitarbeiterin am Eingang ging auf Lara zu.

So eine Szene in der Öffentlichkeit hatte ich immer vermeiden wollen, schoss Sven durch den Kopf. *Ich konnte es nicht verhindern. Und es wird immer wieder passieren.*

Lara sprang abrupt auf und huschte an der Mitarbeiterin des Fitnessstudios vorbei. Sie drehte sich noch einmal im Gehen zu Sven um und verkündete: „Es tut mir leid." Sie deutete auf das Smartphone. „Schick mir die Rechnung für die Reparatur."

Danach war sie auch schon verschwunden.

„Mann, oh, Mann", stöhnte Ben. „Wie hältst du das aus?"

Sven ließ die Frage unbeantwortet und versuchte, nach außen ruhig und kontrolliert zu wirken.

Kapitel 50

Samstag, 23. Juni

Annika Brennecke lag perfekt im Zeitplan. Jetzt, am späten Nachmittag, hatte sie Koffer und Handgepäck fertig gepackt. Ihr Flug von Hannover nach Menorca ging morgen ganz früh um 3:25 Uhr ab. Sie würde eine Woche Urlaub auf der balearischen Insel verbringen. Früher war sie dort öfters im Juni mit ihrem verstorbenen Mann gewesen. Insofern hatte sie an Menorca wunderschöne Erinnerungen. Den Flug hatte sie kurzfristig und günstig gebucht.

Eine Woche völlig entspannen, kein Internet, keine Zeitung, kein Handy. Nur baden, spazieren gehen und die Gegend genießen. Der Alltag in Hannover ist hektisch genug. Und zuletzt diese schrecklichen Nachrichten über den Frauenmörder. Ich bin froh, wenn ich eine Woche komplett abschalten kann und diese beunruhigenden Artikel nicht lesen muss.

Für 0:45 Uhr hatte sie sich ein Taxi bestellt, das sie rechtzeitig zum Flughafen Hannover-Langenhagen bringen würde.

Sie guckte aus dem Fenster ihres Wohnzimmers. Ein Mann mit einer weißen Stofftasche in der Hand überquerte die Straße und ging auf den schwarzen Rover Mini zu, der am gegenüberliegenden Straßenrand parkte. Sie konnte den Mann nur von hinten sehen. Er wirkte sportlich, trug über der langen Blue Jeans ein Trikot der deutschen Fußballnationalmannschaft mit einer großen 13 und dem Namen Müller hintendrauf. Außerdem hatte er sich einen Deutschland-Schal um den Hals geschlungen. Der Anglerhut in den deutschen Farben verdeckte komplett seine Haare.

Von der Figur her müsste das Sven sein.

Als der Mann den schwarzen Wagen aufschloss und einstieg, drehte er sich kurz ins Profil. In diesem Moment bestätigte sich Annikas Vermutung. Es war Sven Klein, der in seiner Fanmontur wegfuhr, sicherlich irgendwohin zum Public Viewing.

Was für eine alberne Aufmachung. Aber so laufen sie hier ja momentan überall in Hannover rum, wenn ein Deutschlandspiel übertragen wird.

Der Gedanke an Sven löste gleich wieder Ärger in ihr aus. Vor zwei Monaten hatte sie noch gedacht, dass sich zwischen ihnen mehr als ein nachbarschaftliches Verhältnis entwickeln könnte. Sven und sein Sohn Timo waren ihr überaus sympathisch gewesen. Vom Alter her hätten er und Annika gut zueinander gepasst.

Was er sich dann geleistet hat, nachdem wir einmal miteinander geschlafen hatten, war allerdings das Letzte. Er verlässt mich mitten in der Nacht und tut anschließend so, als wäre ich Luft. Das verzeihe ich ihm nie. Aber man sieht sich immer zweimal.

Kapitel 51

Samstag, 23. Juni

Der Moment des dritten Todes, gleich ist es so weit …

Meine Nachrichten an die Polizei tun mir gut. Das habt ihr jetzt davon! Ich hab viel Aufwand betrieben, dass auf dem USB-Stick und dem Papier keine Spuren von mir sind. Natürlich weiß ich, dass der Tintenstrahldrucker selbst geringe Spuren hinterlässt. Aber die Polizei wird meinen zweiten Drucker nicht entdecken.

Als er sich damals völlig sicher war, Nadine Odem und Jeanett Mangold zu töten, hatte das in den Tagen zuvor etwas Aufbauendes gehabt. Dieses Mal schwankte er zwischendurch, ob er es überhaupt tun sollte. War es richtig, was er vorhatte? Er musste wieder an Elena denken.

Liege ich falsch mit meiner Einstellung, dass sie mich hinhält und lediglich verarscht?

Vor drei Tagen hatte ihn Elena auf dem Smartphone angerufen. Scheinheilig hatte er sie nach dem Deutschlandspiel gegen Mexiko am letzten Sonntag gefragt. Ihre Antwort – „hab ich mir zu Hause angesehen" – war natürlich gelogen. Sie hatte erzählt, dass sie momentan „viel mit Familienangelegenheiten beschäftigt" wäre, sodass sie für ein Treffen mit ihm „die nächsten Tage" keine Zeit hätte. Sie würde sich wieder melden. Christopher wurde mit keinem Wort erwähnt.

Zuerst hatte er den Impuls gehabt, ihr mitzuteilen, dass sie eine „schamlose Lügnerin" wäre, mit der er nichts mehr zu tun haben wollte. Dann waren ihm Zweifel gekommen – und er hatte die meiste Zeit ihres kurzen Telefonats nur zugehört.

Hat sie ihr Treffen mit Christopher nur verheimlicht, um mich nicht zu kränken? Ist sie momentan wirklich viel mit ihren Eltern und Geschwistern beschäftigt? Lässt sie mich vielleicht nächste Woche auch so eng an sich ran wie Christopher? Hab ich doch noch eine Chance bei ihr? Bullshit! Sie hat mich immer leicht auf Distanz gehalten. Das ist ein Riesenunterschied im Vergleich zu diesem Christopher-Arsch. Ich muss mir nichts vormachen und mich selbst belügen. Sie traut sich nur nicht, mich klar abzuservieren, und tischt mir irgendeine dämliche Familiengeschichte auf. Andererseits hab ich mich noch nie so glücklich mit einer Frau gefühlt wie mit Elena. Die Geliebte des Zorro bekommt eine Galgenfrist. Lara ist dran.

Er hatte sich gut auf die Operation Nummer drei vorbereitet. Das Risiko, erwischt zu werden, war größer als beim letzten Mal. Aber das machte auf der anderen Seite erst den Reiz aus. Den Bogen immer weiter zu spannen, auszutesten, wie weit er gehen konnte. Und damit den erlittenen Qualen entgegenzuwirken.

Das kann heute schiefgehen, und ich werde enttarnt. Aber meine Chancen stehen nicht schlecht. Ich hoffe, dass ich mit meiner Verkleidung erfolgreich bin.

*

Lara Klein saß in ihrer Erdgeschosswohnung allein vorm Fernseher. Gleich würde das Fußballspiel Südkorea gegen Mexiko beginnen. Die beiden Mannschaften spielten in derselben Gruppe wie Deutschland. Danach folgte das wichtige Spiel der deutschen Mannschaft gegen Schweden.

Ich hätte echt Lust gehabt, abends mit Sven zum Public Viewing zu gehen. Oder mir mit ihm hier die Spiele vorm Fernseher anzugucken.

Draußen war es sommerlich warm, aber von den Temperaturen in der Wohnung gut auszuhalten. Als der Anruf kam, stellte sie den Fernseher leise.

Nach dem kurzen Telefonat ging sie in die Küche, um sich etwas zu trinken zu holen. Im Flur standen wieder zwei leere Kartons ihrer Frustkäufe bei Online-Versandhäusern.

Muss ich wegräumen, bevor Petra morgen zum Frühstück kommt. Ach ja, Petra … Meine Beichte in der Selbsthilfegruppe am Mittwoch war mir wirklich peinlich. Aber es war gut, dass ich der ganzen Gruppe von meinem Rückfall und meinem beschissenen Verhalten in dem italienischen Restaurant und so weiter erzählt habe, zumindest soweit ich mich daran erinnere. Und dann bin ich gestern doch wieder schwach geworden und musste unbedingt Sven sehen. Der Streit war völlig nachteilig für mich. Aber wenn ich unter Druck stehe und diese Tropfen genommen habe, geht es mit mir durch. Ich werfe Sven Sachen an den Kopf, die mir später leidtun. Bei Heiko Beck hab ich mich wenigstens schon entschuldigt.

Draußen im Hausflur hörte sie Stimmen und Schritte. Offensichtlich waren ein Mann und eine Frau im Treppenhaus auf dem Weg nach oben. Ein Nachbar, der zwei Stockwerke über ihr wohnte, feierte diesen Samstag seinen Geburtstag – und zwar von nachmittags bis spätabends. Schon seit Stunden kamen und gingen Gäste. Bereits vor einer Woche hatte der Nachbar einen Zettel an die Eingangstür unten geklebt, auf dem er die Feier angekündigt und sich im Voraus für die Lärmbelästigung entschuldigt hatte. Wahrscheinlich guckten sich die Gäste mit ihm gemeinsam ab zwanzig Uhr das Deutschlandspiel an.

Gerade war sie ins Wohnzimmer zurückgekehrt, da klingelte jemand bei ihr.

Besuch um diese Zeit? Ich erwarte niemanden. Zu mir kommt höchstens der Paketbote. Hab ich schon wieder was bestellt? Oder hat einer der Geburtstagsgäste den falschen Knopf erwischt?

Vom Fenster konnte sie nicht sehen, wer in der Eingangstür stand. Sie wartete ab.

Es klingelte erneut.

Sie ging zur Wohnungstür und betätigte die Gegensprechanlage.

„Ja bitte …?", fragte sie erwartungsvoll.

Kurz darauf endete ihr Leben …

Kapitel 52

Samstag, 23. Juni

Gedanken wirbelten durch seinen Kopf. Sven Klein blickte sich im Wohnungsflur um.

Jetzt muss ich schnell sein. Vor allem darf mich keiner sehen, wie ich ihre Wohnung verlasse.

Lara lag in einer Blutlache tot auf dem Boden. Die Wohnungstür stand noch offen.

Wo habe ich Fingerabdrücke hinterlassen?

Er ging auf den Hausflur und zog Laras Wohnungstür hinter sich zu. Außer dem gut hörbaren Geräusch des Zuschnappens vernahm er Schritte im Treppenhaus.

Da kommt einer von oben herunter. Der ist jeden Moment da und sieht mich!

Schnell wischte Sven mit einem Einmaltaschentuch seine Fingerabdrücke vom Knauf der Wohnungstür.

Jetzt schnell weg.

Sven dachte noch daran, die Klinke der Haustür nicht mit der bloßen Hand, sondern mit seinem Deutschland-Schal zu öffnen. Dann verließ er das Haus.

Ich darf nicht rennen, das erregt womöglich Aufsehen und macht mich verdächtig.

Trotzdem beeilte er sich, hinter der Hausecke zu verschwinden, damit ihn die Person aus dem Treppenhaus nicht mehr zu sehen bekam.

Geschafft! Jetzt einfach weitergehen.

Auf dem Gehweg der anderen Straßenseite bewegten sich ein Mann und eine Frau in seine Richtung. Er drehte sich weg, um von ihnen nicht erkannt zu werden.

Er stieg in seinen Rover Mini, den er hier in der Querstraße abgestellt hatte.

Ich muss auf jeden Fall noch mal zurück und meine Fingerabdrücke von den Klingelknöpfen draußen und dem Knauf der Außentür entfernen. Sonst bin ich dran.

Er ließ die weiße Stofftasche im Auto, nahm sich stattdessen ein Erfrischungstuch mit und machte sich auf den Weg zum Eingang des Wohnhauses. An der Hausecke verharrte er kurz.

Niemand zu sehen.

Sein Herz klopfte wie wild.

Er ging auf den Hauseingang zu und begann, mit dem Erfrischungstuch erst den Türknauf und dann die Klingelknöpfe von „Klein" und „Arnold" abzuwischen. Unvermeidbar löste er damit ein erneutes Klingeln aus. Das Summen des Türöffners ignorierte er. Aus den geöffneten Fenstern in der zweiten Etage war ein Stimmengewirr zu hören.

Laut Aushang an der Tür war heute den ganzen Tag über bei „Arnold" Geburtstagsparty. Sven hatte vorhin nicht nur bei „Klein", sondern auch bei „Arnold" geklingelt.

Bei den vielen Gästen fällt ein Klingeln mehr oder weniger nicht auf.

Jeden Moment konnte eine Person aus dem Haus kommen oder ein neuer Geburtstagsgast eintreffen.

Sven kehrte zu seinem Auto zurück.

Jetzt geht es um mein Alibi.

*

Auf der Fahrt von Vahrenwald in die Südstadt war Sven äußerst nervös. Er wollte möglichst schnell wieder in seiner eigenen Wohnung sein.

Ich muss mich konzentrieren, dass ich keinen Unfall baue. Was hab ich da eben gemacht? Sollte ich nicht haltmachen und zur Polizei gehen? Quatsch, dafür ist es zu spät! Timo vertraut mir. Ich hoffe, dass ich ihn noch erwische und er mir ein Alibi geben kann.

Gestern hatte Sven Lara erzählt, dass er sich zusammen mit Timo das Deutschlandspiel angucken würde. Das war nur ein Vorwand gewesen, damit sie nicht auf die Idee kam, mit ihm zum Public Viewing gehen zu wollen. In Wahrheit hatte Timo angedeutet, zu einem Kommilitonen zu fahren, um sich dort das Spiel anzusehen.

Als ich vorhin die Wohnung verlassen hab, war Timo einkaufen. Jetzt müsste er längst wieder da sein.

Sven parkte seinen Wagen bewusst nicht in Sichtweite des Hauses. Er stieg aus und näherte sich dem Wohnhaus, indem er auf derselben Straßenseite dicht an allen Vorgärten vorbeiging.

Ich muss möglichst vermeiden, dass Mitbewohner sehen, wie ich das Haus betrete.

Erleichtert schloss er die Wohnungstür auf und trat ein. Als die Tür hinter ihm ins Schloss fiel, atmete er mehrfach tief durch.

„Timo, bist du da?“, rief er.

Als er keine Antwort bekam, ging er durch alle Zimmer.

Timo kann nicht mehr beim Einkaufen sein. Wahrscheinlich haben wir uns verpasst, und er ist schon wieder los. Keine Ahnung, bei welchem Kommilitonen er den Abend verbringt. Mist, er kann mir kein Alibi geben.

Sven war klar, dass ihn die Polizei danach fragen würde, wo er sich zur Tatzeit aufgehalten hatte. Vielleicht schon in den nächsten Stunden.

Jemand muss bezeugen, dass er mit mir zusammen war. Am besten in dessen Wohnung von nachmittags bis abends. Wir haben uns gemeinsam Fußball angeschaut. Erst das eine Spiel, dann das andere. Auf jeden Fall auch das Deutschlandspiel. Sonst wirkt es unglaubwürdig. Nur wegen Südkorea gegen Mexiko trifft man sich nicht. ... Ben Hartwig kommt infrage. Wir sind gut miteinander befreundet. Die Chance, dass er mir hilft, ist ziemlich groß. Ich habe keine andere Wahl. Ihn anzurufen geht nicht. Die Polizei würde sofort herausfinden, dass ich ihn von hier aus genau in der Zeit angerufen habe, wo ich angeblich bei ihm bin. Ich zieh mich um und fahr zu ihm.

Die Fanklamotten, in denen mich womöglich jemand in Tatortnähe gesehen hat, muss ich verstecken und später vernichten.

*

Es war kurz vor 18:30 Uhr, als Sven Klein die Wohnung von Ben Hartwig erreichte. Sven war mit dem Auto gefahren, da er nicht sicher sein konnte, Ben tatsächlich anzutreffen. Eventuell würde er noch woanders hinfahren müssen. Er hatte sich komplett umgezogen, trug jetzt ein hellbeiges Poloshirt zur weißen Leinenhose.

Ich geh mal davon aus, dass Ben jetzt keinen Frauenbesuch hat und alleine zu Hause ist.

Aber Sven lag mit seiner Einschätzung daneben. Auf mehrmaliges Klingeln erfolgte keine Reaktion.

Mist, er ist nicht da. Jetzt muss ich zu Plan B greifen. Es wird langsam eng. Die Chance, dass etwas schiefläuft, wird immer größer.

*

Von der Südstadt bis nach Waldheim, dem kleinen beschaulichen hannoverschen Stadtteil an der Eilenriede, brauchte Sven Klein ungefähr zehn Minuten. Er stellte seinen Wagen in einer Nebenstraße ab und ging die letzten fünf Minuten durch das Wohngebiet zu Fuß, vorbei an alleinstehenden Einfamilienhäusern aus den Fünfziger- und Sechzigerjahren mit hochgewachsenen Hecken.

Ich geh davon aus, dass ich unerkannt bei ihm ankomme.

Er erreichte das etwas größere Haus, das einem älteren verwitweten Mann gehörte. Fabian Dreyer hatte innerhalb dieses Hauses eine eigenständige Wohnung mit einem separaten Außenzugang gemietet. Sven war vor Monaten bereits in der Wohnung zu Besuch gewesen und kannte daher die örtlichen Verhältnisse. Er wusste, dass Fabian von seinen Eltern jeden Monat einen Zuschuss für die Miete erhielt.

Die Rollläden an den Fenstern waren wegen der Sonneneinstrahlung teilweise heruntergelassen. Der Besitzer des Hauses war nirgendwo zu sehen.

Der alte Herr kriegt gar nicht mit, dass ich gekommen bin. Zum Glück. Hoffentlich ist Fabian da.

Sven klingelte, und kurze Zeit später öffnete ihm Fabian die Tür.

„Oh, was machst du denn hier?“, fragte Fabian überrascht.

„Ich brauche deine Hilfe.“

Hoffentlich glaubt er mir meine Geschichte, bangte Sven, *sonst sieht es schlecht für mich aus.*

„Komm rein“, meinte Fabian und führte ihn durch einen kleinen Flur in das Wohnzimmer. Sven wusste, dass Fabian den Raum gleichzeitig für seine Homeoffice-Tätigkeit als Callcenter-Agent nutzte, was an dem Schreibtisch mit der obligatorischen Hardware und dem professionellen Headset erkennbar war. Ansonsten war der Raum mit Schrankwand und Sofa, einem Esstisch und zwei Stühlen sowie einem riesengroßen Flachbildfernseher eingerichtet.

Im Fernsehen lief gerade die Zusammenfassung eines Fußballspiels.

Sven setzte sich auf einen der Stühle, während sich Fabian aufs Sofa fallen ließ und mit der Fernbedienung den Fernseher ausstellte.

„Was ist los?“, erkundigte sich Fabian. „Du wirkst total aufgeregt …“

„Es ist etwas Schreckliches passiert“, stimmte ihn Sven vorsichtig ein. „Du weißt, dass ich die Wahrheit sage und Gewalt verabscheue.“

„Ja, natürlich …“ Fabian guckte besorgt.

„Ich bin heute Nachmittag zu Lara gefahren, um sie in ihrer Wohnung aufzusuchen.“

„Zu Lara?“ Fabian guckte ungläubig. „Nach dem Streit gestern?! Versteh ich nicht ganz.“

„Ist auch nicht einfach zu verstehen“, druckste Sven herum. „Lara hat mir vorgeworfen, dass mein Verhalten sie wütend macht. Im Nachhinein glaube ich, sie hat recht. Sie hatte sich gewünscht, dass ich ihr einige Fotoalben ausleihe. Ich hab darauf nicht reagiert, und deswegen ist sie ausgeflippt. Die Schuld, dass unser Streit gestern eskaliert ist, liegt auch bei mir. Mein

Plan war, ihr mit einer versöhnlichen Geste entgegenzukommen."

„Wenn du meinst …" Fabian fragte sich offensichtlich, worauf Sven hinauswollte.

„Früher haben wir uns immer zusammen die Fußballspiele der deutschen Nationalmannschaft angeschaut. Lara und ich – wir beide so richtig in Fanklamotten." Sven machte ein trauriges Gesicht. „Heute Nachmittag kam mir spontan die Idee, sie zu überraschen, indem ich die gewünschten Fotoalben vorbeibringe und wir vielleicht doch gemeinsam zum Public Viewing gehen oder bei ihr in der Wohnung Fußball gucken. Damit alles zwischen uns zu einem versöhnlichen Abschluss kommt."

„Na gut, du bist also wieder schwach geworden und zu ihr gefahren", fasste Fabian leicht ungeduldig zusammen. „Ist es das, was du mir erzählen wolltest?"

„Nein, das ist nur die Vorgeschichte, damit du verstehst, warum ich zu ihr gefahren bin. Ich wollte mich mit ihr versöhnen, aber ihr nichts antun."

„Und dann?"

Sven machte eine Pause und fing an zu weinen. Erst jetzt, nachdem er einen Gang runterschalten konnte, spürte er die Trauer über den endgültigen Verlust seiner Ex-Partnerin, die er nacheinander und manchmal auch gleichzeitig verehrt, geliebt, verachtet und gehasst hatte.

„Ich habe sie tot in ihrer Wohnung gefunden", sagte er tonlos und wischte sich die Tränen aus dem Gesicht.

„Sie ist ermordet worden. Jemand hat ihr die Kehle durchgeschnitten."

Fabian war sichtlich erschrocken.

„Hast du die Polizei verständigt?" Seine Frage klang eher rhetorisch.

„Eben nicht, das ist ja das Problem."

„Wieso denn nicht? Das wäre doch das Naheliegendste."

„Ich war komplett durcheinander und konnte keinen klaren Gedanken fassen. Bloß weg, bloß weg!" Er bat Fabian mit seinem Blick um Verständnis. „In meinem Kopf war diese fürchterliche Angst, dass man mich natürlich für den Mörder hält."

„Dich?"

„Ja klar." Svens Gesicht drückte Gewissheit aus. „Ich hab mich von ihr wochenlang unterdrücken und bloßstellen lassen. Gestern dieser heftige Streit, in dem sie mir das Smartphone demoliert. Dann verkündet sie lautstark, dass ich ihr gegenüber schon gewalttätig geworden bin und nur harmlos tue. Dass man sich deswegen vor mir in Acht nehmen muss. … Jeder wird annehmen, dass ich eine angestaute Wut auf sie hatte. Ein plausibles Mordmotiv." Sein Lachen klang irre. „Und dann gehe ausgerechnet ich am nächsten Tag in ihre Wohnung, und sie ist tot. … Exekution einer Stalkerin, was sonst?"

„Wie bist du ins Haus und in ihre Wohnung gekommen?"

„Ich hab vergeblich bei ihr geklingelt. Aber ihr Fenster stand offen. Sie würde das Haus nie bei offenem

Fenster verlassen. Also hab ich bei einem Nachbarn geklingelt, der eine Geburtsfeier laufen hatte. So bin ich ins Haus gekommen. Die Tür zu Laras Wohnung, die gegenüber vom Treppenaufgang liegt, war nicht ganz zu. Durch den Spalt war aber von außen nichts Ungewöhnliches zu sehen. Ich hab die Tür vollständig geöffnet und hab Lara auf dem Boden liegen sehen. Ich bin rein in die Wohnung und hab sofort gemerkt, dass sie tot war." Sven stockte erneut. „Sie lag auf dem Bauch, aber ihr Kopf war zur Seite gedreht, und ich konnte ihr starres lebloses Auge sehen … und den Schnitt am Hals und das ganze Blut auf dem Boden. Die Tatwaffe, so ein Cuttermesser, lag neben ihr."

„Aber wenn du es nicht warst, hättest du trotzdem die Polizei informieren müssen, um alles aufzuklären", beharrte Fabian.

„Die würden mir nie glauben, dass die Tür bereits offen stand, als Lara schon tot war. Also wird man davon ausgehen, dass ich meine Ex-Frau, nachdem sie selbst mir die Tür geöffnet hat, getötet habe. Und die Mordwaffe war auch noch da. Ich hatte sofort den Impuls zu fliehen und dafür zu sorgen, dass keiner erfährt, dass ich in der Wohnung war."

„Aber von mir nimmst du an, dass ich dir die offen stehende Tür abkaufe? Wieso?"

„Weil du mich seit Langem kennst – im Gegensatz zur Polizei, die vermutlich endlich ein Erfolgserlebnis braucht. Die halten mich sofort für einen Nachahmungstäter dieses Frauenmörders, oder für den

Frauenmörder selbst." Sven sah Fabian flehend an. „Glaubst du, ich wäre dazu fähig, die Mutter meines Sohnes abzuschlachten?! Lieber hätte ich mich hundertmal von ihr runterputzen lassen, als noch einmal die Hand gegen sie zu erheben. Ein einziges Mal habe ich mich dazu hinreißen lassen, aber das war mir eine Lehre, mich um jeden Preis am Riemen zu reißen."

„Stimmt schon. Du hast dich immer zurückgehalten", nickte Fabian zustimmend. „Dass du zu Lara fährst, um sie umzubringen, kann ich mir nicht vorstellen."

„Aber auch im Affekt würde ich es nie tun. Bitte glaub mir, dass diese verdammte Tür nicht geschlossen war. Aus irgendeinem Grund wird der Täter sie nicht zugemacht haben. Vielleicht hat er's vergessen. Oder es war ein Psychospielchen, keine Ahnung!"

Sven sah Fabian durchdringend an, bis dieser meinte: „Okay, ich glaube dir. Und was kann ich jetzt für dich tun?"

Sven wirkte erleichtert. „Durch meine Flucht habe ich mich zusätzlich verdächtig gemacht. Aus der Nummer komme ich nicht mehr raus. Ich brauche ein Alibi. Du warst doch nachmittags zu Hause, oder?"

„Ja."

„Könntest du der Polizei erzählen, dass wir von nachmittags an bei dir in der Wohnung waren und Fußball geguckt haben? Nach dem Deutschlandspiel bin ich dann nach Hause gefahren ...?"

Fabians Mimik drückte Ablehnung aus: „Ich kann unmöglich in einem Mordfall ein falsches Alibi geben."

„Glaubst du mir etwa doch nicht?!", setzte ihn Sven unter Druck.

Mist, er macht einen Rückzieher.

„Doch, schon", druckste Fabian herum.

„Bitte, mach es."

„Aber du hast bestimmt Fingerabdrücke hinterlassen", versuchte sich Fabian herauszureden.

„Ich habe nur Türknäufe und Klingelknöpfe angefasst. Die habe ich komplett abgewischt. Sollte die Polizei wider Erwarten eine Spur von mir in der Wohnung entdecken – Lara hat mich vor zweieinhalb Wochen ‚ganz offiziell' kurz in ihre Wohnung gebeten."

„Hat dich jemand im Haus gesehen?"

„Nein. Und ich hatte ein Fußballtrikot an. Dazu Fanhut und Schal. Das hab ich schon seit Jahren nicht mehr getragen."

„Die Polizei wird über eine Funkzellenabfrage schnell herausfinden, wo du dich zur Tatzeit mit deinem Smartphone aufgehalten hast. Das sieht man in jedem Krimi."

„Ich hatte mein Smartphone überhaupt nicht dabei. Nachdem es gestern auf die Fliesen geknallt ist, geht es nicht mehr an. Ich hab's heute Morgen zur Reparatur gebracht."

„Aber dann ist es doch wieder intakt."

„Die hatten in dem Shop derart viele Aufträge, dass ich es erst am Montag wiederbekomme."

„Also Glück im Unglück."

„Mein uralter Rover Mini hat mit GPS-Steuerung auch nichts am Hut."

„Mhm.“ Fabian war sichtlich am Überlegen.

Ich muss ihn überzeugen, dass er mitmacht.

„Dein Vermieter hat nicht mitbekommen, wann ich bei dir eingetroffen bin“, erklärte er Fabian. „Du hast mir mal erzählt, der sei schwerhörig.“

„Ja, aber geistig fit.“

„Du gehst kein Risiko ein, wenn du mir ein Alibi gibst. Aber du hilfst mir dabei, dass ich nicht für etwas in große Schwierigkeiten gerate, was ich nicht getan habe.“

„Und was ist mit Timo?“

Ein letztes Aufbäumen von Fabian. Ich denke, ich kann ihn überreden.

„Als ich zu Lara gefahren bin, war er einkaufen, um später zu einem Kommilitonen zu fahren. Ich hab ihm ’nen Zettel in unseren Flur gelegt, damit er sich nicht wundert, dass ich weg bin. Ich wollte ihm aber auch nicht verraten wohin, weil Lara ein Reizthema ist. Insofern hab ich auf den Zettel ganz unverbindlich ‚Kann später werden‘ mit einem grinsenden Smiley geschrieben.“ Er sah Fabian zuversichtlich an. „Wenn ich nachher spätabends wieder zu Hause bin, erzähle ich Timo, dass ich mit der Nachricht ausdrücken wollte, dass ich zu dir bin. Das könntest du mir ja gestern Abend kurz im Fitnessstudio als Möglichkeit angeboten haben – und ich habe das Angebot spontan genutzt.“

„Du hast wirklich an alles gedacht“, staunte Fabian.

Sven wusste nicht, ob dieser Satz Misstrauen oder Zustimmung ausdrücken sollte. Daher schob er gleich hinterher: „Ich bin selbst erstaunt, wie rational und zielgerichtet ich denken und handeln kann, wenn mein Leben davon abhängt. Allerdings bin ich in so einer Lage noch nie gewesen."

„Also gut, ich mach's", stimmte Fabian endlich zu. „Lass uns die Details durchsprechen, damit dein Alibi gegenüber der Polizei hieb- und stichfest ist."

Kapitel 53

Sonntag, 24. Juni

Kriminalhauptkommissar Thomas Stelter befand sich die letzten Tage permanent unter Anspannung. Irgendwann in nächster Zeit würde der Täter erneut versuchen, eine Frau zu töten. Wenn nicht heute, dann vielleicht morgen oder übermorgen. Und er als der erfahrene Ermittlungsführer der zuständigen Mordkommission hatte nicht die Macht, es zu verhindern. Er konnte lediglich hoffen, dass der Täter selbst die geplante Tötung als zu riskant einschätzte und zunächst davon abließ. Zumindest gestern war die befürchtete Nachricht vom gewaltsamen Tod eines Opfers ausgeblieben. Lediglich ein kurzes Durchatmen.

Trotzdem hatte es am Samstag einen bemerkenswerten Zwischenfall gegeben. Der Polizeibeamte in Zivil, der gestern in der zweiten Tageshälfte für die unauffällige Observation von Raimund Bachmann zuständig war, hatte den Chefredakteur der *Ihme News* gegen 16:30 Uhr beim Public Viewing, noch vor dem Anpfiff des Fußballspiels Südkorea gegen Mexiko, in einer großen Menschenmenge auf der Fährmannswiese in Hannover verloren. Gegen 17:45 Uhr war Bachmann von selbst wieder aufgetaucht – und zwar in der Polizeiinspektion West, wo er Anzeige wegen Diebstahls seines Smartphones erstattet hatte.

Heute gegen zehn Uhr morgens platzte die Bombe. Petra Jung, eine 55-jährige Frau, meldete einen Leichenfund. Das Opfer hieß Lara Klein. Die Frau lag tot im Flur ihrer Wohnung in Vahrenwald. Raffael Störtebecker hatte mit seiner launigen Vermutung, der Täter könnte diesmal eine Frau in ihren vier Wänden töten, auf makabre Weise recht gehabt. Die Spurensicherung machte sich sofort auf den Weg, begleitet von Thomas.

Der Leiter der Mordkommission sah sich von außen das Haus an, in dem das Opfer getötet worden war, ebenfalls die nähere Umgebung. Er brauchte den persönlichen Eindruck, um sich plastisch vorstellen zu können, welche Wege der Täter genommen haben könnte. Von wo aus hatten Zeugen den Täter womöglich vor und nach der Tötung beobachtet?

Da die Gefahr bestand, dass er beim Betreten des unmittelbaren Tatortes wichtige Spuren vernichtete, studierte er den Leichnam und die Wohnung des Opfers nur auf Fotos und einem Video.

Am Mittag befand sich Thomas wieder in den Diensträumen des Kommissariats 1. Die ersten Ergebnisse lagen vor. Die Tote war vierundvierzig, geschieden und alleinlebend, hatte einen 22-jährigen Sohn, der bei seinem Vater in Hannover wohnte. Seit letztem Jahr arbeitete sie als Sachbearbeiterin bei der Region Hannover. Sämtliche Informationen stammten von Petra Jung, der Leiterin einer Selbsthilfegruppe für Abhängigkeitskranke. Die beiden Frauen kannten sich seit vielen Jahren. Lara Klein war mit Petra Jung heute Vormittag – wie jeden Sonntag – zum Frühstück in ihrer Wohnung verabredet gewesen. Jung hatte nach eigenen Angaben mit ihr am Vortag gegen 16:55 Uhr zuletzt telefoniert, um zu besprechen, was sie zum Frühstück mitbringen sollte. Da hatte das Opfer also noch gelebt!

Kurz vor zehn Uhr war Petra Jung heute vor dem Haus eingetroffen. Das Wohnzimmerfenster von Laras Wohnung im Erdgeschoss stand offen. Als auf ihr Klingeln keine Reaktion erfolgte, benutzte sie den Haus- und Wohnungsschlüssel, den ihr Lara Klein vor Längerem ausgehändigt hatte, damit sie im Notfall in der Wohnung nach dem Rechten schauen konnte. Sie betätigte noch einmal die Klingel neben der geschlossenen Wohnungstür. Dann schloss sie die Tür auf und fand den Leichnam im Flur.

Nach dem jetzigen Stand der Erkenntnisse war davon auszugehen, dass Lara Klein durch einen tiefen Halsschnitt, durchgeführt von hinten, in ihrer Wohnung von demselben Täter umgebracht worden war, der bereits Nadine Odem und Jeanett Mangold auf dem Gewissen hatte. Die Ausführung der Tat war komplett identisch.

Neben dem Opfer hatte ein Cutter gelegen, der sicher nicht die Tatwaffe war. Petra Jung kannte den Cutter. Lara Klein hatte ihn regelmäßig benutzt, um damit im Flur die zahlreichen Pakete ihrer Online-Bestellungen zu öffnen beziehungsweise später die zum Teil großen Kartons zu verkleinern. Auf dem Tatortfoto vom Flur waren zwei leere Kartons zu erkennen, die Lara Klein vermutlich mit dem Cutter hatte zerschneiden wollen.

Genau wie in den anderen beiden Fällen gab es weder Kampf- noch Abwehrspuren. Das Opfer musste den Täter in die Wohnung gelassen haben. Ein Hinweis, dass Lara Klein ihn gekannt oder ihm zumindest vertraut hatte. Nadine Odem hatte dem Täter anscheinend auch vertraut, ihn jedoch vermutlich nicht oder nur flüchtig gekannt.

Der Täter schafft es, Vertrauen zu erwecken, was er zur Durchführung der Tötungen missbraucht, ging Thomas Stelter durch den Kopf. *In welcher Beziehung stand der Täter zu Lara Klein? War es der Paketbote, jemand aus ihrer Selbsthilfegruppe, ein Nachbar, ein Bekannter, womöglich ihr Ex-Mann?*

Bisher hatte der Täter immer auf seine Tat aufmerksam gemacht: das Fahrrad von Nadine Odem am Waldweg, die blutige Jacke von Jeanett Mangold in der halb geöffneten Flügeltür. Dieses Mal stand das Fenster vom Wohnzimmer auf, was angesichts der sommerlichen Temperaturen nicht spektakulär wirkte.

Als die Spurensicherung die Wohnung betreten hatte, lief im Wohnzimmer noch der Fernseher mit kaum hörbarem Ton.

Lara Klein war als Alkoholikerin lange Zeit abstinent gewesen. Vor Kurzem war es zu einem gravierenden Rückfall gekommen, über den sie mit Petra Jung am

Telefon und vor vier Tagen persönlich in der Selbsthilfegruppe gesprochen hatte. Darüber hinaus hatte Lara Klein eingestanden, gelegentlich Tilidin-Tropfen zu missbrauchen. Entsprechende Fläschchen waren heute in ihrer Wohnung gefunden worden. Ihr Rückfall hatte dramatische Konsequenzen gehabt. Offenbar hatte sie die Besitzer des italienischen Restaurants *Il Sole* in aller Öffentlichkeit massiv beleidigt und war zudem handgreiflich geworden. Mit einem Nachbarn und ihrem Ex-Mann war sie – laut Jung – ebenfalls aneinandergeraten. Bereits früher soll sich Lara Klein unter Alkoholeinwirkung sehr aggressiv verhalten haben und gegenüber ihrem damaligen Mann sogar tätlich geworden sein. Aber alle Details kannte die Leiterin der Selbsthilfegruppe auch nicht.

Erst in den letzten Wochen sei es zu einer Wiederannäherung zu ihrem Ex-Mann Sven gekommen, beide hätten gemeinsam ein Fitnessstudio in der Südstadt besucht. Lara Klein hatte in der Selbsthilfegruppe berichtet, dass die Treffen mit Sven manchmal für sie enttäuschend verlaufen wären und sie dann mit ihm gestritten hätte. Ihr Sohn Timo wäre durchgängig sehr abweisend gewesen und hätte mit ihr nichts zu tun haben wollen, was sie sehr verletzt hätte.

Bei dem Namen des Fitnessstudios war bei Thomas Stelter sofort eine rote Alarmleuchte angegangen. Das dritte Opfer war Mitglied in genau demselben Fitnesscenter wie Raimund Bachmann. Raffael Störtebecker hatte sich gleich daran erinnert, Laras Porträtfoto in den *Ihme News* gesehen zu haben. Bachmann selbst hatte Raffael und Andrea die Werbeseite bei der Befragung auf seinem Monitor präsentiert, wenn auch damals mit dem Verweis auf Ben Hartwig. Bachmann war damit auf der Liste der Tatverdächtigen noch eine Stufe nach oben gerutscht.

Für die Ermittler gab es keinen freien Sonntag. Die Zeugenbefragungen mussten unmittelbar beginnen. In dem Haus, in dem Lara Klein getötet worden war, wohnten insgesamt zehn Mietparteien, wobei ein Ehepaar und eine Familie mit einem Kleinkind derzeit verreist waren. Hier liefen bereits die Befragungen.

Einige Mieter hatten gestern das Haus verlassen, unter anderem um zum Public Viewing zu gehen. Dafür war die Geburtstagsfeier in der zweiten Etage, die ungefähr von fünfzehn bis dreiundzwanzig Uhr lief, mit fünfundzwanzig Gästen gut besucht gewesen. Zweiundzwanzig dieser Besucher kamen aus Städten der Region Hannover, zwei aus Hildesheim und einer aus Braunschweig. Da die Gäste zu unterschiedlichen Zeiten gekommen und gegangen waren, hatten einzelne von ihnen möglicherweise wichtige Beobachtungen gemacht. In den umliegenden Häusern, vor allem auch dem Tatort gegenüber, wohnten ebenfalls jede Menge potenzielle Zeugen.

Thomas Stelter beauftragte Andrea Renner und Raffael Störtebecker mit der Befragung von Raimund Bachmann. Sie kannten ihn bereits persönlich, was den Vorteil hatte, dass ihnen Änderungen in seiner Mimik, seinem Verhalten oder seiner Argumentation am ehesten auffallen würden. Bachmann konnte ansonsten vielleicht wichtige Hinweise zu den geschilderten Streitereien im Fitnessstudio zwischen dem Opfer und ihrem Ex-Mann geben. Im Anschluss sollten Andrea und Raffael nach Möglichkeit Sven Klein und seinen Sohn Timo befragen, die zusammen in der Südstadt wohnten, nicht weit von Bachmann entfernt.

Lara Klein war in der letzten Zeit mit verschiedenen Personen aneinandergeraten. Offenbar hatte die Frau mehrere Männer auf unterschiedliche Weise gekränkt. Inwieweit die Konflikte derart schwerwiegend waren, dass sich daraus ein mögliches Tötungsmotiv ergab, würde die Befragung der Betroffenen zeigen. Die Inhaber des Restaurants *Il Sole* standen bereits auf der Befragungsliste.

Kapitel 54

Sonntag, 24. Juni

„Ihr Versprechen, dass wir uns wiedersehen, haben Sie gehalten, Frau Kommissarin", sagte Raimund Bachmann zu Andrea Renner. „Leider aus einem bedauerlichen Grund. Schrecklich, was da passiert ist."

Andrea Renner und Raffael Störtebecker hatten sich mit dem Chefredakteur der *Ihme News* in dessen Wohnung in der Südstadt getroffen. Erneut saßen sie sich in Bachmanns häuslichem Arbeitszimmer gegenüber. Über den Grund ihres Kommens hatten sie ihn bereits aufgeklärt. Wie üblich schnitt ein mobiles Aufzeichnungsgerät das Gespräch mit.

Als wir ihm erzählt haben, dass Lara Klein getötet worden ist, hat er tatsächlich überrascht und betroffen gewirkt, überlegte sich Andrea.

„Und da ich mit dem Opfer im selben Fitnessstudio trainiere, bin ich natürlich verdächtig", äußerte Bachmann mit einem ironischen Unterton.

„So ist es, deswegen sind wir hier", entgegnete Raffael. „Daher gleich vorweg: Wo haben Sie sich gestern ab ungefähr siebzehn Uhr aufgehalten?"

„Die Alibifrage …" Bachmann lächelte.

„Sie kennen sich aus“, stimmte Raffael zu, der im Folgenden die Gesprächsführung übernahm.

„Gegen siebzehn Uhr war ich in der Limmerstraße im *Handy-Shop Linden*“, antwortete Bachmann und nannte gleich die Adresse.

„Ich habe Informationen, dass Sie eine halbe Stunde vorher noch auf der Fährmannswiese gewesen sind.“

„Was Sie nicht alles wissen.“ Der Chefredakteur klang erstaunt. „Aber es stimmt. Ich wollte mir auf der Fährmannswiese die Fußballspiele auf der großen Leinwand ansehen und ein Stimmungsbild für einen Zeitungsbericht einfangen.“

Vor mehreren Tausend Fans waren dort zwei Spiele am Nachmittag und das Deutschlandspiel am Abend übertragen worden. Die Fährmannswiese lag im hannoverschen Stadtteil Calenberger Neustadt am Zusammenfluss von Leine und Ihme.

„Ich Idiot hatte mein Smartphone beim Public Viewing in der Gesäßtasche“, fuhr Bachmann verärgert fort. „Jemand hat es mir da rausgezogen und ist damit abgehauen. Ich hab gemerkt, dass es nicht mehr da war, und fast zeitgleich ist ein junger Bursche weggerannt.“

„Und wie haben Sie reagiert?“

„Natürlich bin ich hinterhergesprintet, da ich dachte, der Typ hat es mir geklaut. Es war nicht so einfach, den Kerl bei den vielen Menschen auf der Fährmannswiese zu erwischen. Aber ich hab’s geschafft.“

„Haben Sie ihm Ihr Smartphone wieder abgenommen?“

„Nein. Er hatte mein Smartphone gar nicht dabei. Entweder hab ich mich geirrt, oder er hat es zwischendurch weggeworfen oder einem Komplizen in die Hand gedrückt. Ich hab dann noch nach dem Teil gesucht, aber nichts gefunden. Danach bin ich zum *Handy-Shop Linden* in der Limmerstraße, hab dort meine SIM-Karte sperren lassen und gleich eine neue bestellt, da das Smartphone nicht geortet werden konnte."

„Bei der Polizei haben Sie den Diebstahl aber erst gegen 17:45 Uhr zur Anzeige gebracht", warf Raffael ein.

„Ich hab mir in dem Laden noch ein paar andere Smartphone-Modelle angeschaut, aber nichts gekauft. Ich werde die SIM-Karte erst einmal in ein altes Smartphone einbauen."

„Und wohin sind Sie gegangen, nachdem Sie die Polizeiinspektion verlassen haben?" Die endgültige Tatzeitbestimmung stand noch aus.

„Zurück zu Fuß zur Fährmannswiese zum Public Viewing. Für die Fotos hatte ich noch eine kleine Kamera dabei."

„Gibt es dafür Zeugen?"

„Auf der Fährmannswiese Tausende. Aber niemanden, den ich kenne."

„Wir werden uns im *Handy-Shop Linden* erkundigen, ob Sie dort waren."

„Ich hab nichts anderes erwartet", konterte Bachmann selbstsicher.

„Kommen wir zu der getöteten Frau. Kannten Sie sie persönlich?" Raffaels Fragen kamen Schlag auf

Schlag. Andrea blieb diesmal in der Rolle der Beobachterin.

„Ich habe sie im *Fitness for all* mehrfach gesehen. Gesprochen habe ich mit ihr nie. Sie saß regelmäßig mit Sven Klein in der Coffee-Lounge. Vielleicht seit einem Monat. Ben Hartwig und Fabian Dreyer waren meistens auch dabei."

„Wie hat die Frau auf Sie gewirkt?"

„Soweit ich das mitbekommen habe, ist sie forsch aufgetreten."

„Wie meinen Sie das?"

Bachmann lachte spöttisch und meinte: „Sie hat ihrem Ex-Mann meistens gezeigt, wo es langgeht. Einzelheiten habe ich nicht mitbekommen und haben mich auch nicht interessiert. Im Fitnessstudio will ich meine Ruhe haben. Allerdings hab ich vor einer Woche gehört, dass sie Sven in der Coffee-Lounge als ‚Schlaffi' bezeichnet hat. Und vorgestern ist es dort zwischen den beiden zu einem kurzen Streit gekommen. Die Frau hat lautstark behauptet, Sven könne ‚ganz schön zulangen'. Ich hab es so verstanden, dass sie damit ausdrücken wollte, Sven wäre ihr gegenüber tätlich geworden. Aber sie war bei dem Streit diejenige, die ihrem Ex-Mann impulsiv das Smartphone aus der Hand geschlagen hat."

„Wie hat Sven Klein darauf reagiert?"

„Er ist weitgehend ruhig geblieben."

„Hat er seiner Frau etwas angedroht? Oder hinterher gegenüber seinen Bekannten etwas Entsprechendes angedeutet?"

„Nein. Die Frau ist nach dem Streit sofort gegangen, hat vorher zu Sven gesagt, dass es ihr leidtäte."

„Was hat denn das Verhalten von Lara Klein bei Ihnen ausgelöst?"

„Nichts. Ich hab's zur Kenntnis genommen. Was sich zwischen Sven und seiner Ex abspielte, war mir egal." Er guckte Raffael herausfordernd an. „Auf jeden Fall hatte ich keinen Grund, die Frau umzubringen."

Zumindest keinen erkennbaren, dachte Andrea.

*

Als Nächstes hatten sich Andrea und Raffael mit Sven Klein und seinem Sohn telefonisch in deren Wohnung verabredet.

Auf der Fahrt dorthin meinte Andrea: „Letztlich verfügen wir über nichts, was Bachmann konkret belastet. Natürlich könnte Laras Auftreten bei ihm Erinnerungen an sein kränkendes Zusammentreffen mit Jeanett Mangold hervorgerufen haben. Aber wir haben weder einen Hinweis darauf noch dass er sich gestern in der Nähe des Tatortes aufgehalten hat."

„Vielleicht hat er mitbekommen, dass er beschattet wird", entgegnete Raffael. „Könnte der Diebstahl nur erfunden sein? Mit dieser Geschichte hat er eine plausible Begründung erschaffen, plötzlich vorübergehend von der Bildfläche zu verschwinden und sein Smartphone auszuschalten. Die Kollegen von der Inspektion West, die seine Anzeige aufgenommen haben, waren ja über unsere kleine Observierungsmaßnahme nicht informiert. Hat er sich womöglich von der Polizeidienststelle auf den Weg zu Lara Klein in Vahrenwald gemacht und ist erst danach wieder zur Fährmannswiese zurückgekehrt? Die Selbstsicherheit, mit der Bachmann auftritt, gefällt mir nicht.“

Kapitel 55

Sonntag, 24. Juni

Jetzt geht es um alles oder nichts, schoss es Sven Klein durch den Kopf. *Aber ich glaube, ich habe mich bestens auf die polizeiliche Vernehmung vorbereitet.*

Andrea Renner und Raffael Störtebecker hatten Sven und Timo schonend die Nachricht von der Tötung Laras übermittelt. Sven hatte die beiden in sein Wohnzimmer gebeten, wo sie zu viert am Tisch saßen. Die Oberkommissarin musterte sehr genau Timo, offenbar um einzuschätzen, wie er die Botschaft vom gewaltsamen Tod seiner Mutter aufnahm.

„Ist es für Sie in Ordnung, wenn wir erst mit Ihrem Vater allein sprechen?", fragte sie ihn mitfühlend. „Wir würden uns danach mit Ihnen unterhalten."

Timo stimmte sofort zu und erklärte: „Das geht schon. Ich bin so lange in meinem Zimmer."

Nachdem er den Raum verlassen hatte, meinte sie zu Sven: „Er nimmt die schreckliche Mitteilung anscheinend gefasst auf."

„Er hält manchmal seine Gefühle zurück", äußerte Sven. „Aber er ist schon ein starker Junge, der nicht gleich zusammenklappt, wenn er Belastungen ausgesetzt ist."

Die Kommissarin ist mir sympathisch. Den Kommissar mit den gelockten Haaren und dem Hamburger Akzent, der mir zur Begrüßung die Schreibweise seines Namens dargelegt hat, finde ich etwas gewöhnungsbedürftig.

Die anschließende Befragung wurde aufgezeichnet. Renner und Störtebecker hatten ihren Gastgeber über die Formalitäten des Gesprächs aufgeklärt.

Ich muss glaubwürdig wirken, den Streit mit Lara herunterspielen, sagte Sven zu sich selbst. *Timo denkt, dass ich bei Fabian in Waldheim Fußball geguckt habe. Von den Auseinandersetzungen zwischen Lara und mir im Fitnessstudio weiß er nichts. Das ist gut so. Wenn ich Tränen zulasse, ist das vor der Polizei eher günstig. Aber ich will das Gespräch hinter mich bringen und nicht so tun, als ob ich momentan vor Trauer nicht vernehmungsfähig bin.*

„Wie war das Verhältnis zu Ihrer Ex-Frau?", kam der Oberkommissar unvermittelt zur Sache.

„Jahrelang hatten wir keinen Kontakt. Dann hat sie sich vor zwei Monaten gemeldet und mich angerufen. Erst haben wir nur regelmäßig miteinander telefoniert. Dann hat sie sich im selben Fitnessstudio angemeldet, in dem ich trainiere, wodurch wir uns zuletzt in der Regel zweimal wöchentlich gesehen haben."

„Das beantwortet noch nicht meine Frage", setzte Störtebecker gleich nach. „Wie haben Sie sich in den letzten Wochen verstanden?"

Die Polizei wird herausbekommen, dass die Stimmung zwischen uns nicht störungsfrei war und wir Streit hatten.

„Es war richtig, dass Lara den Schritt auf mich zugemacht hat“, bekundete Sven. „Wir hatten uns eine Menge zu erzählen und sind die meiste Zeit gut miteinander klargekommen.“ Er schniefte bewusst, um zu zeigen, dass er mit den Tränen kämpfte. „Aber es gab auch kleine Meinungsverschiedenheiten. Wenn es mir zu viel wurde, habe ich zwischendurch ihre Telefonnummern bei mir gesperrt.“

„Worum ging es bei den ‚kleinen Meinungsverschiedenheiten‘?“

„Lara hätte mich gerne häufiger getroffen, wollte ein engeres Verhältnis.“

„Und Sie wollten das nicht?“ Störtebecker legte den Kopf zur Seite.

„Nein. Ein freundschaftliches Verhältnis, wo man sich gelegentlich sieht, war okay. Aber mehr kam für mich nicht infrage.“

„Hatten Sie trotzdem Sex?“, fragte der Oberkommissar plump.

„Nein. Einmal hab ich sie nach Hause gefahren und bin kurz in ihrer Wohnung gewesen. Aber es ging nie um Sex.“

Gute Gelegenheit, um einzuflechten, dass ich schon mal in der Wohnung war. Damit kann ich später meine Fingerabdrücke dort erklären.

Die Oberkommissarin meldete sich zu Wort: „Haben Sie eine neue Partnerin?“

Sven überlegte, dann antwortete er: „Ich habe mich gelegentlich mit einer Arbeitskollegin getroffen. Aber noch nichts Ernstes.“

„Warum haben sich Ihre Frau und Sie damals scheiden lassen?“, hakte Renner nach.

„Sie hatte ein schweres Alkoholproblem, wie bereits ihr Vater. Ihr aggressives Verhalten im alkoholisierten Zustand war zuletzt nicht mehr auszuhalten. Aber jetzt ist sie schon seit Jahren trocken.“

„Ihr Sohn ist damals bei Ihnen geblieben …“, stellte die Oberkommissarin fest.

„Ja, Lara war aufgrund ihrer chronischen Alkoholabhängigkeit nicht mehr in der Lage, sich um Timo zu kümmern. Ich habe das alleinige Sorgerecht zugesprochen bekommen. Timo war damit einverstanden. Er hat darunter gelitten, dass er das Verhalten seiner betrunkenen Mutter mitansehen musste. Deswegen hat er auch jeglichen Kontakt zu ihr abgebrochen.“

„Ihre Frau soll Sie vor einer Woche im Fitnessstudio als ‚Schlaffi‘ bezeichnet haben“, ging Störtebecker dazwischen.

„Das stimmt. Sie hatte eine energische emotionale Art. Aber das war nicht böse von ihr gemeint. So kannte ich sie. Mich hat das nicht aufgeregt.“

Ich hoffe, dass die beiden das schlucken. Natürlich hat mich ihre verletzende Art nicht kaltgelassen.

Der Oberkommissar tauschte einen skeptischen Blick mit seiner Kollegin aus und fragte dann: „Vor zwei Tagen ist es zu einem lauten Streit zwischen Ihnen beiden gekommen. Was war der Anlass?“

Jetzt geht’s ans Eingemachte …

„Sie war sauer, dass ich mal wieder ihre Telefonnummer gesperrt hatte." Sven versuchte sachlich zu klingen. „Außerdem wollte sie gerne einige alte Fotoalben von der Familie ausleihen, und ich hab gezögert, sie ihr zu überlassen."

„Ihre Ex-Frau hat geäußert, dass Sie ganz schön zulangen können", hielt ihm Störtebecker entgegen, „und dass man sich vor Ihnen in Acht nehmen müsse."

Woher wissen die das schon?! Aber war ja klar, dass diese Fragen auf mich zukommen, die ein Motiv aus mir herauskitzeln sollen. Was für ein Glück, dass ich bei dem Streit Ruhe bewahrt habe.

„Das war typisch ihr aufbrausender Charakter", behauptete er in einem Tonfall, als würde er über die selbstverständlichste Sache der Welt berichten. Dann nahm seine Stimme einen leidenden Klang an. „Einmal hab ich meine Frau tatsächlich geschlagen. Das muss über acht Jahre her sein. Sie hat erst Fotos und Dokumente von mir zerrissen und ist dann auf mich losgegangen. Da habe ich mich gewehrt. Das hat mich selbst sehr belastet. Gewalt ist überhaupt nicht mein Ding."

„Ihr Smartphone soll bei dem Streit vorgestern durch die Luft geflogen sein …?" Störtebecker deutete mit der rechten Hand eine Flugbewegung an.

„Ja, es ist beschädigt worden. Ging danach nicht mehr an. Ich hab's gestern zur Reparatur gebracht. Montag bekomme ich es wieder."

Eine glaubwürdige Erklärung, warum ich ohne Smartphone zu Fabian gefahren bin. Die Alibifrage scheinen sie sich ja bis zum Schluss aufzusparen. Ist das ein gutes Zeichen, weil sie mich nicht unbedingt für den Täter halten?

„Lara hat sich für ihr Verhalten direkt nach dem Streit bei mir entschuldigt." Sven sah Andrea Renner an. „Damit war die Sache für mich erledigt."

Die Polizistin stellte die nächste Frage: „Wann haben Sie Ihre Ex-Frau zuletzt gesehen?"

Natürlich in ihrer Wohnung, wie sie tot im Flur lag.

„Am Freitagabend, in der Coffee-Lounge. Bei unserem Streit."

„Wissen Sie, ob Ihre Ex-Frau in den letzten Wochen wieder Alkohol getrunken oder Medikamente eingenommen hat?", erkundigte sich die Oberkommissarin.

Oh, hat sie etwa?!

„Davon ist mir nichts bekannt", antwortete Sven wahrheitsgemäß.

„Hat sie Ihnen mal davon erzählt, dass Sie Streit mit anderen Personen hatte?", wollte Renner wissen.

„Ein Mann in ihrer Selbsthilfegruppe soll nicht einfach sein. Und ihren Nachbarn, einen Herrn Beck oder Bock, fand sie total arrogant. Ansonsten kann ich dazu nichts sagen."

Störtebecker stellte schließlich die lang erwartete Frage: „Wo sind Sie gestern ab siebzehn bis zirka zweiundzwanzig Uhr gewesen?"

„Siebzehn Uhr …?" *Nicht gleich wie aus der Pistole geschossen antworten. Das wirkt wie vorher zurechtgelegt.* „Da bin ich kurz zuvor bei einem Bekannten in Waldheim eingetroffen … Fabian Dreyer.

Um siebzehn Uhr war der Anpfiff des ersten Fußballspiels aus der Deutschlandgruppe, Südkorea gegen Mexiko. In Fabians Wohnung haben wir uns beide Spiele angesehen. Nach dem Deutschlandspiel war ich wahrscheinlich so gegen 22:30 Uhr wieder zu Hause."

Störtebecker notierte sich Namen und Adresse.

Auf Störtebeckers nächste Frage war Sven nicht vorbereitet. Der Oberkommissar wollte von ihm wissen, wo er sich am Sonntag, den 13. Mai ungefähr gegen 12:45 Uhr aufgehalten hatte.

„Oh je, das ist schon lange her …" Jetzt musste Sven wirklich überlegen, was er antworten sollte.

Es geht natürlich um den ersten Mord an Nadine Odem. Ich hätte mich präparieren sollen. Blöderweise war ich davon ausgegangen, dass die Präsentation meines Alibis bei Fabian gar nicht erst solche Fragen nach sich ziehen würde. Aber als naher Angehöriger eines der Opfer ist die Möglichkeit, dass ich der Serientäter sein könnte, natürlich gegeben.

„Jetzt fällt's mir wieder ein", äußerte er erleichtert. „Ich war in einem Ferienhaus am Arnumer See."

Sven erläuterte, dass er sich während des Auslandsaufenthaltes eines Freundes von Mai bis Juli um dessen Ferienhaus und Grundstück im Naherholungsgebiet am Arnumer See kümmern würde. An dem Sonntag wäre er den ganzen Tag dort gewesen.

„Kann das jemand bezeugen?", war Störtebeckers unvermeidliche Nachfrage.

„Ja. Ich habe an dem Tag mit den Nachbarn gesprochen, denen das Ferienhaus nebenan gehört. Die können das sicher bezeugen. Da war den ganzen Tag über eine Art Kindergeburtstag."

In Wahrheit habe ich die Nachbarin nur vormittags begrüßt. Zur Tatzeit selbst werden die Nachbarn nichts über meine Anwesenheit sagen können.

Der Oberkommissar erkundigte sich schließlich nach Svens Alibi für den Zeitraum am Abend des 31. Mai, in dem Jeanett Mangold getötet worden war. Nach reichlicher Überlegung fiel Sven nur ein, dass er „an dem Abend vermutlich allein zu Hause" gewesen sei.

„Wären Sie damit einverstanden, dass wir gegebenenfalls in den kommenden Tagen Ihre Fingerabdrücke nehmen?" Störtebecker schaute ihn eindringlich an. „Vielleicht hat der Täter ja Fingerabdrücke in der Wohnung Ihrer Ex-Frau hinterlassen, die unsere Spurensicherung dann von den Ihren unterscheiden kann."

Klar stimme ich zu, um zu signalisieren, dass ich nichts zu verbergen habe.

Die Frage, ob Sven einen Tintenstrahldrucker besitze, bejahte dieser: „Wir haben einen Drucker in der Wohnung, den Timo und ich gemeinsam benutzen. Der Drucker steht in Timos Zimmer."

Der Bitte, ob Störtebecker nach dem Gespräch mit Timo ein von dem Tintenstrahldrucker ausgedrucktes Blatt mitnehmen dürfte, kam Sven ebenfalls nach.

Immer kooperativ zeigen und nicht auffallen.

Kapitel 56

Sonntag, 24. Juni

Andrea Renner und Raffael Störtebecker hatten nach der Befragung von Sven Klein seinen Sohn Timo in dessen Zimmer aufgesucht. Sie setzten sich zu ihm und erklärten ihm den formalen Ablauf des folgenden Gespräches, wobei sich Raffael wie üblich um das mobile Aufzeichnungsgerät kümmerte. Vereinbarungsgemäß nahm Sven an dem Gespräch mit seinem Sohn nicht teil.

Andrea hatte sich kurz mit Raffael darüber abgestimmt, dass sie die Federführung bei der Befragung übernahm.

Timo starrte zu Beginn des Gespräches ins Leere.

Bei aller zur Schau getragenen Coolness muss er das Ganze erst verarbeiten, überlegte sich Andrea. *Vermutlich ist er innerlich mehr betroffen, als er zugeben möchte. Aber das ist normal.*

Andrea erkundigte sich zunächst, wie er sich fühlte.

„Ich fühle nichts, zumindest keine Traurigkeit über ihren Tod", behauptete er.

Als Andrea danach fragte, berichtete Timo in nüchternem Tonfall darüber, dass Lara viele Jahre keinen

Kontakt zu ihm und seinem Vater gesucht habe. Das wäre auch in seinem Sinne gewesen. Er bestätigte, dass es wegen Laras massivem Alkoholkonsum oft großen Streit in der Familie gegeben hätte.

„Ich war froh, als Lara ausgezogen ist und Papa sich von ihr getrennt hat", bekundete er. Nur einmal hätte sich sein Vater körperlich gegen sie gewehrt und sie geschlagen. „Lara war schuld, dass sie Papa so weit getrieben hat. Damals habe ich die Entscheidung getroffen, dass ich in Zukunft jeglichen Kontakt zu ihr abbreche."

Timo bestätigte Svens Angaben, dass sich Lara vor zwei Monaten wieder telefonisch gemeldet hatte. Zweimal wäre Timo an den Apparat gegangen und hätte das Gespräch sofort beendet. Sein Vater hätte ihm später erzählt, dass er Lara beim Training im Fitnessstudio sehen würde. Timo und Sven hätten schließlich die Vereinbarung ausgehandelt, dass die Treffen zwischen Sven und Lara immer außerhalb der Wohnung von Vater und Sohn und nie unter Beteiligung von Timo stattzufinden hatten.

„Meinem Vater waren die gelegentlichen Begegnungen mit ihr wichtig. Da war er anders als ich. Und ich hatte kapiert, dass ich meinem Vater nicht vorschreiben kann, ob er Lara sieht oder nicht. Für mich war entscheidend, dass ich aus der Sache raus war."

Andrea wollte wissen, ob Timo in letzter Zeit etwas von Streitereien zwischen seinem Vater und Lara mitbekommen habe.

„Davon weiß ich nichts“, behauptete er. „Gab es denn Streit?! Darüber, wie die Treffen im Fitnessstudio abgelaufen sind, hat mir mein Vater nichts erzählt. Es hat mich allerdings auch nicht interessiert. Das Kapitel mit Lara war für mich abgeschlossen.“

„Wann haben Sie Ihre Mutter zuletzt gesehen oder gesprochen?“, erkundigte sich Andrea.

„In diesem Jahr habe ich sie ein einziges Mal am Kröpcke gesehen.“ Timo erläuterte, dass er dort an einem Infostand für Tierrechte gestanden hätte, als Lara auf ihn zugekommen wäre. „Das war ein ungünstiger Zeitpunkt, um miteinander zumindest ein paar persönliche Worte zu wechseln. Deswegen habe ich Lara gebeten, wieder zu gehen, und das hat sie auch gleich getan. Danach haben wir uns nie wieder gesehen oder miteinander telefoniert.“

„Hätten Sie gerne noch länger mit ihr gesprochen, wenn Sie gewusst hätten, dass es das letzte Mal ist?“, stellte die Oberkommissarin eine hypothetische Frage.

Timo blickte an ihr vorbei gegen die Wand.

„Ja“, meinte er schließlich. „In diesem Fall hätte ich ihr tatsächlich gerne etwas zum Abschied gesagt.“

Er erklärte, dass Lara für ihn vom Gefühl her seit seinem vierzehnten Lebensjahr nicht mehr seine Mutter gewesen wäre. Aber davor hätte es auch gute Zeiten mit ihr gegeben, die aber nie mehr wiedergekommen wären.

„Obwohl ich sie aus meinem aktuellen Leben gestrichen hatte …“, bekundete Timo, „habe ich nie gewollt, dass ihr so etwas Schreckliches zustößt.“

Wie Andrea erfuhr, hatte Timo anscheinend keine feste Freundin, verabredete sich jedoch manchmal abends mit Kommilitoninnen in einer Kneipe.

Am Ende der Befragung glich Andrea die Aussagen von Sven Klein zu dessen Alibi mit den Angaben von Timo ab. Timo erklärte, dass sein Vater die Wohnung gestern bereits verlassen hatte, als er selbst kurz nach siebzehn Uhr vom Einkaufen zurückgekehrt war. Sein Vater wäre bei Fabian in Waldheim gewesen. Ungefähr gegen 17:50 Uhr („die Halbzeit vom Spiel Südkorea gegen Mexiko lief nämlich bereits“) wäre Timo wieder aus dem Haus gegangen und mit dem Rad zu einem Kommilitonen gefahren, mit dem er sich später das Deutschlandspiel angesehen hätte.

Timo bestätigte, dass sein Vater am Sonntag, den 13. Mai vormittags mit dem Auto weggefahren wäre, um in dem Ferienhaus am Arnumer See nach dem Rechten zu sehen. Gegen Abend wäre Sven Klein zurückgehrt. Gerne hätte er seinen Vater begleitet, aber Timo hätte den Tag zu Hause verbracht, weil er am Wochenende unbedingt eine schriftliche Arbeit für sein Studium zu Ende bringen musste.

Am Donnerstagabend vor dreieinhalb Wochen, als der Täter zum zweiten Mal zugeschlagen hatte, wäre sein Vater gegen 20:00 Uhr zu Hause gewesen. Zu dem Zeitpunkt wäre Timo zu einer abendlichen Fahrradtour zum Altwarmbüchener See aufgebrochen und gegen 22:00 Uhr zurückgekommen. Um diese Zeit hätte er seinen Vater ebenfalls zu Hause angetroffen.

Ob Sven Klein tatsächlich gestern in Waldheim und Mitte Mai am Arnumer See war, sollte gut überprüfbar sein, war Andreas inneres Resümee. *Timos eigene Alibis sind insgesamt nur schwer oder gar nicht zu belegen. Aber er hat kein erkennbares Motiv, seine Mutter zu töten. Ich glaube, tief in seinem Innern leidet er sehr unter dem endgültigen Verlust seiner Mutter.*

Bereitwillig druckte Timo einen kurzen Satz auf einem Blatt Papier mit seinem Tintenstrahldrucker aus und übergab es Raffael.

*

Andrea Renner und Raffael Störtebecker überlegten sich spontan, das Alibi von Sven Klein noch an diesem Sonntagnachmittag durch eine persönliche Befragung von Fabian Dreyer zu überprüfen. Sie hatten Glück, Dreyer allein in seiner Wohnung in Hannover-Waldheim anzutreffen.

Dreyer bestätigte, dass Sven Klein von 17:00 bis ungefähr 22:15 Uhr mit ihm zusammen gewesen wäre.

Das Deutschlandspiel hatte einen dramatischen Verlauf genommen. In der ersten Halbzeit war Schweden 0:1 in Führung gegangen. Deutschland hatte in der zweiten Halbzeit ausgeglichen und erst in der fünften Minute der Nachspielzeit das Siegtor erzielt. Bei beiden deutschen Treffern hatte Dreyer mit dem Smartphone ein Selfie von sich und Klein vorm Fernseher gemacht, die er Andrea und Raffael zeigte. Die beiden Männer trugen auf den Fotos keinerlei Fankleidung.

In der Halbzeitpause hatten Dreyer und Klein den Besitzer des Hauses im Garten getroffen und mit ihm ein paar Worte über das Spiel gewechselt.

Auf das Verhalten von Lara und Sven Klein im Fitnessstudio angesprochen, meinte Dreyer, dass sich Sven Laras dominierendem Verhalten „angepasst“ hatte und bemüht war, Konflikte in Grenzen zu halten. Sven wäre nie aggressiv gewesen und hätte „neutral“ über seine Frau geredet. Ob es zu Auseinandersetzungen zwischen Lara und anderen Männern gekommen wäre, wisse er nicht. Diese Frage könne eventuell Ben Hartwig besser beantworten, weil dieser noch mehr mit Lara und Sven im Fitnessstudio zu tun gehabt hätte.

*

„Sven Klein hat also tatsächlich für die Tatzeit ein Alibi“, äußerte Andrea Renner, als sie wieder in ihren Dienstwagen stiegen. „Aber er hat eh auf mich den Eindruck gemacht, dass er mit den Vorwürfen seiner Ex umzugehen wusste. Alle Zeugenaussagen haben das bisher bestätigt.“

„Wie wir von Petra Jung erfahren haben, hat die Klein womöglich andere Männer noch heftiger angegriffen“, erwiderte Raffael Störtebecker. „Ich befürchte, uns stehen noch etliche Befragungen bevor.“

Dem wollte Andrea nicht widersprechen.

Die anschließende Autofahrt nutzte sie für eine private Frage: „Ist deine Wohnung jetzt in einem Zustand, dass außer deinem Cousin auch andere zu Besuch kommen können?“

„Nein, ich brauch da etwas länger.“

Er begann unvermittelt eine Melodie zu summen, die er schon zum wiederholten Mal vor sich hin gesungen hatte.

„Hat das was mit Jerry Lee Lewis zu tun?“, erkundigte sie sich. Der Sänger spukte ihr seit dem Tätervideo im Kopf herum.

„Nein, nein, überhaupt nicht.“ Er überlegte kurz und erklärte dann mit wichtiger Miene: „Möglicherweise habe ich einen berühmten ausländischen Musiker als Großvater ... allerdings unehelich und unbewiesen.“ Er grinste.

„Adriano Celentano?“, fragte sie spöttisch.

„Nein.“

„Luciano Pavarotti?“

„Nein.“

„Na gut, andere berühmte italienische Musiker in dem Alter kenn ich nicht.“ Damit war das Thema erst einmal für Andrea erledigt. Wenn er ihr den Namen seines vermeintlichen berühmten Großvaters nennen wollte, konnte er es ja tun. „Aber da wir schon beim Privaten sind. Wolltest du nicht mal für uns italienisch kochen?“

„Ja, schon. … Übrigens, in dem *Il Sole* soll man auch gut italienisch essen können."

„Woher weißt du das?"

„Als Halbitaliener interessiere ich mich besonders für italienische Restaurants. Ich hab die Kritiken im Internet gelesen."

„Aber jetzt lenk mal nicht ab", sagte Andrea mit gespielter Strenge. „Was ist mit dem Kochen?"

„Unser Serientäter nimmt mich völlig in Anspruch. Da komme ich zu nichts. Wenn wir den Typen erwischt haben, löse ich mein Versprechen ein."

„Na, das ist doch eine Motivation, den Fall erfolgreich zu beenden", brummte Andrea. „Ich hoffe, du hast bei deinen Kochkünsten nicht zu viel versprochen."

„Du wirst staunen, welche ungeahnten Fähigkeiten ich habe", verkündete er mit einem Kichern.

Kapitel 57

Montag, 25. Juni

Die Presse stürzte sich auf alle verfügbaren Informationen über das dritte Tötungsdelikt des Serientäters.

Unter der Überschrift „Das dritte Opfer – Hannovers Frauen in Angst" berichtete das *TAGESBLATT* ausführlich über den Leichenfund und die bisherigen Ermittlungsergebnisse. Einige vermutlich auf der Straße befragte Passantinnen wurden mit ihren Äußerungen zitiert, dass sie wegen der Tötungsserie unter „Schlaflosigkeit" und „ausgeprägten Ängsten" leiden würden und sich „durch die Polizei nicht ausreichend geschützt" fühlten.

„Für die Medien ist der ‚Frauenschächter von Hannover' ein gefundenes Fressen", schimpfte Thomas Stelter bei der Frühbesprechung der Mordkommission. „Und wir kommen in der Berichterstattung überhaupt nicht gut weg."

Im Laufe des Tages trugen die Ermittler neue bedeutsame Ergebnisse zusammen.

Wie die Obduktion in der Rechtsmedizin bestätigte, war Lara Klein an den Folgen des tiefen Halsschnittes rasch verstorben, ohne dass es ihr möglich gewesen wäre, anschließend noch um Hilfe zu rufen. Bei der Todeszeitermittlung hatte sich Dr. Ulrich Lindhoff – unter der Berücksichtigung des letzten Telefonats mit Petra Jung – endgültig auf einen Zeitraum zwischen 16:55 und 21:00 Uhr festgelegt. Zuvor hatte Lara Klein keinen Geschlechtsverkehr mehr gehabt oder war sonstigen erkennbaren sexuellen Übergriffen ausgesetzt gewesen. Zum Zeitpunkt der Tötung stand sie unter Einfluss von Tilidin, welches die Rechtsmediziner bei ihr nachweisen konnten.

Die Polizei hatte inzwischen Kontakt zu Lara Kleins verwitweter Mutter in Oldenburg aufgenommen und dadurch von einigen Belastungen erfahren, denen die Getötete in ihrer Familie vor Jahren ausgesetzt gewesen war. Eine Rolle spielte dabei Laras Vater, an dessen ausgeprägtem Alkoholkonsum sich die Tochter offenbar ein Beispiel genommen hatte. Die letzten zehn Jahre war der Kontakt zwischen Lara und ihrer Mutter nahezu abgebrochen.

Die Befragung der Zeugen, die sich im Tatzeitraum in der Nähe des Tatortes aufgehalten hatten, ergab zumindest einen vielversprechenden Hinweis. Hinnerk Gessner, ein Besucher der Geburtstagsfeier im zweiten Stockwerk, hatte möglicherweise den Täter beim Verlassen des Hauses beobachtet.

„Ich wollte gehen und war gegen 17:30 Uhr im Treppenhaus auf dem Weg nach unten“, hatte Gessner einer Polizistin erzählt. „Kurz vor der ersten Etage hörte ich von unten das Zuschnappen einer Tür. Als ich die letzte

Treppe zum Erdgeschoss runtergegangen bin, hab ich von hinten einen Mann in einem Deutschlandtrikot gesehen, der gerade durch die geöffnete Haustür nach draußen ging.“

Laut Gessner soll der Mann zusätzlich einen Angler-Fanhut, einen Deutschland-Schal und eine lange Blue Jeans getragen haben, in der linken Hand eine helle Stofftasche. Gesicht und Haarfarbe konnte Gessner nicht erkennen. Seine spontane Schätzung des Alters („vielleicht zwischen Mitte zwanzig und Mitte vierzig“) zog Gessner gleich wieder zurück („kann ich von hinten nicht wirklich sagen“).

Der Zeuge war mit Fußball gut vertraut und konnte das Deutschlandtrikot des Mannes genauer beschreiben. Hinten auf dem weißen Trikot waren eine 13 und der Name Müller zu lesen gewesen. Der Zeuge erinnerte sich daran, dass die Streifen auf den Schultern über den Ansatz der kurzen Ärmel hinausreichten, wobei die Ärmel unten schwarz umrandet waren. „Charakteristisch für das Nationaltrikot der Fußball-WM vor vier Jahren“, war Gessners Einschätzung gewesen. Arif Kimil hatte sich im Internet sämtliche deutschen Fußball-Nationaltrikots des letzten Jahrzehnts angeschaut und war zu dem gleichen Ergebnis gekommen. Auf der Vorderseite, die Gessner nicht gesehen hatte, zeichnete sich das Trikot in Brusthöhe durch einen breiten roten Balken aus, der wie ein Bumerang geschwungen war.

Die Ermittler hatten inzwischen herausgefunden, dass der Mann in dem Trikot nur aus der Wohnung des

Opfers gekommen sein konnte. Im Erdgeschoss gab es – neben der Eingangstür, deren Zuschnappen ein anderes Geräusch machte, als Gessner es vernommen hatte – insgesamt vier Türen. Zwei Türen zum Hinterhof beziehungsweise zum Keller, die immer abgeschlossen waren. Und zwei Türen zu den beiden Parterre-Wohnungen. In der Wohnung gegenüber vom Tatort hatte die Mieterin, eine ältere Frau, alleine Fernsehen geguckt. Ihre Wohnungstür war zu dem Zeitpunkt geschlossen gewesen. Insofern konnte das Geräusch nur von Lara Kleins Wohnungstür verursacht worden sein. Der Mann hatte offenbar gegen 17:30 Uhr die Wohnungstür hinter sich zugeschlagen.

Aufgrund der bisherigen Zeugeninterviews war den Ermittlern bekannt, dass in einem Zeitraum zwischen 17:00 und 17:30 Uhr keine Person das Haus betreten oder verlassen hatte. Kurz vor siebzehn Uhr war noch ein Pärchen gekommen, das zur Geburtstagsfeier in die zweite Etage wollte.

Natürlich musste es sich bei dem Mann in dem Fußballtrikot nicht zwangsläufig um den Täter handeln. Es war denkbar, dass der Mann lediglich Lara Klein besucht hatte und sie sich bester Gesundheit erfreute, als er gegen 17:30 Uhr ihre Wohnung verließ. In diesem Fall hätte sich die Tat erst zwischen 17:30 und 21:00 Uhr ereignet. Aber die zweite Variante erschien den Ermittlern sehr unwahrscheinlich. Welcher Mann sollte die Frau am Samstag in einem Fußballtrikot besuchen?

Lara Klein hatte ein abgeschiedenes Leben geführt und – bis auf Petra Jung – praktisch nie Besuch gehabt. Laut Jung beschränkten sich die regelmäßigen Kontakte des Opfers außerhalb ihrer Wohnung auf ihren Arbeitsplatz, die Selbsthilfegruppe und das Fitnessstudio. Dementsprechend hatte die Spurensicherung in der Wohnung hauptsächlich Fingerabdrücke von Lara Klein und Petra Jung sowie einige wenige von Sven Klein gefunden. Laras Ex-Mann hatte sich heute in der Mittagspause nach einer entsprechenden Bitte von Andrea Renner in den Räumlichkeiten der Polizeidirektion Hannover die Fingerabdrücke abnehmen lassen.

„Als ich draußen den Gehweg betreten habe, war der Mann in dem Müller-Trikot schon weg", hatte Gessner noch berichtet. „Er muss gleich links um die Häuserecke verschwunden sein. Ich bin nach rechts in die andere Richtung gegangen und habe ihn nicht mehr gesehen."

Wo war der Mann geblieben? Möglicherweise war er zügig gekommen und wieder gegangen, sodass die Zeitspanne, in der ihn zufällig ein Zeuge in der Nähe des Hauses gesehen haben könnte, eventuell äußerst kurz war. Erschwerend kam hinzu, dass in den Wohnhäusern aufgrund der Sonneneinstrahlung viele Rollos heruntergelassen waren. Balkone, wenn überhaupt vorhanden, gingen meistens zum Hinterhof. Zudem waren gerade zur Fußball-WM zahlreiche Blicke auf den Fernseher gerichtet und Männer auf der Straße in einem Deutschlandtrikot an dem Tag nichts Besonderes. Trotzdem hatten mehrere Zeugen aus den Nachbarhäusern kurz einen Mann in einem Fußballtrikot gesehen, auf den Gessners Beschreibung passen könnte, wobei sich nicht alle sicher waren, ob „Müller" und „13" auf dem Trikot gestanden hatte. Kein Zeuge hatte der Beobachtung damals eine besondere Bedeutung beigemessen und sich daher das Gesehene auch nicht bewusst gemerkt. Demnach soll ein „normal großer" Mann mit Fußballtrikot und Fanhut „so zwischen 17:15 und 17:30 Uhr" das Haus betreten haben, nachdem er mehrfach auf die Klingelleiste gedrückt hatte. Irgendeinen Beutel habe er bei sich gehabt. Gegen 17:45 Uhr war offenbar ein Mann mit Fan-Schal und Nationaltrikot auf einem Rad an dem Haus vorbeigefahren. Er hätte einen dunklen Vollbart gehabt. Eine Frau hatte, „wohl um 17:30 Uhr", flüchtig einen Mann mit Deutschlandmütze, Schal und einer „13" auf dem Rücken in ein quer geparktes Auto einsteigen sehen. Es hätte sich „um einen dieser Kleinwagen" gehandelt, „Farbe Dunkelgrün, Dunkelblau oder Schwarz". Als sie das nächste Mal hingeschaut hätte, wäre das Auto schon verschwunden gewesen. Nach ihrer Erinnerung wäre der Mann „durchschnittlich groß und schlank" gewesen. Eine aussagekräftige Beschreibung vom Gesicht des Mannes in dem Deutschlandtrikot konnte keiner der Zeugen abgeben. Die Frau meinte jedoch sicher zu sein, dass der Mann mit dem Kleinwagen „keinen Bart und keine Brille" gehabt hätte. Bei dem Mann auf dem

Fahrrad handelte es sich insofern womöglich um eine zweite Person.

Die bisher befragten Zeugen hatten noch verschiedene andere Männer zum Tatzeitraum in der Nähe des Hauses bemerkt:

Darunter gegen siebzehn Uhr einen Mann mit blauer Mütze, der einen Karton in beiden Händen trug, wobei unklar blieb, ob er das Haus betreten hatte.

Gegen achtzehn Uhr einen dünnen Mann mit einem auffällig hinkenden Gang, der vor dem offenen Fenster im Erdgeschoss stehen geblieben war und dort hineingeschaut hatte.

Oder um 19:15 Uhr einen jungen Mann in grüner militärisch anmutender Kleidung, der von einem geparkten Sportwagen mehrere Fotos mit seinem Smartphone aufgenommen hatte.

Dazu addierten sich die Geburtstagsgäste, die den Tag über das Haus betreten und verlassen hatten. Einer der Gäste war ebenfalls in einem Deutschlandtrikot gekommen, allerdings mit dem Namen Kroos darauf.

Die Polizeidirektion Hannover hatte bereits die Medien mobilisiert. In einem öffentlichen Zeugenaufruf, verbreitet über Zeitungen, Radio und Internet, wurde die Bevölkerung um Hinweise gebeten zu dem Mann in dem Müller-Nationaltrikot, der gegen 17:30 Uhr das besagte Wohnhaus in Hannover-Vahrenwald verlassen hatte. Möglicherweise war der Mann von Spaziergängern in der Nähe des Tatortes gesehen worden, die sein Aussehen näher beschreiben und Angaben dazu machen konnten, auf welche Weise er sich wohin entfernt hatte.

*

Als Andrea Renner am späten Nachmittag Thomas Stelter in seinem Büro aufsuchte, meinte der Hauptkommissar: „Ich versuche mir immer noch vorzustellen, wie der Täter vorgegangen ist, dass ihn Lara Klein bereitwillig in ihre Wohnung gelassen hat. Aber ich bin bisher zu keinem Ergebnis gekommen."

„Geht mir genauso."

„Auf dem Türknauf der Wohnung des Opfers wurden bekanntlich lediglich die Fingerabdrücke von Petra Jung gefunden", meinte er nachdenklich. „Das Gleiche galt für Lara Kleins Klingelknopf draußen neben der Haustür. Das deutet darauf hin, dass der Täter Türknauf und Klingel abgewischt hat, um seine eigenen Fingerabdrücke zu entfernen. Bei ‚Arnold' auf dem Klingelknopf sind zwar einige Fingerabdrücke, aber vermutlich ist der Knopf laut KTU zwischenzeitlich ebenfalls abgewischt worden."

„Ich gehe davon aus, dass der Täter keine Handschuhe getragen hat", mutmaßte Andrea. „Zu seiner gut gewählten Verkleidung mit dem Fußballtrikot passten im Sommer bei fünfundzwanzig Grad auf keinen Fall Handschuhe. Jede Person, auf die er getroffen wäre, hätte sofort misstrauisch Verdacht geschöpft. Sein Tatwerkzeug hat er in der Stofftasche transportiert. Um ins Haus zu kommen, muss er bei Lara Klein klingeln. Sie hört es nicht gleich, weil der Fernseher läuft. Ungeduldig klingelt er bei Arnold, dort wird der Summer betätigt, wie wir inzwischen wissen. Sie stellt den Fernseher ganz leise und öffnet die Wohnungstür. Der Täter erzählt Lara Klein irgendetwas, das vertrauensvoll klingt. Dann dreht sie sich um und geht einige Schritte in den Flur. Er kommt hinterher und schneidet ihr von hinten die Kehle durch. Die Frau kann nicht mehr um Hilfe schreien. Er flüchtet, zieht die Tür hinter sich zu und wischt seine Fingerabdrücke vom Knauf ab. Beim Verlassen des Hauses wird er von hinten beobachtet."

„Dieser Ablauf klingt plausibel", stimmte Thomas zu. „Aber die Passage, wo die beiden aufeinandertreffen und sie ihm den Rücken zudreht, verstehe ich weiterhin nicht."

„Aus welchem Grund hat sich der Täter gerade Lara Klein ausgesucht?", äußerte Andrea kopfschüttelnd.

„Die Frau stand in den letzten Wochen unter Einfluss von Tilidin und Alkohol. Nicht nur im Fitnessstudio ist es zu Streitereien gekommen. Emma und Hayo haben ja die Inhaber vom *Il Sole* befragt. In diesem italienischen Restaurant hat sich die Frau viel schlimmer aufgeführt als im *Fitness for all*. Auch dort war sie namentlich bekannt. Sie soll vor allen Gästen einen der beiden Inhaber am Kragen gepackt und ihn als ‚lächerlichen aufgeblasenen Laufburschen' beschimpft haben. Zusätzlich hat sie das Essen total schlechtgemacht."

„Und das, wo unser Kollege Störtebecker gerade herausgefunden hat, wie gut man dort essen kann", konnte sich Andrea nicht verkneifen.

„Vier Tage nachdem Lara Klein im *Il Sole* die männlichen Besitzer sehr beleidigt hat, ist die Ankündigung der nächsten Tötung bei uns eingegangen", spann Thomas seinen Gedankengang weiter. „War unser Täter, der mutmaßliche Frauenhasser, zufällig im Restaurant zu Gast während dieser Auseinandersetzung, die sich komplett im Freien abgespielt hat? Oder ist er als Fußgänger dort in der Nähe gewesen? Der Täter könnte erst durch Lara Kleins Entgleisung ‚in aller Öffentlichkeit' auf sein späteres Opfer aufmerksam geworden sein. Entweder kannte er das Opfer aus der Nachbarschaft oder er ist ihr vom Restaurant heimlich gefolgt, um herauszufinden, wo sie wohnt. Sein Motiv: Er tötet sie, weil sie sich – wie aus seiner Sicht auch die anderen beiden Opfer – Männern gegenüber demütigend verhält. Emma recherchiert gerade, wer alles die Auseinandersetzung im *Il Sole* mitbekommen hat."

„Könnte es schon reichen, dass der Täter nur von dem Vorfall *gehört* hat?", fragte sich Andrea. „In der Selbsthilfegruppe hat sie ja über ihre ‚Verfehlung' berichtet. Wobei sie mit einem der Teilnehmer nicht so gut ausgekommen sein soll, wie Sven Klein angedeutet hat."

„Die Selbsthilfegruppe checken wir natürlich auch ab", bekundete Thomas. Er vermutete, dass etliche der chronisch abhängigkeitskranken Gruppenteilnehmer eine gestörte Familiengeschichte hinter sich hatten. Aber ob sie deswegen zum Frauenmörder wurden?

Arif Kimil und Jan Schuster hörten sich gerade im *Fitness for all* um. War Lara Klein dort noch mit anderen Männern aneinandergeraten? Hatte sie irgendwelche Andeutungen gemacht über Konflikte oder Bedrohungen?

Zu dem Thema wollten Andrea und Raffael heute ebenfalls noch Ben Hartwig befragen. Sie hatten sich mit ihm telefonisch für 18:30 Uhr in seiner Wohnung verabredet.

Lara Kleins Nachbar Heiko Beck hatte bereits bestätigt, dass er von der betrunkenen Frau „ziemlich blöd angemacht" worden wäre, sie sich jedoch Tage später bei ihm entschuldigt hätte.

„Natürlich besteht weiterhin die Möglichkeit, dass sich der Täter einfach diejenigen Frauen als Opfer auswählt, deren Bilder er zufällig in der Zeitung oder in Magazinen sieht", meinte Thomas. „Nadine Odem in den *Hannoverschen Nachrichten*, Jeanett Mangold im *magaScene* und Lara Klein in den *Ihme News*. Wobei ihn in diesem Fall das alltägliche Verhalten seiner Opfer gar nicht oder nur am Rande interessiert."

„Raimund Bachmann kann das letzte Opfer zumindest nicht zwischen 16:55 und 17:30 Uhr getötet haben", unterstrich Andrea und bezog sich dabei auf ihre Information, dass ein Angestellter vom *Handy-Shop Linden* ihn definitiv als Kunden zu dieser Zeit identifiziert hatte. „Falls sich der Müller-Trikotträger nicht als der Täter herausstellt, wäre Bachmann allerdings wieder im Spiel."

Darüber hinaus hatte die kriminaltechnische Untersuchung erwartungsgemäß ergeben, dass der Tintenstrahldrucker von Sven und Timo Klein nicht zum Ausdrucken der Täternachrichten an die Mordkommission verwendet worden war.

Obwohl Sven Klein ein glaubwürdiges Alibi für den Tötungszeitraum seiner Ex-Frau vorweisen konnte, hatte Emma Falkenberg mit der Besitzerin des Nachbarferienhauses am Arnumer See telefoniert. Die Frau konnte sich daran erinnern, Sven Klein am Sonntag, den 13. Mai am Arnumer See gesehen zu haben, auch wenn sie die genauen Zeiten nicht mehr wusste. An dem Tag hatte die Familie dort im Garten Kindergeburtstag gefeiert.

„Der Täter kennt sich auf jeden Fall mit polizeilichen Ermittlungsmethoden gut aus", sinnierte Andrea. „Er weiß, was er zu tun und zu lassen hat. Für jemanden, der zunehmend an Orten tötet, an denen das Risiko, entdeckt zu werden, nicht unerheblich ist, hat er erstaunlich wenig Spuren hinterlassen."

„Na ja, wie Kriminelle ihre Spuren minimieren können, lässt sich doch im Internet problemlos nachlesen", knurrte Thomas.

Kapitel 58

Montag, 25. Juni

Die Zwei-Zimmer-Wohnung von Ben Hartwig in der Südstadt war modern eingerichtet. Die Holzmöbel im Wohnzimmer, wie Sideboard, Tisch und Stühle, waren aus Sonoma-Eiche. Dazu passte als angenehm farblicher Kontrast gut das gewaltige Ecksofa in Dunkelrot. Bemerkenswert fand Andrea Renner die drei eingerahmten Schwarz-Weiß-Poster, die – im Gegenlicht fotografiert – junge, gutaussehende Frauen zeigten, von denen zwei spärlich bekleidet waren.

Die Oberkommissarin saß zusammen mit Raffael Störtebecker und Ben Hartwig am Wohnzimmertisch. Ihr Blick blieb für einen Augenblick an den drei Bildern hängen.

So'n Zeug kann sich auch nur ein alleinlebender Junggeselle an die Wand hängen, ging ihr durch den Kopf. *Ich würde protestieren, wenn mein Partner damit unser Wohnzimmer dekorieren wollte. Aber da ich keinen Partner hab …*

Ben Hartwig, der seine Besucher heute leger in grauer Jogginghose und weißem T-Shirt empfangen hatte, war offensichtlich nicht entgangen, dass sich Andrea für seine Poster interessierte.

„Die Bilder sehen toll aus, nicht?“, meinte er enthusiastisch. „Ich mag Frauen … bewundere ihre Schönheit. Ich kann überhaupt nicht nachvollziehen, wie jemand Frauen eiskalt ermorden kann.“

Bewundert er nur schöne Frauen? Und was will er uns mit dieser Plattitüde mitteilen?

Raffael ließ für die Befragung wieder das Aufzeichnungsgerät mitlaufen.

„Sie sind momentan nicht liiert?“, griff Andrea das Thema Frauen auf.

„Ich gehe regelmäßig mit Frauen aus, daran mangelt es nicht“, antwortete er lächelnd. „Leider habe ich bisher nicht die Richtige gefunden.“

„Die Meinungsverschiedenheiten zwischen Sven Klein und seiner Ex-Frau haben Sie mitbekommen?“ Andreas Frage war rein rhetorisch.

„Ja. Das war natürlich nicht zu übersehen.“ Er verzog spöttisch das Gesicht. „Aber Sie werden ihn doch deswegen nicht im Verdacht haben, seine Ex-Partnerin ermordet zu haben?! Sven hat nie aggressiv auf das Verhalten der Frau reagiert.“

„Wir gehen momentan nicht davon aus, dass Herr Klein seine Ex-Frau getötet hat“, entgegnete die Oberkommissarin in sachlichem Tonfall.

„Das freut mich zu hören.“

„Wie hat sich denn Frau Klein im Fitnessstudio verhalten?“

Ben Hartwig schilderte Lara Klein als „sehr energisch". Manchmal hätte er den Eindruck gehabt, sie wäre „die strenge Lehrerin" und Sven Klein „der unterwürfige Schüler", der eine „Demutshaltung" einnimmt.

„Hat sich die Frau auch Ihnen gegenüber ‚energisch' verhalten?", schaltete sich Raffael ein.

„Na, sie hat mal versucht, mich lautstark über Sven auszufragen, als sie ihn nicht im Fitnessstudio angetroffen hat." Hartwig lehnte sich mit dem Oberkörper zurück. „Aber ich hab mich nicht aus der Ruhe bringen lassen."

„Und hatten Sie einmal richtig Streit mit ihr?" Der Oberkommissar schaute ihn aufmerksam an.

„Eigentlich hatte ich nichts mit ihr zu tun. Sie war eher ein Anhängsel von Sven, wenn ich das etwas uncharmant sagen darf."

„Dürfen Sie", meinte Raffael. „Was hat das bei Ihnen ausgelöst, wenn Sie gesehen haben, wie die Frau mit Sven umgeht?"

Hartwig runzelte die Stirn, überlegte kurz und äußerte dann mit leichter Empörung: „Sie meinen, ich war wütend auf die Frau und habe ihr deswegen etwas angetan?!"

„Ich meine gar nichts", erklärte Raffael, deutete dabei mit beiden Händen eine Abwehrbewegung an. „Ich wollte nur wissen, wie Lara Klein, während sie ihren Mann wie eine ‚strenge Lehrerin' behandelt, auf männliche Drittpersonen gewirkt hat."

Hartwig fuhr gleich wieder runter: „Also mir hat das zwar missfallen. Aber da es mich nicht persönlich betroffen hat, bin ich ganz gelassen geblieben. Mir würde auch nie eine Frau auf der Nase herumtanzen."

„Wissen Sie", erkundigte sich Andrea, „ob Lara Klein – außer mit ihrem Ex-Mann – irgendwelche Auseinandersetzungen hatte?"

„Also im Fitnessstudio ist mir nichts aufgefallen. Sie war dort auch einzig und allein auf Sven fixiert. Und von sonstigen Streitereien mit ihr hat niemand etwas erzählt."

„Wo haben Sie sich am Samstag zwischen 16:55 und 21:00 Uhr aufgehalten?", wollte Raffael wissen.

Ben Hartwig überlegte erneut. Dann meinte er: „Eigentlich hatte ich geplant, mir mit einer Bekannten das Deutschlandspiel anzugucken. Aber daraus ist nichts geworden. Insofern war ich allein zu Hause und hab mir von 17:00 bis 17:45 Uhr die erste Halbzeit des Spiels Südkorea – Mexiko angesehen. Ungefähr von achtzehn bis neunzehn Uhr bin ich um den Maschsee gejoggt. Danach hab ich zu Hause geduscht, gegessen und ab zwanzig Uhr das komplette Deutschlandspiel vorm Fernseher verfolgt."

Raffael fragte außerdem nach Hartwigs Alibi für die Morde an Nadine Odem und Jeanett Mangold. Hartwig bekundete ein wenig ungehalten, dass er sich nicht mehr genau an die Tage erinnere. Aber er gehe davon aus, am Sonntagnachmittag zu Hause und am Donnerstagabend beim Joggen gewesen zu sein, jeweils alleine.

„Regelmäßiges Joggen und Training im Fitnessstudio sind für mich absolut wichtig", erläuterte er. „Schon deswegen, weil ich als Kundenberater viel Zeit im Sitzen verbringe."

Raffael nickte mit dem Kopf: „Verstehe. … Haben Sie übrigens einen Tintenstrahldrucker?"

„Nein, ich habe keinen Drucker in meiner Wohnung. Schreiben verschicke ich nur noch digital, meine Fotos speichere ich in der Cloud. Lediglich für Kunden drucke ich jede Menge Unterlagen aus. Aber dafür habe ich einen Laserdrucker am Arbeitsplatz."

Kapitel 59

Montag, 25. Juni

Sven Klein hatte nach der Arbeit sein repariertes Smartphone abgeholt. Er ging ohne festes Ziel durch die Fußgängerzone in der hannoverschen Innenstadt.

Ich sehe sie immer wieder vor mir, wie sie tot im Flur liegt. Das Blut auf dem Boden, meine Flucht aus der Wohnung … Hab ich richtig gehandelt?

Die Bilder und Gedanken ließen ihn nicht los. Irgendwann war er abends wieder zu Hause, ohne genau zu wissen, welchen Weg er genommen hatte.

Motorengeräusche drangen aus Timos Zimmer. Die Szene kam ihm bekannt vor.

Er spielt bestimmt wieder am PC.

Die Tür von Timos Zimmer war nur angelehnt. Sven klopfte an den Türrahmen und stieß sanft die Tür auf. Sein Sohn saß am Schreibtisch vorm Monitor und steuerte mit dem Controller einen Sportwagen, der sich mit mehreren virtuellen Verfolgern ein Autorennen lieferte. Timo unterbrach das Spiel und drehte sich um.

„Hallo", äußerte Sven. „Ich bin wieder da." Etwas anderes fiel ihm im Moment nicht ein.

„Du siehst ganz schön scheiße im Gesicht aus", meinte Timo trocken. „Ist es wegen Lara?"

„Warum sonst?", antwortete Sven, zuckte mit den Schultern und ging ins Wohnzimmer.

Wir können momentan nicht miteinander über das Vorgefallene reden. Timo macht ziemlich zu.

Sven ließ sich auf die Couch fallen. Kurz darauf betrat sein Sohn das Zimmer und setzte sich wortlos neben ihn.

„Berührt es dich gar nicht, dass deine Mutter tot ist?", fragte Sven unvermittelt. Bisher hatte er keine Zeichen von Traurigkeit bei Timo bemerkt.

„Ich fühle eine Leere", sagte Timo emotionslos. „Jahrelang habe ich mir gewünscht, nichts mehr mit ihr zu tun haben zu müssen. Und jetzt ist es passiert."

„Aber sie war deine Mutter und hat dich geliebt. Das hat sie mir noch vor vierzehn Tagen erzählt."

„Jetzt tust du so, als ob du ein gutes Verhältnis mit ihr hattest." Timo lachte bitter. „Aber die letzten Jahre mit ihr vor eurer Trennung waren der blanke Wahnsinn."

„Sie hat sich geändert."

„Was ist mit den Kratzern an unserm Auto?!", äußerte Timo energisch. „Dass sich hier ein Unbekannter ausgetobt hat, glaubst du doch selbst nicht! Das war Lara, wie wir sie kennen! Wenn sie nicht bekommt, was sie will, macht sie alles kaputt."

„Als wir uns zum ersten Mal nach langer Zeit wiedergesehen haben, war sie so glücklich", hielt Sven dagegen, wobei seine Stimme einen fast weinerlichen

Klang bekam. „Sie ist Mitglied im Fitnessstudio geworden, um mir nahe zu sein. Hast du mal das strahlende Foto im Internet von ihr gesehen?"

„Was geht hier ab?!" Timo schüttelte den Kopf. „Sonst hast du anders über sie geredet. Du idealisierst alles im Nachhinein. Wenn sie noch leben würde, hätte sie uns über kurz oder lang das Leben erneut zur Hölle gemacht!"

„Du hast recht." Sven starrte auf den Boden. „Seit sie tot ist, bewerte ich schlagartig vieles anders."

„Sag ich ja."

„Es ist mir schon klar, dass du früher besonders unter dem destruktiven Streit zwischen Mama und mir gelitten hast." Sven legte Timo die linke Hand auf die rechte Schulter. „Deswegen hab ich Lara auch in den letzten Wochen auf deinen ausdrücklichen Wunsch, soweit es mir möglich war, auf Distanz gehalten."

Timo verzog ärgerlich das Gesicht: „Und das bereust du jetzt, oder was?"

„Wie soll ich es sagen?", druckste Sven unsicher herum. „Ich würde mich wohler fühlen, wenn ich mich in den vergangenen Tagen Lara gegenüber zugewandter verhalten hätte. Ihr manchmal nerviges Verhalten habe ich zum Teil selbst provoziert, sodass unsere letzten gemeinsamen Tage von Streit geprägt waren."

Timo sprang abrupt auf und stieß wütend hervor: „Irgendwie fühle ich mich total beschissen!"

Er stürmte aus dem Raum in sein Zimmer und schloss die Tür hinter sich ab.

Sven war ihm gefolgt, klopfte vorsichtig an die Zimmertür: „Was ist los?“

„Lass mich in Ruhe!“, rief Timo durch die geschlossene Tür.

Direkt danach hörte Sven Motorengeräusche.

In seiner Brust spürte er plötzlich eine beklemmende Enge. *Ich muss noch mal raus hier. Mich vielleicht für ’ne halbe Stunde auf die Bank vom Spielplatz setzen.*

Kapitel 60

Montag, 25. Juni

Elena rief ihn abends auf dem Smartphone an: „Hallo Zorro, stör ich dich gerade? … Aber ist ja draußen noch hell."

Er war überrascht, dass sie sich Montagabend bei ihm meldete.

„Hallo Elena, toll, deine Stimme zu hören." *Ich bin unsicher, was ich sagen soll. Verdammt, es ist so wichtig. Am besten, ich frage nach der alten Frau.* „Du warst sicher bei Margot Küster. Alles in Ordnung bei ihr?"

„Ja, ihr geht's gut, wenigstens den Umständen entsprechend." Elena klang etwas ungeduldig. „Ich würde mich gerne morgen mit dir treffen. Wir müssen unbedingt noch mal persönlich miteinander reden."

Das klingt, als ob sie Schluss machen will. Scheiße, ich hab's geahnt. Das kann ich nicht ertragen. Ich muss es hinauszögern.

„Morgen passt es mir nicht", meinte er.

„Ist schon wichtig", legte sie nach.

Das geht genau in diese verdammte Richtung!

„Bei mir in der Familie geht es momentan drunter und drüber. Ich muss einiges klären …" Er versuchte, sich auf die Schnelle eine Begründung dafür auszudenken, das Treffen zu verschieben. „Meinem Vater geht es gesundheitlich schlecht. Ich muss ihn die nächsten Tage auch abends unterstützen.“ *Für dich steht doch die Familie über allem, oder nicht?* „Wäre es möglich, dass wir uns stattdessen Dienstag nächster Woche treffen?“

„Ja, okay, dann morgen in einer Woche.“

Sie vereinbarten Uhrzeit und Ort. Elena war sehr freundlich, erkundigte sich nach dem Befinden seines Vaters. Als er wiederum fragte, was bei ihr „so laufen“ würde, erzählte sie ihm eine kurze Geschichte von einer gemeinsamen Unternehmung mit ihren Geschwistern.

Ich will die heile Familienkacke überhaupt nicht hören, aber wenigstens sind wir im Kontakt und sprechen miteinander.

Erst nach Ende des Telefonats fiel ihm auf, dass er feuchte Hände bekommen hatte.

Nächste Woche ist alles zu Ende.

KAPITEL 61

Dienstag, 26. Juni

Sven Klein saß in der Küche und versuchte sich auf das Frühstück zu konzentrieren. Zum wiederholten Mal setzte er den bereits geleerten Kaffeebecher an die Lippen.

Jetzt wird's eng. Die fahnden öffentlich nach mir. Jeder in der Stadt ist aufgerufen, der Polizei seine Beobachtungen mitzuteilen. Aber ihr Augenmerk ist zunächst auf Vahrenwald gerichtet.

Die *Hannoverschen Nachrichten* lagen aufgeschlagen auf dem Tisch.

Timo erschien mit dem Smartphone in der Hand, hatte seinen Vater und die Zeitung im Blick.

„Ich hab im Internet gelesen, dass im Zusammenhang mit dem Mord an Lara ein Mann in einem Fußballtrikot gesucht wird …", äußerte Timo und sah seinen Vater auffordernd an. „Du hast doch auch so ein Müller-Trikot von der letzten WM."

Sven hatte das Gefühl, den Boden unter den Füßen zu verlieren. Sein Herz begann wie rasend zu schlagen.

Du meine Güte, das musste ja irgendwann kommen …

„Solche Trikots gibt es zu Tausenden." Sven bemühte sich, gelassen zu klingen. „Gerade mit dem Namen ‚Müller' hinten drauf."

„Und dann noch ein altes von der vorherigen WM …" Timo setzte sich Sven in Augenhöhe gegenüber. „Du bist mit Fabian zum Fußballgucken verabredet, ohne mir am Samstag auch nur ein Wort davon erzählt zu haben. Den besuchst du sonst praktisch nie. Warum hast du den Abend nicht *mit deiner neuen Frau Rasmußen* verbracht?" Die zweite Hälfte des letzten Satzes klang sehr ironisch.

„Sie hatte am Samstag keine Zeit, war übers Wochenende verreist."

„Du bist mir schon Samstag am späten Abend und Sonntagmorgen merkwürdig vorgekommen, bevor die Polizei aufgetaucht ist und uns von Laras Tod unterrichtet hat", sprudelte es aus Timo heraus. „Mach mir doch nichts vor! Kannst du nicht mehr offen mit mir reden?! Schon das ganze Hin und Her mit Lara, was du mir verschwiegen hast, hat unser Zusammenleben nur belastet."

„Ja, okay …", murmelte Sven. Er geriet in ein Wechselbad der Gefühle, hatte den Eindruck, plötzlich am ganzen Körper zu zittern. Sein Sohn und der Raum schienen wie bei hohem Seegang zu schwanken. Gleichzeitig wurde ihm heiß und kalt.

Timo spürt, dass ich ihn belüge. In dieser Situation ist es eigentlich wichtig, dass wir uns vertrauen. Ich brauche jemanden, mit dem ich reden kann. Das geht unmöglich mit Fabian. Ich muss Timo die Wahrheit sagen. Hoffentlich kann ich ihn von meiner Version der Geschichte überzeugen. Nicht, dass der Schuss nach hinten losgeht.

„Du hast recht", räumte Sven mit leiser Stimme ein. „Es gibt tatsächlich etwas, in das ich dich einweihen sollte."

Sven berichtete stockend mit Tränen in den Augen über den letzten Streit mit Lara, wie er sich versöhnlich zeigen und sie deswegen „wie in alten Zeiten" in einem Fantrikot besuchen wollte. Er hätte sie tot aufgefunden, wäre deswegen geflüchtet. Zunächst hätte er sich ein Alibi bei Timo oder Ben besorgen wollen. Als er beide nicht angetroffen hätte, wäre er zu Fabian gefahren, den er schließlich davon überzeugt hätte, eine Falschaussage zu machen.

„Und jetzt kann ich nicht mehr zurück", beendete Sven seine Schilderung. „Unglücklicherweise hat mich wohl jemand beim Verlassen von Mamas Wohnung im Fußballtrikot gesehen – und damit bin ich der Täter. Wie soll ich meine Unschuld beweisen?! Ich habe sogar vermeintlich ein Motiv."

Timo ergriff über den Tisch die beiden Hände seines Vaters. Sein Gesichtsausdruck signalisierte Verständnis.

„Ich glaube dir", behauptete er mit einem Nicken. „Nachdem ich von der Fahndung gelesen hatte und du so merkwürdig drauf warst, war es für mich wichtig zu erfahren, was hier eigentlich los ist."

„Ich bin erleichtert, dass du mir glaubst", fiel Sven ein Stein vom Herzen. Seine körperlichen Missempfindungen gingen deutlich zurück.

Timo zog die Stirn kraus und schien zu überlegen. Dann meinte er: „Wenn du bei Lara warst, hast du womöglich vorher noch den Täter in der Nähe ihres Hauses gesehen. Ist dir etwas aufgefallen?“

„Nein. Mir sind auf dem kurzen Weg vom Auto zum Hauseingang keine Leute begegnet. Erst bei der Rückkehr kam mir ein Pärchen auf der anderen Straßenseite entgegen, vor dem ich mich unauffällig weggedreht habe.“

Timo zuckte mit den Schultern: „Schade, dass du nichts beobachtet hast, was zu deiner Entlastung beitragen könnte.“

„Ich habe keine Ahnung, wer Lara ermordet hat.“

Sein Sohn lächelte ihn zuversichtlich an: „Auf mich kann du dich verlassen. Ich halte zu dir.“

Kapitel 62

Dienstag, 26. Juni

Fabian Dreyer war erstaunt, dass Timo Klein telefonisch ein Treffen mit ihm vereinbart hatte, das möglichst noch heute stattfinden sollte. Timo hatte lediglich angedeutet, dass es um seinen Vater und den Mord an Lara gehen würde.

Am Nachmittag war Timo pünktlich mit dem Fahrrad in Waldheim eingetroffen. Fabian bat ihn in sein Wohn- und Arbeitszimmer, wo sich beide intuitiv einander gegenübersetzten.

„Was ist los?", erkundigte sich Fabian ein wenig besorgt.

Timo wirkt angespannt, als ob es ihm nicht gut geht.

„Ich fühl mich miserabel", bestätigte Timo Fabians Einschätzung. „Weil ich die letzten Wochen Druck auf meinen Vater wegen Lara ausgeübt habe."

„Druck auf deinen Vater? Versteh ich nicht."

„Ich hab ihm dadurch die Zeit mit Lara versaut."

„War deine Mutter gar nicht so schlimm?"

„Doch, natürlich. Aber vielleicht wäre die Sache auch dadurch zu lösen gewesen, indem ich einfach ausziehe und die beiden machen lasse." Timo ballte die Fäuste.

„Auf der anderen Seite: Mein Vater wäre untergegangen, da bin ich mir sicher."

„Und was soll ich jetzt für dich tun?" *Ich versteh nicht, was er will.*

„Meinst du, der Druck auf meinen Vater war falsch?"

„Nein", meinte Fabian beruhigend. „Du hast doch gedacht, dass der Abstand von Lara für euch beide das Richtige ist."

Ich hab den Eindruck, es geht ihm noch um was anderes.

Timo nahm eine aufrechte Sitzhaltung ein und verkündete mit klarer Stimme: „Ich weiß inzwischen, dass du meinem Vater ein falsches Alibi gegeben hast!"

„Woher weißt du das?" Das hatte Fabian nicht erwartet.

„Mein Vater hat es mir heute erzählt."

„Warum hat er dich eingeweiht?"

Die Mitwisserschaft muss doch für Timo eine psychische Belastung sein, dachte sich Fabian. *Reicht doch, wenn ich schon den Stress habe.*

„Warum nicht?!", hielt Timo dagegen. „Schließlich bin ich sein Sohn, dem er vertrauen kann."

„Ja, okay", stimmte Fabian zu. „Hältst du ihn jetzt für den Mörder?"

„Nein, ich glaube ihm." Timos Stimme nahm einen leichten Befehlston an. „Es ist wichtig, dass du bei deiner Aussage bleibst und Papa auf keinen Fall reingerissen wird."

„Natürlich, ist für mich Ehrensache."

„Man kann nie wissen, ob die Mordkommission nicht erneut auf dich zukommt“, erläuterte Timo seine Befürchtungen. „Du darfst auf keinen Fall einen Rückzieher machen. Wenn die herausbekommen, dass Papas Alibi nicht stimmt, stellen die unsere Familie auf den Kopf und rollen alles neu auf.“ Er machte eine kurze Pause. „Und wenn Papa seine Unschuld nicht beweisen kann, ist er dran, obwohl er Lara nicht ermordet hat.“

„Ist mir klar.“

Ich glaube fast, er hält seinen Vater in Wirklichkeit doch für den Täter.

„Die Polizei hat mich am Sonntag vernommen“, fügte Timo hinzu. „Ich habe denen verschwiegen, dass ich mich bei dir über die Vorfälle im Fitnessstudio informiert habe. Das hätte nur zu Irritationen geführt, sollte also weiterhin nur zwischen uns bleiben, okay?“

„Natürlich“, versprach Fabian.

„Womöglich verdächtigen die später selbst mich, weil ich zur Tatzeit unglücklicherweise kein überprüfbares Alibi habe“, verdeutlichte Timo einen weiteren Aspekt, der ihn beunruhigte, weswegen er Fabian erneut den Ernst der Angelegenheit vor Augen führte: „Das Wohl unserer Familie hängt von der Aufrechterhaltung deiner Aussage ab. Kann ich mich wirklich auf dich verlassen?“

„Ehrenwort“, versprach Fabian.

Er braucht sich keine Sorgen zu machen, ich stehe immer für ihn und seinen Vater ein und verrate sie nicht.

Timo nahm wieder eine entspanntere Körperhaltung ein.

„Vielleicht könnten wir uns beide ja mal zum Joggen oder zu einer Fahrradtour treffen, wie früher, nur wir zu zweit", schlug Timo vor. „Hast du die nächsten Tage Zeit?"

Timo lächelte erfreut, als Fabian einer Verabredung für kommende Woche zustimmte.

Kapitel 63

Mittwoch, 27. Juni

Es war angenehm warm, die Sonne schien, wenig Wolken am Himmel.

Das fünfstöckige Appartementhaus erkannte er sofort wieder. Er war an den Ossiacher See zurückgekehrt.

Sieht alles noch so aus wie früher? Die Sonnenliegen auf der Rasenfläche haben sich überhaupt nicht verändert. Dieselben Leute, die auf dem Steg sitzen, im Wasser plantschen und unter der Dusche stehen. Ob Gäste und Personal wissen, wer ich bin? Was ich damals getan habe?

Auf dem Rasen vor dem Haus standen zwei Kinder, ein Junge und ein Mädchen. Er konnte sie nur von hinten erkennen.

Der Junge ist elf, das Mädchen vier Jahre älter. Da bin ich mir sicher.

Die beiden drehten sich um.

Der Junge, das bin ich. Er trägt eine Zorro-Augenmaske. Die hat Papa mir geschenkt. Ich seh mich selbst. Natürlich, ich bin in der Vergangenheit, die Vergangenheit ist in der Gegenwart. Aber das ist nicht Viktoria!

Das Mädchen sah aus wie Elena. In ihren Ohren steckten In-Ear-Kopfhörer, ein älteres Modell mit langen weißen Kabeln. Sie hörte Musik.

Dort hinten liegen meine Eltern unter dem Sonnenschirm. Die kriegen überhaupt nicht mit, was hier wirklich abgeht.

Der Junge fragte Elena, ob sie mit ihm zum Musikfestival gehe.

Rock and Roll Revival. Da tritt Jerry Lee Lewis auf. Die In-Ear-Kopfhörer! Sie kann eigentlich nicht hören, was der Junge sagt.

Das Mädchen zog sich am Kabel die Kopfhörer aus den Ohren. Es lächelte den Jungen freundlich an.

„Ich komme mit und besorge uns Karten", versprach sie ihm.

Sie hat einen französischen Akzent. Das ist mir noch nie aufgefallen. Da stimmt was nicht!

„Aber mit der Verkleidung kann ich dich nicht mitnehmen", erklärte sie, nahm dem Jungen die Maske ab und fügte ganz leise hinzu: „In der Oper ist so ein Kinderkram nicht erlaubt, Jesse."

Oper? Es geht um ein Rockfestival!

„Aber jetzt bin ich ohne Schutz", sagte der Junge ängstlich. „Jeder kann erkennen, wer ich wirklich bin."

„Das muss sein", behauptete Elena mit sanfter Stimme. „Wir wollen doch zusammen die Musik genießen. Hör doch mal."

Sie drückte ihm die In-Ear-Kopfhörer in die Hand.

Die Musik ist sehr laut. Ich kann hören, was gespielt wird. Es ist ‚Breathless'.

Der Junge steckte sich die Kopfhörer in die Ohren. Er fing an, auf der Stelle zu tanzen und mitzusingen. Er war abgelenkt und bekam nicht mit, was um ihn herum passierte.

An den Kabeln ist kein Abspielgerät. Wo kommt die Musik her? Das ist ein Trick! Die Kabel sind nur eine Attrappe. Da manipuliert ihn einer im Geheimen! Bestimmt über Bluetooth.

Den Jungen machte das fehlende Abspielgerät überhaupt nicht misstrauisch.

Du wirst reingelegt!, wollte er dem Jungen zurufen. *Pass auf!*

Aber niemand konnte ihn hören.

Ich bin ein Geist. Die sehen mich alle nicht.

Elena entfernte sich. Sie ging zu dem Gebüsch, in dem er sich damals mehrfach im Urlaub versteckt hatte. Dort wartete Christopher auf sie, der gerade sein Smartphone bediente.

„Ein günstiger Moment", meinte Christopher grinsend. „Du kannst jetzt die Polizei verständigen. Ohne die Maske haben sie ihn."

Verdammt, ich kann Jesse nicht warnen.

Er spürte, dass sich in seiner rechten Hosentasche etwas bewegte. Er griff hinein und fühlte das weiche Fell.

Das ist ein Goldhamster.

Er quetschte das Fellbündel, bis es sich nicht mehr bewegte. Blut sickerte aus seiner Hosentasche.

Auf einmal überflutete ihn ein gewaltiges Schuldgefühl.

Ich habe wieder ein unschuldiges Tier getötet. Wie früher.

Polizeisirenen unterbrachen seine Gedanken. Zwei österreichische Polizeiwagen fuhren auf das Gelände, stoppten mitten auf dem Rasen.

Der Junge mit den In-Ear-Kopfhörern stand mit dem Rücken zu den Autos, aus denen jetzt Polizisten sprangen.

Er hat noch nichts bemerkt. Ihre verdammten Kopfhörer! Er schnallt nicht, dass sie ihn verrät!

Die Polizisten näherten sich dem Jungen, ihre Pistolen im Anschlag, von hinten in einem Halbkreis.

Die Einheit wurde von einer Frau geleitet. Es war Zoey.

„Vorsicht, hinter dir!“, brüllte er und erwachte in diesem Moment.

Oh Mann, wieder der Ossiacher See … und die Parkanlage, in der Viktoria gestorben ist. Wie spät ist es? Fünf Uhr morgens. Die Sonne geht auf. Ich bin nicht in Österreich, ich bin in Hannover. In meinem Bett.

Er versuchte, sich die Ereignisse aus dem Traum sofort in Erinnerung zu rufen.

Diesmal war es anders. Ich war der Beobachter, habe gesehen, wie Christopher und Elena mich an die Polizei verraten. Im Traum hat sie mich ‚Jesse‘ genannt. Und ich habe nicht ‚Elena‘ zu ihr gesagt. Sie hatte diesen französischen Akzent. Na klar, Jesses Freundin in ‚Atemlos‘ ist eine französische Studentin.

Er wälzte sich im Bett hin und her. Gedanklich war er wieder in der Realität.

Die Maske ist ein Symbol. Für Samstag vor vier Tagen, als ich Lara aufgesucht habe: mein Gesicht ist verändert, ich verstelle meine Stimme, rede wenig. Ich hab Lara getäuscht. In den letzten Sekunden ihres Lebens hat Lara nicht erkannt, wer ich bin. Genial, aber bei den anderen beiden hat es sich besser angefühlt. Die Formulierung im Video ist geschönt.

Seine Hoffnung, noch einmal einzuschlafen, erfüllte sich nicht.

Wie immer hat der Traum eine Bedeutung. Ich muss aktiv werden und endlich klarkriegen, woran ich bei Elena bin.

Kapitel 64

Mittwoch, 27. Juni

Kriminalhauptkommissar Thomas Stelter sah das kurze Video heute zum wiederholten Mal. Er schaute leicht angewidert auf die Filmmontage, die heute Vormittag in der Polizeidirektion Hannover eingetroffen war – erneut auf einem USB-Stick, mit der Post versandt in einem weißen Luftpolsterumschlag. Auf die gedruckte skurrile Adresse – „An die Mordkommission, die sich mit N. Odem, J. Mangold und L. Klein beschäftigt" – hatte sich Raffael Störtebeckers spontaner geschmackloser Kommentar bezogen: „Bald passt unsere Anschrift nicht mehr aufs Kuvert."

Jetzt saß Thomas Stelter neben Dr. Mark Seifert in dessen Büro im Timon Carré. Auf dem runden Besprechungstisch stand aufgeklappt Seiferts Notebook, an das Thomas seinen Stick mit einer Kopie des Videos angeschlossen hatte. Thomas hatte den Psychiater heute alleine aufgesucht. Es war ihm wichtig, von Seifert zeitnah eine persönliche Einschätzung der zweiten Videobotschaft des Täters einzuholen.

Erneut war die gesamte Filmmontage von Beginn an mit Jerry Lee Lewis' Rock-'n'-Roll-Titel *Breathless* unterlegt.

Die ersten Sekunden des Films zeigten den leeren Hausflur, von dem links die Tür zu Lara Kleins Wohnung abging. Die Wohnungstür öffnete sich. Es gab einen Schwenk nach rechts, wo an der Wand Briefkästen auftauchten. Vermutlich waren die Aufnahmen wieder mit einer Kamerabrille gemacht worden, und der Kameramann hatte seinen Kopf kurz nach rechts gedreht. Dann erschien Lara Klein im Türrahmen ihrer Wohnung. Ihr Blick war zwar in die Kamera, aber ein wenig nach unten gerichtet.

Mark Seifert studierte genau den Gesichtsausdruck der Frau.

Dann erschien eine Weißblende mit einem Satz in schwarzer Schrift: „Der Moment des Todes bleibt mir vorbehalten".

In der nächsten Szene lag Lara Klein bereits im Wohnungsflur bewegungslos auf dem Bauch, den Kopf mit geöffneten starren Augen zur Seite gedreht. Der Schnitt am Hals und das Blut auf dem Fußboden waren gut erkennbar. Die Kamera hatte eine gewisse Distanz zum Opfer eingehalten.

Es folgte eine weitere Weißblende mit dem Satz: „Ich habe dieses Treffen bis zum letzten Atemzug genossen".

Die Musik wurde ausgeblendet, und damit endete das makabre Video. Der Psychiater schaute sich die Filmsequenz, in der Lara Klein im Türrahmen den mutmaßlichen Täter ansah, noch zweimal hintereinander an.

In sämtlichen Filmausschnitten waren keine verräterischen Schatten im Bild, die einen Rückschluss auf die

Statur des Täters zuließen – oder das, was er womöglich in der Hand hielt.

„Wie deuten Sie den Gesichtsausdruck der Frau?", erkundigte sich Thomas. „Und dass sie leicht nach unten guckt?"

„Der Täter hat etwas in Brusthöhe, das ihr Interesse weckt. Könnte sein, dass er ihr etwas mitgebracht hat."

„Zwei Zeugen haben ausgesagt, dass der Mann im Fußballtrikot eine Stofftasche mit sich geführt hat", bestätigte Thomas. „Darin könnte sich der Gegenstand befunden haben, auf den sie schaut."

„Würde passen. … Sie wirkt ein wenig überrascht über das, was er mit sich führt. Ich sehe keine große Begeisterung, aber ich erkenne eine positive Erwartungshaltung. Die Frau freut sich ein wenig, ist neugierig. Anscheinend ist sie sich nicht hundertprozentig im Klaren, was sie erwartet."

„Um was könnte es sich dabei handeln?"

„Manchmal gucken so Menschen, die einen verpackten Gegenstand gebracht bekommen, bei dem sie sich nicht sicher sind, was da wohl drin ist."

„Vielleicht hat er dazu gerade eine kleine Ankündigung gemacht, aber sie noch etwas im Unklaren gelassen …?", spann Thomas den Faden weiter. „Was sagt die Reaktion der Frau über den Täter aus?"

„Lara Klein zeigt keinerlei Angst, Ärger oder Abscheu. Sie hat eine offene Körperhaltung, Vertrauen in ihr Gegenüber. … Aber ich sehe auch keine Anzeichen von wirklicher Begeisterung. Da ist niemand gekommen, den sie liebt, zu dem sie eine innige Beziehung hat. Die typische Mimik, die üblicherweise einer engen Bezugsperson, über deren Besuch man sich freut, entgegengebracht wird, fehlt."

„Das würde dafürsprechen, dass der Besucher nicht zu ihrem positiv besetzten Bekannten- oder Familienkreis gehört."

„Genau." Mark Seifert verzog auf einmal skeptisch sein Gesicht. „Allerdings gibt es noch einen weiteren Aspekt, der mich beschäftigt. Im Verdacht, der Täter zu sein, steht ein Mann mit einer geschickt ausgewählten Verkleidung. Fanhut, Schal und Müller-Trikot. Könnte es sein, dass der Mann auch sein Gesicht derart gekonnt verändert hat, dass ihn die Frau – zumindest in den ersten Sekunden – nicht wiedererkannt hat? Die entscheidenden Passagen des Geschehens hat uns der Täter vorenthalten. Vielleicht hat sie ihn nach der ersten Täuschung doch erkannt, sich gefreut und ihn deswegen in ihre Wohnung gebeten. Sie geht ahnungslos voran, und er überrascht sie von hinten."

„Es ist davon auszugehen, dass die beiden miteinander gesprochen haben", ließ Thomas sich auf den Gedankengang des Psychiaters ein. „Aber gerade diese Sequenzen sehen wir nicht. Könnte sein, dass wir ansonsten zu einem ganz anderen Ergebnis gekommen wären – nämlich dass der Täter kein ‚neutraler Dritter', sondern eine vertraute Person ist? In diesem Fall wäre das Video der geschickte Versuch einer Manipulation."

„DNA-Spuren, die Sie eventuell dem Täter zuordnen würden, haben Sie nicht am Opfer gefunden …?"

„Nein. Sie meinen, die Frau könnte ihren Besucher umarmt oder geküsst haben? … Nach unserem momentanen Erkenntnisstand wäre für eine innige Umarmung lediglich Petra Jung infrage gekommen. Den Zeugenaussagen zufolge hat Lara Klein weder ihren Ex-Mann, ihren Sohn noch Arbeitskollegen oder Männer aus der Selbsthilfegruppe in den Arm genommen geschweige denn geküsst."

„Also wäre es plausibel, wenn sie auch zu einer bekannten Person Distanz hält." Seifert hielt inne und deutete mit den Händen eine Entschuldigungsgeste an. „Wobei meine Hypothese von der Verschleierung des Beziehungsgrades natürlich nur eine wilde Spinnerei und durch nichts belegt ist."

„Aber es stimmt, dass der Täter sehr genau überlegt, was er uns im Video preisgibt und was nicht. Den Moment, wo er sein Opfer mit dem Messer tötet, hat er bereits beim ersten Video rausgeschnitten. Solche Szenen würden mehr Rückschlüsse zulassen, weil dann tatsächlich Arme und Hände des Täters zu sehen wären. So sind die Filmmontagen einfach nur eine Provokation der Polizei."

„Diese Videos sind bisher nirgendwo sonst aufgetaucht?"

„Soweit uns bekannt ist, schickt der Täter seine Nachrichten, egal ob auf Papier oder Video, weiterhin nur an die Mordkommission."

„Er hat offenbar eine besondere Beziehung zur Polizei“, äußerte der Psychiater. „Auf mich wirkt das so, als hätte er mit der Polizei eine Rechnung offen.“

„Wie immer die auch aussehen mag …“, stöhnte Thomas.

„Der Täter lässt mit steigender Tendenz den Sicherheitsaspekt außer Acht“, ergänzte der Psychiater. „Er tötet eine Frau tagsüber in einem Haus, in welchem – für ihn schlecht kalkulierbar – Gäste einer Feier ein- und ausgehen, mitten in einem Wohngebiet. Ist das Ausdruck von Größenfantasien oder einer Scheiß-egal-Mentalität? Wahrscheinlich tritt die volle Befriedigung nur noch ein, wenn er das Risiko erhöht.“

„Das Opfer stand zur Tatzeit unter Tilidin“, sprach Thomas einen weiteren Aspekt an. „Welche Auswirkung hatte das Medikament auf die Situation?“

„Es könnte die Frau in Bezug auf ihren Besucher leichtsinniger gemacht haben“, vermutete der Leiter des Sozialpsychiatrischen Dienstes. „Tilidin verringert Hemmungen, löst schnell ein angenehmes Wohlbefinden aus. Es macht nicht per se aggressiv, sondern verstärkt lediglich bereits vorhandene Verhaltensmuster.“

Thomas nickte: „Das passt auch zu dem beschriebenen Verhalten der Frau im Fitnessstudio und im italienischen Restaurant.“

„Hat Ihr öffentlicher Zeugenaufruf bereits zu wichtigen Hinweisen geführt?“

„Wir haben diverse Rückmeldungen aus der Bevölkerung erhalten, die den gesuchten Mann in dem Fußballtrikot zu Fuß oder auf dem Fahrrad an verschiedenen Orten in Vahrenwald gesehen haben wollen. Ein Mann und eine Frau haben ausgesagt, dass ihnen dieser Mann, der gerade um eine Häuserecke gebogen wäre, im Tatzeitraum zu Fuß auf der anderen Straßenseite entgegengekommen sei. Er habe den Kopf weggedreht. Das deutet darauf hin, dass der Mann nicht von Zeugen wiedererkannt werden wollte. Das Paar ist an dem Tag leider weitergegangen und hat nicht mitbekommen, wohin der Mann verschwunden ist. Aber in dieser Querstraße hatte für ganz kurze Zeit ein Kleinwagen geparkt, in den der Mann nach Angaben einer anderen Zeugin eingestiegen sein soll."

„Wie ich den Täter einschätze, wird er versuchen, in den nächsten Wochen sein viertes Opfer zu töten", prophezeite Seifert mit düsterer Miene.

„Ich hoffe, wir erwischen ihn diesmal vorher", entgegnete Thomas. „Wobei wir vermutlich nicht mehr allzu viel Zeit haben."

Kapitel 65

Mittwoch, 27. Juni

Die erste Halbzeit des Fußballspiels Südkorea – Deutschland lief bereits fünfundzwanzig Minuten. Anpfiff war um sechzehn Uhr gewesen, für viele Berufstätige eine ungünstige Zeit. Die deutsche Mannschaft musste dieses letzte Vorrundenspiel auf jeden Fall gewinnen, um sicher das Achtelfinale des WM-Turniers zu erreichen.

Sein Traum von heute Morgen hatte ihn beunruhigt. Die Bilder von Elenas Verrat waren haften geblieben.

Ich muss in der Realität überprüfen, was da läuft. Sie war im Traum nicht mehr die Geliebte des Zorro, sondern die Französin Monica aus ‚Atemlos', die Jesse am Ende die Polizei auf den Hals hetzt.

Er beobachtete seit einigen Minuten den Eingang der Sozialpsychiatrischen Beratungsstelle. Wenn er Glück hatte, machte sie gegen 16:30 Uhr Feierabend. Allerdings wollte er vermeiden, dass Elena ihn bemerkte. Aus dem Grund hatte er sich in einiger Entfernung auf der gegenüberliegenden Straßenseite postiert, mit der Möglichkeit, sich hinter parkenden Autos zu verbergen. Er wollte spontan entscheiden, ob er auf sie zuging oder nicht.

Ich hab schon mal vor der Beratungsstelle auf sie gewartet, da sind wir anschließend zu Margot Küster gefahren. Kann ich sie heute abfangen und überreden, mit mir im Café oder Biergarten die zweite Halbzeit anzusehen? Ich will jetzt die Entscheidung. Entweder-oder.

Das Unwohlsein im Magen kannte er. Wenn er vor einer Herausforderung stand, bei der er davon ausging zu scheitern, traten diese dämlichen Bauchschmerzen auf.

Die Beschwerden sind ein schlechtes Zeichen.

In diesem Moment wurde ihm vor Augen geführt, dass er mit seinem Pessimismus richtig lag. Christopher näherte sich der Beratungsstelle.

Sie sind verabredet. War ja klar. Muss ich mir das jetzt zum zweiten Mal reinziehen?

Kurze Zeit später verließ Elena das Gebäude.

Innige Umarmung, Küsschen. Oh, verdammt, verdammt, verdammt! Die Entscheidung ist endgültig gefallen!

Er wandte sich ab. Elena Arm in Arm mit Christopher war ein unerträgliches Bild, das er nie wieder in seinem Leben sehen wollte.

Christopher wird sie nicht bekommen. Das schwöre ich.

Eine fürchterliche innere Unruhe breitete sich in seinem ganzen Körper aus.

Ich muss mich bewegen, hier schnellstmöglich verschwinden.

Er fing an zu laufen und wurde zunehmend schneller. Zweimal hätte er beinahe auf dem Gehweg einen entgegenkommenden Fußgänger umgerannt. An einem Spielplatz stoppte er und ließ sich auf eine Bank fallen.

Im Film wird Jesse von der Frau bei der Polizei verraten, weil sie ihm gefühlsmäßig verfallen ist und glaubt, sich nur auf diese Weise von ihm losreißen zu können. Weil sie sich keine langfristige Bindung zu einem Outlaw vorstellen kann. Er atmete schnell ein und aus. *Elena hat mich Zorro genannt, immerhin hab ich dem Junkie kompromisslos ihre Handtasche abgenommen. Sie entscheidet sich für Christopher, den Scheiß-Normalo, obwohl sie eigentlich mich, den Abenteurer und Gesetzlosen, liebt.*

Natürlich war ihm klar, dass er sich selbst belog. Aber der Gedanke, dass sie sich von ihm abwandte, weil sie ihn zu sehr liebte, fühlte sich erträglich an.

Jesse hat sich erschießen lassen. Ich komme deinem Verrat zuvor, bevor du mir ins Gesicht sagst, dass ich gehen soll. Ich töte dich. An einem angemessenen Ort, der uns verbindet. Dann kann dich mir keiner mehr wegnehmen. Sobald du tot bist, mach ich mit einer Kamera ein Selfie von uns, das uns für ewig vereint.

Kapitel 66

Freitag, 29. Juni

Die nächste Botschaft des Täters kam merklich früher, als Thomas Stelter vermutet hatte.

Bereits am Freitagvormittag lag erneut ein an die Mordkommission adressierter Briefumschlag auf dem Konferenztisch des Kommissariats 1.

Die gedruckte Botschaft des Täters im Innern des Kuverts war kurz und zynisch: „Fortsetzung folgt ab 2. Juli". Bei dem Datum handelte es sich um den kommenden Montag.

Obwohl das Blatt Papier und der Briefumschlag noch in die KTU mussten, zweifelte kein Mitglied der Mordkommission daran, dass beim Ausdrucken wieder derselbe Tintenstrahldrucker wie schon bei den anderen Täterbriefen benutzt worden war. Die grausame Vorgeschichte mit drei getöteten Frauen machte jedem unmissverständlich klar: Das Schreiben war kein übler Scherz, sondern blutiger Ernst.

Bisher hatte der Täter in drei unterschiedlichen Stadtteilen von Hannover zugeschlagen. Es war nicht vorhersehbar, wo er sich sein viertes Opfer aussuchen würde. Und die getöteten Frauen selbst waren offensichtlich bis zuletzt völlig ahnungslos und hatten praktisch null Chance, den Angreifer abzuwehren.

„Nach unserem jetzigen Erkenntnisstand können wir davon ausgehen, dass sich der Täter, sobald er die nächste Tötung ankündigt, bereits für ein konkretes Opfer entschieden hat und nicht wahllos irgendeine Frau tötet", brachte es Thomas in der Runde auf den Punkt.

„Insofern müssen wir überhaupt nicht alle Frauen in Hannover vor dem Täter schützen", meinte Hayo Baumann, „sondern nur eine einzige. Tragisch, dass wir nicht wissen, welche."

„Kein Grund zur Resignation", sagte Thomas polternd. „Die knappe Zeit ist ein Ansporn, die Intensität unserer laufenden Ermittlungen weiter zu erhöhen."

Der erneute Wettlauf mit der Zeit hatte begonnen.

Kapitel 67

Samstag, 30. Juni

Die Spiele der deutschen Fußballnationalmannschaft hatten bei seinen Überlegungen und Handlungen immer im Hintergrund eine Rolle gespielt. Dieses Kapitel war ebenfalls beendet. Am Mittwoch hatte Südkorea Deutschland durch zwei Treffer in der Nachspielzeit mit 2:0 besiegt und damit aus dem Turnier geworfen.

Gestern war ihm schlagartig der Gedanke gekommen, wo und wann er Elena töten würde. Sofort hatte er Gefallen daran gefunden. Für Elena würde er seine Vorgehensweise erweitern. Aber das erschien ihm angemessen.

Zum ersten Mal beziehe ich eine unbeteiligte Frau mit in die Operation ein. Ein kleiner Kollateralschaden. Ich werde sie überwältigen müssen, wobei sie am Ende keinen körperlichen Schaden davonträgt. Das ist eh der Sinn der Sache. Sterben wird ausschließlich die untreue Verräterin.

Jeden Montag gegen siebzehn Uhr besuchte Elena in Döhren Margot Küster. Er kannte das Haus der alten Frau von ihrem gemeinsamen Besuch. Elena hatte ihm die Story von der Nachbarin erzählt, die vor Jahren von

Einbrechern im Keller eingesperrt worden war. In Margots Keller war er vor knapp drei Wochen gewesen, dort hatte sich ein abschließbarer Raum für die Heizungsanlage befunden. Neben dem Eingang im Erdgeschoss war die Gästetoilette, deren knarrende Tür er geölt hatte.

Er nutzte den heutigen Vormittag, um mit dem Rad nach Döhren zu fahren. Die schmale Straße, in der Margot wohnte, hatte keine Gehwege. Jetzt kündigte ein Schild am Anfang der Straße Bauarbeiten ab Montag an. Auf der kompletten rechten Straßenseite, an der Margots Doppelhaushälfte lag, standen bereits Absperrbaken. Während der Bauarbeiten war es verboten, Autos am Straßenrand zu parken. Das Parkverbot galt wegen der Enge der Straße für beide Seiten.

Die reißen ab übermorgen auf ganzer Länge die Straße auf. Aber gegen siebzehn Uhr dürfte hier kein Bauarbeiter mehr zu sehen sein. Sonst überdenke ich am Montag meinen Plan.

Er fuhr mit dem Rad durch die Straße. Dabei warf er einen verstohlenen Blick auf Margots Haus. Eine Garage gab es auf ihrem Grundstück nicht. Elena hatte ihm erzählt, dass die Küsters früher auf einem Garagenhof nicht weit entfernt eine Garage besessen hatten, die inzwischen verkauft worden war.

Obwohl die alte Frau unter einer Demenz litt und offenbar unkritisch jeden Besucher ins Haus ließ, brauchte er eine gute Kostümierung, die jegliches Misstrauen von ihr im Keim erstickte.

Nachdem er sich mit der näheren Umgebung vertraut gemacht hatte, fuhr er zurück nach Hause.

Im Internet verfolgte er die Artikel über die Tötungsserie in Hannover.

Geil, wie die auf meine neue Nachricht reagieren. Die Polizei hat die Presse informiert. Noch wissen sie zu wenig, um mich zu schnappen. Die widmen meinen Operationen jede Menge Raum. Ist ja wohl auch angemessen. Wenn man mich lassen würde, wäre ich der beste Bulle.

In den sozialen Medien tauschten sich Menschen über ihn aus. Eine Frau schrieb: „Ich habe manchmal schon Angst, in Hannover aus dem Haus zu gehen."

„Das will der doch nur, der durchgeknallte Psycho", antwortete eine andere Frau. „Bin froh, einen Selbstverteidigungskurs gemacht zu haben."

„Habe immer Pfefferspray dabei", war ein weiterer Kommentar einer Userin.

„Das nutzt dir nichts, wenn dich das feige Schwein von hinten überfällt."

Ganz egal, ob er aus den Bemerkungen der Frauen Furcht oder Abscheu herauslas, beides fühlte sich gut an.

Ich setze sie unter Druck. Sie sehen mich als ernst zu nehmende Bedrohung an.

Mit gemischten Gefühlen sah er sich den Videoclip eines hannoverschen Rappers mit dem Titel „Ich weiß, dass du mich hörst" an, der seit Kurzem auf *Facebook* und *YouTube* lief. Darin wandte sich der Rapper an ihn persönlich, bezog Stellung mit den Textzeilen:

„Deine Gewalt gegen Frauen ist kein Rock and Roll,
ist scheiße und feige.
Männer beschützen Frauen.
Wenn du Frauen etwas tust, bist du kein Mann.
Alle wahren Männer gegen dich!
Wenn wir dich kriegen, gibt's was aufs Maul!"

Mehrere Tausend Aufrufe und entsprechende Likes für dieses Machwerk. Wirkt so, als hätte da ein Kriminalpsychologe im Hintergrund mitgewirkt. Um mich weichzukochen, Zweifel bei mir zu säen. Nicht schlecht gemacht. Natürlich bin ich manchmal am Schwanken, besonders seit der Sache mit Lara. Aber es gibt kein Zurück mehr. Ich führe die Operation zu Ende. Kann sein, dass danach eine direkte Spur zu mir führt. Bevor ihr mich schnappt, weiß ich, was zu tun ist.

Am Nachmittag setzte er die Vorbereitung der *Operation Elena* fort. Er fuhr in die Innenstadt von Hannover und besorgte sich in einem Kaufhaus eine blaue Latzhose.

Kapitel 68

Montag, 2. Juli

Wahrscheinlich wäre Annika Brennecke, wenn ihr jemand auf Menorca erzählt hätte, dass sie womöglich eine Schlüsselrolle in einem spektakulären Kriminalfall spielt, in schallendes Gelächter ausgebrochen. Aber sie hatte sich sowieso mit niemandem über die Vorfälle in Hannover ausgetauscht.

Ihr gutes Vorhaben, im Urlaub den unangenehmen Alltag komplett außen vor zu lassen, hatte sie konsequent umgesetzt. Ihr Smartphone lag zu Hause, mitgenommen hatte sie lediglich ein Handy für den Notfall. Die Woche auf Menorca war sehr erholsam gewesen. Tagsüber war sie im Meer geschwommen, hatte am Strand Sudokus gelöst und einen Beziehungsroman gelesen, war zudem oft spazieren gegangen oder mit einem Mietwagen über die Insel gefahren. An den Abenden hatte sie das gute Essen und den Wein genossen und gelegentlich mit einem niederländischen Ehepaar Karten gespielt. Eine Woche war sie auf der spanischen Insel problemlos ohne Fernsehen, soziale Medien, Zeitungen oder überhaupt das Internet ausgekommen.

Gestern, am späten Sonntagabend, war sie wieder auf dem Flughafen Hannover-Langenhagen gelandet. Während des Rückfluges hatte sie kurz aufgeschnappt, dass sich zwei Urlauber in der Reihe vor ihr genüsslich-empört über den „Frauenschächter von Hannover“ unterhalten hatten („Wie schrecklich, der soll schon wieder eine neue Tat angekündigt haben“). Mit dem gleichen Thema hatte sie der Taxifahrer auf dem Weg in die Südstadt behelligen wollen, wobei sie sofort abgewinkt hatte mit den Worten: „Bitte nicht. Ich bin noch im Urlaubsmodus.“

Für den Montagvormittag hatte sie sich vorgenommen, lange auszuschlafen und anschließend ausgiebig zu frühstücken. Danach würde sie sich in der Zeitung darüber informieren, was in Hannover und der Weltpolitik so passierte. Eine halbe Woche Urlaub lag noch vor ihr.

Aus dem gemütlichen Vormittag wurde leider nichts. Die Ereignisse überschlugen sich.

Gegen halb neun Uhr wurde sie von ihrer weinenden Mutter angerufen: „Dein Vater ist gerade mit Verdacht auf akuten Herzinfarkt ins Robert-Koch-Krankenhaus eingewiesen worden.“

Etwas kopflos hatte Annika sich angezogen und war mit dem Wagen sofort nach Gehrden, einer Kleinstadt im südwestlichen Teil der Region Hannover, gefahren, wo sich das Krankenhaus befand. Ihre Eltern wohnten in dieser Stadt.

Im Robert-Koch-Krankenhaus bangte Annika zusammen mit ihrer Mutter um das Leben ihres Vaters.

Die Infarktdiagnose bestätigte sich, wobei sich der Gesundheitszustand ihres Vaters schnell stabilisierte und die Ärzte mitteilten, dass keine Lebensgefahr bestand.

Erst am frühen Nachmittag kam Annika dazu, im Krankenhaus einen Blick in die Zeitung zu werfen.

Die Polizei geht davon aus, dass der Serienmörder ab heute wieder eine Frau töten will. Da stehen die üblichen Warnungen, draußen vorsichtig zu sein und genau zu überprüfen, wem man die Tür öffnet. Jetzt muss ich mich doch mit der Sache beschäftigen. Da wird vom vierten Opfer gesprochen. Wer war das dritte? Es ist von einer Lara K. die Rede.

Da sie ihr eigenes Smartphone zu Hause liegen gelassen hatte, lieh sie sich das Mobilgerät ihrer Mutter aus. Im Internet wurde sie schnell fündig. Sie stieß auf das Foto des dritten Opfers, das sie auf Anhieb wiedererkannte. Die ermordete Frau hatte sie kurz vor ihrem Haus in der Südstadt gesehen.

Sie hatte eine kleine Auseinandersetzung mit Sven. Er hat gesagt, dass sie seine Ex-Frau ist.

Der persönliche Bezug zu der Toten weckte ihre Neugier. Sie recherchierte weiter im Internet, landete schließlich auf einer Seite der Polizeidirektion Hannover. Sie las den öffentlichen Zeugenaufruf zu dem Mann in dem Müller-Fußballtrikot.

Bevor ich abgeflogen bin, hab ich Sven in genau so einem Trikot mit Hut und Schal wegfahren sehen. Das Fußballspiel, das um siebzehn Uhr begonnen hat, lief zu dem Zeitpunkt vielleicht schon zehn Minuten. Allerdings

… Sven müsste von der Polizei inzwischen längst überprüft worden sein. Solche Fußballtrikots gibt es natürlich häufig. Er ist doch kein Mörder, der eiskalt drei Frauen umbringt.

Annika war unsicher, wie sie sich verhalten sollte.

Ich mach mich lächerlich. Die Polizei hat Svens Unschuld längst nachgewiesen. Oder nicht? Kann das Zufall sein, dass er genau dieses Trikot trägt und ausgerechnet seine Ex-Frau ermordet wird? Richtig, wenn ich genau darüber nachdenke, fällt mir wieder ein, dass er tatsächlich etwas Weißes in der Hand hatte. Eine weiße Stofftasche war ebenfalls im Fahndungstext aufgeführt. Er ist Frauen gegenüber schon ein merkwürdiger Typ. Wenn ich daran denke, wie er mich behandelt hat. Das ist kein gesundes Verhalten. Möglicherweise ist er einer von den stillen Typen, die hinter ihrer Fassade pervers veranlagt sind. Und wenn ich durch mein Schweigen verschulde, dass er nicht überführt wird, bringe ich mich eventuell selbst in Gefahr. Immerhin besteht zwischen uns ein schräges Verhältnis. Ich informiere noch heute die Polizei.

Kapitel 69

Montag, 2. Juli

Thomas Stelter atmete erleichtert auf. Der heutige Treffer bei ihrem öffentlichen Zeugenaufruf war möglicherweise der Durchbruch!

Annika Brenneckes Aussage über ihren Nachbarn Sven Klein führte an diesem Nachmittag zu einer umgehenden Reaktion der polizeilichen Ermittler. Sven Klein wurde an seinem Arbeitsplatz festgenommen und direkt in die Räumlichkeiten der Mordkommission in der Calenberger Neustadt gebracht.

Es passte alles: die Kleidung, die Körpergröße, die Tatzeit, das mögliche Motiv. Außerdem fuhr der Beschuldigte einen Kleinwagen, der farblich mit der Zeugenaussage einer Anwohnerin – „Dunkelgrün, Dunkelblau oder Schwarz" – übereinstimmte.

Parallel zu Kleins Festnahme war eine Durchsuchung seiner Wohnung in der Südstadt und des Ferienhauses in Arnum veranlasst worden.

Klein hatte vor acht Tagen behauptet, sich zum Zeitpunkt der Tötung von Nadine Odem am Arnumer See aufgehalten zu haben. Die Besitzerin des Nachbarferienhauses hatte zwar telefonisch bestätigt, ihn dort an dem Tag gesehen zu haben, allerdings ohne sich auf eine genaue Zeit festlegen zu können. Solange Klein für die Tötung seiner Ex-Frau ein überzeugendes Alibi hatte, war die Aussage der Nachbarin ausreichend gewesen. Jetzt veranlasste Thomas Stelter eine erneute Überprüfung, um gegebenenfalls nachweisen zu können, dass Klein auch für die Tat am 13. Mai kein Alibi hatte. Bei einem Kindergeburtstag waren bestimmt noch andere Erwachsene als potenzielle Zeugen anwesend. Es wäre denkbar, dass Klein damals zwischenzeitlich von Arnum in den Misburger Wald und zurück gefahren war. Mit dem Rad oder dem Auto. In einem Rover Mini konnte beispielsweise problemlos ein zusammenklappbares Faltrad transportiert werden.

*

Thomas Stelter überließ Andrea Renner und Raffael Störtebecker die Vernehmung von Sven Klein, nachdem sie sich bereits am Sonntag vor einer Woche ausführlich mit ihm beschäftigt hatten.

Der Beschuldigte wurde von den beiden zunächst über seine Rechte aufgeklärt. Ihm wurde aufgrund der belastenden Zeugenaussage vorgeworfen, seine Ex-Frau und mit großer Wahrscheinlichkeit zwei weitere Frauen getötet zu haben. Er saß ihnen merklich schwitzend in einem Vernehmungszimmer am Tisch gegenüber, auf dem ein Mikrofon mit einem Aufzeichnungsgerät stand.

„Das ist eine Verwechslung", behauptete Klein, der versuchte, nach anfänglicher Aufregung gelassen zu wirken. „Ich bin nicht zu Lara nach Vahrenwald gefahren. Zu der Zeit war ich bei Fabian Dreyer in Waldheim."

„Die Zeugin hat Sie eindeutig erkannt", hielt Andrea ihm energisch entgegen. „Mit dem Müller-Trikot, dem Hut, dem Schal und der weißen Stofftasche in der Hand. Und wenn wir Herrn Dreyer damit konfrontieren, kann ich mir nicht vorstellen, dass er seine Aussage aufrechterhält."

„Ich habe überhaupt keinen Grund, meine Ex-Frau zu töten."

„Oh doch!", schaltete sich Raffael ein. „Unterdrückte Wut. Es hat Sie eben innerlich doch nicht so kaltgelassen, wie Sie uns immer weismachen wollten. Ihre Ex-Frau hat Sie unter Druck gesetzt und vor anderen lächerlich gemacht. Das hat zudem schmerzhafte Erinnerungen wachgerufen. Ihr Sohn musste damals die Auseinandersetzungen hautnah miterleben und hat bekanntlich sehr darunter gelitten. Das wollten Sie nicht länger erneut durchmachen."

„Nein, nein", wiegelte Klein ab. „So schlimm wie damals war sie bei Weitem nicht."

Raffael lehnte sich nach vorn: „Die Frau hat Sie als ‚Schlaffi' tituliert, Sie öffentlich als gewalttätig hingestellt, Ihnen das Smartphone aus der Hand geschlagen.

Wobei Sie vielleicht tatsächlich ihr gegenüber schon öfters ausgerastet sind …?!"

„Bis auf dieses eine Mal habe ich nie körperliche Gewalt angewendet. An ihrem aufbrausenden Verhalten im Fitnessstudio war ich leider mitschuldig."

„Was die Sache nicht einfacher macht." Raffael blieb hartnäckig. „Ihre Wut haben Sie zunächst an anderen Frauen ausgelassen. Kurz nachdem Ihre ehemalige Partnerin wieder telefonisch zu Ihnen Kontakt aufnimmt, beginnt die Tötungsserie. Zu den ersten Opfern bestand noch eine persönliche Distanz. Vor zwei Wochen haben Sie die Konflikte mit Lara nicht mehr ausgehalten und endgültig beschlossen, Ihre Ex-Frau zu töten. Sie wollten sich und Ihren Sohn vor weiteren schmerzhaften und demütigenden Zusammentreffen schützen. Dass sich Lara an dem Tag allein in ihrer Wohnung aufhält, war Ihnen bekannt."

„Ich war in Waldheim", äußerte Klein erneut. „Dort habe ich mit dem Vermieter gesprochen. Fabian hat Selfies von uns in seiner Wohnung gemacht."

„Unerheblich. Das war erst viel später", sagte Raffael scharf, machte dazu eine wegwerfende Handbewegung. „Wir wissen zuverlässig, dass Sie gegen 17:10 Uhr das Haus verlassen haben. In der Zeit konnten Sie am Samstag bequem von der Südstadt zu Ihrer Ex-Frau nach Vahrenwald fahren und dort gegen 17:30 Uhr den Tatort wieder verlassen. Passt geradezu perfekt."

Andrea beobachtete Kleins Hände, die – miteinander verflochten – in ständiger Bewegung waren.

Gleich haben wir ihn so weit, hoffte sie.

„Alles scheint sich gegen mich verschworen zu haben", bekundete Klein verzweifelt. „Aber ich war's nicht."

„Mit den präzisen Zeugenangaben können Sie sich nicht mehr rausreden", ergriff die Oberkommissarin das Wort. „Jetzt kann es nur noch darum gehen, dass Sie eingestehen, was genau sich in der Wohnung Ihrer Ex-Frau abgespielt hat."

Klein begann am ganzen Körper zu zittern, als wenn er Schüttelfrost bekam. Er senkte schweigend den Kopf.

„Machen Sie endlich reinen Tisch", ermunterte ihn Andrea.

Kleins Blick war weiterhin auf den Tisch gerichtet, als er stockend sagte: „Okay, ich gebe zu, dass ich an dem Samstag zur besagten Zeit in Laras Wohnung gewesen bin. Aber ich habe sie nicht ermordet."

„Ach was, ein Kurzbesuch?!", meinte Raffael mit Sarkasmus in der Stimme. „Was haben Sie denn in den paar Minuten besprochen?"

„Gar nichts. Sie war schon tot, als ich sie gefunden habe", teilte Klein mit. „Vorm Betreten des Hauses war mir aufgefallen, dass ihr Wohnzimmerfenster im Erdgeschoss offen stand. Dann hab ich bei ihr geklingelt. Als sie nicht aufmachte, hab ich es bei Arnold versucht. Ich dachte, vielleicht geht's ihr schlecht oder sie hat wieder getrunken. Ich wollte nicht auf der Straße nach ihr rufen, sondern noch einmal drinnen an ihre Wohnungstür klopfen."

Da stimmt was nicht, schoss Andrea durch den Kopf, und sie fragte: „Wenn Ihre Ex-Frau schon tot war, wie sind Sie dann in die Wohnung gekommen?“

„Die Tür stand ein wenig auf. Ich habe die Tür vollständig geöffnet, wobei ich den Knauf angefasst habe.“

„Und dann?“

„Sie lag tot da. Das habe ich sofort gesehen. Das starre Auge, das Blut, die Tatwaffe.“

„Welche Tatwaffe?“, ging Raffael dazwischen.

„Na, das Cuttermesser, das neben ihr lag.“

„Das ist nicht die Tatwaffe.“

„Nicht?“ Kleins Tonfall drückte Verwunderung aus.

„Nein, die Tatwaffe befand sich nicht mehr in der Wohnung“, äußerte der Oberkommissar. „Die haben Sie vermutlich in der Stofftasche wieder mitgenommen. … Was befand sich sonst noch in der Tasche?“

„Ich habe keine Tatwaffe in der Hand gehabt. In der Stofftasche hatte ich die Fotoalben.“

„Fotoalben …?!“, wiederholte Raffael ungläubig.

Klein berichtete, dass er seiner Frau als Gefälligkeit einige alte Fotoalben hatte ausleihen wollen. Das Fußballtrikot wäre ein Zugeständnis an gute gemeinsame Zeiten gewesen.

„Ich wollte mich mit ihr versöhnen“, war seine Erklärung.

„Aber dann ist Ihnen die Situation aus dem Ruder gelaufen“, behauptete der Polizist. „Nicht wahr?!“

„Nein, nein, nein!“ Klein liefen Tränen übers Gesicht. Verzweifelt starrte er abwechselnd Andrea und

Raffael an. Er erklärte mit brüchiger Stimme, dass er genau das befürchtet hätte, dass man ihm nicht glauben würde. Das wäre der einzige Grund gewesen, weshalb er geflüchtet sei und sich ein falsches Alibi habe geben lassen. Bei Fabian sei er tatsächlich erst gegen 18:40 Uhr eingetroffen.

Andrea forderte Klein dazu auf, detailliert sein Aussehen zu dem Zeitpunkt zu beschreiben, als er das Haus von Lara betreten hatte. Im Anschluss unterbrach die Oberkommissarin die Vernehmung, um sich mit ihrem Kollegen draußen vor der Tür auszutauschen.

„Natürlich kann es sein, dass er uns jetzt in Bezug auf sein damaliges Aussehen belügt", führte Andrea aus, „und dass er in Wahrheit durch eine geschickte Veränderung seines Gesichts zunächst von Lara Klein nicht erkannt worden ist. In diesem Fall merkt sie erst Sekunden später, wen sie vor sich hat. Ein vermeintlicher Überraschungsgag. Erfreut über die Fotoalben lässt sie ihn in die Wohnung. Aber warum sollte er diese Verkleidung beim Verlassen des Hauses wieder entfernen? Gerade bei der Flucht vom Tatort würde eine perfekte Tarnung des Gesichts am dringendsten benötigt."

Raffael nickte: „Nach den Zeugenaussagen hatte er weder Bart noch Brille. Bei dem beschriebenen Bartträger auf dem Fahrrad muss es sich um eine andere Person handeln."

„Die Wohnungstür stand angeblich offen. Grundsätzlich möglich. Der Täter hat bisher immer auf seine Tat aufmerksam gemacht. Das geöffnete Fenster im

Sommer war als Symbol ziemlich schwach. Die offene Tür hingegen würde mehr ins Muster passen. Und letztendlich hätte Lara ihren Mann doch auch sofort erkannt. Sie war immerhin jede Woche mehrmals mit ihm zusammen."

„Das bedeutet, du ziehst in Erwägung, dass er die Wahrheit sagen könnte …?"

„Ich schließe es zumindest nicht mehr ganz aus."

Als sie die Vernehmung fortsetzten, erkundigte sich Andrea bei dem Beschuldigten, wie er darauf gekommen wäre, ausgerechnet zu Fabian Dreyer zu fahren, um sich ein falsches Alibi zu besorgen. Klein antwortete, dass sein erster Gedanke Timo oder Ben gewesen wären, er aber beide nicht angetroffen hätte.

„Wie haben Sie es geschafft, dass sich Fabian Dreyer auf die Sache einlässt?", fragte sie weiter.

„Wir trainieren schon längere Zeit miteinander. Mein Sohn hat mit ihm in der Vergangenheit einige Zeit verbracht. Fabian hört gut zu, sodass ich mir sicher sein konnte, dass er bereit ist, sich meine Geschichte wohlwollend anzuhören. Nach einiger Skepsis hat er sich dann tatsächlich dazu durchgerungen, mir mit einem falschen Alibi zu helfen."

„Er scheint Ihnen ja nichts Böses zuzutrauen", meinte Raffael mit spöttischem Unterton.

„Er vertraut mir wirklich, obwohl wir außerhalb des Trainings nicht viel miteinander zu tun haben", stimmte ihm Klein zu.

„Kannten Sie denn die Wohnverhältnisse von Herrn Dreyer?", wollte die Oberkommissarin wissen. „Hätte ja sein können, dass ein anderer Vermieter sehr wohl bemerkt hätte, dass Sie erst später dort aufgetaucht sind."

„Ich war mal vor sechs, sieben Monaten bei ihm. Er hatte mich eingeladen, bei ihm einen Erotikkrimi zu gucken."

„Einen Erotikkrimi?" Raffael zog die linke Augenbraue hoch.

„Ja, da war er ganz versessen drauf. Hatte ich nicht von ihm erwartet."

„Wieso, was war das denn für ein Film?", fragte Raffael interessiert.

„Irgendwas mit 'nem Kriminellen. Gespielt von diesem amerikanischen Frauenschwarm … dem Hauptdarsteller aus *Pretty Woman.*"

„Richard Gere?" Der Oberkommissar nahm eine straffe Körperhaltung ein.

„Stimmt."

„Ist das der Film, wo Richard Gere versehentlich einen Polizisten erschießt und dann mit einer Frau flüchtet, die ihn später bei der Polizei verrät?"

„Ja, genau."

Raffael wirkte auf einmal hoch konzentriert, übernahm weiterhin die Gesprächsführung: „Mit Musik von Jerry Lee Lewis?"

„Keine Ahnung, ob die von ihm war." Sven Klein guckte irritiert. „An die Musik hab ich keine Erinnerung. Die hat mich nicht wirklich interessiert.

Ich fand den ganzen Film nicht so toll und konnte Fabians Begeisterung dafür in keiner Weise nachvollziehen. Und die Details der Handlung … keine Ahnung."

„Der Film hieß *Atemlos!*", meinte Raffael triumphierend.

„Schon möglich." Der Beschuldigte zuckte mit den Schultern. „Moment mal, glauben Sie jetzt, dass Fabian Lara getötet haben könnte?"

„Damit wir uns dazu eine Meinung bilden können, brauchen wir noch einige Angaben von Ihnen."

Sven Klein lachte nervös: „Also, Fabian hat damit bestimmt nichts zu tun."

„Wissen Sie, wo sich Fabian Dreyer zwischen 16:55 und 17:30 Uhr aufgehalten hat?" Raffael ließ sich nicht beirren.

„Er hat mir erzählt, dass er zu Hause war."

Der Oberkommissar war am Rechnen: „Wenn er tatsächlich etwas mit der Tat zu tun hat, wäre Herr Dreyer womöglich eine Stunde vor Ihnen wieder zu Hause in Waldheim angekommen. … Ist Ihnen in seiner Wohnung etwas aufgefallen?""

„Nein." Klein überlegte. „Na gut, im Wohnzimmer … da stand unter seinem Schreibtisch ein Karton, auf dem eine blaue Schirmmütze lag. Die hat er irgendwann etwas hektisch weggeräumt mit dem Hinweis, dass es so unordentlich aussehen würde."

Andrea merkte, wie sich ihr Puls beschleunigte. Sie konnte sich daran erinnern, dass ein Zeuge gegen siebzehn Uhr einen Mann mit blauer Mütze und einem Karton in der Nähe von Laras Haus gesehen hatte.

„Und sonst noch was?", fragte Raffael ermunternd.

„Beim Fernsehen hatte er eine Brille auf. Damit hatte ich ihn vorher noch nie gesehen."

„Haben Sie ihn darauf angesprochen?"

„Ja, er hat mir erzählt, dass er die Brille wegen der geringen Stärke selten tragen würde. Nur jetzt beim Fernsehen, um kleine Details besser erkennen zu können."

An Raffaels Mimik erkannte Andrea, dass dieser offenbar das Gleiche dachte wie sie: *Das könnte die Kamerabrille sein. Auf den Selfies hatte er die Brille auch auf. Wahrscheinlich war es Dreyers Idee, sich uns damit zu präsentieren. Er zeigt uns mit der Brille quasi den Stinkefinger, ohne dass wir es merken.*

„Wie gut war Herr Dreyer über die Konflikte zwischen Ihnen und Ihrer Ex-Frau informiert?", wollte Raffael wissen.

Sven Klein wirkte verunsichert, schien den Hintergrund der letzten Fragen nicht zu verstehen.

„Fabian hat natürlich immer mitbekommen, was im Fitnessstudio vorgefallen ist. Ich glaube, Timo hat ihm sogar vor längerer Zeit mal den Grund erzählt, warum Lara zur Alkoholikerin geworden ist."

„Ihr schwerer Autounfall mit der Totgeburt …?", klinkte sich Andrea ein. Laras Mutter hatte ihr vor einer Woche davon berichtet.

„Ja." Klein nickte. „Das hat sie mir immer vorgeworfen."

„Wusste Fabian Dreyer davon, dass Raimund Bachmann mit dem zweiten Opfer in einer Dating-Show im Fernsehen aufgetreten ist?“, fragte der Oberkommissar weiter.

„Über diese Dating-Show habe ich vor Kurzem mit Ben Hartwig gesprochen.“ Der Beschuldigte machte eine Pause. An seiner Mimik war erkennbar, dass ihn die Frage intensiv beschäftigte. „Richtig. Zunächst hatte ich in Erinnerung, dass Ben mir davon erzählt hat. Aber wenn ich genauer darüber nachdenke, fällt mir ein, dass es Fabian war, der mal gesagt hat, dass er die Geschichte mit Raimunds Fernsehauftritt von Ben erfahren hat.“

*

Die Einschätzung der Sachlage hatte sich innerhalb von Minuten dramatisch verändert!

Waren Andrea Renner und Raffael Störtebecker eben noch im festen Glauben gewesen, einen Serientäter gefasst zu haben, bevor dieser sein nächstes Verbrechen begehen kann, so mussten sie jetzt davon ausgehen, dass der wirkliche Täter weiterhin auf freiem Fuß war und vielleicht gerade in diesem Moment seinem vierten Opfer auflauerte, wer immer das auch war.

Vieles deutete jetzt auf Fabian Dreyer hin: der Karton, die blaue Mütze, die Brille, seine mutmaßliche Begeisterung für den Film *Atemlos* mit dem Titelsong

Breathless, sein fehlendes Alibi für die Tatzeit, seine mögliche innere Verbundenheit mit Sven und Timo Klein sowie sein Wissen um Bachmanns Auftritt in der Dating-Show. Sämtliche Hinweise beruhten auf Angaben von Sven Klein und bedeuteten noch lange nicht, dass damit Dreyer der Täter sein musste.

Parallel war gerade Kleins Alibi für die Zeit der Tötung von Nadine Odem bestätigt worden. Die Kollegen hatten inzwischen den Ehemann der befragten Ferienhausnachbarin angetroffen. Zwar konnte er sich ebenfalls nicht daran erinnern, wann genau sich Klein am Arnumer See aufgehalten hatte, aber er war auf die Idee gekommen, seine kurzen Smartphone-Videos vom Kindergeburtstag durchzugucken. Gleich auf dem zweiten Video, welches die Kinder beim Grillen im Garten zeigte, war auf dem Nachbargrundstück für Sekunden Sven Klein im Hintergrund zu sehen gewesen. Das Video war zwischen 13:07 und 13:09 Uhr aufgenommen worden. Damit war ausgeschlossen, dass sich Klein noch zur Tatzeit gegen 12:45 Uhr im Misburger Wald aufgehalten hatte.

„Ich geb 'ne Fahndung nach Fabian Dreyer raus", entschied Thomas Stelter. „Vermutlich ist er irgendwo in Hannover unterwegs."

„Und wir fahren zu seiner Wohnung", teilte Andrea mit. „Vielleicht erwischen wir ihn dort oder finden zumindest wichtige Hinweise."

Kapitel 70

Montag, 2. Juli

Es war bewölkt und mäßig warm, so um die zwanzig Grad. Er hatte sich dafür entschieden, die kurze Strecke nach Döhren mit dem Fahrrad zurückzulegen.

‚Operation Elena' ist gestartet. Ich bin wie immer perfekt im Zeitplan.

In der rechten Beintasche seiner blauen Latzhose befand sich das Springmesser. Die Fotokamera, die Einmalhandschuhe und das Klebeband führte er in einer kleinen Schultertasche mit sich. Zur Latzhose trug er ein kariertes langärmeliges Hemd und eine blaue Schirmmütze. Ein angeklebter Schnurrbart und die Spionagebrille veränderten merklich das Aussehen seines Gesichts.

Morgen Abend hättest du die Trennung von mir vollzogen. Aber dazu kommt es nicht mehr. Gleich bist du tot, Elena.

Die Bilder von Laras Tötung waren sofort wieder präsent. Für einen Moment durchlebte er alles noch einmal.

Ich fahre mit dem Auto nach Vahrenwald, bin gegen siebzehn Uhr bei ihr. Lara hält mich für einen Paketboten.

Mit dem falschen Bart, der verstellten Stimme, der Brille und der blauen Mütze erkennt sie mich nicht. Im Fitnessstudio hab ich mich ihr gegenüber stets zurückgehalten und praktisch nie mit ihr gesprochen. In meinen Händen trage ich ein großes Paket, das meine Einmalhandschuhe verdeckt. Als Absender hab ich ‚Sven Klein' draufgeschrieben. Ich händige ihr das schwere Paket aus – sage, dass ich noch eine Unterschrift benötige. Sie nimmt es in beide Hände, wendet sich ab, macht zwei Schritte in den Flur, will das schwere Paket auf dem Boden abstellen, um anschließend zu unterschreiben. Aus meiner Cargohose ziehe ich kein Unterschriften-Pad, sondern blitzschnell das Springmesser, mit dem ich ihr von hinten die Kehle durchschneide. Ich nehme das Paket wieder mit und lasse die Wohnungstür als mein Erkennungszeichen leicht geöffnet.

Er erreichte die Straße, in der Margot Küster wohnte. Dort sah er auf der rechten Seite die Absperrschranken. Erwartungsgemäß war kein Bauarbeiter mehr zu sehen. Beim Aufreißen der Straße waren sie noch nicht ganz bis zu Margots Haus gekommen. In einem Vorgarten standen zwei Frauen, die sich angeregt unterhielten.

Na, gar keine Angst?! Ich bin der Frauenschächter von Hannover!

Er war froh, dass er keine Beachtung fand. Von vorne kam ihm ein einzelner Fußgänger entgegen, an dem er zügig vorbeifuhr.

Ich habe mich lange genug von Frauen demütigen lassen. Und ich kann es auch nicht mehr ertragen, wenn

Frauen anderen Männern das Gleiche antun. Erst die schlimmen Jahre mit Viktoria … dann die beschissenen Krankenschwestern, die mich schikaniert haben … die erniedrigende Erfahrung mit Ronja … und schließlich meine Mutter, die nie wirklich auf meiner Seite gestanden hat. Jetzt zahle ich es doppelt und dreifach zurück. Wäre ich Polizist, wäre alles ganz anders gekommen.

Schon seit Viktorias Tod war es sein Lebenstraum gewesen, zur Polizei zu gehen. Er hatte sich um das dreijährige Bachelorstudium an der Polizeiakademie Niedersachsen beworben. Sein Scheitern hatte den Rest seiner inneren Stabilität zum Einsturz gebracht.

Dieser verflucht schwere Eignungstest Anfang Mai in Hannoversch Münden, viereinhalb Stunden am Computer, alle Aufgaben unter Zeitdruck. Natürlich hatte ich mich gut vorbereitet, es war doch absolut wichtig. Ich war nervös, hatte eine Blockade, konnte nicht mehr richtig denken. Ich bin durchgefallen und war damit raus. In einem Jahr könnte ich mich erneut bewerben. Aber bei meiner Prüfungsangst bringt das nichts. Ich werde nie Polizist, obwohl ich über Polizeiarbeit theoretisch alles weiß.

Margots Haus tauchte rechts neben ihm auf. Er fuhr jedoch noch ein Stück weiter. Wenn er das Rad vor ihrem Grundstück abstellte, könnte Elena misstrauisch werden. In der nächsten Sekunde klebten seine Gedanken wieder an der Vergangenheit.

Diese verfickte Prüfungskandidatin neben mir hat es geschafft und tönt fies grinsend rum: ‚Endlich können

Frauen euch Männern durch den Test beweisen, dass wir mehr draufhaben. Dass es nicht nur auf Körperkraft, sondern auf Intelligenz ankommt.' Ich hätte ihr am liebsten in die Fresse gehauen. Schon wieder eine Frau, die mich verhöhnt – an einem Punkt, der unendlich schmerzt.

Direkt nach dem vergeigten Eignungstest war er damals zu seinen Eltern gefahren, hatte mit seinem Vater gesprochen.

Und da lag dieser Zeitungsartikel über Nadine Odem. Ich lese ihn und spüre sofort meine Wut auf diese Frau, die Männern ihren angestammten Platz wegnimmt. Mein Lebenstraum ist gescheitert. Das einzige Mittel, den Frust zu bekämpfen, ist die Vernichtung selbstherrlicher und rücksichtsloser Frauen. Er sah nach vorne. *Verdammt, ich muss mich auf die ‚Operation Elena' konzentrieren.*

Auf der linken Seite stand eine Straßenlaterne. Er stoppte und kettete das Rad an den Laternenpfahl an. Dann ging er die Straße langsam zurück bis zu Margot Küsters Doppelhaushälfte. Die einzigen Fenster nach vorne gehörten dort zu den Gästetoiletten. Möglicherweise war die Nachbarin zu Hause, aber das störte ihn nicht.

No risk, no fun. Bei der Tötung von Lara haben sich bestimmt über zwanzig Leute im Haus aufgehalten.

Es war jederzeit möglich, dass ihn auf dem Rückweg irgendein Nachbar oder Spaziergänger beobachtete. Aber Bart, Brille und Mütze vermittelten ihm ein Gefühl von Sicherheit.

Er stieg über den Jägerzaun, nahm den Weg aus Waschbetonplatten durch ihren Vorgarten, blieb vor der Haustür stehen. In aller Ruhe holte er die Einmalhandschuhe aus der Schultertasche, streifte sie über und klingelte.

Ich hoffe, sie hört es beim ersten Mal, dass ich nicht so lange hier rumstehen muss.

Konzentriert schaute er auf den oberen Türeinsatz aus Badezimmerglas.

Da bewegt sich was. Sie kommt. Ich hoffe, sie hält mich in der Aufmachung für einen Heizungsinstallateur oder so was.

Margot Küster, wieder mit Bluse, langer Hose und Strickjacke bekleidet, öffnete langsam die Tür und schaute ihn verwundert an.

„Guten Tag, Frau Küster. Liebermann ist mein Name", stellte er sich mit einem Fantasienamen vor. „Kann sein, dass Ihre Gasleitung durch die Bauarbeiten auf der Straße beschädigt worden ist." Er zeigte mit der rechten Hand auf die Baustelle. „Ich bin verpflichtet, das zu überprüfen und mir Ihren Heizungskessel im Keller anzusehen. Sie wissen ja, dass wir heute einen Termin haben …?"

„Ja, natürlich", antwortete die alte Frau und lächelte freundlich. „Ich freu mich, dass Sie gekommen sind."

Ob du dich gleich immer noch freust, glaub ich kaum. … Sie kann sich nicht im Geringsten an mich erinnern.

„Kommen Sie rein." Margot drehte sich um und ging voran in den schlauchartigen Flur. „Wenn Sie die Gästetoilette benutzen wollen, die ist sauber."

Und vor allem ist die Tür völlig geräuschlos.

„Nein danke, die benötige ich erst später."

Nicht ein Hauch von Misstrauen. Die schluckt meine alberne Geschichte wirklich komplett.

Alles war so, wie er es in Erinnerung hatte. Direkt neben dem Eingang rechts die Gästetoilette, dahinter die Küche. Auf der linken Seite zunächst der Aufgang zum ersten Stockwerk, dann die Tür zum Keller. Am Ende des Flurs ging es ins Wohnzimmer, wo ein laufender Fernseher zu hören war.

Er machte die Haustür hinter sich zu. Ein Blick auf seine Armbanduhr zeigte ihm, dass er genug Zeit hatte, die Frau zu überwältigen.

Margot war vor der Küche stehen geblieben und schaute interessiert auf seine Hände: „Sie haben Handschuhe an."

„Ja, wegen der Arbeit an Ihrer Heizungsanlage." *Am besten, ich nehm gleich 'nen Stuhl mit runter, auf dem ich sie festbinden kann.* „Mein Messgerät muss auf einem Stuhl abgelegt werden. Ich glaube, Stühle haben Sie nicht im Keller?" *Hat seinen Reiz, ein bisschen mit der Alten zu spielen.*

„Brauchen Sie eine Leiter?", fragte Margot und strahlte ihn an.

„Nein, einen Stuhl. Darf ich einen aus der Küche mit in den Keller nehmen?"

„Einen Stuhl in den Keller?"

Meine Güte, willst du lieber gefesselt auf dem Boden liegen?!

„Ich benötige für meine Arbeit an der Heizung einen Stuhl“, sagte er ein wenig genervt. „Später bringe ich ihn in die Küche zurück.“

Er holte sich ohne weitere Verhandlungen einen der Küchenstühle und meinte ungeduldig: „Jetzt gehen Sie bitte voran und zeigen mir im Keller den Heizungskessel.“

Bereitwillig kam sie seiner Aufforderung nach und ging vorsichtig die Treppe nach unten. Er folgte ihr mit dem Stuhl in der Hand.

Durch einen Flur gelangten sie in den Raum, in dem sich der Heizungskessel befand. Margots verstorbener Mann hatte hier sein Werkzeug untergebracht.

Jetzt ist Schluss mit lustig!

Er zog das Messer aus seiner Beintasche und ließ es aufschnappen.

Margot sah ihn überrascht an, schien jedoch nicht zu realisieren, dass sie gerade Opfer eines Überfalls wurde.

„Keinen Mucks, sonst stech ich dich ab!“, herrschte er die Frau an. Er streckte den rechten Arm aus und hielt der Frau die Spitze der Klinge an den Hals. „Wenn du tust, was ich sage, passiert dir nichts!“

Ihr Gesichtsausdruck veränderte sich schlagartig. Mit großen Augen starrte sie ihr Gegenüber ängstlich an. Das Messer machte ihr den Ernst der Situation unmissverständlich klar.

„Hilfe … Hilfe“, stammelte sie leise.

„Mund halten!“, fauchte er sie an. „Wenn du schreist, bist du tot!“

Er schob den Stuhl neben sie.

„Los, hinsetzen!“, befahl er. Sie stand einfach nur da und fing an zu zittern. Er packte mit der Linken ihren rechten Arm und dirigierte sie auf den Stuhl.

„Lieber Gott, hilf mir“, murmelte sie leise.

„Ruhe jetzt! Du hast nichts zu befürchten, wenn du mitmachst und die Klappe hältst.“

Er holte das Klebeband aus der Schultertasche und fesselte Arme und Beine der Frau. Außerdem band er sie an der Stuhllehne fest. Ein Klebestreifen über ihrem Mund würde verhindern, dass sie um Hilfe rief, sobald er den Keller verließ.

Sie bekommt genug Luft durch die Nase und wird es überleben.

„Jetzt knöpfe ich mir deine Elena vor“, erklärte er der Frau lächelnd. „Ich bestrafe sie für ihre Lügen und ihren Verrat. Guck mich ruhig an. Wenn dich die Polizei befreit, ist alles schon vorbei. Leider wirst du der Polizei nicht beschreiben können, wie ich aussehe, weil dein Gedächtnis ziemlich hinüber ist.“

Plötzlich spürte er wieder die Wut und Hilflosigkeit, die er letztes Jahr schon öfters im Umgang mit den dementen Patienten im Krankenhaus empfunden hatte.

„Tschüss Margot. Für ein Wiedersehen wird es nicht reichen.“

Er machte die Tür des Heizungskellers zu und ging die Treppe nach oben ins Erdgeschoss. Im Wohnzimmer lief der Fernseher. Er stellte mit der Fernbedienung den Ton lauter. Danach überprüfte er die Tür der Gästetoilette.

Alles ist vorbereitet. Jetzt kann sie kommen.

Es war 16:46 Uhr. Er hatte einkalkuliert, dass Elena eventuell ein paar Minuten früher oder auch später hier eintraf.

Die Operation heute toppt alles. Ich töte Elena quasi in Anwesenheit von Margot, wobei diese weder eingreifen noch eine brauchbare Aussage machen kann. Mein Plan ist einfach, aber brillant.

Konzentriert ging er die Operation noch einmal Schritt für Schritt durch.

Elena klingelt. Keiner öffnet. Sie schließt die Haustür mit ihrem Schlüssel auf, geht natürlich davon aus, dass Margot ihr Klingeln wegen des lauten Fernsehers überhört hat. Die Wohnzimmertür ist geschlossen, die Kellertür steht ein wenig offen. Der Krach und die Kellertür nehmen Elenas Aufmerksamkeit in Anspruch. Sie geht den schlauchartigen Flur entlang und hat kein Auge für die Gästetoilette direkt neben dem Eingang. Aber genau dort lauere ich mit bereits geöffneter Klinge auf sie. Die Tür der Gästetoilette ist nur angelehnt und öffnet sich völlig geräuschlos. Während sie auf Keller- und Wohnzimmertür zugeht, komme ich von hinten und durchtrenne ihre großen Halsgefäße. Meine Spionagebrille hält die gesamte Aktion fest. Mit der Fotokamera mache ich noch das Selfie von uns. Und zu guter Letzt lasse ich als Erkennungszeichen die Haustür etwas auf.

Er würde rechtzeitig mitbekommen, wenn Elena vor der Tür stand. Sein guter körperlicher Trainingszustand gab ihm die nötige Sicherheit. Gegenüber Viktoria hatte er sich stets als Schwächling gefühlt. Die letzten Jahre im Fitnessstudio sollten ihm endlich zu Stärke und Selbstbewusstsein verhelfen.

Ich hab massiv unter meiner Schwester gelitten wie Timo unter seiner Mutter. Als Timo und ich im Herbst öfters zusammen gejoggt und in die Kneipe gegangen sind, hat er mir von seinem beschissenen Verhältnis zu seiner saufenden Mutter erzählt. Lara hat Sven und Timo das Leben zur Hölle gemacht, obwohl es insbesondere Sven nur gut gemeint hat.

Er stand in der kleinen Gästetoilette, deren Fenster zur Vorderseite des Hauses geschlossen war. *Endlich wird das Gästeklo genutzt.* Er grinste, als ihm einfiel, dass er damals zu Elena gesagt hatte, dass dies der einzige Raum wäre, um „mal ungestört“ zu sein.

Inzwischen war es 16:51 Uhr.

Jeden Moment muss Elena hier sein. Jetzt kann mich keiner mehr aufhalten.

Kapitel 71

Montag, 2. Juli

Andrea Renner und Raffael Störtebecker waren in Begleitung von zwei Streifenwagen in Waldheim eingetroffen.

Auf ihr Klingeln an seiner Wohnungstür hatte Fabian Dreyer nicht reagiert. Mithilfe des Vermieters waren sie dennoch problemlos hereingekommen. Der alte Mann verwahrte in einem verschlossenen Umschlag einen zusätzlichen Wohnungsschlüssel für den Notfall.

„Der Vogel ist ausgeflogen", stellte Raffael nüchtern fest, nachdem sie sich über alle Räume einen kurzen Überblick verschafft hatten. Dreyers Wagen parkte in der Nähe des Grundstücks, aber sein Fahrrad war nicht mehr da, wie sie mithilfe des Vermieters in Erfahrung brachten. Sportlich wie der junge Mann war, konnte er sich mit dem Rad überall in Hannover aufhalten.

Wegen Gefahr im Verzug hatte die Staatsanwaltschaft die Durchsuchung von Dreyers kleiner Wohnung angeordnet. Zunächst stießen sie auf nichts Ungewöhnliches. Im Wohnzimmer lag ein eingeschaltetes Smartphone. Die blaue Schirmmütze war nirgendwo zu finden –

ebenso wenig das von Sven Klein beschriebene Paket, was Andrea und Raffael allerdings erwartet hatten.

Im Schlafzimmer stand ein zweiter, etwas kleinerer Fernseher auf einem schwarzen Rollcontainer. Vor dem Fernseher hatte Dreyer eine Spielekonsole mit einem Gamecontroller abgestellt. Der verschlossene Rollcontainer wurde von einem der Schutzpolizisten mühelos aufgebrochen.

Und plötzlich waren sie fündig geworden!

In den Schubladen entdeckten sie einen flachen Tintenstrahldrucker, Druckerpatronen, Plastikfolien, Pakete mit Einmalhandschuhen, Einmalkitteln, medizinischen Gesichtsmasken und Druckerpapier, dazu eingeschweißte Briefumschläge und Automatenbriefmarken sowie einen schwarzen Aktenordner im DIN-A4-Format.

Raffael, der wie die anderen Handschuhe trug, schnappte sich den Aktenordner und blätterte darin herum.

„Heilige Scheiße!", fluchte er. „Das ist unser Mann! Kleins Hinweise waren goldrichtig."

Der Ordner widmete sich in chronologischer Reihenfolge der Tötung der drei Frauen, enthielt die ausgedruckten Botschaften an die Mordkommission, aufgelistete Gründe für die „Notwendigkeit der durchgeführten Operationen", Zusammenfassungen vom Ablauf der Tötungen inklusive einer Dokumentation der jeweiligen Todeszeitpunkte. Es fanden sich auch Bilder der Frauen, die sie zu Lebzeiten zeigten. Als Quelle hatten offensichtlich Print- und Onlinemedien gedient. Am Ende des Ordners stieß Raffael auf die letzte Ankündigung des Täters – „Fortsetzung folgt ab 2. Juli“ – sowie das ausgedruckte Foto einer jungen Frau, irgendwo aufgenommen auf einer Parkbank.

„Das ist mit großer Wahrscheinlichkeit sein nächstes Opfer!“, verkündete Raffael.

„Uns bleibt sicher nicht mehr viel Zeit, um die Frau zu retten“, stöhnte Andrea.

„Die Frau kommt mir bekannt vor“, meinte Raffael und versuchte sich krampfhaft zu erinnern. „Moment, natürlich! Ich hab sie in Seiferts Büro gesehen, vor einem Monat.“

„In Seiferts Büro?!“, staunte die Oberkommissarin.

„Ja, ich ruf den Psycho-Doc an. Er weiß auf jeden Fall, wer die Frau ist.“

Raffael zog Seiferts Visitenkarte aus seinem Portemonnaie und tippte dessen Handynummer ein.

Der Leiter des Sozialpsychiatrischen Dienstes meldete sich nach dreimaligem Klingeln. Bei dem Namen des Oberkommissars war er sofort im Bilde: „Was kann ich für die Mordkommission tun, Herr Störtebecker?“

„Ich weiß jetzt, wie die Frau aussieht, die heute das Opfer des Serientäters werden soll. Sie ist ungefähr fünfundzwanzig, hat lange blonde Haare. Vor ungefähr einem Monat, als Thomas Stelter und ich bei Ihnen waren, hatte sie vorher bei Ihnen einen Termin. Sie hatte sich für diese Fachgruppe interessiert … *Sozialpsychiatrischer Plan.*“

„Ich erinnere mich genau an die Situation. Es handelt sich um Elena Wendt“, äußerte Dr. Mark Seifert, ohne nachdenken zu müssen. „Sie ist Sozialarbeiterin in einer meiner Beratungsstellen.“

„Können Sie mir ihre Handynummer geben?“

„Kein Problem. Einen Moment bitte. Ich hab für die Alarmierung im Katastrophenfall eine Auflistung der dienstlichen und privaten Handynummern aller Mitarbeitenden.“

Kurz darauf nannte Seifert dem Oberkommissar die beiden Handynummern mit dem Hinweis: „Kann sein, dass Frau Wendt schon im Feierabend ist.“

Raffael bedankte sich und beendete das Gespräch. Dann schaute er auf seine Armbanduhr: Es war 16:58 Uhr.

Er wählte als Erstes die private Handynummer – und war total erleichtert, als eine Frauenstimme sagte: „Wendt?“

„Mein Name ist Raffael Störtebecker, Mordkommission Hannover. Ich habe Ihre Handynummer gerade eben von Doktor Seifert erhalten. Es geht um die aktuellen Frauenmorde hier in der Stadt. Wir sind uns sicher, dass sich der Täter Sie als nächstes Opfer ausgesucht hat.“

Für einen Moment hörte er ein unwilliges Pusten.

„Also auf solche Scherze habe ich keine Lust.“ Ihre Stimme klang ärgerlich. „Ich leg jetzt auf.“

„Nein, nein, tun Sie das nicht“, setzte Raffael hastig nach und versuchte, im Folgenden besonders freundlich und vertrauenserweckend rüberzukommen. „Wir beide sind uns kurz in Seiferts Büro im Timon Carré begegnet. Sie wollten Mitglied der Fachgruppe Sozialpsychiatrischer Plan werden. Ich war einer der beiden Polizisten … der mit den gelockten schwarzen Haaren. Mein Kollege hatte wenige graue Haare und … war etwas kräftiger gebaut. Erinnern Sie sich?"

Es trat eine Pause ein. Elena Wendt schien zu überlegen.

„Okay …", meinte sie plötzlich. „Reden Sie weiter."

Gott sei Dank, sie glaubt mir!

„Kennen Sie Fabian Dreyer, einundzwanzig Jahre alt?"

„Einen Fabian Dreyer in dem Alter kenne ich. Wir haben uns ein paarmal getroffen. Aber Fabian ist bestimmt nicht dieser Frauenmörder."

„Doch, mit absoluter Sicherheit!", widersprach Raffael. „Ihr Leben ist in großer Gefahr. Wo befinden Sie sich jetzt?"

„Ich steh direkt vorm Eingang der Doppelhaushälfte einer Bekannten in Döhren." Sie nannte die Adresse. „Ganz allein. Hier ist Fabian jedenfalls nicht."

„Steht Ihr Auto in der Nähe? Können Sie gleich zu uns kommen?"

„Wegen einer Baustelle musste ich mein Auto in einer anderen Straße abstellen."

„Dann gehen Sie bitte aus Sicherheitsgründen sofort ins Haus und bleiben auf jeden Fall dort! Wir sind momentan in Döhren. In fünf Minuten sind wir bei Ihnen und holen Sie bei Ihrer Bekannten ab."

„In Ordnung."

Dem Oberkommissar fiel ein Stein vom Herzen.

„Haben Sie eine Vorstellung, an welchem Ort Fabian Dreyer sonst noch auf Sie warten könnte?", erkundigte er sich.

„Na ja, vor meiner Wohnung vielleicht."

Raffael merkte sich die angegebene Adresse.

„Ich werde veranlassen, dass Kollegen von mir zu Ihrer Wohnung fahren", erklärte er. „Falls Ihnen in den nächsten fünf Minuten etwas verdächtig vorkommt, rufen Sie mich sofort an. Wir sind gleich da!"

„Okay, hab ich verstanden", antwortete Elena und beendete das Telefonat.

Raffael rief Thomas Stelter an und informierte ihn mit wenigen Sätzen über den neuen Sachstand. Danach machte er sich umgehend mit Andrea auf den Weg nach Döhren. Einer der beiden Streifenwagen folgte ihnen, die Besatzung des anderen Wagens verblieb in Dreyers Wohnung.

„Ich glaube, wir haben gerade dem nächsten potenziellen Opfer das Leben gerettet", tönte Raffael euphorisch.

Kapitel 72

Montag, 2. Juli

Elena Wendt verstaute ihr Smartphone wieder in der Handtasche.

Ich hab da weiterhin meine Zweifel. Die Polizei muss sich in Bezug auf Fabian irren. Warum sollte er mich umbringen? Wir haben morgen Abend eine Verabredung. Bei unserem letzten Telefonat machte er nicht den Eindruck, als ob er ahnt, worüber ich mit ihm sprechen will. Oder hat er mitbekommen, dass ich mich ganz für Christopher entschieden habe?

Irene Schäfer, die Nachbarin der anderen Doppelhaushälfte, kam aus dem Haus. Sie begrüßte Elena und erklärte ihr, dass sie noch zum Einkaufen gehen würde.

„Margot ist zu Hause", meinte sie schmunzelnd. „Ich kann ihren Fernseher hören."

„Ich sorg dafür, dass er etwas leiser gedreht wird", versprach Elena.

„Kein Problem. Von mir aus muss hier keine Totenstille herrschen", sagte Irene und verabschiedete sich.

Seit Margot verwitwet war, hatte sie sich – von Einkaufsgängen abgesehen – weitgehend ins Haus zurückgezogen und saß praktisch nur noch auf der

Terrasse, wenn Elena kam. Durch den laufenden Fernseher fühlte sie sich nicht allein, obwohl sie vermutlich nicht mehr allzu viel von den einzelnen Sendungen verstand.

Elena betätigte den Klingelknopf und wartete.

Margot scheint das Klingeln heute wirklich nicht zu hören.

Sie holte den Schlüssel aus ihrer Handtasche und schloss die Haustür auf. Im Wohnzimmer lief der Fernseher, lauter als sonst.

„Hallo Margot“, rief sie. „Ich bin da! Elena!“

Keine Reaktion.

Was dieser Störtebecker über Fabian gesagt hatte, ließ sie gedanklich nicht mehr los. Sie machte die Tür hinter sich zu und ging in den Flur.

Wie klärt sich das alles auf?

Als sie die geöffnete Kellertür sah, lief blitzschnell eine Assoziationskette in ihr ab: *Die Einbrechergeschichte – Fabian – ungestört im Gästeklo.*

Instinktiv drehte sie sich um. Direkt vor ihr stand Fabian Dreyer mit einem Messer in der Hand. Er erstarrte mitten in der Bewegung, als wäre er von der Situation genauso überrumpelt wie Elena. Sie hatte ihn sofort erkannt, obwohl er einen Schnurrbart trug.

Elenas Körper reagierte mit einem Adrenalinstoß, Blutdruck und Puls schossen in die Höhe. Sie nutzte seine Irritation und flüchtete Richtung Wohnzimmer. Dabei fiel ihre Handtasche zu Boden. Hinter sich hörte sie einen wütenden Schrei. Sie ergriff die Türklinke und stieß die Wohnzimmertür auf, rannte stolpernd durch den Raum zur Terrassentür.

Nur weg hier! Ich muss es in den Garten schaffen und draußen um Hilfe rufen!

Aus dem Fernseher tönte die laute Stimme eines Nachrichtensprechers.

Hektisch versuchte sie die Tür zur Terrasse aufzuhebeln, aber der Griff ließ sich nicht bewegen. Fabian war ihr ganz langsam mit dem Messer gefolgt, stand jetzt ebenfalls im Wohnzimmer.

„Die Tür hatte ich vorsichtshalber abgeschlossen", bekundete er. „Du kommst hier nicht mehr raus! … Lügnerin, Verräterin!"

Die Lautstärke des Fernsehers war ein zusätzlicher Stressor. Sie stand mit dem Rücken an der Terrassentür.

Ich muss mit ihm reden. Vielleicht kann ich ihn zur Vernunft bringen.

Fabian versperrte ihr den Weg zum Flur. Sie hatte gegen ihn keine Chance.

„Zorro, komm zu dir." Sie versuchte verständnisvoll zu klingen, was ihr nur ansatzweise gelang. „Was ist los? Ich bin's, Elena!"

„Du bist nicht die Elena, die ich geliebt habe!", fauchte er sie an. „Du bist genauso hinterhältig wie Viktoria oder Ronja!"

In seinen Augen funkelt der blanke Hass. Der ist völlig durchgedreht.

„Wo ist Margot?" Elena befürchtete das Schlimmste. „Hast du sie ermordet?"

„Der geht's gut. Die ist im Keller."

„Dann tu mir auch nichts", sagte sie ganz ruhig, „und lass mich gehen."

Ihre Strategie ging leider überhaupt nicht auf. Fabian schaute sie verächtlich an.

„Wenn du um Gnade winselst, ist das nur Musik in meinen Ohren." Er trat zwei Schritte zur Seite und gab den Weg zum Flur frei. „Na los, lauf weg. Ich geb dir großzügig eine Chance, obwohl du sie nicht verdient hast."

Wenn er wollte, könnte er auf mich zugehen und mich erstechen. Seiner Körperkraft hab ich nichts entgegenzusetzen. Aber mir fällt etwas auf… Sobald ich ihm ins Gesicht gucke, ist er wie ausgebremst. Das erträgt er nicht. Deswegen ermordet er Frauen auch nie von Angesicht zu Angesicht. Er will, dass ich zur Haustür laufe. Bei seiner Schnelligkeit erwischt er mich allemal und kann mich dann von hinten töten.

Sie blieb stehen und sah ihn an.

Was hab ich beim Sozialpsychiatrischen Dienst gelernt, wenn Flucht unmöglich ist? In gefährlichen Situationen Selbstbewusstsein ausstrahlen.

Fabian kam einen Schritt auf sie zu.

„Stopp!", rief sie, nahm eine aufrechte Körperhaltung ein und streckte ihm die aufgestellte rechte Handfläche entgegen. „Leg sofort das Messer weg! Ich bin nicht eines deiner wehrlosen Opfer. Wie alle beim Sozialpsychiatrischen Dienst habe ich gelernt, mich selbst zu verteidigen!"

Tatsächlich hatte sie letztes Jahr einen eintägigen Selbstverteidigungskurs in einer Kampfsportschule absolviert, aber das meiste schon wieder vergessen. Sie setzte alles auf eine Karte und bluffte: „Du kannst mich nicht überwältigen. Leg das Messer auf den Boden, Fabian!"

Plötzlich drehte er sich um, ging mit schnellen Schritten durch den Flur, öffnete die Haustür und rannte davon. Elena folgte ihm vorsichtig, immer in der Angst, dass er jeden Moment erneut im Hauseingang auftauchen könnte. Dann erreichte sie den Eingang, schaute nach draußen und sah, wie Fabian die Straße entlanglief und sich zunehmend vom Haus entfernte.

Erleichtert schlug sie die Haustür zu. Sie merkte, dass plötzlich ihre Hände zu zittern begannen. Gleich darauf schossen ihr Tränen in die Augen.

Das war verdammt knapp. Ich hatte schon mit dem Leben abgeschlossen. Aber jetzt nicht schlappmachen! Ich muss die Eingangstür richtig abschließen, nach Margot sehen und sofort Störtebecker anrufen.

Kapitel 73

Montag, 2. Juli

Kurz bevor sie ihre Zieladresse in Döhren erreicht hatten, klingelte Raffael Störtebeckers Smartphone. Der Anruf kam von Elena Wendt, die aufgeregt berichtete, dass sie gerade im Haus ihrer Bekannten Margot Küster einem Mordanschlag von Fabian entgangen wäre. Elena und ihre Bekannte seien unverletzt. Fabian wäre geflüchtet. In die Richtung, auf der die Straße noch nicht aufgerissen sei. Bekleidet wäre er mit einer blauen Latzhose und einem karierten Hemd, er trage zudem eine blaue Schirmmütze. Außerdem habe er sich einen falschen Schnurrbart angeklebt.

Raffael sagte, dass sie die Telefonverbindung halten solle, da nicht auszuschließen wäre, dass Dreyer zu Margot Küsters Haus zurückkehre. Andrea Renner forderte parallel weitere Einsatzwagen an. Jetzt ging es darum zu verhindern, dass ihnen der flüchtige Serientäter entwischte.

Sie erreichten die Straße, in der Margot Küster wohnte. Auf der rechten Seite sahen sie die Absperrschranken und die aufgerissene Straße, von der Elena gesprochen hatte.

„Geradeaus durch", meinte Raffael. „In die Richtung soll er abgehauen sein. Ganz dahinten am Laternenpfahl steht ein Fahrrad. Ob das seins ist?"

„Okay, lass uns nachschauen. Nicht dass der Kerl jetzt noch irgendeine Frau tötet, um seine irre Ankündigung zu erfüllen."

Der Streifenwagen hinter ihnen stoppte vor dem Haus von Margot Küster. Die Kollegen würden sich um die beiden Frauen kümmern und sie gegebenenfalls vor Dreyer schützen, falls dieser tatsächlich erneut dort auftauchte.

Andrea steuerte den Wagen geradeaus bis zu dem Laternenpfahl auf der linken Straßenseite, wo ein Herren-Cityrad mit schwarzem Rahmen angekettet war. Am Lenker hing eine blaue Schirmmütze.

*

Kurz zuvor …

Das war die schlimmste Niederlage meines Lebens. Ich hatte alles bis ins Detail durchgeplant und hab trotzdem kläglich versagt.

Fabian Dreyer rannte die Straße entlang. Das Messer hatte er wieder in die Beintasche seiner Latzhose geschoben.

Wieso dreht die sich plötzlich um? Sie hat mich mit ihrem Blick total im Griff … als wenn mich Viktoria an-

starrt. Ich war auf einmal wie gelähmt, konnte sie nicht töten. Sie hat mich aus dem Haus verjagt … verdammt, so darf es nicht enden. Ich muss mir einen würdigen Abgang verschaffen. Es wird auf jeden Fall noch eine Leiche geben.

Er erreichte den Laternenpfahl mit seinem Fahrrad.

Die Polizei ist jeden Moment hier. Die werden alles absperren, ich komme nicht weit. In ein paar Minuten haben sie mich, wenn ich mir nicht sofort etwas einfallen lasse. Mit dem Rad wegzufahren bringt nichts mehr.

Die Laterne stand vor einem Einfamilienhaus mit einem eingezäunten Garten, der seitlich durch einen kleinen öffentlichen Gehweg vom Nachbargrundstück getrennt war.

Hinter dem Einfamilienhaus befand sich vermutlich der größte Teil des Gartens. Von dort hörte Fabian das typische Geräusch eines Elektro-Rasenmähers. Zwischen den Büschen hindurch, die um das Grundstück gepflanzt waren, sah er eine dunkelblonde Frau mittleren Alters beim Rasenmähen. Außer ihr war niemand im Garten zu sehen. Schlagartig kam ihm eine Idee.

Die Frau kommt wie gerufen. Mit der rechten Hand umfasste er den Griff seines Messers in der Beintasche. *Die Blonde schnappe ich mir. Jetzt muss ich nur noch den Mitspielern den Weg weisen, damit sie mich im letzten Akt auch sehen.*

Er setzte die blaue Mütze ab und hängte sie gut sichtbar an den Fahrradlenker. Vom Gehweg zwischen den beiden Grundstücken hatte er die Straße in beiden Richtungen im Blick.

Da kommt ein Auto, gefolgt von einem Streifenwagen. Gleich sind sie hier. Also los!

Er huschte auf dem Gehweg rechts neben dem Gartenzaun entlang und blieb nach einigen Metern stehen. Die Frau schob den Mäher in langen Bahnen über den Rasen, kam gerade auf Fabian zu, wirkte dabei sehr auf ihre Arbeit konzentriert.

Gleich wendet sie und dreht mir den Rücken zu. … Jetzt!

Er stieg über den Jägerzaun, schob sich blitzschnell zwischen den Büschen hindurch, zückte sein Messer und lief über den Rasen hinter der Frau her.

Sie bemerkte den Angreifer erst, als es zum Flüchten zu spät war. Fabian warf sich hinterrücks auf die Frau, umgriff mit dem linken Arm ihren Oberbauch, hielt ihr gleichzeitig mit rechts die scharfe Messerklinge vor den Hals.

Die Frau schrie kurz, dann erstarrte sie. An ihrer Körperspannung konnte Fabian sofort ihre Todesangst spüren. Als sie den Bügel des Rasenmähers losließ, verebbte der Krach.

„Was wollen Sie? … Tun Sie mir nichts!“, stieß sie schwer atmend hervor.

„Verhalt dich ruhig und mach, was ich sage!“, herrschte er sie an. „Wir beide drehen uns auf der Stelle gemeinsam in die andere Richtung und gucken, welche Zuschauer da gleich am Zaun aufkreuzen. Und dann beginnt die Show, bei der du eine Hauptrolle spielen darfst.“

„Bitte bringen Sie mich nicht um", äußerte sie in einem Flüsterton. „Ich hab Bargeld im Haus."

„Geld interessiert mich nicht. Bist du allein?"

„Mein Mann kommt heute später …"

„Wie schade", meinte Fabian und lachte grimmig, „dann verpasst er leider die Vorstellung."

*

Andrea Renner hatte den Wagen auf Höhe des Laternenpfahls gestoppt.

„Das Fahrrad mit der blauen Mütze!", rief sie Raffael Störtebecker auf dem Beifahrersitz zu. „Das muss Dreyer gehören. Aber so auffällig. Das ist geplant. Er will, dass wir es bemerken. Fast wie ein Wegweiser. Der hat was Hinterhältiges vor. Wir müssen vorsichtig sein."

„Du hast recht", murmelte Raffael. „Da stimmt was nicht. Will der uns vom Auto weg irgendwohin locken?"

Beide stiegen aus und schlugen die Türen zu. Andrea verschloss den Wagen mit der Fernbedienung am Schlüsselbund. Sie warf einen Blick auf das angeschlossene Fahrrad, Raffael guckte zeitgleich zu den Häusern auf der anderen Straßenseite.

Da hat sich eine Fenstergardine bewegt, schoss ihm durch den Kopf. *Auf meiner Seite. Gerade eben. Jetzt öffnet sich die Haustür.*

Ein älterer Mann erschien im Hauseingang.

„Sie dürfen hier nicht parken!", teilte er dem Oberkommissar mit, sah aber dann wohl das Pistolenholster an Raffaels Hosengürtel. „Oh, sind Sie von der Polizei?"

„Ja! Haben Sie einen jungen Mann in einer blauen Latzhose gesehen?"

Der Alte nickte und zeigte mit der Hand hinter Raffael: „Dort drüben … gerade eben. Wo auch Ihre Kollegin ist."

Raffael drehte sich um. Andrea war in dem Gang zwischen den Grundstücken verschwunden, der rechts vom Laternenpfahl abging.

Ich muss ihr hinterher!

In diesem Moment sah er, wie Andrea über den seitlichen Jägerzaun stieg und langsam mit erhobenen Händen zwischen den Büschen hindurch den Garten betrat.

Sie muss Dreyer im Garten entdeckt haben. So wie sie sich verhält, könnte er sich eine Geisel genommen haben.

Raffael gab seine Beobachtung kurz per Smartphone an seine Kollegen weiter. Er zog die Dienstwaffe aus dem Holster und forderte den älteren Mann mit einer Handbewegung auf, im Haus zu verschwinden.

Dreyer wird sich im hinteren Teil des Gartens aufhalten. Ich schleich mich über den Vordergarten an. Die Kollegen werden gleich eintreffen. Ich will überprüfen, ob Andrea in Gefahr ist.

Die Pistole schussbereit in beiden Händen, lief er im Vorgarten bis zur Hausecke. Ein schmales Stück Rasen führte neben dem Haus vorbei in den hinteren Teil des Gartens. Er schaute links um die Ecke und sah Andrea in fünfzehn Metern Entfernung auf dem Rasen stehen, die Arme leicht ausgebreitet.

Dreyer kann ich von meiner Position aus nicht erkennen.

Das hintere Ende der seitlichen Hauswand wurde verlängert durch ein hölzernes Rankgitter, buschig mit dichtem Efeu bewachsen, vermutlich als Sichtschutz für die dahinterliegende Terrasse.

„Geben Sie auf!“, rief Andrea. „Sie kommen hier nicht mehr weg!“

Dreyer musste auf Höhe der Terrasse im hinteren Teil des Gartens stehen. Vorsichtig bewegte sich Raffael an der seitlichen Hauswand entlang in Richtung Andrea und Dreyer. Andrea guckte für einen kurzen Moment zur Seite, ließ sich jedoch nicht anmerken, dass sie ihren Kollegen entdeckt hatte.

„Ich bin noch lange nicht fertig!“, hörte Raffael Dreyers Antwort. „Die Frau stirbt auf der Stelle, wenn du nicht sofort tust, was ich verlange. Nimm deine Pistole ganz vorsichtig aus dem Holster und wirf sie weit weg von dir auf den Rasen. Und knie dich hin. Dann lass ich sie frei und hau ab.“

Andrea kam seiner Forderung nach, warf die Waffe dorthin, wo auch Dreyer sie nicht erreichen konnte. Schließlich ging sie auf die Knie.

Sie weiß, dass ich in unmittelbarer Nähe bin und ihr nichts passieren kann.

Hinter sich hörte Raffael einen Wagen, der abbremste.

Die Kollegen kommen!

Fabian Dreyer begann laut das Lied *Breathless* zu singen. Auf dem Gehweg neben dem Grundstück eilten im Laufschritt zwei uniformierte Kollegen herbei. Raffael sah plötzlich, wie Dreyer mit dem Messer in der Hand auf die am Boden kniende Andrea losstürmte.

Ohne zu überlegen, zielte Raffael mit der Waffe auf den Angreifer und feuerte. Dreyer brach im Lauf mit einem Schrei zusammen. Das Messer entglitt seiner Hand, die er stattdessen mit schmerzverzerrtem Gesicht auf seinen rechten Oberschenkel presste. Dort hatte ihn Raffaels Geschoss getroffen. Der Oberkommissar stürzte zu dem Verletzten und nahm das Messer an sich.

Andrea, die sich auf dem Rasen zur Seite gerollt hatte, sprang auf und stieß erleichtert hervor: „Danke, das war knapp!"

Im nächsten Moment waren auch die beiden bewaffneten Schutzpolizisten vor Ort und kümmerten sich um den am Boden liegenden Dreyer. Einer von ihnen forderte telefonisch einen Notarzt an.

Andrea ging langsam auf die dunkelblonde Frau zu, der Dreyer bis eben das Messer an die Kehle gehalten hatte. Die Frau, körperlich unverletzt, starrte Andrea stumm mit weit aufgerissenen Augen an.

„Ich hatte solche Angst", murmelte sie. „Das waren die schrecklichsten Minuten meines Lebens."

Und sie ist nicht die Einzige, die Dreyer heute traumatisiert hat, dachte Raffael. *Wer weiß, wie Elena Wendt und ihre Bekannte seinen Überfall verkraften.*

Kapitel 74

Mittwoch, 4. Juli

Kurz vor Feierabend saßen sich Andrea Renner und Raffael Störtebecker an ihren Schreibtischen im Büro gegenüber.

„Diese irrwitzige Szene im Garten, in der du mir das Leben gerettet hast, geht mir immer wieder durch den Kopf“, meinte Andrea.

„Ich glaube inzwischen wirklich, er hätte dir mit dem Messer nichts getan. Er wollte provozieren, von der Polizei erschossen zu werden. Genauso wie Richard Gere in *Atemlos*. Zumindest war das gestern die Interpretation von Seifert. Wahrscheinlich hat er sogar mitbekommen, dass ich seitlich von ihm an der Hauswand in Warteposition stand.“

Die Ermittler mussten davon ausgehen, dass die alten Filme Fabian Dreyer in seinem Denken und Handeln stark beeinflusst hatten.

„Auch von diesem Horrorstreifen auf seiner Festplatte, der in den Siebzigern und Achtzigern spielt, hat er Handlungsstränge nachgeahmt“, bekundete Raffael. „Ich denke dabei an die altmodisch anmutenden Briefe an die Polizei oder den akkurat geführten Aktenordner in seinem Rollcontainer." Er grinste vielsagend. „Ich hab mir den Horrorfilm gestern Abend zu Hause im Internet angesehen."

Raffael erläuterte mit einigen Sätzen den Inhalt.

„Du meinst, er hat mit der Polizei gespielt ... wie die Hauptfigur im Film?", fragte Andrea.

Raffael nickte: „Ja."

„Und gibt es eine Verbindung zwischen den beiden Filmen – außer, dass beide Hauptfiguren mit Vornamen Jesse heißen?"

„Beide Filme haben einen Bezug zu Jerry Lee Lewis." Der Oberkommissar freute sich offensichtlich, bei diesem Thema einen Wissensvorsprung zu haben. „Aber in dem Horrorfilm ist das erst auf den zweiten Blick erkennbar. Um seiner Freundin Zoey zu imponieren, prahlt Jesse Adam am Anfang damit, dass er 1969 seinen älteren Cousin zu einem Musikfestival in Toronto begleitet hat, wo unter anderem John Lennon, Little Richard und Jerry Lee Lewis aufgetreten sind. Die Musik von Jerry Lee Lewis oder der Sänger selbst spielen im Film keine Rolle. Allerdings nennt sich Jesse Adam später ebenfalls ‚der Killer'."

„Damit lässt sich nachvollziehen, wie er darauf gekommen ist, sich gerade mit diesem Independent-Machwerk zu beschäftigen." Andrea überlegte. „Allerdings kann ich mich nur schwer in die innere Zerrissenheit von Dreyer einfühlen. Auf der einen Seite die Begeisterung für Gesetzlose und grausame Tötungen, auf der anderen Seite der große Wunsch, Polizist zu werden."

„Vielleicht hat er mit ‚Polizist' die Möglichkeit zur Demonstration von Stärke und Macht verbunden", vermutete Raffael. „Um sein angeschlagenes Ego aufzupolieren."

Dreyer hat sich in der Rolle des unbarmherzigen Rächers gefallen, stimmte Andrea in Gedanken zu. *Für Lara Kleins Verhalten Sven gegenüber hatte er offenbar keinerlei Verständnis.*

Laras Mutter hatte Andrea von dem einschneidenden Ereignis im Leben ihrer Tochter berichtet. Lara hatte sich als junge Frau stets eine Tochter gewünscht und war vor elf Jahren in Hannover mit einem Mädchen schwanger gewesen. Laras Vater lag damals mit Leberzirrhose im Oldenburger Krankenhaus. Ihre Mutter bat sie, den Vater im Krankenhaus zu besuchen. Da Lara schon seit Jahren mit ihrem Vater zerstritten war, wollte sie nicht kommen. In seinen Bestrebungen nach Harmonie überredete Sven seine schwangere Frau, mit ihm und Timo nach Oldenburg zu fahren. Auf dem Weg dorthin hatten die drei unverschuldet einen schweren Autounfall. Lara erlitt eine Totgeburt und konnte aufgrund der inneren Verletzungen nie wieder schwanger werden. Sie machte Sven dafür verantwortlich, fing anschließend massiv an zu trinken und isolierte sich von ihrer Umwelt. Da sich Timo mit seinem Vater solidarisierte, richtete sich ihre Wut auch auf ihn.

Für Fabian Dreyer, der von dieser Geschichte durch Timo wusste, war Lara damit zu einem potenziellen Tötungsopfer geworden. Im Fitnessstudio hatte er dann selbst miterlebt, wie sich Sven von Lara hatte unterbuttern lassen. Irgendwann war er Lara auf dem Weg vom Fitnessstudio nach Hause hinterhergefahren, um herauszufinden, wo sie wohnt.

Wie die Ermittler inzwischen von Dreyer erfahren hatten, war dieser auf sein zweites Opfer Jeanett Mangold durch Zufall aufmerksam geworden. Bei einem gemeinsamen Kneipenbesuch hatte der total betrunkene Ben Hartwig seinem Bekannten Fabian Dreyer gebeichtet, genauso wenig Erfolg bei Frauen zu haben wie er, weshalb sich Hartwig Anregungen für Kontaktaufnahmen von einer Dating-Show im Fernsehen holen würde. In einer der Sendungen hatte Hartwig Raimund Bachmann wiedererkannt, als dieser von Jeanett Mangold beleidigt worden war. Für Hartwig wäre es im nüchternen Zustand absolut peinlich gewesen zuzugeben, dass er sich regelmäßig derartige Sendungen anschaut. Dreyer hatte sich daraufhin die Folge in der Mediathek angeguckt und sofort Hassgefühle gegen Jeanett Mangold entwickelt. Später hatte Dreyer das Foto der Frau und ihre berufliche Adresse im *magaScene* entdeckt.

„Wolltest du nicht für uns kochen, wenn der Serientäter gefasst ist", erinnerte Andrea ihren Kollegen an sein Versprechen.

„Ist in Arbeit", versprach er mit einem Lächeln. „Wahrscheinlich übermorgen."

„Was ich mich die letzten Wochen immer gefragt habe: Warum hast du dich wirklich nach Hannover versetzen lassen?“ Sie musterte ihn aufmerksam mit forschendem Blick. „Die Gründe, die du mir bisher genannt hast, wirken … wie soll ich sagen … ein wenig vorgeschoben.“

„Findest du?“ Sein Tonfall wirkte gespielt naiv.

„Allerdings.“ Ihr Blick ruhte weiterhin auf ihm. „Was ist los mit dir? Alleinstehende Männer, die Frauen Unwahrheiten erzählen, sind ja manchmal nicht ganz ungefährlich, wie wir gerade im Fall Dreyer erfahren mussten.“

„Na, so schlimm ist es bei mir nicht.“ Er lachte verlegen. „Aber du hast recht. Ich habe einige Informationen über mein Privatleben vor dir zurückgehalten.“

„Ich bin jetzt nicht wirklich überrascht. Also sag schon …“

„Ich hab Hamburg nicht mehr ertragen können. Meine Familie ist dort auseinandergebrochen. Mein Vater ist wieder in Italien, meine Mutter bei einer esoterischen Psycho-Sekte in der Schweiz abgetaucht. Der letzte Anker war meine Frau – und die ist im Januar an Krebs gestorben.“

„Oh, das wusste ich gar nicht.“

„Woher auch? Ich hab kein Wort darüber verloren. Über zwei Jahre habe ich das langsame Sterben meiner Frau begleitet.“ Raffael wirkte auf einmal sehr bedrückt. „Die Erinnerungen an Hamburg sind einfach nur schmerzhaft, und ich wollte um jeden Fall vermeiden, über das reden zu müssen, was die letzten Monate und Jahre bei mir privat abgelaufen ist.“

„Okay, hab ich verstanden. Sag einfach in Zukunft, wenn du über etwas nicht sprechen willst." Andrea spürte die Schwere, die auf einmal zwischen ihnen beiden in der Luft lag.

Plötzlich entspannten sich Raffaels Gesichtszüge, als er äußerte: „Da fällt mir ein, was ich dich heute noch fragen wollte."

„Nämlich …?"

„Was waren die letzten Worte des Türstehers?"

Andrea guckte ihn fassungslos an.

Er kicherte und verkündete: „Nur über meine Leiche."

Danksagung und Anmerkungen

Bei der Recherche zum vorliegenden Roman bin ich wieder von einigen fachkundigen Menschen sehr hilfreich unterstützt worden.

Geht es um rechtsmedizinische Themen, kann ich mich auf Privatdozent Dr. Armin Fieguth, Oberarzt am Institut für Rechtsmedizin der Medizinischen Hochschule Hannover, immer verlassen. Dieses Mal hatte ich Fragen zur Todeszeitermittlung (na klar, halt der Klassiker für jeden Kriminalschriftsteller) sowie zu den detaillierten Auswirkungen eines tiefen Halsschnittes. Lieber Armin, herzlichen Dank für deine schnellen und kompetenten Antworten!

Genauso schnell und qualifiziert antwortet Carsten Schütte, Leiter der Operativen Fallanalyse beim Landeskriminalamt Niedersachsen und Autorenkollege im CW Niemeyer Verlag, wenn ich spezielle Fragen zur Polizeiarbeit habe, wie beispielsweise zur Organisation und Vorgehensweise einer Mordkommission. Vielen Dank, Carsten!

Die Vorstandssprecherin einer hannoverschen Privatbank spielt in diesem Psychothriller eine Rolle – aber wie genau sieht ihr beruflicher Alltag aus? Informationen dazu erhielt ich in der Niederlassung Hannover der Hamburger Privatbank M.M. Warburg & CO: Martin Schilling (Leiter Geschäftsstelle Private Banking) und Johannes Franke (Prokurist Private Banking) haben sich freundlicherweise die Zeit genommen, um mir genau diese Frage ausführlich zu beantworten. Dafür möchte ich mich an dieser Stelle erneut bei beiden bedanken.

Mein nächster Dank gilt Reinhard Kroll, einem freien Journalisten in der Region Hannover, der mir aufgrund seines langjährigen Erfahrungsschatzes sehr anschaulich erklärt hat, wie eine Online-Zeitung funktioniert. Seine Angaben sind eingeflossen in die Figur des Raimund Bachmann, dem Chefredakteur der fiktiven *Ihme News*.

Diverse Szenen meines Psychothrillers spielen im *Fitness for all*. Aber wie geht es in einem Fitnessstudio wie diesem zu? Hier hatte ich zwei hilfreiche Informanten, die mich bei meiner Recherche unterstützt haben: Ich danke meinem Sohn Robin sowie einem meiner Mitspieler bei der Leine-Bühne Hemmingen, Michael Stöttelder.

Last but not least: Meiner Frau Bettina danke ich für ihre Anregungen zum Thema Geocaching – und dass sie die (wie ich finde, wunderbare) Idee für den Titel des Romans hatte.

Und zu allerletzt noch ein Wort an die hannoverschen Fans der Deutschen Fußballnationalmannschaft. Wer zu den Public-Viewing-Besucherinnen und -Besuchern des im Roman erwähnten (hochdramatischen) WM-Spiels Deutschland gegen Schweden in Hannover gehörte, wird sich vielleicht daran erinnern, dass es damals vom Wetter her eher kühl zuging. Aus dramaturgischen Gründen habe ich diesem Tag im Roman einfach sommerliche Temperaturen verpasst. Also weder wundern noch am eigenen Gedächtnis zweifeln!

Thorsten Sueße
Hemmingen, im September 2021

Im Verlag CW Niemeyer bereits erschienen ...

Mark Seiferts 4. Fall

Diese Frage stellt sich der 20-jährige Paul. In ihm existieren zwei unterschiedliche Persönlichkeiten, die – bis auf wenige Ausnahmen – nichts voneinander wissen. Ein Hannoverscher Bestsellerautor wird abends vor seinem Haus von einer unbekannten Gestalt getötet. Paul befürchtet, der Täter zu sein, kann sich jedoch an nichts erinnern. Kurz darauf beginnt der renommierte Psychiater Dr. Mark Seifert eine heimliche Affäre mit Pauls Mutter, bringt damit eine tödliche Kaskade ins Rollen. Es gibt ein altes, düsteres Geheimnis, dessen Aufdeckung einige Personen in Pauls Umfeld um jeden Preis verhindern wollen. Die verstörende Wahrheit kostet mehrere Menschenleben. Gelingt es Mark Seifert, die Hintergründe der Tötungsserie aufzudecken, bevor der Täter ein weiteres Mal zuschlägt?

Thorsten Sueße. Hannover sehen und sterben
512 Seiten. Klappenbroschur. ISBN 978-3-8271-9508-1
E-Book 9978-3-8271-8565-5 (Pdf)
978-3-8271-8364-4 (Epub)

Im Verlag CW Niemeyer bereits erschienen ...

Julia Wunders Vater Wolfgang Hillberger vermisst seinen Bekannten Konrad im Caféhaus. Hillberger vermutet, dass er krank ist und stattet ihm einen Hausbesuch ab. Doch wie er seinen Kaffeebruder vorfindet, lässt ihn erschaudern. Er informiert seine Tochter, Hauptkommissarin Wunder, die mit Assistent Vlassi nach kurzer Zeit an Ort und Stelle ist. Der Kaffeegenosse ihres Vaters hängt im Wohnzimmer bäuchlings von der Decke herab, als ob er fliegen wolle. Handelt es sich um einen perfiden Mord? Doch unser Kommissar-Duo Julia und Vlassi knackt gemeinsam mit dem Kollegen Lustig von der anderen Rheinseite auch diesen Fall – wiederum mit Witz, Humor und seltsamen Ideen.

Lothar Schöne. Der Tod lebt im Rheingau
400 Seiten. Taschenbuch. ISBN 978-3-8271-9574-6
E-Book 978-3-8271-8589-1 (Pdf)
978-3-8271-8388-0 (Epub)

Im Verlag CW Niemeyer bereits erschienen ...

Als die Assistentin Maud die Post sichtet, explodiert eine Sendung. Während die Polizei die Ermittlungen aufnimmt, häufen sich die Ereignisse bei der „Weser-Gazette". Ein Brand im Papierlager der Druckerei scheint relativ harmlos, doch ein Bekennerschreiben folgt. Redakteure verunglücken unter mysteriösen Umständen tödlich. Die Chefredakteurin wird entführt. Ihre Erpresser fordern den Erhalt des Konkurrenzblattes „Minden-Journal", dessen Ende beschlossene Sache ist. Nur eine Tageszeitung soll erhalten bleiben, haben die Verantwortlichen vereinbart. Erste Verdächtige haben Alibis, muss Hauptkommissar Alexander Rosenbaum feststellen. Wie steht es aber um den international agierenden Großinvestor und Medienmogul, der Zeitungen in seinem Besitz sammelt?

Andrea Gerecke. Zeilenfall
352 Seiten. Taschenbuch. ISBN 978-3-8271-9569-2
E-Book 978-3-8271-8587-7 (Pdf)
978-3-8271-8386-6 (Epub)

#niemeyerbuch

Jetzt kein Buch mehr verpassen

Im Verlag CW Niemeyer bereits erschienen ...

Recht und Unrecht sind oft nur eine Frage der Sichtweise. Was dem einen Recht, ist dem anderen Unrecht. Dies scheint auch der Heckenschütze so zu sehen, der einen gerade erst freigesprochenen Schwerkriminellen vor dem Betzdorfer Amtsgericht eiskalt hinrichtet. Bereits am nächsten Tag fallen erneut Schüsse. Ein Racher geht in der kleinen Siegstadt um, der zurechtrückt, was der Justiz misslingt. Er kennt nur eine Strafe – den Tod!

Micha Krämer. Das Unrecht des Stärkeren
384 Seiten. Taschenbuch. ISBN 978-3-8271-9573-9
E-Book 978-3-8271-8588-4 (Pdf)
978-3-8271-8387-3 (Epub)

#niemeyerbuch

Jetzt kein Buch mehr verpassen

Im Verlag CW Niemeyer bereits erschienen ...

Als der Ritualforscher Daniel Kremser eine Nachricht von seinem Mentor Wolfgang Schellenberg aus Wien erhält, ahnt er nicht, dass ihn die anschließende Suche nach dem Professor durch die ganze Stadt und darüber hinaus in die mystische Welt der Templer führt und er dabei zum Gejagten wird. Was verbirgt sich hinter Schellenbergs spektakulärer Entdeckung, dem Templerstein? Verfolger werden auf den Plan gerufen, denen jedes Mittel recht ist, in den Besitz des wertvollen Artefakts zu gelangen. Es offenbart sich ihnen ein düsteres Geheimnis, eine finstere Verschwörung über Jahrhunderte hinweg, die ihren Ursprung in Venedig fand. Eine unerbittliche Jagd beginnt, bei der sie unter dem Einsatz des eigenen Lebens das Rätsel unter Zeitdruck lösen müssen.

Sylvia Vandermeer. Janusblut
496 Seiten. Taschenbuch. ISBN 978-3-8271-9559-3
E-Book 978-3-8271-8586-0 (Pdf)
978-3-8271-8385-9 (Epub)

Im Verlag CW Niemeyer bereits erschienen ...

Hauptkommissarin Inka Brandt zieht nach einer unangenehmen Trennung mit ihrer Tochter von Lübeck nach Undeloh in die Lüneburger Heide. Ihre Schwester betreibt dort einen Biobauernhof. Die reine Idylle sollte man meinen. Doch weit gefehlt, denn bald schon liegt ein Toter im Dorfteich. Zusammen mit ihren Kollegen von der Hanstedter Kripo beginnt Inka zu ermitteln. Der Tote war Therapeut im Seerosenhof, einer psychosomatischen Klinik. Über das Opfer sagen alle nur Gutes – selbst die Patienten –, von Mordmotiven will niemand etwas wissen. Als aber eine zweite Leiche gefunden wird, beginnt sich Inka ernsthaft zu fragen, ob es tatsächlich so eine gute Idee war, aufs Land zu ziehen ...

Angela L. Forster. Heidefeuer
416 Seiten. Taschenbuch. ISBN 978-3-8271-9554-8
E-Book 978-3-8271-8581-5 (Pdf)
978-3-8271-8380-4 (Epub)

Im Verlag CW Niemeyer bereits erschienen ...

Koblenz, die beschauliche Touristenstadt an Rhein und Mosel, wird in Angst und Schrecken versetzt. Jeden 3. Tag geschieht ein grauenvoller Mord, jede Tat trägt eine andere Handschrift und die Opfer haben keinerlei Gemeinsamkeiten. Obwohl Kriminalhauptkommissar Auer, Leiter der Mordkommission, frühzeitig die Handschrift eines Serienkillers vermutet, nehmen seine Vorgesetzten ihn nicht ernst. Er ist wegen seines vorlauten Mundwerks in Ungnade gefallen und sein Team besteht aus Beamten mit Disziplinarstrafen, aber er widmet sich trotz der Widerstände mit aller Kraft der Aufklärung der Verbrechen. Dabei erhält er unerwartete Unterstützung durch eine junge Praktikantin, die kurz vor ihrer Prüfung zur Kommissarin steht.

Dieter Aurass. Jeden 3. Tag
400 Seiten. Klappenbroschur. ISBN 978-3-8271-9544-9
E-Book 978-3-8271-8573-0 (Pdf)
978-3-8271-8372-9 (Epub)

Folgt uns auf

#niemeyerbuch